乐黛云 等著

乐黛云学术叙录

北京大学出版社
PEKING UNIVERSITY PRESS

图书在版编目(CIP)数据

乐黛云学术叙录 / 乐黛云等著 . —北京：北京大学出版社，2021.9
ISBN 978-7-301-32361-8

Ⅰ.①乐⋯ Ⅱ.①乐⋯ Ⅲ.①比较文学 – 文集 Ⅳ.① I0–03

中国版本图书馆 CIP 数据核字(2021) 第 159145 号

书　　　名	乐黛云学术叙录 YUE DAIYUN XUESHU XULU
著作责任者	乐黛云等　著
责 任 编 辑	刘　爽
标 准 书 号	ISBN 978-7-301-32361-8
出 版 发 行	北京大学出版社
地　　　址	北京市海淀区成府路 205 号　100871
网　　　址	http://www.pup.cn　　新浪微博：@ 北京大学出版社
电 子 信 箱	nkliushuang@hotmail.com
电　　　话	邮购部 010-62752015　发行部 010-62750672 编辑部 010-62759634
印 刷 者	北京中科印刷有限公司
经 销 者	新华书店 720 毫米 ×1020 毫米　16 开本　28.5 印张　450 千字 2021 年 9 月第 1 版　2021 年 9 月第 1 次印刷
定　　　价	158.00 元

未经许可，不得以任何方式复制或抄袭本书之部分或全部内容。
版权所有，侵权必究
举报电话：010-62752024　电子信箱：fd@pup.pku.edu.cn
图书如有印装质量问题，请与出版部联系，电话：010-62756370

1951 大学时代

1952 结婚照

1969

1956 同朱家玉老师合影

1976 同王瑶先生合影

1985

1985 同季羡林先生合影

1987

1989 在日本

1988 在波士顿

1991 在新德里

1992

1991 在雅典

1993

1993 同艾柯合影

2005 未名湖

2020

目 录

和而不同，多元之美——乐黛云先生的比较文学之道（代前言）/1

一、学术自述 /1

《中国大百科全书·比较文学》——我的第一篇比较文学论著 /3
《我就是我——这历史属于我自己》自序 /11
我的比较文学之路 /12
我与文化热 /45
《国外鲁迅研究论集》前言 /64
鲁迅研究：一种世界文化现象——《当代英语世界的鲁迅研究》序 /68
比较文学的名与实——"深圳大学比较文学丛书"总序 /75
《比较文学讲演录》序 /83
《欲望与幻象——东方与西方（国际比较文学学会第十三届年会（东京）中国学者论文集）》前言 /85
比较文学新视野——《多元文化语境中的文学》代序 /90

"海外中国博士文丛"前言 / 96
"远近丛书"序 / 98
《跨文化对话》第一辑卷头语 / ——寻求跨文化对话的话语 / 100
《中国文论：英译和评论》序 / 104
《外国作家与中国文化》序 / 111
《叶维廉诗文集》序 / 114
《孟庆枢自选集》序 / 125
尼采与中国现代文学 / 129
世界文化对话中的中国现代保守主义 / 156
21世纪的新人文精神 / 167
比较文学发展的第三阶段 / 179

二、著作叙录 / 191

Intellectuals in Chinese Fiction / 193
《比较文学与中国现代文学》 / 195
《比较文学原理》 / 197
《比较文学原理新编》 / 200
《透过历史的烟尘》 / 204
《绝色霜枫》 / 207
《跨文化之桥》 / 209
《比较文学简明教程》 / 213
《比较文学与中国：乐黛云海外讲演录》 / 217

三、编著叙录 / 221

《茅盾论中国现代作家作品》 / 223
《国外鲁迅研究论集》 / 226
《中国比较文学年鉴1986》 / 228

《中西比较文学教程》／238

《西方文艺思潮与二十世纪中国文学》／242

《超学科比较文学研究》／244

Literatures, Histories and Literary Histories—The Proceedings of the 2nd Sino-U.S. Comparative Literature Symposium / 246

《欲望与幻象——东方与西方（国际比较文学学会第十三届年会（东京）中国学者论文集）》／248

《当代英语世界鲁迅研究》／251

《世界诗学大辞典》／253

《多元文化语境中的文学——中国比较文学学会第四届年会暨国际学术讨论会论文集》／255

《独角兽与龙——在寻找中西文化普遍性中的误读》／259

《北美中国古典文学研究名家十年文选》／262

《欧洲中国古典文学研究名家十年文选》／264

《文化传递与文学形象》／266

New Perspectives: A Comparative Literature Yearbook / 269

"北大学术讲演丛书"／271

"北京大学比较文学研究丛书"／273

四、师友们如是说／275

《比较文学与中国现代文学》序（一）／277

《比较文学与中国现代文学》序（二）／280

《透过历史的烟尘》序／283

乐黛云：新时期中国比较文学的拓荒者／285

得失穷通任评说，敢开风气敢为先——乐黛云先生的学术世界／304

世界需要沟通与理解的桥梁／323

有一种精神穿透历史的烟尘／326

面向世界的对话者——记乐黛云教授 / 330
绝色霜枫——乐黛云先生与中国比较文学 / 338
同圆新鸳鸯蝴蝶梦 / 356
有生命热度的学术——"我的阅读史"之乐黛云 / 361
印象乐黛云先生 / 376

五、学术纪事 / 385

六、附　录 / 407

一念之差差百年——乐黛云、余华对谈实录 / 409
此中有真意——乐黛云老师访谈录 / 416
编后记 / 431

和而不同，多元之美
——乐黛云先生的比较文学之道（代前言）

张 辉

2010年年底，万卷出版公司出版的《当代名家学术思想文库·乐黛云卷》带有总结意味的最后一部分（第五部分）——"展望世界"，由六篇文章构成，标题分别如下：《文化转型与文化冲突》《世界大变局与文化自觉》《和谐社会的追求》《美国梦·欧洲梦·中国梦》《全球化时代的多元文化发展问题》和《文明冲突及其未来》。①这个组合，以"文化冲突"开头，以"文明冲突"收尾，凸显了冲突的现实；又以"世界大变局""全球化"标识我们的时代特征；以"文化自觉""和谐社会""中国梦""多元文化"指向中国和世界的未来。这也许是不经意的安排，却事实上彰显了乐

---

① 乐黛云：《当代名家学术思想文库·乐黛云卷》，万卷出版公司，2010年，第479—551页。

先生直面时世、心忧天下的精神境界和思想主题。这并非偶然巧合，而恰恰提示了我们进入先生比较文学世界的一个极其重要的通道。

先生1980年代最早以研究中国现代文学与外来思想的联系，受到学术界的高度关注，并在新时期比较诗学研究方面有筚路蓝缕之功。学术界同人也对先生在比较文学学科建设上的巨大贡献给予了高度肯定，特别是对她为建立并发展壮大北京大学比较文学研究所（现比较文学与比较文化研究所）、中国比较文学学会所作的艰苦而具有建设性、开创性的卓越工作致以敬意。①而如果说上述两个方面更多地侧重于先生在立言、立功方面的成就，另一些学者，则更加关注的是先生学术研究的"生命热度"，她的"献身精神"和"家国情怀"②，因而与立德密切相关。

当然，先生其实并不看重自己个人的得失、成败、毁誉，她看重的是与学术同仁乃至学术晚辈之间"多年来的相互理解与一往情深"③，看重的更是中国比较文学事业的前景，乃至中国与世界的前景。正像杨周翰先生所说，中国比较文学是"首先结合政治社会改良，而后进入校园的"④，乐先生的比较文学研究也从来不仅仅是学院中的存在而已。她的困惑和思考，是学术的，同时也是与她所面对的中国与世界的深刻问题紧密联系在一起的。

本文着力关注的，正是乐黛云先生比较文学研究的现实关切与她的学术思考之间的内在联系，她的比较文学观念形成的外在与内在双重动因。她

---

① 严绍璗："前言"，《比较文学与世界文学：乐黛云教授七十五华诞特辑》，北京大学出版社，2005年，第47—68页。
② 请分别参看洪子诚：《生命热度的学术》；曾繁仁：《乐黛云教授在比较文学学科重建中的贡献》；陈跃红：《得失穷通任评说，敢开风气敢为先》，乐黛云编《得失穷通任评说——他人评论》，中国出版集团·东方出版中心，2012年，第30—46、69—89、115—138页。
③ 乐黛云："写在前面"，《得失穷通任评说——他人评论》，中国出版集团·东方出版中心，2012年，第1页。
④ 杨周翰：《比较文学：界限、"中国学派"、危机和前途》，《镜子与七巧板》，中国社会科学出版社，1990年，第5页。

依托比较文学研究，试图既直面当下又接通中西传统，提出超越文化与文明冲突的思想方案和哲学追问。这或许是现有讨论乐先生比较文学成就的学人，还比较少涉及的问题。

我们将从三个方面展开论题。首先简要回顾乐先生的几个重要研究个案，分析她选择这些个案的问题意识，以及时代语境对她的激发与启示；其次，追索她的师承，特别是她与北大精神的血肉联系，对她比较文学观念形成的决定性意义；第三，讨论她突破中西现代思想困境，从古典思想资源中汲取营养，倡导"和而不同"原则的一系列尝试。由此，我们将再一次体味比较文学的真精神，既向世界的多样性勇敢开放，同时又在对话中寻求和谐共生的真正可能。"虽不能至，心向往之。"

一

先生的比较文学研究，积累了大量个案。除了长期集中关心鲁迅、茅盾，她的专题文章还广泛涉及林纾、王国维、郭沫若、梁宗岱、李健吾甚至邵洵美等人。而这些现代中国作家都无一例外地与外来文化、外国文学有着丰富而生动的联系。正因为此，从学术生涯一开始，先生就自发地进入了比较文学研究。这是她得天独厚的条件：在从学科意义上进入比较文学、从理论上认识比较文学之前，就已经掌握了大量第一手"事实联系"，甚至进行了诸多有益的实践。这无疑有助于材料和学科理论真正构成相得益彰的有机联系，有助于打开实实在在的跨文化视野，从而树立正确的比较文学问题意识，并逐步形成独立的比较文学观念。

众所周知，真正标志先生自觉进入比较文学研究领域的最重要的文章，应该是1980年发表的《尼采与中国现代文学》[①]。30年后（2010年），

[①] 乐黛云：《尼采与中国现代文学》，《北京大学学报（哲学社会科学版）》1980年第3期。

她这样回忆起自己当年惊奇的"发现":

> 当进一步研究西方文学对中国现代文学的影响时,我惊奇地发现很多作家都受到德国思想家尼采很深的影响。这位三十年来被视为煽动战争、蔑视平民、鼓吹超人的极端个人主义者,竟是20世纪初中国许多启蒙思想家推动社会改革,转变旧思想,提倡新观念的思想之源。无论是王国维、鲁迅、茅盾、郭沫若、田汉、陈独秀、傅斯年等都曾受益于尼采思想。1980年,我写了一篇《尼采与中国现代文学》,发表在《北京大学学报》,不仅引起了很多人研究尼采的兴趣,而且也开拓了西方文学与中国文学关系研究的新空间。[①]

先生的这个回顾,是平静而低调的。这恰恰与她当年发表这样一篇突破常规的论文所需要的勇气,形成对照。尼采,在20世纪80年代初期,依然还是一个危险而反动的名字。肯定他的思想价值就已是大逆不道,何况还要将他的名字与"鲁郭茅巴老曹"中的几位相提并论?

这当然与先生所一直推崇的鲁迅,特别是写作《文化偏至论》《摩罗诗力说》《破恶声论》的早期鲁迅有很大的关系。"掊物质而张灵明,任个人而排众数",是先生所看到并服膺的鲁迅精神的内核,同时也是先生否弃"超然无事的逍遥"、热爱"被风沙打击得粗暴"的"人的灵魂"的生命底色。或许,这也是先生后来要把在海外出版的传记命名为《我就是我:这历史属于我自己》的原因之所在。

但与此同时,我们也或许可以说,鲁迅既是先生"后来学术生涯的起点",也是她得以"看见"她心目中的尼采的最重要依凭。

正是这种"交错的眼光",使先生的学术研究不仅与多重生命体验紧密相关,也在观念层面得以摆脱胶柱鼓瑟、故步自封的教条,突破一元化的

[①] 乐黛云:《当代名家学术思想文库·乐黛云卷》,万卷出版公司,2010年,第2页。

思想惯性,与同质化、本质化的从众思想势不两立,从而保持思考的活力与开放性。这是她的"任个人"的一面。

而我们现在回看这篇短文,它至少有一个不该忽视的"后效",体现了先生生命和学术历程里更重要的,也是"掊物质而张灵明"的另一面。与鲁迅先生在《文化偏至论》中面对"十九世纪文明一面之通弊"而倡导"神思宗"的主张可以相比照,乐先生在80年代的启蒙语境中、在现代化和理性主义的主流话语下,提示我们注意尼采的意义、注意生命哲学的意义,实际上已经包含了对启蒙现代性的深刻反思。这一反思,包含了对"人惟客观之物质世界是趋,而主观之内面精神,乃舍置不之一省"的现代化方案的批判。它一方面表明了先生"洞察世界之大势"的胸怀和眼光,另一方面则也真正体现了一种比较文学与比较文化的立场。

"比较既周,爰生自觉","权衡校量,去其偏颇"。先生通过她的研究,既试图让我们在"别求新声于异邦"中"审己""知人",从而完成第一层意义上的"比较",即看到人与己的同或异;与此同时,她也在努力进行更深一层次上的"比较",那就是,在权衡中放弃非黑即白、非此即彼的偏颇判断。这种既看到中西之别,又充分认识到彼此内在复杂性,因而并不匆忙与取与舍的思维逻辑,或许正包含了比较文学与比较文化研究的真精神!

而这不是孤立的个案。通过比较,特别是通过跨文化的比较质疑乃至破除定见,也反对过早以一言以蔽之的结论固化鸢飞鱼跃的现实,似乎是先生的个性所然,也是她有意识建立的某种"哲学"——她的比较文学之道。这里我们再通过两个个案,进一步加深对上述问题的认识。

第二个个案是《世界文化对话中的中国现代保守主义》(此文又名《世界文化对话中的中国现代保守主义——重估〈学衡〉》)。这也是先生受到普遍关注的另一篇文章。与之可以对读的,至少还有《文化更新的探索者——陈寅恪》《昌明国粹，融化新知——汤用彤与〈学衡〉杂志》等。①

  文章的具体细节这里无须赘述。与《尼采与中国现代文学》可以对读的是，《世界文化对话中的中国现代保守主义》为我们更全面地了解五四，提供另一个崭新观察角度——保守主义视角——的同时，再一次提醒我们比较的方法和问题意识所具有的举足轻重的意义。保守主义、自由主义、激进主义……固然都是五四的一个个面相，但如果仅仅从一个固定的角度，特别是惯常的文学革命角度看问题，只能是片面的。不仅无法看到不同的思想潮流和主义之间的张力和互相搏击，它们之间的合力还会将现代中国、现代精神的内涵大大缩小。

  在这个意义上，甚至可以说，不是比较的方法、比较的实践提供了新的事实、新的真理，而是任何事实、任何真理，只有在多元比较中，才能被看得更清楚、更全面，也更活泼生动，有如事物本来该有的样子，有血有肉、元气淋漓。

  也正因此，学衡派"论究学术，阐明真理，昌明国粹，融化新知，以中正之眼光，行批评之职事"的核心主张，才不会由于将"国粹"与"新知"相提并论，而有碍人们对真理的悉心追求，更不会因此而使我们的学术失却中正而允当的批判力量。而陈寅恪，也就不仅仅是一个中国文化的传承者、固守者、史料集成者，还是一个文章标题中所明确提示的——"文化更新的探索者"。因为，陈寅恪表面看来的保守面目，其实是与他期望"取塞外野蛮精悍之血，注入中原文化颓废之躯，旧染既出，新机重启，扩大恢张"的"真精神"相得益彰的。

  说到底，虽然猛一看先生只是在进行个案研究，处理一系列"小问

---

  ① 乐黛云：《世界文化对话中的中国现代保守主义》，《中国文化》创刊号，1989年第1期，第132—136页；《文化更新的探索者——陈寅恪》，《北京大学学报（哲学社会科学版）》1991年第4期，第80—82页；《"昌明国粹，融化新知"——汤用彤与〈学衡〉杂志》，《社会科学》1993年第5期，第58—62页。

题"，但无可否认的是，她的心里无疑具有大判断、大期待。在这里，我们似乎看不到她在做什么浅层次的对比与区分，她的所有细部研究，几乎都已经与她对整个文化事实与文化价值的直接感知、理性思辨有机联系在了一起，与现代中国现实、与古代中国传统联系在一起，也与更为广阔的外部世界联系在一起，特别是与她自觉加以反思的现代传统对比性地联系在了一起。这就是鲁迅先生所说的"外之既不后于世界之思潮，内之仍弗失固有之血脉，取今复古，别立新宗"。

这就是另一种也是更高意义上的"比较"。

第三个个案如果按一般比较文学教科书的划分，大概可以归为"平行研究"范畴。因而可能是最看得见的"比较"。但无论是不是一般意义上的比较，它所处理的问题，则也许更为关键，且更表现了先生的学术敏锐，尤其是她对当代中国问题的深层次的关切。只是，它似乎还未受到如前两篇文章那样的应有关注。

这篇文章的题目是《关于现实主义的两场论战——卢卡契对布莱希特与胡风对周扬》。将卢卡契与布莱希特1930年代的论争与同时期胡风与周扬的论争联系起来讨论，从纯学术的意义上说，当然首先是因为如何理解和定义"现实主义"是一个极其重要的理论问题，在社会主义阵营中更是如此。这里再一次体现了乐先生的学术敏感，以及她面对困难，甚至危险问题的胆识和勇气——在讨论尼采与中国现代作家的关系时，就已经拥有的胆识和勇气。

但这显然还不是最关键的。最关键的是，通过回顾卢卡契与布莱希特、胡风与周扬的争论，乐先生又一次引导读者从个案出发，去共同思考具有普遍性的大问题。比如现实主义的"现实"，究竟是卢卡契心目中"有条有理，按一定规律行事的稳定的现实"，接近于19世纪大师们的现实；还是布莱希特意义上的，"一个发展中的、尚未完全形成和尚未完全被理解的、紊乱、烦扰、支离破碎、实际存在的20世纪的现实"？现实主义的"典型"，是周扬意义上的单数的"一个阶级一个典型"，还是如胡风所期望的"艺术家可以从一个特定的社会群里创造出几个典型"？现实主义的文艺，是"必须以现代正确的世界观为基础"，还是应该从"活生生的生活内容来抽出有色彩、有血液的真实"？①

而思考所有这些问题，不仅对如何正确面对方兴未艾的现代主义创作与思潮至关重要，对是否需要突破"我们的老祖母的叙述方式"至关重要，对文学艺术是否会成为某种社会科学理论的"插图"至关重要；而且，这将有助于我们在一种比较的视野中，学会如何正确理解马克思主义，避免将之教条化、概念化、公式化。也就是说，这个生动而复杂的个案，实际上在努力提醒我们深入思考，如何真正掌握马克思主义活的灵魂，如何正确地实现马克思主义中国化的问题。这也是先生在北京大学为研究生开设的一门课"马克思主义文学理论：东方与西方"所集中讨论的课题，先生一直萦绕于怀的课题。

可以看出，上面三个似乎并不直接相关的个案，事实上呈现了乐先生比较文学宏观"棋局"的大布局。中国现代文学与尼采的关联，涉及中国与西方——尤其是现代西方的关系问题，属于文学关系研究的范畴；对学衡派的再认识，则涉及"几千年未有之大变局"之后的现当代中国与传统中国的关系问题，乃是在世界主义的立场上对中国自身的一种反观；而对东西方现实主义论争的反思，在学术方式上属于比较诗学范畴，关注的是马克思主义与中国的重大问题。这三个问题恐怕也是每一个中国比较文学学者的必答题。而能同时从鲁迅、陈寅恪以及马克思主义学人那里吸收丰富的思想滋养，加以融会贯通，不仅体现了先生不党不私、不激不随的精神风范，也表

---

① 参看乐黛云：《当代名家学术思想文库·乐黛云卷》，万卷出版公司，2010年，第260—274页。

明了真正的比较文学研究所需要海纳百川、有容乃大的器局。

最难能可贵的是，先生不仅用这种具有"中国流"意味的大布局，形成了她自己的思考框架和问题意识，而且她也以一个个比较文学研究实绩，让我们进一步探究什么是比较文学的真精神。警醒我们，以比较文学学者跨越语言、文化与学科限制的独特优势，摆落"机械降神"的思想控制，永远为文学与文化发展的"新机重启，扩大恢张"留下可能，甚至勇敢地去争得这一可能。

二

乐黛云先生比较文学观的形成，不仅与她的比较文学学术实践紧密相关，二者相得益彰；她对研究对象的选择，她的问题意识的形成，以及她对问题给出的解答，也与她的师承，与她从前辈学人那里所获得的启迪密切相关，特别是与她和北大"思想自由，兼容并包"精神的水乳交融密切相关。

在新近出版的回忆录《九十年沧桑：我们文学之路》的尾声——第九章第一部分《我所知道的北大校长们》中，分别谈及蔡元培、胡适、马寅初、季羡林等大学校长，其中有这样一段文字：

> 大凡一个人，或拘泥于某种具体学问，或汲汲于事功，就很难超然物外，纵观全局，保持清醒的头脑……法国社会学家艾德加·莫林（Edgar Morin）认为可以从三个层次来说明知识分子一词的内涵：一、从事文化方面的职业；二、在社会政治方面起一定作用；三、对追求普遍原则有一种自觉。"从事文化方面的职业"大约就是在马克思《剩余价值论》中所讲的"精神生产"；"在政治社会方面起一定作用"就是构筑和创造某种理想，并使它为别人所接受。卡尔·曼海姆（Karl Mannheim）认为，理想可以塑造现实，可以重铸历史，

对人类社会发展具有实际影响。"对追求普遍原则有一种自觉"就是曼海姆所说,知识分子应保留一点创造性的不满的火星、一点批判精神,在理想与现实之间保持某种张力。也就是如于连·本达(Julien Benda)所说的,知识分子理想的绝对性禁止他和政治家难以避免的半真理妥协,和塔克·帕森斯(Tacott Parsons)所说的"把文化考虑置于社会考虑之上,而不是为社会利益牺牲文化"。①

这一段关于知识分子的议论,既表达了先生对心目中最优秀的知识人的基本期待,也清楚表明了她从精神传统中理解并致敬几位北大校长的思想缘由。

换个角度看,我们或许也可以借此理解先生自己不与"半真理"妥协的决心,以及在她身上所保留的"创造性的不满"和"批判精神",对她从事有生命热度的比较文学研究所具有的意义。她的言人之不敢言、不能言的学术勇气,她的开风气之先的野蛮精悍的血性,她对于一切片面偏颇的思想文化成见的大胆质疑,或许都能在这里找到部分原因——前文所举出的三个例证,不过是最突出的个案而已。

比较本身不是目的,至高意义上的比较是要让我们看到从事精神生产所应该拥有的更广大的心灵世界,不被物质、功利和毁誉所羁绊的心灵世界。比较,也意味着总是有一种高出一般"社会考虑"的"文化考虑",使我们在体验和观察文学与文化世界之时,总是保有一种勠力接近事物与世界之整全的内在渴望。因为有比较,我们知道我们的眼界和知识是不完善的,但也正因为有比较,我们才知道总是需要去追寻高于我们、好于我们的理想境界。在这样的语境中,我们甚至不能不听到先生心中回响着的洪钟大吕之声:"君子不器""士不可以不弘毅"。

---

① 乐黛云:《九十年沧桑:我的文学之路》,中国大百科全书出版社,2021年,第288—289页。这篇文章最早发表时题名为《献给自由的灵魂》。

先生是在用深情而理性的笔墨描述她所崇敬的北大校长和她的师长们，我们又何尝不能从这些描述中看到先生的自我期许、她的比较文学研究的宏阔人文背景，以及她自己身上所体现的"新人文精神"——"反对一切可能使人异化为他物的因素；强调关心他人和社会的幸福，关怀人类的发展和未来"。①

当然，对先生来说，这些"新人文精神"的最集中"代表人物"（爱默生意义上的representatives），不是她自己，而是前面提到的鲁迅、陈寅恪、吴宓、汤用彤……以及作为"自由灵魂"的北大校长们。当然，她更熟悉的，则是与自己直接交往并深深受教的老师们——王瑶、季羡林、杨周翰、李赋宁……

我们只要看看先生是如何为她心目中的这些代表人物"画像"，也就能看到先生自己的"灵魂写照"了。对她来说，严复最重要的贡献在于，提出了这样的思想主张："要'自强保种，救亡图存'，不能只是'言政'，还要从根本做起，即'开明智，奋民力，和民德'，以教育为本，也就是从文化方面来解决问题。"②而马寅初最响亮的话语，是下面这一段："我虽年近八十，明知寡不敌众，自当单身匹马，出来应战，直至战死为止，决不向专以力压服、不以理说服的那种批判者们投降。"③至于胡适，仅仅那句"我们不能坐在舢板船上自夸精神文明，而嘲笑五万吨大轮船是物质文明"，就已经足够显示出他以健康的形态面对现代西方的气魄与伟大。④

她以《大江阔千里》为题记叙季羡林先生的轶事，也以陶渊明的诗

---

① 乐黛云："自序"，《当代名家学术思想文库·乐黛云卷》，万卷出版公司，2010年，第3页。
② 乐黛云：《九十年沧桑：我的文学之路》，中国大百科全书出版社，2021年，第291页。
③ 同上书，第290页。
④ 同上书，第291页。

"纵浪大化中,不喜亦不惧"礼赞季先生的人生,也是学术境界。①她的心目中,王瑶先生是一个冷隽的人,却也是一个热忱的人,更重要的是,"他是大海,能容下一切现代的、传统的,新派的、旧派的,开阔的,严谨的,大刀阔斧的和拘泥执着的"②。而中国比较文学学会首任会长杨周翰先生,则不仅是一流的莎士比亚研究者,更是一位"学贯中西的博雅名家",更重要的是,乐先生希望我们牢记杨先生说的下面这句话:"研究外国文学的中国人,尤其要有一个中国人的灵魂。"③

中国比较文学在新时期1980年代首先在北京大学复兴,也许充满着偶然,但如果我们细读乐先生的上述回忆文字,则大概又不难感到,这多少有几分必然。正是这些心灵开放、学兼中外的先辈们的存在,为比较文学学科的新生,提供了最有利的精神土壤和可贵的种子。没有这样的精神土壤,没有这些可贵的种子,一个"跨文化、跨学科、跨语际、跨古今"的超学科的学科是注定无法建立的。乐先生自己是中国比较文学复兴的首倡之一,但她同时也是北大得天独厚的精神传统和学术财富的直接受益者,当然也是勇敢的继承者、捍卫者和创造者。

从这个意义上,我们也许可以说,北大——当然不只是北大——的精神血脉中存在着某种"比较文学基因",她自由,她阔大,她包容,她也刚毅坚卓。先生所写下的下面这段话,或许是"比较文学基因"和"比较文学真精神"的最好说明。这段话,与蔡元培校长有关,与北大有关,或也更与比较文学存在的前提息息相关:

> 北大的自由精神容纳了人们对真理的追求,容纳了几十年人们

---

① 乐黛云:《九十年沧桑:我的文学之路》,中国大百科全书出版社,2021年,第300页。
② 同上书,第306页。
③ 乐黛云:《长天依是旧沙鸥——散文杂感》,中国出版集团·东方出版中心,2012年,第223页。

对文化问题的自由讨论，同时也容纳了个人人生信念爱好的不同。"物之不齐，物之情也。"蔡元培时代的北大就容纳了许多完全不同的人物。正如马寅初校长回忆："当时在北大，以言党派，国民党有先生及王宠惠诸氏，共产党有李大钊、陈独秀诸氏，被目为无政府主义者有李石曾氏，憧憬于君主立宪，发辫长垂者有辜鸿铭氏；以言文学，新派有胡适、钱玄同、吴虞诸氏，旧派有黄季刚、刘师培、林损诸氏。"这些人都可以保留自己独特的思想和信念，不必强求统一。正是这种不统一，才使蔡元培时代的北大如此虎虎有生气。"不同""不统一"，保存自身的特点，维持相互的差异对于物的生存的发展十分重要。①

三

让我们回过头去阅读文章开头提到的那组置于"展望世界"标题下的文章，尤其是最后一篇——《文明冲突及其未来》。

值得注意的是，上一段引文的主题词"物之不齐，物之情也""不同""不统一"，在这里，进一步成为理解当下世界、理解文明冲突的关键词，从而也成为乐先生比较文学观念的关键词。

先生首先强调的，依然是"文化多元发展的重要意义"即"不同"，因为"多元文化的发展是历史的事实。三千多年来，不是一种文化，而是希腊传统、中国文化传统、希伯来文化传统、印度文化传统以及阿拉伯伊斯兰文化传统和非洲文化传统等多种文化始终深深地影响着当代社会"。她概括说："文化传递的过程既有纵向的继承，也有横向的开拓。前者是对主流文

---

① 乐黛云：《九十年沧桑：我的文学之路》，中国大百科全书出版社，2021年，第293—294页。

化的'趋同',后者是对主流文化的'离异';前者起整合作用,后者起开拓作用,对文化发展来说都是必不可少的,而以横向开拓尤其重要。对一门学科来说,横向开拓意味着外来的影响、对其他学科知识的利用和对原来不受重视的边缘文化的开发。这三种因素都是并时性地发生,同时改变着纵向发展的方向。"① 她引述罗素1922年在《中西文化比较》一文中的说法,特别强调了"不同文化之间的交流"的意义,并指出:外来文化影响乃是最复杂,但也恰是最值得重视的因素。或许我们还可以补充说,是最"不同"的因素。

但正如奥尔巴赫在《世界文学的语文学》一文中所指出的那样,世界"变得越来越小、越来越趋同(growing smaller and becoming less diverse)"②,已经是一个不争的事实。乐先生甚至尖锐地指出,多元化这个命题的提出,本身就是全球化的产物。而相互影响与保持纯粹,则本身就是一对矛盾。

因而,重要的不是简单站队的问题,而是如何在一个日益"统一"的"文化霸权主义"世界中依然保持文化的丰富多样性、独特性,同时又不落入"文化部落主义"窠臼的问题。

于是,《文明冲突及其未来》一开篇,先生就在学理层面特别讨论了塞缪尔·亨廷顿的"文明冲突论",以及格利和哈特的"帝国一元论"等代表性的观点。尽管在核心观点上,先生显然并不完全同意亨廷顿,但她特别关注了亨廷顿的下列判断,即"全球单一文化论者想把世界变成像美国一样,美国国内的多元文化论者想把美国变得和世界一样"③。这都是先生不

---

① 乐黛云:《当代名家学术思想文库·乐黛云卷》,万卷出版公司,2010年,第518页。
② Erich Auerbach, *Time, History and Literature: Selected Essays of Erich Auerbach*, edited with and introduction by James I. Porter, translated by O. Newman, Princeton and Oxford: Princeton University Press, 2014, p.253.
③ 塞缪尔·亨廷顿:《文明的冲突与世界秩序的重建》,新华出版社,2010年,第293页。

愿意看到的。作为一个捍卫比较文学精神的学者,她完全不同意甚至也不能想象,整个世界处于任何一个"帝国"的控制之下——无论是具有疆域界限的"旧帝国",还是由多层次网络所组成的"新帝国",都不是先生的选项。这与她捍卫"不同""不统一"的精神,是一脉相承的。

接着,她同时引用苏轼的《题西林壁》和英国诗人彭斯的诗"上帝,我多么希望我不是我自己,/而变成别人,来重新认识自己",让我们从此出发,既关注西方也关注中国思想资源对直面上述文化困境所可能发挥的作用。

她特别从哲学层面,希望我们注意中国思想中的几个命题。其一:"执两用中,一分为三";其二:"五行相生相克";其三:"反者道之动";其四,则是"太乙生水,水反辅太乙"。先生认为,充分思考并展开这些命题,乃是直面白热化的文化与文明冲突的内在需要。而从思想和文化根源上探究文明冲突的解决之道,有人或认为这不过是书生之见,但这却也正是鲁迅的道路、严复的道路、学衡派的道路……用先生自己的话来说,这也是一种"新人文主义"的道路。

当然,上述命题的生成有着各自不同的语境,先生也并不试图以之给出一言以蔽之的结论。这些命题本身在逻辑上甚至是交叉、重复的。但毫无疑问,它们都指向了一种新的可能,一种与现代,特别是西方现代主流思想形成对照的思考路径。

与二元论的思想框架相区分,先生期望我们看到"世界三"的存在。看到"1+1"不等于2的可能,看到"执两用中"得以克服"二元对立"的潜力。她特别指出:"'执两用中'这个'中'并不是'执中',而是从'两端'中产生出的那个新的'三'。"①这无疑让我们想起互为主体性的哲学构想。从这个意义上说,"不同"存在的共存,并不必然构成你死我活

---

① 乐黛云:《当代名家学术思想文库·乐黛云卷》,万卷出版公司,2010年,第547页。

的关系，尤其并不构成非黑即白的选择，而是来自"两端"的差别性因素的创生与化合。这才是一种理想的存在状态，这才是"万物负阴而抱阳，冲气以为和"的状态。

"和"也极大地区别于"同"。在这里，"和"，是一种相辅相成、相得益彰，所谓"太乙生水，水反辅太乙"。"和"，也包含了"反者道之动"的意蕴，恰如思想运动中的"文艺复兴（renaissance）"，恰如政治理想中的"旧邦新命"，甚至也类似佛学里的"动静等观"。这里的新与旧、内与外、高与低，扩展到文化意义上的东与西、儒与耶、你与我……都应该是辩证而和谐的存在。而与"和"相对的"同"，则意味着取消差别、取消个性，意味着一体化，意味着部落主义和霸权主义，意味着"彼可取而代之"，意味着"统一"。它是"和"的反义词，也与文化之"文""交相错"的本义完全违背。

从根本上说，"和实生物，同则不继，以他平他谓之和，故能丰长而物归之。若以同裨同，尽乃弃矣。"（《国语·郑语》）

先生说得好，"中国传统文化的最高理想是'万物并育而不相害，道并行而不相悖'，'万物并育'和'道并行'是'不同'；'不相害'、'不相悖'则是'和'，这种思想为多元文化共存提供了不尽的思想源泉"①。也正是在这个意义上，我们可以归结起来说，先生所做的一切——她的比较文学研究实绩，她对北大精神的阐发和继承，她对"和"与"同"二者关系的深刻思考，都朝着一个最终的目标：和而不同，多元之美。

谨以此文献给"90后"乐老师，恭祝亲爱的老师九十华诞！

2021年1—8月数易其稿于京西学思堂

---

① 乐黛云：《当代名家学术思想文库·乐黛云卷》，万卷出版公司，2010年，第548页。

一、学术自述

《中国大百科全书·比较文学》
——我的第一篇比较文学论著

作为兴起于19世纪末、20世纪初的文学研究的一个分支，比较文学是历史地比较研究两种以上民族文学之间互相作用的过程、文学与其他艺术形式以及其他意识形态相互关系的学科。比较文学不同于各民族文学，也不同于总体文学，它不研究一种有自己内在传统联系的民族文学，也不探讨全世界各民族文学共同存在的最普遍的根本规律。比较文学作为一个学科，也不同于一般文学研究中的比较方法。后者是认识文学现象时所采用的一种途径和办法，前者则有自己独立的研究对象、目的、范围，有自己独立的历史和独立的研究方法。

任务和范围

比较文学的任务在于研究一种民族文学对其他民族文学的影响和其他

民族文学对这种民族文学的影响；同时也对比地研究并无直接联系的两种或几种民族文学在主题、题材、文体、风格、发展趋势等方面的类同和差异；它还研究文学与其他艺术形式如绘画、音乐以及其他意识形态如哲学、纯科学的相互关系和异同。

关于不同民族作家作品之间存在的相互关系的研究被称为影响研究。它追求文学发展的"经过路线"，既从"放送者"的角度探索一个作家或一种文学对其他民族文学所产生的影响，也从"接受者"的角度研究一个作家或一种文学所曾容纳和改造的外来因素。影响研究包括"渊源学"和"媒介学"，研究各民族文学产生影响的途径和手段，如翻译、改编等。影响研究帮助人们了解一种文学如何以创造性的吸收过程成为另一种文学的组成部分，不仅是研究文学发展不可缺少的部分，而且有助于总结经验，指导今天日益广泛的文化交流。

关于并无直接关系的不同民族文学在主题、题材、文体类别、人物形象、风格特点等方面实际存在的类同和差异的研究被称为平行研究。平行研究包括"题材史""主题学""类型学""形态学""比较批评"（或称"比较诗学"）等内容。"题材史"研究同一题材在不同民族文学中的不同形态及其发展历史，如人类起源这一题材在各族神话和民间传说中的不同表现和发展。"主题学"研究同一主题思想如"爱情与义务的冲突""人生短暂与自然永恒的矛盾"等在不同民族文学中的表现。"类型学"对比研究各民族文学中同一类型的作家作品、人物形象和故事情节。"形态学"研究同一文体在不同民族文学的不同发展历史，以及各民族诗歌创作的共性和特色。平行研究帮助人们以更宽阔的视野来总结文学的普遍规律，以概括更丰富的文学现象，同时也帮助人们在更广泛的背景下深刻认识自己民族文学的独创特点。

比较文学是一种边缘科学，研究文学与其他艺术形式如音乐、绘画、雕刻的关系，也研究文学与其他意识形态如宗教、哲学、纯科学的关系。这种跨学科的研究需要极其广博的知识，目前还没有取得重大成果。

发展简史

比较文学的研究并不是从19世纪才开始，早在14世纪，但丁在他的著作《论俗语》中就曾将早期法国文学与类似的普罗旺斯文学互相比较；18世纪法国启蒙思想家孟德斯鸠比较研究了不同民族语言的不同节奏所形成的不同诗歌格律；伏尔泰也曾比较研究过不同民族文学中不同的史诗类型。意大利启蒙运动领袖维柯在《新科学》卷3中对荷马的两部史诗进行了详细比较，认为它们都是不同地区和时期的民间歌手的口头传诵作品，不可能出于荷马一人之手。但是，比较文学作为一个学科的兴起是19世纪下半叶以后的事。这并不是一种偶然现象。马克思、恩格斯在《共产党宣言》中指出，由于资产阶级开拓了世界市场，"过去那种地方的和民族的自给自足和闭关自守状态，被各民族的各方面的互相往来和各方面的互相依赖所代替了。物质的生产是如此，精神的生产也是如此。各民族的精神产品成了公共的财产。民族的片面性和局限性日益成为不可能，于是由许多种民族的和地方的文学形成了一种世界的文学"[①]。这正是比较文学兴起的社会经济原因。与此同时，现代人文主义特别是浪漫主义的兴起肯定了任何一种语言和文学都自有其文化的价值，注意分析作家与作品产生的环境及其与其他文学作品的联系。19世纪以来，自然科学与其他社会科学领域已广泛应用了比较的方法，建立了比较生物学、比较语言学、比较产法学等新的学科，这就构成了比较文学兴起的文化背景。

"比较文学"一词首先出现于1829年，当时法国巴黎大学教授维尔曼

---

① 《马克思恩格斯选集》（第一卷），人民出版社，1972年，第255页。

在他讲授的一门课程的引言中,第一个把自己的一部著作称为"比较文学研究"。1830年,巴黎大学另一位教授安贝尔则把自己讲授的课程称为"文学艺术的比较历史"。1848年,英国批评家安诺德也采用了"比较的各国文学"这类术语,并在《目前文学批评的功用》一文中号召"每位批评家除他本国的文学外,至少必须熟悉另一种伟大的文学,这种文学与自己本国的文学差异愈大愈好"。但是,"比较文学"这一名称作为专门术语而被普遍接受却在1865年法国批评家圣伯夫称安贝尔为"比较文学的哥伦布"之后。

"比较文学"这个术语在19世纪的俄国并不流行,但有关这一内容的学术著作却相当丰富。早在1833年,著名批评家雅基莫夫就已写成《论罗蒙诺索夫时期以来俄罗斯文学发展的特点》,力求将俄罗斯文学现象同其他古老的欧洲国家文学之间的关系加以科学的论述,后来他又写了《在同外国文学联系中整个俄罗斯文学的发展》,另外还有佩平写的《在国际联系中的古俄罗斯小说与童话的历史》、达什凯维奇写的《部分俄罗斯作家的创作与欧洲文学家创作的比较》等,都是研究各民族文学相互影响的力作。

在西欧,1895年德国语文学家本法伊为德译《五卷书》写了前言,指出欧洲文学某些题材直接来源于印度故事,被认为是东西方比较文学的开始。1872—1884年,丹麦批评家布兰代斯完成了他的6册巨著《十九世纪文学主流》。他强调必须对欧洲文学进行比较性的研究,并在序言中指出:"这种比较性的研究具有双重的便利:一面可以把外国文学带到离我们那么近,使我们能够跟它合成一体;同时又把我们自己的文学放远了,使我们在真正的远景中看见它。"1886年,出现了第一部研究比较文学理论和方法的专著《比较文学》[英国波斯奈特(H. M. Posnett)著]。专门的比较文学刊物也相继问世,如匈牙利的《比较文学学报》(1877—1888,前两年原名《比较文学杂志》),由梅茨尔主编;德国的《比较文学杂志》(1887—1910),由科赫主编。与此同时,一些学校如美国的哈佛大学(1890)、法国的里昂大学（1897）都继巴黎大学之后陆续设立了比较文学专题讲座。1899年，美国哥伦比亚大学首先成立了比较文学系，哈佛大学比较文学系也在1904年成立。主持里昂大学第一个讲座的德·科斯特教授对比较文学的方法做了广泛而系统的研究，并将这些方法应用于欧洲现代文学分析，取得了很大成绩，曾被称为"比较文学之父"。哈佛大学的肖菲尔和白璧德（Irving Babitt）也为比较文学的发展作出了重要贡献。1900年，法国学者贝兹编纂了《比较文学书目》。1903年罗力耶（Frederic Loliee）所著《比较文学史——自滥觞至20世纪》，收集总结了比较文学的研究成果。在这个基础上，1931年出现了法国学者保罗·梵·第根（Paul Van Tiegham）的名著《比较文学论》，第一次全面总结了近百年来比较文学发展的理论和历史，全书分"比较文学的形成与发展""比较文学的方法与成绩""总体文学"三大部分，是一部集大成的作品。法国始终是这一阶段比较文学研究的中心。

由于战争和其他原因，40年代以来比较文学研究没有很大进展，第二次世界大战以后，比较文学以美国为中心而发展起来。1952年，《比较文学与总体文学年鉴》在美国创刊，按年总结和分析比较文学发展中的成绩和问题。1958年，国际比较文学学会继1956年在意大利召开第一届代表大会后，在美国召开第二届会议，讨论了比较文学发展中的许多重大问题，是一次具有历史意义的大会。美国学者认为比较文学研究不应局限于发生直接关系的各民族文学之间，还要探讨全无关联的不同文学体系的共同现象及其差异，把平行研究的概念和方法引入比较文学的研究范围。

60年代以来，比较文学在苏联也得到很大发展。1960年，苏联开展了"文学的相互联系与相互影响"的专题讨论和1971年召开的"斯拉夫文学比较研究"会议，推动了比较文学理论的发展。1976年出版的《苏联大百科全书》第24卷和1978年出版的《简明文学百科全书》第9卷分别用"比较历史文艺学"和"比较文艺学"的词条阐述了比较文学的内容。

进入70年代，文学研究领域和其他研究领域一样逐渐摆脱了欧洲中心论和苏联中心论的局限，许多学者开始感到缺少对亚洲、非洲等广大地区文学传统和现状的了解，就谈不上对文学现象的全面研究。东方的文学体系，特别是中国、印度、阿拉伯的传统文学体系越来越引起比较文学研究者的兴趣和重视。东西方比较文学，特别是中西比较文学必将日益引起学者的关注。目前，以中西比较文学为中心议题的国际会议已召开过多次，这一领域的开拓将成为世界比较文学研究的重要内容。

三大学派

在比较文学发展过程中，由于研究重点的不同而形成了不同学派。最有代表性的是法国学派、美国学派和苏联学派。法国学派以梵·第根、伽列等人为代表，是历史最久的一支学派。他们强调影响研究，认为比较文学应侧重研究各民族文学作家和作品之间的直接影响，即确实存在的"事实关系"，而不需要做美学评价，也不重视美学欣赏。他们主张"比较"应摆脱全部的美学含义而取得一个科学的含义。50年代兴起的美国学派以雷纳·韦勒克等人为代表。他们强调平行研究，反对把比较文学局限于有直接影响的不同民族文学的实证分析，主张把文学与其他文化现象的关系联系起来探讨，提倡从美学角度分析各民族文学的异同。苏联学派形成于60年代，代表人物是维·日尔蒙斯基、米·阿列克谢耶夫等。他们强调影响研究和平行研究的不可分割的联系，认为各民族文学独立产生的共同特点正是各民族文学能够互相影响的基础和条件，但他们同时也强调在比较研究各种文化联系和比较研究各种文学的异同之间不做明显的区别也是不对的，因为这里所研究的是两种不同性质的文学现象。随着比较文学研究的发展，新的学派还将不断出现，正在酝酿中的以促进中西比较文学研究为主要任务的中国学派就是一例。

比较文学在中国

中国比较文学的发展也不是从最近才开始的。鲁迅、茅盾、郭沫若都曾在广泛比较各国文学的基础上探索过中国文学发展的新路。鲁迅早在1907年写的《摩罗诗力说》中就比较分析了各民族文学发展的特色。他指出印度、希伯来、伊朗、埃及等文化古国政治上的衰微带来了文学上的沉寂；俄国虽也似无声，但"俄之无声，激响在焉"；德国青年诗人以热忱的爱国精神"凝为高响"，使人民热血沸腾；英国以拜伦、雪莱为代表的"恶魔诗派"更是以他们"立意在反抗，指归在动作"的诗歌，"动吭一呼，闻者兴起"。鲁迅还研究过"恶魔诗派"在波兰、匈牙利等民族文学中的发展以及拜伦对俄罗斯文学的影响；他也比较过尼采与拜伦的不同，拜伦和易卜生的差异，并得出结论："欲扬宗邦之真大，首在审己，亦必知人，比较既周，爰生自觉。"这也就是说必须审己知人，在众多的比较中鉴别优劣，才能找到振兴中华的途径。茅盾在1919年和1920年相继写成的《托尔斯泰与今日之俄罗斯》和《俄国近代文学杂谈》中也反复比较了托尔斯泰、高尔基与英国作家狄更斯，法国作家莫泊桑、雨果，挪威作家易卜生的不同，从而提出了许多有益的意见，促进中国文学积极自觉地从世界文学中吸取营养，走向新的发展阶段。

30年代，傅东华、戴望舒分别翻译了罗力耶的《比较文学史》和保罗·梵·第根的《比较文学论》，第一次在中国系统介绍了比较文学的历史、理论和方法。1936年出现陈铨的专著《中德文化研究》，全面评述了中国小说、戏剧、抒情诗在德国的传播和影响。钱锺书的《谈艺录》、朱光潜的《诗论》、范存忠的《威廉·琼斯爵士与中国文化》等都在某一方面对中国比较文学的发展有所建树。

50年代出现了许多有影响的研究论著。莎士比亚、歌德、萧伯纳、泰戈尔、易卜生、普希金、果戈理、托尔斯泰、陀思妥耶夫斯基、高尔基、马雅可夫斯基等在中国的影响传播都受到中国学者的关注而反映在许多专论之中。近年来，比较文学的研究在中国日渐繁荣，无论在影响研究还是平行研究方面都出现了一批有质量的文章。

比较文学在文学研究领域中是一门新兴的学科，无论在实践方面还是在方法学理论方面，都还有一系列有待于解决的课题。例如相互独立的不同体系的文学现象的"可比较性"的标准、比较文学独立的方法论体系、文学与其他艺术形式的联系、文学同整个人类文化的联系等尚未圆满解决的问题，都需要更深入地进行研究，同时也正是这些问题向我们预示着比较文学发展的广阔前景。

《我就是我——这历史属于我自己》自序

  法国著名思想家米歇尔·傅科曾经断言,个人总是被偶然的罗网困陷而别无逃路,没有任何"存在"可以置身于这个罗网之外。我的学术生涯充满了种种偶然。如今细细想来,虽然我对"必然"二字深怀戒心,但我一辈子被"认识必然就是自由"这句名言害得好苦!只有顺从这些"必然",才会得到"自由"。这个道理我是在后来吃了很多苦头之后才悟出的。应当申明我这里所说的"必然"仅指那种似有似无,好像在冥冥之中,将各种偶然连成一片的点点线线。如果把某种主体意识通过自身经验建构而成的文本也看作一种历史,那么,这些点点线线倒说不定可以颠覆某些伟大构架,在一瞬间猛然展现了历史的面目,而让人们于遗忘的断层中得见真实。
  我以自己的生命在混沌的时空中将各种点点线线莫名其妙地连成一片,造就了我的历史,这历史属于我自己。我就是我!

我的比较文学之路

中国比较文学源流

比较文学在中国并不是新事物。就从现代说起,中国比较文学的源头也可上溯到1904年王国维的《尼采与叔本华》《红楼梦评论》,特别是鲁迅1907年写的《摩罗诗力说》和《文化偏至论》。另外,茅盾于1919年和1920年相继写成的《托尔斯泰与今日之俄罗斯》和《俄国近代文学杂谈》也对东欧和西欧的文学进行了比较研究。

比较文学作为一门现代学科在中国出现是在20年代末、30年代初。1929—1931年,英国剑桥大学英国文学系主任,新批评派大师瑞恰兹(Ivor Armstrong Richards)在清华大学任教,开设了"比较文学"和"比较文化"两门课。清华大学教师瞿孟生(P. D. Jameson)还根据瑞恰兹的讲稿写成《比较文学》一书,主要是对英、法、德三国文学进行了比较研究。当时清华大学研究部文学课程分为文学专题和作家分析两类;"比较文学"

是前一类课程中很重要的一支。除吴宓开设的"中西诗之比较"、温德（R. Winter）开设的"文艺复兴时期的文学"、陈寅恪的"中国文学中的印度故事的研究"外，还有"近代中国文学之西洋背景""翻译术"等课程。①清华大学培养了一大批学贯中西的比较文学学者，如季羡林、钱锺书、李健吾、杨业治等都是那个时期的学生。不久，傅东华和戴望舒又相继翻译了罗力耶的《比较文学史》（1931）和保罗·梵·第根的《比较文学论》（1934），第一次在中国系统介绍了比较文学的历史、理论与方法。1934年出版了梁宗岱的《诗与真》，作者以深厚的中国古典文学素养对西方文学进行了比较文学方法的探讨；1936年又出版了陈铨的《中德文学研究》全面评述了中国小说、诗歌、戏剧在德国的传播和影响。40年代，闻一多进一步论证了以中国的《周颂》《大雅》，印度的《梨俱吠陀》《旧约》里最早的诗篇，希腊的《伊利亚特》和《奥德赛》为代表的这四种约略同时产生的文化如何各自发展，渐渐相互交流、变化、融合的发展过程，并指出"两个文化波轮由扩大，而接触，而交织，以至新的异国形式必然要闯进来……新的种子从外面来到，给你一个再生的机会"②。另外，朱光潜的《文艺心理学》《诗论》，钱锺书的《谈艺录》也都在40年代为中国比较文学的发展作出了新的贡献。

1979年，出版了钱锺书的《管锥编》。《管锥编》最大的贡献就在于纵观古今，横察世界，从"针锋粟颗"之间突显出互为参照的重要文学现象。继《管锥编》之后，北京大学的四位教授相继发表了四本比较文学论著：宗白华的《美学散步》（1981）在比较美学，诗、画、戏剧等交叉学科的比较研究方面独树一帜；季羡林在《中印文化关系史论文集》（1982）中对中印文学关系进行了独到的深入讨论，为中国比较文学的影响研究树立了

---

① 参阅清华大学校史编写组：《清华大学校史稿》，中华书局，1981年，第167页。
② 闻一多：《神话与诗》，古籍出版社，1957年，第201—206页。

榜样；金克木的《比较文化论集》（1984）着重研究了《梨俱吠陀》与《诗经》的比较，并论及"符号学""诠释学"在中国的应用；杨周翰的《攻玉集》（1983）则以中国文学为参照系重新解释了莎士比亚、弥尔顿、艾略特等欧洲作家的作品。南京大学范存忠的《英国文学论集》、上海社会科学院王元化的《文心雕龙创作论》也都为比较文学在中国的复兴作出了重要贡献。

我如何走上比较文学之路

我追随前辈，走上比较文学之路，是偶然，也是必然。70年代中期，北京大学招收了一些留学生，我被分配去教一个留学生班的现代文学。我的这个班二十余人，主要是欧美学生，也有从澳大利亚和日本来的。为了给外国学生讲课，我不得不突破当时教中国现代文学的一些模式，我开始讲一点徐志摩、艾青、李金发等"资产阶级"作家。为了让我的学生较深地理解他们的作品，我不得不进一步去研究西方文学对中国现代文学的影响以及它们在中国传播的情形。这一在学术界多年未曾被研究的问题引起了我极大的兴趣。我开始系统研究20世纪以来，西方文学在中国是如何被借鉴和吸收，又是如何被误解和发生变形的。

从对早期鲁迅和早期茅盾的研究中，我惊奇地发现他们不约而同，都受了德国思想家尼采很深的影响。再进一步研究，发现这位30年来被视为煽动战争、蔑视平民、鼓吹超人的极端个人主义者尼采的学说竟是20世纪初中国许多启蒙思想家推动社会改革、转变旧思想、提倡新观念的思想之源。无论是王国维、鲁迅、茅盾、郭沫若、田汉、陈独秀、傅斯年等都曾在思想上受到尼采深刻的影响。事实上，尼采学说正是作为一种"最新思潮"为中国知识分子所注目。尼采对西方现代文明的虚伪、罪恶的揭露和批判，对于已经看到并力图避免这些弱点的中国先进知识分子来说，正是极好的借鉴。他那否定一切旧价值标准，粉碎一切偶像的破坏者的形象（这种形象在中国传统社会未曾有过），他的超越平庸、超越旧我、成为健康强壮的超人的理想都深深鼓舞着正渴望推翻旧社会、创造新社会的中国知识分子，引起了他们的同感和共鸣。无论从鲁迅塑造的狂人所高喊的"从来如此——便对么？"的抗议，还是郭沫若许多以焚毁旧我、创造新我为主题的诗篇，都可以听到尼采声音的回响。但是尼采学说本身充满了复杂混乱的矛盾，他的著作如他自己所说，只是一个山峰和另一个山峰，通向山峰的路却没有。各种隐晦深奥的比喻和象征都可以被随心所欲地引证和曲解。因此，尼采的学说在不同时期也就被不同的人进行着不同的解读和利用。

1981年，我根据上述理解，写了一篇《尼采与中国现代文学》发表于《北京大学学报（哲学社会科学版）》，引起了相当强烈的反响。客观地说，这篇文章，不仅引起了很多人研究尼采的兴趣，而且也开拓了西方文学与中国文学关系研究的新的空间。1986年，北京大学第一次学术评奖，这篇文章还得了一个优秀论文奖。时隔五六年，还有人记起这篇文章，我很觉高兴。后来，它又被选进好几种论文集，并被译成英文，发表在澳大利亚的《东亚研究》上。[①]

与研究尼采同时，我编译了一本《国外鲁迅研究论集》（北京大学出版社，1981）。由于和留学生接触我看到了许多国外研究鲁迅的论文，我的英语也有所长进，我在这些论文中发现了一个新天地。我感到这些论文在某些方面颇具特色。例如谈到鲁迅的思想变化时，把鲁迅和一些表面看来似乎并无关联的西方知识分子如布莱希特、萨特等人进行了比较，指出他们都甘愿牺牲舒适的环境去换取不确定的未来；他们都不相信未来的"黄金世界"会完美无缺；也不想从他们正在从事的事业索取报偿；他们理性的抉择都曾

[①] 参阅乐黛云：《比较文学与中国现代文学》，北京大学出版社，1987年，第88—117页。

被后来的批评家们误认为是一时冲动或由于"绝望",甚至是受了"现代符咒——革命"的"蛊惑"!这样的比较说明了鲁迅的道路并非孤立现象,而是20世纪前半叶某些知识分子的共同特色。这部包括美国、日本、苏联、加拿大、荷兰、捷克、澳大利亚7个国家,20篇文章,并附有《近二十年国外鲁迅研究论著要目》(270篇)的《国外鲁迅研究论集》对国内鲁迅研究,也许起了一些开阔视野、促进发展的作用;对我自己来说,则是使我初步预见到对并无直接关系的不同文化之间的文学作品进行"平行研究"的巨大可能性。我于1987年写成的一篇论文《关于现实主义的两场论战——卢卡契对布莱希特与胡风对周扬》就是沿着这样的思路来写的。这篇文章1988年发表于《文艺报》,同年10月为《新华文摘》所转载。1988年国际比较文学学会第十二届年会(慕尼黑),我提交了这篇论文,后来被选入了大会论文集。

1980年以来,北京大学的季羡林、李赋宁、杨周翰、杨业治、金克木等教授都对比较文学表示了程度不同的兴趣,加上当时杨周翰先生的博士生张隆溪和我,还有一些别的人,我们一起于1981年1月成立了中国第一个比较文学学会——北京大学比较文学研究会,由季羡林教授任会长,钱锺书先生任顾问;我则充当了马前卒,号称秘书长。学会生气勃勃,首先整理编撰了王国维以来,有关比较文学的资料书目,同时策划编写"北京大学比较文学研究丛书",并出版了《北京大学比较文学研究会通讯》。

这年夏天由于一个很偶然的机会,我得到了美国哈佛大学燕京学社的资助,去哈佛大学进修一年。我对哈佛大学比较文学系向往已久,这不仅是因为它的创办者之一白璧德教授对于东西文化的汇合曾经是那样一往情深,也不只是因为20年代初期由哈佛归来的"哈佛三杰"陈寅恪、汤用彤、吴宓所倡导的"昌明国粹,融化新知"为东西文化的汇合开辟了一个崭新的学术空间,还因为1981年正在担任哈佛东西比较文学系主任的纪延教授(Prof. Claudio Guillen)多次提到:"我认为只有当世界把中国和欧美这两种伟大的文学结合起来理解和思考的时候,我们才能充分面对文学的重大的理论性问题。"他的这一思想深深地吸引了我。遗憾的是在哈佛的一年,由于我的英语不够好,我始终未能和纪延教授深入讨论我想和他讨论的问题,但我却大量阅读了比较文学的基础理论和有关资料,进一步提高了我的英语水平。

1982年和1983年,我有幸被加州大学伯克利分校邀请为客座研究员,在那里,我结识了白之教授(Prof. Cyril Birch)和斯坦福大学的刘若愚教授(Prof. James Liu)。著名的跨比较文学系和东亚系的白之教授是我的学术顾问,他对老舍和徐志摩的研究,特别是对他们与外国文学的关系的研究都给了我很大的启发。我很喜欢参加白之教授的中国现代文学讨论班。印象最深的是有一次讨论赵树理的小说《小二黑结婚》。同学们各抒己见,谈谈各自对书中人物的看法。一位美国学生说,她最喜欢的是三仙姑,最恨的是那个村干部。这使我很吃惊,过去公认的看法都认为三仙姑是一个四十多岁,守寡多年,还要涂脂抹粉,招惹男人的坏女人;村干部则主持正义,训斥了三仙姑。但这位美国同学也有她的道理:她认为三仙姑是一个无辜受害者。她也是人,而且热爱生活,她有权利追求自己喜欢的生活方式,但却受到社会的歧视和欺压;村干部则是多管闲事,连别人脸上的粉擦厚一点也要过问。我深感这种看法的不同正说明了文化和社会价值观念的不同。这种不同不仅无害,而且提供了理解和欣赏作品的多种角度。正是这种不同的解读才使作品的生命得以扩展和延续。这个讨论班给我提供了很多这类例子,使我在后来的比较文学教学中论及接受美学的原理时有了更丰富的内容。

在伯克利的两年里,我精读了执教于斯坦福大学的刘若愚教授所写的《中国诗学》和《中国文学理论》以及他关于李商隐诗的一些相当精辟的论述,并和他进行过多次讨论。他对中西诗学都有相当深的造诣,他的思考给了我多方面的启发。首先是他试图用西方当代的文学理论来阐释中国具有悠久历史的传统文论,在这一过程中确实不乏真知灼见,而且开辟了许多新的研究空间，但是，将很不相同、长期独立发展的中国文论强塞在形上理论、决定理论、表现理论、技巧理论、审美理论、实用理论等框架中，总不能不让人感到削足适履，而且削去的正是中国最具特色、最能在世界上独树一帜的东西。其次，我感到他极力要将中国文论置于世界文论的语境中来进行考察，试图围绕某一问题来进行中西文论的对话，得出单从某方面研究难于得出的新的结论。事实上，这两方面正是我后来研究比较诗学的两个重要路向。

我1984年夏天回国，中国的比较文学研究已经有了新的进展：1981年，辽宁省率先成立了全国第一个地方性比较文学研究会，并在三年内，接连开了三次学术讨论会；1983年6月，在天津召开的外国文学学会年会上，举办了一次全国性的比较文学讨论会。紧接着，第一次中美双边比较文学讨论会在北京召开（1983年8月），大会由钱锺书先生致开幕词，刘若愚、厄尔·迈纳、西里尔·白之和王佐良、杨周翰、许国璋、周珏良、杨宪益等世界著名教授都参加了大会。看来，成立全国比较文学学会的时机已经成熟，1985年10月，由35所高等学校和科研机构共同发起的中国比较文学学会在深圳大学正式成立，大会选举季羡林教授担任名誉会长，杨周翰教授担任会长。从此，中国比较文学走上了向"显学"发展的坦途。

最重要的是要拿出实绩

有了全国性的组织以后，我深感最重要的下一步就是要拿出实绩。我当时理解的实绩一是学科建设，一是培养人才。在湖南文艺出版社的支持下，我们组织了一套比较文学丛书，丛书分三辑，每辑四册，包括比较文学理论、国外中国文学研究、中外文学关系三方面的内容。后来又出了"北京大学比较文学研究丛书"十余本，"中国文学在国外丛书"六本，"中外比较文化丛书"九本。我在北京大学和深圳大学相继开设了"比较文学原理""20世纪西方文艺思潮与中国现代文学""马克思主义文论在东方和西方""中西比较诗学"等课程。这些课程都是第一次开设,选课的学生很多,学生的欢迎促使我更好地准备,同时大量增进了我自己的系统知识的积累。

1987年、1988年,我连续出版了两部专著:《比较文学与中国现代文学》(北京大学出版社)和《比较文学原理》(湖南文艺出版社)。第一本书大致体现了我的思想发展过程,全书分三部分:第一部分谈我对比较文学这门学科的认识;第二部分谈中外文学关系;第三部分是试图在西方文艺思潮的启发下,重新解读中国文学,也就是所谓"阐发研究"。我关于中外文学关系的研究如果有所创新,那就是着重探讨了文艺思潮的跨文化影响。任何文艺思潮,如果真是具有普遍性,就会传播到世界各地,在那里被接受,并发生变形,得到发展。要对这一思潮全面了解,就不能不深入研究它在各地传播和发生影响的情形。例如浪漫主义,作为18世纪末、19世纪初的一种文艺思潮,它如何传入朝鲜、日本和中国,在这一传播过程中,发生了什么变化,掺进了哪些新的内容,又如何为不同文化所接受,犹如地层中的岩系,不断向外伸展,不了解这种伸展,也就不能认识整体的来龙去脉。另一方面,作为一种创作方法,浪漫主义的很多特征又都能在许多不同文化中发现其不同表现,如屈原和李白诗歌的某些因素。它们本身并不属于浪漫主义思潮,但它们必然影响浪漫主义思潮在中国的传播。我认为这是一个可以长期研究的很有趣味的课题。

我在80年代更为关注的是接受和影响的关系。我首先企图界定"影响"一词的内涵,把"影响"和"模仿""同源""流行""借用"等概念区分开来。我认为在比较文学研究中,所谓一个作家受到另一个外国作家的影响,首先是指一些外来的东西被证明曾在这位作家身上或他的作品中产生一种作用，这种作用在他自己国家的文学传统里和他自己的个人发展中，过去是找不到的，也不大可能产生。其次，这是一个有生命的移植过程，通过本文化的过滤、变形而表现在作品之中。两种不同文化体系之间大规模的文学影响常发生在当一国的美学和文学形式陈旧不堪而急需一个新的崛起或一个国家的文学传统需要激烈地改变方向和更新的时候。影响需要一定的条件，影响的种子只有播在那片准备好的土壤上才会萌芽生根。我国三次大规模的接受外来影响都说明了这一点。影响是一个非常复杂而多样的过程。它往往首先发端于一种心理的或意识形态的启发，某种外来的东西突然照亮了作者长期思考的问题而给予一种解决的新的可能。法国诗人波德莱尔说他喜欢美国作家爱伦·坡，就因为在爱伦·坡的作品中，他自己头脑里一些模糊的、未成形的构思被完美地塑造出来。T. S. 艾略特认为他受到一些其他作家的影响，往往是因为这些作家能"逗引"起他内心想说的话。庞德之所以认为中国诗"是一个宝库，今后一个世纪将从中寻找推动力，正如文艺复兴从希腊人那里找推动力"，就因为中国诗给他所痛感的"西方当代思想缺乏活力""宗教力量日益衰退"等问题提供一种解决的新的可能；而中国诗歌的简洁、含蓄对于维多利亚时代诗歌的繁言赘语、含混不清也是一种冲击而给诗人以启发。如果说这种"启发"往往是不自觉的偶然相遇，那么影响的第二步——"促进"就是有意识地寻求、理解、加强。随之而来的是一个认同和消化变形的过程。文学影响最后还要通过文学表现出来。

70年代德国接受理论的兴起对上述传统影响研究进行了全面刷新。事实上，接受和影响是一个问题的两面。播送者对接受者来说是影响，接受者对播送者来说，就是接受。过去的影响研究多研究播送者如何影响接受者，却很少研究播送者如何被接受。如今这一单向过程改变为双向过程，就为这一领域开辟了许多新的层面。首先，由于"接受屏幕"的不同，一部作品在本国和在外国被接受的状况也显然各异。通过某种成分被拒绝或接受或改造的复杂过程,我们不仅可以更多面地发掘出作品的潜能,而且也可以进一步了解不同文化体系的特点。其次,对外国作品的接受,往往可以作为一面镜子,反射出接受者的不同个性。另外,通过关于接受的研究,还可以考察时代的变化。一部作品在被接受的过程中常常因时代的不同而被强调不同的方面。再者,关于接受的"反射"也是一个很有意思的现象。五四以来,借助对西方文化的接受,反观本国文化而有新的启悟的现象屡见不鲜。例如诗人郭沫若说他从小熟读《诗经》,但"丝毫也没感觉受着它的美感",只是在读了美国诗人朗费罗的诗后,"才感受到了同样的清新,同样的美妙"[1]。这样的例子是很多的,它们都说明了"接受的反射现象"对文学发展的重大作用。最后,接受理论为比较文学研究者提供了编写完全不同于过去的体例的新型文学史的可能。一种新的文学思潮兴起后,如果它是真有价值的,就会逐渐获得世界性,如浪漫主义、现实主义、超现实主义、现代主义等等无不如此。不同文化体系在接受这些思潮时,由于"接受屏幕"和"期待视野"的不同,必然有所选择,有所侧重,并在融入本体系文学时,完成新的变形。这种变形既包含着该文化系统原来的纵向发展,又包含着对他种文化系统横向的吸取和改造而形成的新的素质;文学本身就是这样发展起来的。从比较文学的角度来重写文学史,就要着重考察各种思潮、主题、文类、风格、取材,以致修辞方式、诗歌、格律等等文学的构成因素在不同民族文学中的继承、发展、相互影响和相互接受。新的文学史将由"创造""传统继承"和"引进"三个部分组成,而对那些特殊的历史时刻予以关注。这种时刻,读者的文学观念往往可以穿越或排斥以往的界限,敏于接受外来影响,并改变自己的"接受屏幕"和"期待视野"。在接受理论的基础上还可以从读者角度出发,研究读者心态的历史。如果整理五四以来不同历史阶段,不同外国作家被中国读者所选择和接受的广度和深度,以及被强调的不同方

---

[1] 郭沫若:《我的作诗经过》,《沫若文集》(第十一卷),人民文学出版社,1959年。

面，就可以从一个侧面看出近百年中国社会心理的发展和变迁。总之，接受理论使人们进一步认识到潜在于作品的各种可能性，因而为偏于实证、路子越走越窄的传统影响研究带来了全面的活泼的生机。

《比较文学与中国现代文学》的第三部分是讨论阐发研究。所谓阐发研究，简而言之就是借助外国文学理论来重新解读中国文学。这曾是一个有争论的问题。我认为关键在于拿出实例，说明这种阐发确实对推动中国文学发展有益。80年代初，西方发展了数十年，经历过各种复杂阶段的文艺思潮同时涌入中国。历时性的发展变成了共时性的并存。我这本书的这一部分以"小说世界的外延研究"（传统的小说分析）、"文学是一种特殊的语言形式"（新批评派）、"决定着表达方式的深层结构"（结构主义）、"潜意识及其升华"（精神分析）、"作品的框架与意象的挖掘"（接受美学）、"事序结构和叙事结构"（叙述学）、"'推末以至本'和'探本以穷末'"（诠释学）为题，企图说明在这些思潮的启发下，可能开辟的新的学术空间。其实，大量西方文学理论的传入，绝不是随意的、偶然的、与本土语境无关的，恰恰相反，任何一种理论的传入，都经过了中国社会实际与文化情景的筛选，并实际有利于中国文学的改进，才能得以生存和发展。例如出于对数十年苏联文艺理论只强调社会环境和社会效用的逆反心理，新批评派的细读批评和结构主义叙述学就很容易被接受；有些西方新观念，中国文学传统中很少提及，如精神分析和后来的女性主义文学批评，由于其新鲜，也较容易引起大家注意；另一方面，也有一些西方文学理论正是由于它们与中国传统文学观念容易找到契合点而引起广泛兴趣，如诠释学就很容易与中国的"述而不作""我注六经""六经注我"等道理相通；接受美学与中国的"作者以一致之思，读者各以其情而自得""横看成岭侧成峰，远近高低各不同"等说法也有类似之处。另外，西方马克思主义文学批评在中国也很盛行，这是由于人们急于了解数十年来作为中国主流意识形态的马克思主义在西方的发展所致。所有这些显然都有益于中国文学的发展。

《比较文学与中国现代文学》一书并不一定有什么新的发明，但在当时却是一本有用的书。正如我的老师季羡林教授在为该书所写的序言中说的："这一部书很有用处，很有水平，而且很及时。杜甫的诗说：'好雨知时节，当春乃发生。'我很想把这一部书比为'当春乃发生'的及时好雨。"我的导师王瑶先生更是指出了我的这些最初的学术成果与我个人性格的关联，他说："每个人如果能根据自己的精神素质和知识结构、思维特点和美学爱好等因素来选择适合自己特点的研究对象、角度和方法，那就能够比较充分地发挥自己的才智，从而获得更好的成就。乐黛云同志的治学道路显然与她个人的知识面宽广和具有开拓精神等素质有关，但它却能给人以普遍性的启发，特别是在当前各种新学科、新方法纷至沓来的时候。"

我关于比较文学的研究首先从有实际联系的影响研究入手，这大概与我过去出身于研究文学史有关。但我越来越感到完全没有事实联系的不同文化体系中的文学也有非常重要的比较研究价值，这些领域深深地吸引着我。我那本《比较文学原理》重点就在于主题学、文类学和跨学科研究的探讨。

从内容方面来说，文学反映人的思想、感情和心理状态。人类共有的欢乐、痛苦和困扰往往可以从全不相干的文学体系的作品中看到。例如自古以来，大量文学作品表现了爱情与政治、社会、道德观念的冲突，当然，由于时代、环境、文化、民族心态的不同，共同的主题在不同的作品中有着很不相同的表现，但作者对于这一问题的基本态度——对纯真爱情的同情和对政治社会压迫的抗议则是基本相同的。这种关于共同主题的研究曾被指责为缺乏实证的事实联系，或缺乏对文学性本身的分析。我认为作家对于主题的选择首先是一种美学决定，这种选择决定着结构的模式、题材的提炼和题材的表现。同一主题如何由于不同的艺术表现而形成不同的艺术创作，同一题材又如何由于作者思想的不同深度而提炼出感人程度不同的作品等等。如果不把"文学性"的分析仅仅局限为语言分析，那么，这种主题和题材及其艺术表现的分析显然也是一种"文学性"的分析。主题学还研究不同时代、不同文化地区的人何以提出同样的主题；同时也研究有关同一主题的艺术表现、创作心态、哲学思考、意象传统的不同并对其继承和发展进行历史的纵向研究等等。会通中西文学，开展有关主题的研究应该是一个很有潜力的领域。

在文学形式方面，我对中西文体的发展进行了一些文类学的比较研究。世界各大文化体系，大致都能找到从口头创作发展为诗歌、戏剧、小说三种类型的文体的迹象，而小说都是在诗歌、戏剧之后才发展起来的。如果用长篇小说这种文体来做一些对比分析，可以看到中国长篇小说与西方长篇小说显然有不同的发展源流。西方小说从史诗发展为中古传奇（ROMANCE）再发展为长篇小说；中国小说则从大量叙事文体发展为稗史、民间演义，加上佛经故事和市井短篇小说，逐步演化为长篇小说。但是，中西小说始终保持着一种同步的发展过程。首先，中西长篇小说的产生都是和都市文化、商业化、工业革命、印刷术发展和教育普及分不开的。其次，无论中西，长篇小说的发生发展往往以思想方面的动荡、新思想的产生作为背景。第三，无论中西小说都需要采取一种比较自由的语言媒体，以突破少数人对文化的垄断。西方小说自从但丁改用活着的意大利口语写作后，欧洲小说很快就普遍采用了明白易懂的语言来写作。中国的讲史、讲经本来就和民间口语很接近，《金瓶梅》《水浒传》都采用了远较其他作品更为自由的语文媒体。另外，中西小说在其发展的最初阶段，作品构造的小说世界大都深具批判性，法国的《巨人传》、中国的《西游记》都出现于16世纪，唐僧到西方极乐世界去取经，法国巨人到东方来寻求智慧的"神壶"，无论是前者对西方，还是后者对东方，都是一种对现存制度的不满足和对另一种人生的追求。同时，还可看到很多国家的小说都是从客观世界的描写开始，逐渐转而探求人物性格、生活经验、精神世界等复杂问题。由此可见中西小说发展的同步的趋势和许多类同的特点。

文类学研究的另一个内容是关于文学分类的研究。我对文学分类本没有独到研究，但看到美国学者威因斯坦在进行了一系列文学分类研究之后，竟得出结论说："在远东国家中，迄今为止还没有按照类属对文学现象进行过系统分类"，不免心有不平，其实，早在两千多年前，我国第一部诗歌总集《诗经》就已经对诗歌进行了分类。风、雅、颂是以教化作用为标准分类：风，言一国之事，系一人之本；雅，形四方之风；颂，美盛德之形容（也有人说是以音乐曲调的不同分类）。赋、比、兴也可理解为以艺术功能为标准分类：赋，敷陈之谓也；比，喻类之言也；兴，有感之辞也。东汉班固撰写的《汉书·艺文志》已按诗歌的不同风格，把赋分为《屈原赋》《孙卿赋》《陆贾赋》和《杂赋》四类；《杂赋》又按体制和题材分为十二种。曹丕的《典论·论文》提出"文本同而末异"，"末"就是指不同的文体。他将流行的文体分为四科八类，陆机又将之扩大为十类，并指出"诗缘情而绮靡""赋体物而浏亮"等不同文体特色。这十类中至少有七类属文学范围，包括了抒情文、叙事文、韵文和散文。稍后于陆机，出现了挚虞的《文章流别集》四十一卷和《文章流别志论》二卷。可惜两书均已亡佚，仅从残篇断简之中，尚能考见前者是一部按十一类文体编排的文章总集，后者则专论各类文体特点、源流及其代表作。两书体例大体先讲文体定义、形成由来，再讲历史演变、发展趋势、与其他文体的区别，这应是中国文体论的一部重要著作。《文心雕龙》是我国文类学研究的一个高峰。刘勰不仅建立了包含三十四种文类的大系统，而且在《体性》篇中，特别讨论了文体风格形成与作者性格及后天涵养的关系。他指出，由于"才有庸俊，气有刚柔，学有浅深，习有雅郑"，根据不同的情性、知识和习染就造成了文章的千变万化，所谓"各师其心，其异如面"。刘勰举了许多实例说明"才、气、学、习"所形成的个人才情气质如何决定他们的不同风格。他把这些不同风格归约为"八体",又分为相对的四组。刘勰的文体研究不仅对中国文类学而且对世界文类学都有重大意义。事实上,中国的文类学家不仅探索了划分文类的多种标准,界定了各种文类的定义,论证了各种文体的区别,研究了各种文体的相互关系,并且也探讨了各种文体的渊源及其变化,比较分析了各种文体的作家作品。中国文类学显然是一个不容抹杀的客观存在。

除了对于文学内容和形式的比较研究外,最吸引我的就是文学的跨学科研究,特别是文学与自然科学的跨学科研究。这是和文学的跨文化研究很不相同的另一种研究。19世纪,进化论曾全面刷新了文学理论、文学批评,以及文学创作的各个领域;20世纪,系统论、信息论、控制论、热学第二定律以及熵的观念对文学的影响也绝不亚于进化论之于19世纪文学。

在系统论之前,人类认识世界有两种方法:一种建立在相似、类比的基础上(如甲和乙相似,认识甲即可推断出乙);另一种建立在差异分类的基础上(按事物的不同特点分类对比研究)。系统论与这两种方法都不同,它把对象看作一个大系统而力图从中找出把各部分联结在一起、构成统一体的"语码"(CODE)。正是这种语码才使符号系统具有意义。结构主义者认为人类文化本身就是一个符号系统,离开这个系统,个体的特别行动是不会有意义的,除非它按照某种"语码"组织在某个符号系统之中。结构主义者的目标就是要破译隐藏在各种系统中的语码,发现其深层结构。系统论所提供的这种结构观念为文学研究打开了许多新的层面。

信息论关于语义型信息和审美型信息的讨论、关于"最优化"信息的选择都为文学研究提供了新的思考层面,特别是信息论的发展和电脑的出现使得用统计学方法进行文体风格和个人艺术特征的辨析成为可能。科学家们通过不同作者用词的频率、词长、句长、词序、节奏、韵律、特征词等等的综合、分类、统计来确定难以描述和定性的不同作者的风格特色,判断作者的真伪。

另外，从热力学第二定律所引出的耗散结构和熵的观念也逐渐渗透到社会科学和文学研究领域之中。熵是混乱程度的测量标准。在一个封闭的体系中，层次较高的、较有秩序的位能做功，能量耗散，而产生层次较低的、较无秩序的位能。这是一个不可逆的、能量越来越少的过程，也是测量混乱程度的"熵"越来越大的过程。熵的增大打破了一切秩序，淹没了一切事物的区别和特点，使一切趋向于混沌、单调和统一。按照这种理论，全世界可做功的总能量会越来越少，一切都会变得陈旧、已知；新鲜的、未知的、按特殊秩序排列的事物越来越罕见，也就是熵越来越大的状态。熵的观念在美国小说中引起很大反响，著名的美国作家，如索贝娄、阿卜代克、梅勒等都曾在他们的作品中多次谈到熵的问题，著名的美国后现代作者品钦的一篇短篇小说题目就是《熵》。实际上，《熵》正像他后来的许多作品的一个序言，他的作品，如《万有引力之虹》等，无不笼罩着熵的阴影。女作家苏珊·桑塔格在她的名作《死箱》中，描写一切事物都在瓦解衰竭，趋向于最后的同质与死寂。这种担忧与恐惧在当代美国作家的许多作品中都可以找到，特别是他们精心描绘的那种某事或某人从充满活力的创造性的运动逐渐走向无力与死亡的无意义重复动作的情形确实令人触目惊心。在美国，作家被视为"反熵英雄"，因为他们始终挣扎着反抗社会运作的趋于统一化，他们的作品如果不是陈词滥调，就会带来一定的信息，信息就是"负熵"。正是作家的刻意创新，不断降低熟悉度，追求陌生化使他们成为"反熵英雄"。要防止熵量的增加，就必须突破隔离封闭的体系，不断增加信息量，不断改变主体的结构，以适应新的情况。比较文学正是把文学作为一个有生命的、开放性的动态体系来研究。它不仅研究一种文学系统与另一种文学系统之间的相互交换，互相作为参数而形成新质，而且也研究其他艺术、社会科学、自然科学对文学渗透而形成的新的状态。

除此之外，在跨学科研究的其他领域，即文学与其他人类思维表达方式的关系方面，如文学与心理学，文学与哲学、社会学，文学与其他艺术形式等，我都做了一些初步探索，在此不再一一提及。总之，我把我这两部出版于80年代后期的学术著作都看作"文化热"的一种结果，因为在我看来，"文化热"的核心和实质就是酝酿新的观念。一切变革和更新无不始于新观念。新观念固然产生于内在形势的需要，同时也产生于外界的刺激，两者相辅相成。要促成我国悠久文化的转型和发展新阶段，首先要有不同于过去的新观念。文化之所以"热"，就"热"在争相酝酿新观念，这就要求人们认真了解近年来世界发生了什么，有哪些新的东西可供参考，又如何为我所用。因此，"文化热"偏重于考察世界，研究中国文化与世界文化的接轨，并不足怪。

我的90年代

1989年后，中国进入了"后新时期"，这是全然不同于十年新时期的另一种时期。90年代的"国学热"强调从本土文化本身酝酿出新的观点和方法，似乎只有不受任何外来影响的、纯而又纯的本土文化才能对抗欧洲中心论。更有意思的是从西方最新传入的"东方主义"强调西方以其文化霸权强行诠释东方，强使殖民地或第三世界处于一种"失语状态"，只能用西方话语表述一切。因此，对于东方各民族来说，第一要义是颠覆西方的文化霸权。虽然这"东方主义"也是西方文化框架下的产物，也是舶来品，但某些强调"国学"的人却因之而更趋向于拒斥外来的东西而强调回归本土的一切。我生活在这样的潮流中，当然也不能不受其影响。为了进一步弄清问题，我回溯到作为古今中外大讨论关节点的五四时期，对在"国学热"中引起广泛重视的、被称为"哈佛三杰"的吴宓、陈寅恪、汤用彤等三位国学大师进行了重新解读和探讨。这些学者关于古今中外交汇的思考对我都极有启发。特别是陈寅恪提出的"李唐一族之所以崛兴,盖取塞外野蛮精悍之血,注入中原文化颓废之躯,旧染既出,新机重启,扩大恢张,遂能别创空前之世局";汤用彤提出的"(当前)新学术之兴起,虽因于时风环境,然无新眼光、新方法,则亦只有支离片段之言论而不能有组织完备之新学"等,都十分发人深思。《学衡》杂志重要成员之一吴芳吉尖锐指出的"复古固为无用,欧化亦属徒劳。不有创新,终难继起,然而,创新之道,乃在复古欧化之外"更是启发了我的思考。这些理论进一步增强了我对发展比较文学的信心和决心。我接连写了《世界文化对话中的中国现代保守主义》(《中国文化》创刊号)、《文化更新的探索者——陈寅恪》(《北京大学学报(哲学社会科学版)》1991年第四期)、《"昌明国粹,融化新知"——汤用彤与〈学衡〉杂志》(《社会科学》1993年第五期)三篇文章,坚持认为在任何情况下,中国不可能再回到拒斥外来文化的封闭状态,我不赞成狭隘的民族主义,不赞成永远保留东方和西方二元对立的旧模式,也不认为中国中心可以取代欧洲中心。在全球意识迅速发展、不同民族文化必须共存的前提下,我特别关注的是世界多种多样的文化资源正在迅速流失,这种流失必将造成难于补救的危机,因为历史早已证明不同文化之间的相互激发正是文化发展的重要动力。我感到当前比较文学的根本任务就是要在全球意识的关照下维护并促进文化的多元发展,为此,比较文学自身必须经历一个巨大的变革。

1991年新春,我们得到《读书》杂志的支持,在该杂志1991年第二期上组织了一次相当大规模的关于"比较:必要、可能和限度"的笔谈,季羡林、贾植芳和当时的国际比较文学学会主席佛克玛(Douwe Fokkema)、斯洛伐克比较文学家高利克(Marian Galic)、印度比较文学教授阿米雅·杰夫(Amiya Dev),还有执教于美国的张隆溪、执教于英国的赵毅衡等都参加了笔谈。我为笔谈写的文章,标题是"转型时期的新要求"。我提出:

"在相互交往的全球意识正在成为当代文化意识的核心这种形势推动下,各民族多在寻求自身文化的根源和特征,以求在世界文化对话中,讲出自己独特的话语而造福于新的文化转型时期。"我认为目前文学理论的主要趋势是"总结各民族长期积累的经验,从不同角度解决人类在文学方面共同面临的问题";文学批评和文学史要更多研究"文学性"和文学形式的发展,"研究不同文化体系的读者对同一作品的不同接受、诠释、误读和使之变形"等等。总之,"一种文化向世界文化发展,又从世界文化的高度来重新诠释、评价和更新一种文化,无疑是二十一世纪文化转型时期的一个极其重要的内容"。我在《中国比较文学》1990年第一期发表的《文学研究的全面更新与比较文学的发展》一文中曾谈到:"全球意识与文化多元相互作用的主潮必然为文学研究带来全面刷新","在这样一个无可避免的文学研究转型期,比较文学无疑是一个很重要的触媒。它的巨大触媒作用就在于促进并加速地区文学以多种途径织入世界文学发展的脉络,从而使两方面都得到发展,比较文学也将在这一进程中找到自身与其他文学研究的结合点而达到新的水平"。

然而,问题的实质在于人类是否真的可以安稳进入这个"全球意识与文化多元相互作用"的新时期呢?显然事实远非如此。要真正做到各民族文化平等对话,多元发展目前还存在着许多阻碍。

最大的阻碍首先是各种"中心论"。反观一百年来比较文学发展的历史,从1886年英国学者波斯奈特第一次用"比较文学"命名他的专著到1985年中国比较文学学会成立,这一百年的历史几乎就是以欧洲为中心,歧视、压制他种文化,泯灭亚、非、拉各民族文化特色的历史。在比较文学极为兴盛的19世纪20年代末,著名的法国比较文学家洛里哀(Frédéric Loliée)就曾在他那部名著《比较文学史》中公开得出结论:"西方之智识上、道德上及实业上的势力业已遍及全世界。东部亚细亚除少数山僻的区域外,业已无不开放。即使那极端守旧的地方也已渐渐容纳欧洲的风气……从此民族间的差别将渐被铲除，文化将继续它的进程，而地方的特色将终归消灭。"① 现在看来，这当然几近天方夜谭，但在前半个世纪，认同这种思想的比较文学家恐怕也还不在少数；今天它也还蛰伏在许多西方学者的灵魂深处。要改变这种现象远非一朝一夕之事。意大利比较文学家——罗马知识大学的阿尔曼多·尼希（Armando Gnisci）教授把对西方中心思想的扬弃这一过程称为一种"苦修"。他在《作为"非殖民化"学科的比较文学》一文中说："如果对于摆脱了西方殖民的国家来说，比较文学学科代表一种理解、研究和实现非殖民化的方式；那么，对于我们所有欧洲学者来说，它却代表着一种思考、一种自我批评及学习的形式，或者说是从我们自身的殖民中解脱的方式……它关系到一种自我批评以及对自己和他人的教育、改造。这是一种苦修（askesis）。"②可见先进的西方知识分子已经觉悟到在后殖民时代抛弃西方"中心论"的必要和困难。其实，也不仅是西方中心论，其他任何企图以另一种中心论来代替西方中心论的企图都是有悖于历史潮流，有害于世界文化发展的。例如有人企图用某些非西方经典来代替西方经典，其结果并不能解决过去的文化霸权问题，而只能是过去西方中心论话语模式的不断复制。

危害世界文化多元发展的除了各种中心论之外，更严重的是科学的挑战。毋庸讳言，高速发展的电脑电信、多媒体、互联网、信息高速公路正在极其深刻地改变着人类的思维方式、生活方式，以致生存方式。目前，国际互联网已联结全世界近一亿人口，并正以空前的速度向前发展。③目前网络上通行的是英文，这种以某种语言为主导的跨国信息流是否会压抑他种语言

---

① 洛里哀：《比较文学史》，傅东华译，上海书店，1989年，第352页。
② 阿尔曼多·尼希：《作为"非殖民化"学科的比较文学》，罗湉译，《中国比较文学》1996年第4期，第117页。
③ 参阅孙小礼、刘华杰在"未来十年中国和欧洲最关切的问题"国际学术讨论会上的发言。

文字从而限制人类文化的多样性发展呢？更严重的是信息的流向远非对等，而是多由发达国家流向发展中国家。随着经济信息、科技信息的流入，同时也会发生意识形态、价值观念和宗教信仰等文化的"整体移入"，以致其他国家民族原有的文化受到压抑，失去"活性"，最后使世界文化失去其多样性而"融为一体"！这将是21世纪世界文化发展的重大危机，也是全人类在21世纪不得不面临的新问题。

由于文化多元发展遇到的种种阻碍和挫折及其远非乐观的前景，一部分有识之士感到自身民族文化被淹没以致消亡的可能，奋起彰显本民族文化，这对于保护和发展世界文化的多样性无疑具有极为重要的战略意义。遗憾的是在这一潮流中，封闭、孤立、倒退的文化孤立主义也随机而生。文化孤立主义无视数百年来各民族文化交往、相互影响的历史，反对文化交往和沟通，要求返回并发掘"未受任何外来影响的""以本土话语阐述的""原汁原味"的本土文化。其实，这样的本土文化是根本不存在的。如果我们说的不是"已成的"、不变的文化遗迹如青铜器、古建筑之类，而是不断发展的文化传统，那就必然蕴涵着不同时代、受着各个层面的外来影响的人们对各种文化现象的选择、保存和创造性诠释。文化孤立主义常常混迹于后殖民主义的文化身份研究，但它们之间有根本的不同。后者是在后殖民主义众声喧哗、交互影响的文化语境中，从历史出发为自身的文化特点定位；文化孤立主义则是不顾历史的发展，不顾当前纵横交错的各方面因素的相互作用，只执着于在一个封闭的环境中虚构自己的"文化原貌"。由此出发，就有可能导致一种文化上的封闭性和排他性：只强调本文化的优越而忽略本文化可能存在的缺失；只强调本文化的"纯洁"而反对和其他文化交往和沟通，唯恐受到"污染"；只强调本文化的"统一"而畏惧新的发展，以致对外采取文化上的隔绝和孤立政策，对内压制本文化内部求新、求变的积极因素，结果是导致本文化的停滞、衰微。其实，即便是处于同一文化内部，不同群体和个人对于事物的理解也都不尽相同,因为人们对事物的认识总是与其不同的生活环境相连,忽略这种不同,只强调同一文化内部的"统一",显然与事实相悖,强求统一,其结果只能是强加于人,扑灭生机,为保卫这种顽固的孤立和隔绝而引发战争也并非不可能。

加之以20世纪后半叶,后结构主义各种思潮将人们习惯的深度模式解构了:现象后面不一定有一个本质,偶然性后面不一定有一个必然性,"能指"后面也不一定有一个固定的"所指";中心被解构了:原先处于边缘的、零碎的、隐在的、被中心所掩盖的一切释放出新的能量;在文化研究的范围内,这些思潮起了消解中心、解放思想、逃离权威、发挥创造力等巨大作用,但它也导致了某种离散和互不相关,使人类社会失去了必要的凝聚力。

综上所述,可以看到随着21世纪的到来,人类文化发展面临两方面的危机:一方面是文化的多元发展受到威胁,文化的多样性日益削弱,这势必导致世界文化资源无可挽回的流失;另一方面是文化本土主义所造成的文化孤立和隔绝不是引向文化对抗就是引向文化衰微,而思维模式的变化又大大加深了社会意识的分崩离析。

90年代前几年,我的思绪一直萦绕着以上这些问题。它们陆续反映在我接连发表的一些文章中,如《迎接新的文化转型时期》(《季羡林教授八十华诞纪念论文集》,1991年)《世纪转折时期关于比较文学的几点思考》(《中国比较文学》1995年第二期)、《"文化相对主义与"和而不同"原则》(《中国比较文学》(1996年第一期)《比较文学的国际性和民族性》(《中国比较文学》1996年第四期)、《后殖民主义时期的比较文学》(《社会科学战线》1997年第一期)《文化相对主义与跨文化文学研究》(《文学评论》1997年第四期)等。其中《比较文学的国际性和民族性》一篇被香港《中文大学人文学报》(第一期)和《南方文坛》转载,后来又被译成意大利文,在罗马大学的《比较文学研究学报》上发表。

如何推动这一矛盾向有益于人类的方向发展将是21世纪人文科学最重要的任务之一,而比较文学无疑将在其中扮演一个十分前沿的角色。1997年,我将关于这方面的思考写在《比较文学与21世纪人文精神》(《中国比较文学》1998年第一期)中。我认为文化危机和科学的新挑战呼唤着新的人文精神。所谓"新",不仅是指所面对的问题新,而且是指人类当前的认识方法和思维方式也和过去很不相同了。经历过20世纪认识论与方法论转型的新人文精神与18世纪以来的旧人文精神最大的不同,就在于它不是什么固定的、一成不变的"原则";也不是以少数人建构起来的,被称为"人文精神"的既成概念去强加于他人;更不是由少数"先觉者"去"启"多数"后觉者"或"不觉者"之愚"蒙";新人文精神也不同于20世纪30年代白璧德所倡导的"新人文主义"。白璧德以克己、自律为核心,既反对以培根为代表的、超乎伦理的客观科学主义,也反对以卢骚为代表的、率性而行的、不受道德规范的极端个人主义。21世纪的人文精神继承了过去人文主义的优秀部分,强调首先要把人当作人看待,反对一切可能使人异化为他物的因素,强调关心他人和社会的幸福,关怀人类的发展和未来。它接受科学为人类带来的便利和舒适,但从人的立场出发,对科学可能对人类造成的毁灭性灾难保持高度警惕;它赞赏第二种思维方式对中心和权威的消解,对人类思想的解放,但同时也企图弥补它所带来的消极方面——零碎化、平面化和离散。新人文精神用以达到这些目的的主要途径是沟通和理解:人与人之间、科学与人文之间、学科与学科之间、文化与文化之间的沟通和理解;在动态的沟通和理解中,寻求有益于共同生活(我们只有一个地球)的最基本的共识。如果说过去的形而上学、"绝对精神"追求的是最大的普遍性,那么,新人文精神则是将这种普遍性压缩到最低限度,而尽量扩大可以商谈、讨论和宽容的空间。这种普遍性又不是一成不变、由某些人制定的,而是在不同方面"互为主观"(尽量站在对方的立场考虑,类似中国传统的"将心比心""己所不欲,勿施于人")的基础上达成的。

"互为主观"是德国哲学家哈贝马斯(Jurgen Habermas)提出的。他力图弥补上述第二种范式的不足,设法使离散、零碎化的世界重新凝聚起来。他的基本出发点之一是任何人都必须通过社会,其特点才能得以实现,但一旦陷入社会的网络就必须臣服于这一网络的普遍原则(有如参加一种游戏就必须遵守一定的游戏规则),这就使个人特点和意愿不能不受到一定的限制和压抑以至于被异化。为了解决这一矛盾,就要一方面提倡个人有说"是"或"否"的权利,另一方面又要提倡个人对自我中心的克服;既要同等尊重每一个人的尊严又要保护这些个人赖以生存的联系网络。哈贝马斯提出"正义"原则保障对个人的尊重和个人的平等权利,同时提出"团结"原则,要求个人有同情和尊重他人的义务。他认为这是可以维系社会又可以得到普遍认同的最基本原则。只要不断通过交往、商谈、"互为主观"等途径就可以不断扩大宽容的空间。他还强调这些原则可以在不同的层面展开,可以限于制定互惠、互利规则的功利层面,也可以用于共同探求一种更好的生活伦理层面或其他更为抽象的层面。

关于如何解决保持差异和多元共存的问题,中国的"和而不同"原则也提供了很重要的启迪。"和而不同"原则出自《左传·昭公·昭公二十年》。大约在两千多年前,齐国的大臣晏婴和齐侯曾经有过一段很有意思的对话。齐侯对晏婴说:"唯据与我和夫!""据"指的是齐侯侍臣,姓梁,名丘据。晏婴说:"梁丘据不过是求'同'而已,哪里谈得上'和'呢?"齐侯问:"'和'与'同'难道还有什么不一样吗?"这引出晏婴的一大篇议论。他认为"不同"是事物组成和发展的最根本的条件。例如做菜,油盐酱醋必须"不同",才能成其为菜肴;又如音乐,必须有"短长疾徐""哀乐刚柔"等"不同",才能"相济相成"。晏婴说,像梁丘据那样的人,你说对,他也说对,你说不对,他也说不对,有什么用呢?此后,"和而不同"成了中国传统文化的核心观念之一。孔子说:"君子'和而不同',小人'同而不和'。"(《论语·子路》)周代史官——史伯提出:"夫和实生物,同则不继。以他平他谓之和,故能丰长而物归之。若以同裨同,尽乃弃矣。故先王以土与金、木、水、火杂,以成百物。"(《国语·郑语》)"以他平他",是以相异和相关为前提的,相异的事物相互协调并进,就能发展;"以同裨同"则是以相同的事物叠加,其结果只能是窒息生机。因此,首先要承认不同,没有不同,就不会发展;但"不同",并不是互不相关,各种不同因素之间,必须有"和","和"就是事物之间和谐有益的相互关系。"和"在中国是一个古字,见于金文和简文。"和"在古汉语中,作为动词,表示协调不同的人和事并使之均衡(并非融合为一)。如《尚书·尧典》:"百姓昭明,协和万邦"(这里强调的是"万邦",而不是融为"一邦")。古"和"字还有"顺其道而行之",不过分,得其中道的意思。如《广韵》:"和,顺也,谐也,不坚不柔也。"《新书·道术》:"刚柔得适谓之和,反和为乖",都是和谐适度的意思。

"和而不同"原则认为事物虽各有不同,但绝不可能脱离相互的关系而孤立存在,"和"的本义就是要探讨诸多不同因素在不同的关系网络中如何共处。在中国,儒家立论的基础是人和人的关系,道家立论的基础是人和自然的关系,都是在不同的领域内探讨如何和谐共处的问题。"和"的主要精神就是要协调"不同",达到新的和谐统一,使各个不同事物都能得到新的发展,形成不同的新事物。中国传统文化的最高理想是"万物并育而不相害,道并行而不相悖"。"万物并育"和"道并行"是"不同","不相害""不相悖"则是"和"。"和"的另一个内容是"适度","适度"就是"致中和",既不是"过",也不是"不及",而是恰到好处,因适度而达到各方面的和谐。庄子认为,天道有适度的盛衰次序,人道社会也会有一些大家都会自然遵循的普遍原则。他说："顺之以天理，行之以五德，应之以自然"，就可以"太和万物"（《庄子·天运》），使世界达到最完满的和谐。作为儒家核心的道德伦常观念，强调"父慈子孝""兄友弟恭""君义臣忠"等双方面的行为规范，力图找到两者之间关系的和谐和适度。所以说："礼之用，和为贵"，"礼"是共同遵守的原则和规范，它必须在和谐、适度的前提下才能真正实现。这种在"适度"的基础上，不断开放、不断追求新的和谐和发展的精神，为多元文化共处提供了不尽的思想源泉。

这种既保障对个人的尊重和个人的平等权利，同时又要求个人有同情和尊重他人的义务；既保障不同个人——社群——民族——国家之间的各种差异，又要求彼此对话、商谈，和谐并进，共同发展。只有这样，才能既保存人类文化的多样性，又避免本位文化的封闭和孤立，乃至引向战争和衰亡。这就是21世纪人文精神的主要内容。

新人文主义为比较文学提供了空前广阔的发展空间，也提出了比过去任何时期都更重要的任务。如果我们把比较文学定位为"跨文化与跨学科的文学研究"，它就必然处于21世纪人文精神的最前缘。因为文学写的是人，它一方面要求写具有独立人格和特色的个人，一方面又要求这种写作能与别人沟通（现在或将来）。比较文学是一种文学研究，它首先要求研究在不同文化和不同学科中人与人通过文学进行沟通的种种历史、现状和可能。它致力于不同文化之间的相互理解和沟通并希望相互怀有真诚的尊重和宽容。文学涉及人类的感情和心灵，较少功利打算，而在不同的文化中有着较多的共同层面，最容易相互沟通和理解。从这个意义上说，比较文学的根本目的就在于促进文化沟通，避免灾难性的文化冲突以致武装冲突，改进人类文化生态和人文环境。这种21世纪的新人文精神正是未来比较文学的灵魂，也是一切文学研究和文学创作的灵魂。

一个新的开始

我十分清醒地意识到比较文学要完成它在文化转型时期的历史使命，就必须实现其自身的重大变革。这种变革首先是从过去局限于欧美同质文化的窠臼中解放出来，展开多方面异质文化中文学交往的研究。我想，这种研究应该从两种异质文化最初接触之时开始。

1989年，我们邀请美国著名历史学家史景迁（Jonathan Spence）来北大讲学，他讲座的题目就是"从理论学术著作和虚构文学两方面探讨中国形象在西方的历史演变"。他从1585年西班牙人门多萨（Mendoza）应罗马教皇之请撰写的《大中华帝国史》一直讲到安德烈·马罗（André Malraux）的《人的命运》和博尔赫斯的《歧路园》，他认为文化间的交叉构成了人类历史的丰富性，这种交叉有时出于真实，有时出于想象。他甚至认为对另一种文化的最敏感的洞察往往出于对这种文化的误读和想象。他还指出制约着西方的中国形象的，主要不是中国的现实而是西方自身的需要和问题。1990年2月3日我在《文艺报》发表的《世界文化总体对话中的中国形象》一文介绍了史景迁的看法，并提出应该研究这些"中国形象"，"以一种'互为主观'的方法重新认识自己，这不仅对中国文化重构而且对世界文化的发展都具有十分重要的意义"。这篇文章后来又发表于广东的《传统与现代》和加拿大出版的《文化中国》。

自此之后，我一直关注这方面的问题，接连参与或主持了三次有关的国际会议。第一次是中山大学主办的"狮在华夏——文化双向认识的策略问题"国际讨论会（同名论文集1993年中山大学出版社出版），第二次是在北京大学召开的"独角兽与龙——在寻找中西文化普遍性中的误读"国际研讨会（同名论文集中、英文版1995年北京大学出版社出版），第三次是在南京大学召开的"文化的差异与共存"国际讨论会（同名论文集中、外文版1997

年译文出版社出版)。我关于这个问题的思考集中表现在我1994年夏发表于《中国文化研究》的《文化差异与文化误读》中。经过许多事实的考辨,我认为所谓世界文化的相互同化、融合、一体化都是某种"中心论"的变形,"只有差异存在,各个文化体系之间才有可能相互吸取、借鉴,并在相互参照中进一步发现自己……由于文化的差异性,就不可避免地会产生误读,所谓误读就是按照自身的文化传统、思维方式、自己所熟悉的一切去解读另一种文化。一般说来,人们只能按照自己的思维模式去认识这个世界。他原有的'视域'决定了他的'不可见'和'洞见'。我们既不可能要求外国人像中国人那样理解中国文化,也不能要求中国人像外国人那样理解外国文化,更不能把一切误读都斥之为'不懂'、'歪曲'……总之,文化之间的误读在所难免,无论是主体文化从客体文化中吸取新意,还是主体文化从客体文化的立场反观自己,都很难不包括误读的成分,而从历史来看,这种误读又常是促进双方文化发展的契机,因为恒守同一的解读,其结果必然是僵化和封闭。这里所讲的文化误读既包含解读者对不同文化的深入探究,也不排斥因异域陌生观念而触发的'灵机一动',关键全在解读者的独创性发现"。这篇文章引起了不少读者的共鸣,很快就被《新华文摘》(1994年第九期)所转载,又被译载于香港大学和北京大学合办的英文刊物《新视野——比较文学年刊》(*NEW PERSPECTIVE—A Comparative Literature Yearbook* 1995·1)上。

两种文化的接触除了互相解读之外就是直接对话。对话的首要条件就是双方都能理解和接受、可以达成沟通的话语。话语并不等同于语言,它是交往中的一套"游戏规则"。例如踢足球时,如果一方用乒乓球的规则,足球游戏就无法进行,因为足球游戏只能以相互认同和沟通的足球规则为前提。1990年伊始,我就写了一篇文章《展望九十年代——以特色和独创进入世界文化对话》(《文艺争鸣》1990年第三期)。我认为西方盛极而衰的文化体系需要找到一个参照系，一个"他者"以便用一种"非我的""陌生化"的眼光来重新审视自己，以突破过去的"自我设限"，寻求新的发展。第三世界在挣脱了殖民主义的枷锁之后，也急需在新的基础上，在与西方的平等对话中，更新自己的古老文化传统，完成自己的文化现代转型。因此，东西方的文化对话是当代的一种历史要求。然而，第三世界所面临的是发达世界早已长期构筑完成的一套概念体系，也就是一套遍及于政治、经济、文化各个领域的，长期占统治地位并被广泛运用的话语。事实上，这套话语经过数百年积累，汇集了千百万智者对于人类各种问题的思考（这种思考正是在殖民地物质财富生产者所创造的财富的基础上才得以进行），不能说没有价值；然而，危险的是，如果第三世界只用这套话语构成的模式诠释和截取本土文化，那么，大量最具本土特色和独创性的、活的文化就会因不能符合这套模式而被排斥在外。如果像有些人所主张的，去"发掘"出一种绝对属于本土的话语，我想，这种话语根本就不存在，因为文化总是在其他文化的相互作用中发展；正如哲学家罗素所说："不同文化之间的交流过去已被多次证明是人类文明发展的里程碑。希腊学习埃及，罗马借鉴希腊，阿拉伯参照罗马帝国，中世纪的欧洲又模仿阿拉伯而文艺复兴时期的欧洲则仿效拜占庭帝国。"[1]况且，即便有这样的"完全本土"的话语也不能为对方所理解而达到沟通的目的。

我认为要进行真正的对话，就必须找到一个中介，这个中介可以充分表达双方的特色和独创性并足以突破双方的旧体系，为双方提供新的立足点来重新观察自己，为"更新"和"重建"构成前提和可能。这个中介就是人类面临的共同问题。例如不同文化体系的文学中的共同话题是十分丰富的，尽管人类千差万别，但从客观来看，总会有构成"人类"这一概念的许多共

---

[1] 罗素（Bertrand Russell）：《中西文化之比较》，转引自《一个自由人的崇拜》，时代文艺出版社，1988年，第8页。

同之处。从文学领域来看由于人类具有大体相同的生命形式和相关形式，如男与女、老与幼、人与人、人与自然、人与命运等；又有相同的体验形式，如欢乐与痛苦，喜庆与忧伤，分离与团聚，希望与绝望、爱恨、生死等等。以表现人类生命与体验为主要内容的文学就一定会有许多共同的层面，如关于"死亡意识""生态环境""人类末日""乌托邦现象""遁世思想"等等。不同文化体系的人们都会根据他们不同的生活和思维方式对这些问题给出自己的回答。这些回答回响着悠久的历史传统的回声，又同时被当代人和当代语境取舍与诠释，只有通过多种不同文化体系之间的多次往返对话，这些问题才能得到我们这一时代的最圆满的解答，并向这些问题开放更广阔的视野和前景。

　　文学理论（诗学）也是一样，比较诗学的当务之急就是总结不同文化体系长期积累的丰富经验，从不同语境，通过对话来解决人类在文学方面遭遇的共同问题。举例来说，文学研究首先碰到的就是"什么是文学"这一根本问题。中国从作为传统文学主体的抒情诗出发，对文学的传统界定首先是强调人类内在的"志"和"情"，"诗者，志之所之也"（《诗大序》），"诗者，吟咏情性也"（《沧浪诗话》）。"志"和"情"不是凭空产生，志之动是感于物，情之生是触于景，所以说"应物斯感"（《文心雕龙》），"景乃诗之媒，情乃诗之胚，合而为诗"（《四溟诗话》）。这种心物感应、情景交融不是简单的反映或模仿，而是按照"天人合一"的途径，人与自然共同显现着某种宇宙原理。所以说，"诗者，天地之心也"（《诗纬》），"言之文也，天地之心哉"（《文心雕龙》）。总之，在中国传统诗学看来，从人的内在的心态、感情出发，达到与天地的沟通，这就是文学的本体。西方文学源于史诗和戏剧，比较强调文学对生活的反映。所谓"诗是一种模仿艺术"（亚里斯多德：《诗学》），是"一种再现，一种仿造，或者形象的表现"（锡德尼：《为诗一辩》）。但西方诗学绝非停留于此。后来,华兹华斯强调"诗是强烈感情的自然流露"(《抒情歌谣集》),雪莱强调"诗则依据人性中若干不变方式来创造情节,这些方式也存在于创造主的心中,因为创造主之心就是一切心灵的反映"(《为诗辩护》)。20世纪,尼采进一步指出,诗人由于表达宇宙精神的"梦境"与"狂热"也就"达到了和宇宙本源的统一"(《悲剧的诞生》)。整个过程可以说从对外在世界的反映进入到一种内在的沟通。其他印度文化、阿拉伯文化、非洲文化对这一问题都有自己独到的见解。要解决这一问题就不可能在一个封闭的文化体系中来寻求答案,而要在各种文化体系的对话中寻求新的解释;在这种新的解释中,各种文化体系都将作出自己独特的贡献,共同的话语也就在这个过程中形成。这样的对话既回响着不同民族悠久的历史传统的回声,又同时得到现代人的诠释和检验。例如现代中国人的诠释就既不是先秦,又不是汉唐,也不是宋明的已经成为陈迹的文化诠释,而是在这个基础上发展起来的、容纳了清末洋务运动经验教训的、经过五四科学民主洗礼以及70年来马克思主义批判陶冶的现代诠释。现代西方的诠释也不是辉煌一时的古希腊文明、18世纪理性主义、20世纪生命哲学的文化诠释,而是经过解构,濒于困境和危机,正在向他种文化体系寻求突破和更新的西方现代诠释。我认为我们即将进入的世界文化对话就是这样一种现代人的对话。

要以特色和独创性进入世界文化对话,就必须在世界文化语境中对自己的文化有一个深入了解,并使之转换为现代性话语。我尝试首先从诗学(文论)的研究入手。我特别感到有必要把各大文化体系中的主要诗学概念汇集起来,这将是比较诗学最基础的工作。中国诗学、阿拉伯诗学、印度诗学、欧美诗学号称世界四大诗学体系,但所有以"世界诗学"为名的论著都几乎从未涵盖过这四个不同体系的诗学。于是,我们决定做一次汇通古今中外诗学术语概念的尝试。1993年,北京大学比较文学研究所、北京大学古典文学教研室和美学教研室以及社会科学院外国文学研究所的部分研究人员合力编写的第一部《世界诗学大辞典》（春风文艺出版社）终于面世。这部辞典一百八十余万字，收词条近三千，包括中国、印度、阿拉伯、欧美、日本五大地区，每一地区又分为：一般美学、文学概念，创作方法与形式技巧，文体，文论流派，主要文论家，主要文论著作等六大部分。写作中，除照顾到世界各大体系外，还特别关注古典诗学与现代诗学的贯通：一方面容纳了大量传统诗学、文体学、文学修辞学的内容；另一方面又力求充分反映现代哲学、语言学、符号学、美学等理论相通的现代诗学的最新成果，希望能通过不同体系的诗学术语概念的汇通和比较，达到互相映照、互相生发的目的。例如在对欧美地区的一些现代诗学术语进行诠释时，往往引出中国诗学中一些类似的概念进行比照，并引证了中国文学作品中的一些实例。这部辞典虽然还不能完全满足我们的期望，但"虽不能至而心向往之"，这毕竟是一个有希望的开始。

在这个基础上，从1994年起，我开始给研究生开设了比较诗学的课程，试图在与西方诗学的对话中，探讨中国传统诗学中"言、意""形、神""物、我""文、质""情、理""隐、显""虚、实""刚、柔""正、变"等范畴的变化和发展，并思考中国传统诗学在文学理论范畴方面对未来世界文学理论可能作出的贡献，这部讲稿近期内可望整理成书。我认为在范畴论之后，还应进一步研究中国传统文论的方法论。中国的诗话和评点传统与西方的分类体系建构传统无疑形成了尖锐的对峙，而今，西方重理性分析的体系建构传统在经历其极盛时期，并对人类作出重大贡献之后，正在分崩离析；中国重个人体验的诗话评点传统肯定会成为强有力的"他者"，有助于西方文学思想的重建。目前，中国古代文论的现代转换已成为学术界十分关注的话题，预计在不远的将来，这方面一定会有较大的突破。

18年来从事比较文学的学习、教学和研究，我深深感到如果我们把比较文学定位为"跨文化与跨学科的文学研究",它就必然处于21世纪人文精神的最前沿。因为文学写的是人,它一方面要求写具有独立人格和特色的个人,一方面又要求这种写作能与别人沟通(现在或将来)。比较文学是一种文学研究,它首先要求研究在不同文化和不同学科中人与人通过文学进行沟通的种种历史、现状和可能。它致力于不同文化之间的相互理解和沟通并希望相互怀有真诚的尊重和宽容。文学涉及人类的感情和心灵,较少功利打算,而在不同的文化中有着较多的共同层面,最容易相互沟通和理解。从这个意义上说,比较文学的根本目的就在于促进文化沟通,避免灾难性的文化冲突以致武装冲突,改进人类文化生态和人文环境。这种21世纪的新人文精神正是未来比较文学的灵魂,也是一切文学研究和文学创作的灵魂。

我与文化热

80年代后期，中国掀起了规模空前的文化讨论"热"。这绝不是一种偶然现象，而是中国现代化这一历史进程本身所提出的历史课题。在世界文化语境中对中国传统文化的评价、对中国当代文化的分析和对其未来文化的策划与希求，实在是中国现代化进程不可或缺的关键环节。所谓文化热，一般认为有三种不同路向，各以中国文化书院、二十一世纪研究院和以《文化：中国与世界》丛刊为核心的一群年轻人为代表。

1984年，中国文化书院在北京成立，我即是首批参加这一组织的积极成员。但中国文化书院其实是一个兼收并蓄的多元化的学术团体，我的思想毋宁说更接近于我的年轻朋友刘小枫和甘阳以及以他们为核心的《文化：中国与世界》丛刊的主要观点。我同意他们强调的：我们正面临着一个极其深广、复杂的"文化冲突"，这种冲突首先是有几千年历史的中国文化传统与正在形成的中国现代文化之间的冲突；任何一个民族实现现代化都不可避免地要使自己的旧文化（传统文化）蜕变为新文化（现代文化），因为现代化归根结底是"文化的现代化"。要开创中国的现代文化形态就不能离开中国传统文化的基础,更不能不认真研究传统文化形态与现代文化形态在本质上的差别和冲突;还应着重考察西方文化是如何从其传统形态走向现代形态的。西方文化经过文艺复兴、宗教改革、启蒙运动、法国革命创造了西方文化的现代形态,而英、法、德、意、俄诸国仍然保持着他们自己的传统文化特色。因此,不能固定地、抽象地讨论中西文化差别和关系,而应集中研究如何在历史性动态发展中促使中国文化挣脱其传统形态,蜕变为现代形态。以金观涛、刘青峰为代表的二十一世纪研究院,其前身是"走向未来丛书"编辑部。他们提倡普及科学知识,促进文化现代化,并认为目前中国现代化的最大障碍就是守旧的、超稳定性的封建中国文化结构。

以一代学术大师梁漱溟为主席,冯友兰为名誉院长的中国文化书院一开始就提出要建设"现代化的、中国式的新文化",要在"全球意识的观照下"重新认识中国文化。他们举办的首届中外文化比较研究班,函授学员一万二千余人,遍及全国各省、市、自治区,包括西藏、新疆。四十余名中老年导师多次分别到全国十多个中心城市进行面授,并与学生共同讨论。我曾于暑假参加过三次这样的面授;有些场面十分令人感动,使我至今难忘。每次参加面授的学员,大体都是二三百人,他们大多是中小学教师、中下层干部,特别是文化馆、宣传部的干部,也有真正的农民和复员军人;他们有的从很远的山区或边远小城徒步赶来,扛着一口袋干粮和装着纸笔和几本书的土布书包。他们不愿花钱租一个为他们安排好的学生宿舍床位,就露天铺张草席在房檐下或凉亭里睡觉。我常常和他们聊天到深夜,从他们那里学到不少东西。我发现在这些普通知识分子的心里,传统文化的根很深,这有好也有坏。例如他们大都认为"男尊女卑""男主外,女主内"是理所当然,否则就会"乱套"。我和他们讨论过多次,他们仍然认为我说的"男女共同主内,男女共同主外"根本不可行。记得那次在长沙岳麓山岳麓书院面授,我的讲题是"弗洛伊德在西方文化发展中的意义"。在朱老夫子的学术殿堂上讲弗洛伊德,心里觉得多少有些反讽意味。课后讨论,学员几乎都认为以"超我"的"道德原则"来压抑"自我"的"利害原则"和"本我"的"快乐原则"是天经地义的事,否则就会你争我夺,天下大乱。我深有感触,真正使中国传统文化现代化,谈何容易!

中外文化比较研究班一方面讲中国文化,一方面介绍半个世纪以来西方文化的发展现状。研究班编写了《中国文化概论》《西方文化概论》《印度文化概论》《日本文化概论》《比较方法论》《比较史学》《比较法学》《比较美学》《比较文学》等16种教材;除教材外,又编辑出版了导师面授的讲演稿四集:《论中国传统文化》《中外文化比较研究》《文化与科学》《文化与未来》,由生活·读书·新知三联书店出版。我的各次演讲中影响较大的是"从文学的汇合看文化的汇合"和"后现代主义与文化的未来"。

前一篇讲演直到1993年,由《书摘》杂志重新刊载,引起一些人的注意。我想这是因为我当时(1986年)特别强调经过长期的封闭,我们急切需要了解世界,更新自己。而西方文化也有一个从"西方中心论"解放出来,面向世界的问题。在这一篇讲演中,我谈到20世纪以来,整个世界正在走向新的综合。20世纪,人类第一次从星际空间看到地球,看到人类共居的这个蔚蓝色的小小球体。地球似乎越变越小,15小时即可到达地球的另一端;坐在电视机旁,所知顿时可达世界各个角落。马克思把人类社会作为一个整体来研究,提出社会发展的五种经济形态;弗洛伊德把人类自身作为一个整体来研究,提出意识、潜意识、"本我""自我""超我"等层次;法国学者德鲁兹认为全体人类的发展都经历过"无符号、符号化、过分符号化、解符号化"等阶段;加拿大社会学家麦克卢汉将人类进化分为"无传播""手势传播""语言传播""印刷传播""电讯传播"等过程。这些都是把世界看作一个整体,对之进行宏观的综合分析。在这种大趋势下,任何一种文学理论如果是真正有价值的,就不只适合一种民族文学,而且也适合他种文学;文化理论亦复如此。任何一种文化所创造的理论都将因他种文化的接受而更丰富,更有发展。不同文化不仅不会因这种汇合而失去自己的特点,反而会因相互参照和比较而使自身的特点更为突出。

我的另一篇讲演"后现代主义与文化的未来",目的也在于对一个中心、一个模式、一个权威的社会模式的冲击。我详细介绍了后现代主义所总结的深度模式的消失。也就是说一切"现象"后面并不一定有一个决定它的"本质";一切"偶然性"后面也不一定有一个产生它的"必然性";一切"能指"(符号)不一定与其"所指"(符号所代表的意义)固定相连;一切"不确定性"也不可能只产生一种"确定性"。过去,我们常常强调"要看本质,不要只看现象",因而原谅了很多现象的丑恶;又因为相信"认识必然就是自由"而把你不得不服从的种种,认为是必然,明明被强制了还以为是自由。我认为这种无深度概念的思维模式无疑对人类思想是一种极大的解放。我也谈到后现代社会对于文化领域的商品化,甚至大自然和潜意识的某些方面也都成了商品!"文化商品"成批生产,形成了固定的生活模式。如果说60年代美国的"嬉皮士"们曾抱着对生活的某种理想,反对公式化、程式化的生活;那么,七八十年代的"雅皮士"们的生活目标却是千篇一律:有一个好履历、好收入、小家庭、汽车、洋房、旅游、下饭馆……生活也成了一种"成批"生产的模式。事实上,在后工业社会,生活已经分裂成各种碎块,人们不能不服从这些碎块的存在方式和组合方式。我谈到现代主义时期,人们虽也感到荒谬,焦虑,生活的无意义、异化等等,但人还是作为一个整体来感受的,到了后现代主义社会,人的生活是由他人早已精心安排好的,正如假期旅行,下一步做什么早就有了安排,连什么时候看什么戏都是早已安排好的。在这种紧张的"赶日程"中,没有过去,没有未来,只有"现在"这一瞬,而"现在"却是零乱的、分裂的、非中心化的,就像

"50部电视机同时放4部录像带"。

我并不认为因中国尚处于前现代经济状况，后现代主义就与我们无缘。事实上，当今任何地区都不大可能封闭、孤立，不受外界干扰，如上所述，后现代思维方式已经对我们起着很好的作用。我认为中国文化的未来就决定于我们是否能在古今中外的复杂冲突中，正确地以现代意识对中国文化进行新的诠释，所谓现代意识当然就包含了对西方文明的摄取，也包含对后现代思维方式的摄取。要改变中国，要发展经济，首先要改变中国人的精神，使他们从传统的精神负累和精神奴役中解放出来。要达到这一目的，西方新观念的冲击实不可少。当然，这种冲击所引起的改变首先是中国的改变，是在中国传统社会中所引起的改变，绝不会像鲁迅所讽刺的那样，吃了牛羊肉就变成牛羊的。我对那种鼓吹"返回传统"，以致"否定五四"的主张实不敢赞同；对当时盛行于文艺界的"寻根思潮"也有不同的看法。我对学员们说："只有已经'失去'，才有'寻'的必要。黑人要寻他们非洲的'根'，被放逐而流落异乡的人要寻他们的'根'，因为他们要返回自己祖先的文化；而我们就生活在这世代相传的土地上，好的、坏的、优秀卓越的、肮脏污秽的，都从那传统的根上生长出来。我们既未曾失落它，也无法摆脱它，还到何处去寻呢？而所谓文化传统，也绝非什么一成不变的'根'，仿佛是什么'传家宝'，只要拨开迷雾，就能再放毫光！事实上，传统就存在于每一代人的不同诠释中，它不是一种封闭的'既成之物'，而是开放的、不断变化的、正在形成中的'将成之物'，换句话说，中国文化就存在于现代人的现代意识之中，并由现代人的诠释和运用而得到发展。如果说现代意识的核心是'全球意识'，那么，从理论上来说，现代意识本身就包含了某些西方文明，我们以现代意识来重新诠释前人逐步发展起来的传统文化本身就是一个中西文化碰撞交汇的过程。"

我也强调了中西文化交汇的过程中，难免有误读的可能，因为相互理解本身就是一个过程,绝不可能一次完成;况且我们也不能要求西方人像中国人那样理解中国文化,反之亦然。历史上,如伏尔泰、莱布尼兹、庞德、布莱希特等都从中国文化中得到灵感并发展出新的体系,他们对中国文化的理解也不见得就那样准确、全面、深入;为什么当我们的青年人从西方理论得到一点启发而尝试运用时,就要受到那样的求全责备呢?其实,如果能从某种文化中看到某一点,有所触动而且生发开去,即便是"误解",又有什么关系?历史上往往正是某种意义上的"误解"促进了文化的发展,否则就是千篇一律的重复;况且谁又敢保证他的理解就一定是"正解",就那样符合"原意"?"原意"是什么,又如何才能证明呢?

我不仅强调了文化的历史变迁,也强调了其共时性的多元,无论中西文化都是如此。中国文化不仅有儒、释、道三家,而且还有许多民间的"小传统"。就拿对妇女的态度来说,儒家要求的三从四德模式也许被宣传得很多,但是小说戏剧中真正讨人喜欢的妇女却往往与此相反。《聊斋》中的婴宁、小翠,她们大胆、开放,敢说敢笑,能爬树,会踢球,爱演戏;穆桂英、扈三娘等"刀马旦"都是中国戏剧特有的形象;孟丽君、杜十娘更是在很多方面都胜过了男人。西方文化也是复杂多样、多层次的。19世纪以来,千百年发展起来的西方文化同时涌入中国,本是"历时"性的过程不得不被压缩成"并时性"的"纷然杂呈"。我们既不能重复其历史过程,又不能"唯新是骛",因为新的不一定都是好的或有用的。原则还应是拿来主义,为我所用。

我认为我的这些讲演之所以受到欢迎,并不一定是因为我有什么深刻独到的见解而是由于我说出了大家想说而又还不大好说或暂时还不大愿意说的话。

在关切中国文化发展讨论的同时,我进一步探索比较文学的一些领域:我颇不愿局限于"X 在 Y 国"或"X"与"Y"这样的模式,试图在更宏观的规模上进行影响研究。我为1988年在德国慕尼黑召开的国际比较文学学会第十一届年会提交的论文题目是："关于现实主义的两场论战——卢卡契对布莱希特与胡风对周扬"。《文艺报》1988年8月以整版篇幅登载了这篇文章，不久，《新华文摘》又进行了转载，随后收入了国际比较文学学会第十一届年会论文集。我主要想说明30年代后期发生的这两场有关现实主义的著名论战，一场发生在东欧，一场发生在中国，虽然相距遥远，但却紧密关联。这里既可包含直接影响的研究，也可包含并无直接影响的对比性平行研究。

1933年，卢卡契流亡苏联，1934年被任命为苏联科学院院士。1933年至1939年间，一直是在莫斯科出版的《文学评论》与《国际文学》的主要撰稿人；布莱希特则流亡丹麦，并在1936—1939年间主持在莫斯科出版的德国流亡者统战组织"人民阵线"的机关刊物——德文杂志《发言》。1937—1939年间，卢卡契与布莱希特的论战就是以《发言》为主要阵地展开的。先是卢卡契的《论表现主义的兴衰》一文1934年在《文学评论》和《国际文学》相继发表，对当时在德国盛行的现代派——表现主义进行全面批判；1937年9月，他又在《发言》上发表文章，以个别作家为例，论证表现主义必然引向法西斯主义。这一批评在左翼文化界引起了强烈的反响，包括著名理论家恩斯特·布洛克在内的三十余名作家、艺术家先后卷入了论战。1938年，卢卡契在《发言》第六期上发表了带总结性的《现实主义辨》；1937年至1941年间，布莱希特针对《发言》上的讨论，亦即针对卢卡契的论点，写了很多笔记。1967年，德国出版20卷布莱希特文集时，这些材料的第一次问世形成了新的研究卢卡契和布莱希特的热潮，对这场过去，然而又远未过去的论战，又产生了再讨论的兴趣。

胡风和周扬的论战开始于1936年。周扬自1932年即担任左翼作家联盟党团书记；胡风1929年至1933年留学日本，和周扬一样受到当时日本普罗文学运动和苏联文学影响，并加入了日本共产党，于1933年被捕，并被逐出日本。胡风回国后，曾担任左联宣传部部长、行政书记，并于1935年编辑秘密丛刊《木屑文丛》，介绍苏联社会现实主义。1936年1月，周扬继1933年发表《关于"社会主义的现实主义与革命的浪漫主义"——"唯物辩证法的创作方法"之否定》之后，又在《文学》杂志上发表了长篇论文批评胡风关于典型的理解。胡风于《文学》二月号发表了《现实主义底——"修正"》为自己辩护；周扬又写了《典型与个性》，胡风则写了《典型论的混乱》进一步批评周扬并全面论述自己对现实主义的看法。由于1937年抗日战争全面爆发，论争暂告停息，但问题并未解决。

这两次论战都发生在左翼文艺阵营内部，论辩双方都是有成就、有代表性、有广泛影响的左翼文艺战线领导人，他们长期以来都是在现实主义旗帜下从事文艺工作，也都企图用他们所理解的马克思主义来指导文艺。同时，这两场论战又都是在苏联共产党改变文艺政策的影响下产生并发展的。1931年至1933年间苏联共产主义学院所属刊物《文学遗产》首次全文发表了马克思、恩格斯致斐·拉萨尔的信，恩格斯致保·恩斯特的信和致玛·哈克奈斯、敏·考茨基的信。1933年，苏联首次出版了由卢卡契等人辑注的《马克思、恩格斯论文学：新资料》，为研究和了解马克思的美学和文学思想，特别是关于现实主义和典型塑造等问题打开了新的局面。卢卡契的名篇《作为文学理论家和文艺批评家的弗利德里希·恩格斯》（1935）和他的关于《伟大的现实主义》一书的构思就是在这些新的资料的启发下形成的。在中国，瞿秋白在1932年首先编译了恩格斯的三封文艺书简，并发表在他主编的刊物《现实》上；1933年，鲁迅在他的文章《关于翻译》（《南腔北调集》）中，从日文转译了恩格斯致敏·考茨基信中关于论述社会主义倾向的文学一段，并认为这种论述明确解答了当时众说纷纭的问题。还有一个因素就是二三十年代以来，和现实主义主义很不相同的文学潮流，如表现主义、超现实主义主义等在欧洲有了很大发展，在中国也有强烈反响。特别是1927年北伐革命失败后，一批青年深感没有出路而苦闷彷徨。他们于1928年创办了《无轨列车》半月刊，大量译介日本的新感觉派和法国的保罗·穆杭的作品；被查禁后又创办《新文艺》月刊；1932年创刊的大型综合刊物《现代》主流是提倡现代主义；许多以"纯艺术"为宗旨的创作和杂志相继出现。对他们来说，现实主义已成为"过时的墓碑"。面对这些新的文学现象，无论是在中国还是在欧洲，左翼文学都必须给出自己的回答。另外，无论是在中国还是在欧洲，一场无法预料而又咄咄逼人的战争都已箭在弦上。左翼文艺不得不面临如何团结更多数作家投入反法西斯斗争的严重问题。总之，两场论战有着共同的背景，面对着类似的问题，但又很不相同。

首先是论战的焦点不同。东欧的论战主要集中在如何发展现实主义。卢卡契坚持现实主义的精髓在于整体性和现实性，他认为：每一种伟大艺术，它的目标都是要提供一幅现实的画像，在那里，现象与本质、个别与规律、直接性与概念等的对立消除了，以致两者在艺术作品的直接印象中融合成一个不可分割的整体，"一般"是作为"个别"和"特殊"的规律出现的，本质在现象中显现，并使人能感受到；规律表现为特殊地推动所描写的特殊事件运动的原因。总之，所有的规定性都是作为行动着的人物的个性特征，作为所表现环境的特殊性质等等而出现的。这就是作品的典型性。布莱希特所看到的现实却是一个发展中的，尚未完全成形、完全被理解的紊乱、烦扰、支离破碎的真实存在于20世纪的现实。他指出有些作家"觉察到资本主义造成的人的空乏化、非人化、机械化，并与之斗争，而他们自己似乎也成为这空虚化过程的一部分"，他们把人写成受事件驱赶的匆匆过客，他们与物理学一同进步，离开人的严格的因果关系，转向统计学，否定观察家的权威和对他的信赖，动员读者反对自己，提出纯属主观的东西，实则表现自己。显然论战的症结就在于对现实的看法根本不同。既然现实已经改变，表现方式也就必须改变，不可能像卢卡契所期待的那样，牵住昔日的大师，创作丰富多彩的精神生活，慢吞吞地叙述，以控制事件的发展速度，把个人重新推到事件的中心位置等等。因此，判断一部作品是否优秀的现实主义作品不能单看它像不像那些现成的、已经被称作现实主义的作品，而是要看它是否真正反映了当前的生活，即是"要把它对生活的表现与被它所表现的生活本身相比，而不是与另一部作品的表现相比"。布莱希特要求不要从某些现成作品中推导出现实主义，而要准许现实主义的新的发展。关于文学如何作用于社会，卢卡契与布莱希特的看法也不同。卢卡契希望读者能接受作者所呈现的世界，他所关心的是读者能否按照他的设计，通过个别去看到一般，通过现象去识别本质，通过偶然去认识必然。因此现实主义是一种工具或形式，引导读者通过它去认识世界；作者所要追求的也不是自己的感知及其变化，而是自己感知到的"独立存在"的内容。布莱希特却认为并没有什么"独立存在"的内容，因为艺术是人们交流的一种形式，只有通过读者的理解才有意义，而读者对作品的理解又受着时代环境的限制而千变万化，所以更重要的不是作者描写了什么内容，而是作者如何感知现实，读者又如何感知作者的感知。布莱希特认为读者不应像卢卡契所希望的那样沉浸于作者所营造的幻觉，而应和作者一起去感知和评判作者所描述的那个世界。现代主义提倡的意识流，内心独白，蒙太奇，大胆抽象，快速组合、拼贴技巧等正是以传达作者的感知为目的，因此有其存在的理由。综上所述，卢卡契和布莱希特所争论的是如何理解现实，如何表现现实，如何对读者起作用等发展现实主义的问题。

胡风和周扬的论战却集中在如何保住现实主义的胜利，不至于因服从某种政治需要而变质僵化。1936年，周扬发表了他的论文《现实主义试论》，强调"要达到现实的真实的反映，单凭才能和经验是断乎不够的"，"必须确保和阐扬"一个"完整的、各部一致的、没有内在矛盾的世界观",有了这样的世界观,才能"把握住现实的本质方面"。而"未来的艺术就是把广大的思想上的世界观和最高度的丰富的艺术形式结合起来了的东西"。胡风则认为离开了活生生的生活,"只是演绎抽象的观念,那结果只有把生活弄成死板的模型,干燥的图案"。他坚持文学与生活的血缘关系,坚持"作品的价值应该是用它所反映的生活的真实来决定的,这种对于文艺的理解,叫做现实主义"。关于典型问题,周扬认为:"典型的创造是由某一社会群里面抽出最有性格的特征、习惯、趣味、欲望、行动、语言等,将这些抽出来的,体现在一个人物身上,使这个人物并不丧失独有的性格";胡风则认为,对文艺来说,最根本的不是什么"抽出"或"体现",而是用想象和直观来熔铸他从人生里面取来的一切印象。胡风的这些论文都收集在他1938年出版的《密云期风习小纪》中。

卢卡契、布莱希特、胡风都曾以发展现实主义为己任,但他们强调的层面不同,对现实主义的贡献也就各异。卢卡契强调的是作品与世界的关系。他始终相信世界的客观的整体性,并要求作品将这种整体性反映出来,"确实成为世界的一面镜子"而不要"就如同被打碎的镜子的小碎片那样";因此,对作家来说,最重要的是"他是否能找到把那些零散的碎片组织成天衣无缝的整体的'艺术'的手法",要做到这一切,"最大程度上有赖于艺术家的智力和道义上的能力的强弱和大小"。胡风首先强调的不是客观世界,而是作者的主观世界与客观世界"拥合"的能力;不是作者的智力和道义,而是他的感性和热情。他比较重视作者本身的感知方式,认为:作家"由于自己有着征服黑暗的心,因而能血肉地突进实际的内容去认识和反映黑暗;由于自己有着夺取光明的心,因而能血肉地深入具体的过程去认识和反映光明"。和卢卡契、胡风相比,布莱希特更强调读者的参与对现实主义的重要意义。他指出现实主义的现实描写只有被读者理解时,才能形成现实的核心。从这个意义上说,现实主义只是相对的说是现实的,因此,对真理的认识是作家和读者的共同过程，甚至是共同作业。

我关于比较文学的研究首先从有实际联系的影响研究入手，这大概与我过去出身于研究文学史有关。但我越来越感到完全没有事实联系的不同文化体系中的文学也有非常重要的比较研究的价值，这些领域深深地吸引着我。1985年，我在为深圳大学主编的一套"比较文学丛书"（12本）所写的总序中，提出从文学内容、文学形式、文学发展过程等领域中广泛开展比较文学研究的想法。我为这套丛书所写的《比较文学原理》一书虽然自知力不能及，但仍然是从这几方面去努力的。

从内容方面来说，文学反映人的思想、感情和心理状态。人类共有的欢乐、痛苦和困扰往往可以从全不相干的文学体系的作品中看到。例如自古以来，大量文学作品表现了爱情与政治或社会或道德观念的冲突：中国有《长恨歌传》《长生殿》等作品所写的杨贵妃与唐明皇的故事；日本有《源氏物语》所写桐壶帝与其宠妃更衣的悲剧；罗马诗人维吉尔的十二卷史诗《埃涅阿斯纪》第四卷写迦太基皇后黛朵与埃涅阿斯的生死相恋；英国作家高尔斯华绥的巨著《有产者》写了英国上层社会几代人在爱情方面所遭受的苦难和不幸……当然，由于不同时代、环境、文化、民族心态的不同，共同的主题在不同的作品中有着很不相同的表现，但作者对于这一问题的基本态度——对纯真爱情的同情和对政治社会压迫的抗议则是基本相同的。关于共同主题的研究，在比较文学学科中被称为主题学。

主题学是从19世纪德国民俗学者关于神话故事和民间传说的研究中发展起来的，主要研究同一主题在不同社会中的变迁，但这种研究曾被一些比较文学研究者所拒斥；或被指责为缺乏实证的事实联系，或被指责为缺乏对文学性本身的分析。但我认为作家对于主题的选择首先是一种美学决定，这种选择决定着结构的模式、题材的提炼和题材的表现。这牵涉主题如何通过各种艺术技巧被艺术地体现出来；同一主题如何由于不同的艺术表现而形成不同的艺术创作；同一题材又如何由于作者思想的不同深度而提炼出感人程度不同的作品等等。如果不把"文学性"的分析仅仅局限为语言分析，那么，这种主题和题材及其艺术表现的分析显然不应被排除在"文学性"分析之外。比较文学中的主题学研究当然是一种跨文化的研究：它研究不同时代、不同文化地区的人何以会提出同样的主题；同时也研究有关同一主题的艺术表现、创作心态、哲学思考、意象传统的不同又如何反映了文化的不同。它还包括主题史的研究，侧重于对各种常见的主题做深入发掘，系统地对其继承和发展进行历史的纵向研究。1927年，顾颉刚先生在他的《孟姜女故事研究集》中指出："一件故事虽是微小，但一样地随顺了文化中心而迁流，承受了各时各地的时势和风俗而改变，凭借了民众的情感和想象而发展。我们又可以知道，它变成的各种不同的面目，有的是单纯地随着说者的意念的，有的是随着说者的解释的要求的。我们更就这件故事的意义上面看过去，又可以明了它的各科背景和替它出主张的各种社会。"顾颉刚在这段话里相当清楚地说明了主题学研究的意义。

上述关于选择和表现主题的微观分析，关于跨文化主题传播的宏观分析，关于主题流变的历史分析又往往是结合在一起的。这里可以举台湾作家朱西宁写于60年代的中篇小说《破晓时分》为例。这部作品取材于宋人话本《错斩崔宁》。《错斩崔宁》收入《醒世恒言》，题名《十五贯戏言成巧祸》，后来又有传奇《双熊梦》，昆剧《十五贯》。这些作品的基本故事都是写一起冤案：刘贵借来十五贯钱做生意，与其妾戏言是卖她所得。妾惧而潜逃，巧遇崔宁同行。这时刘贵被盗，且被杀，官府追及其妾，于崔宁身上搜出十五贯钱，遂以谋财害命，拐带潜逃，论罪处死。后来，刘贵之妻遇山贼，逼嫁成婚，发现此贼即杀其亲夫者，于是真相大白。在以上提到的几种不同作品中，同一题材有增删繁简的不同，但基本主题不外乎警告世人"祸从口出""善恶有报"。故事的圆满结局使读者或观众心安理得，感到

"天网恢恢，疏而不漏"，一切都掌握于冥冥之中，自己可以高枕无忧。朱西宁的《破晓时分》对题材并无很大改动，只是略去刘贵妻与山贼的情节，止于崔宁与刘妾的无辜受害。但叙述角度完全变了，整个故事不再是出自一个全知的说故事人的叙述，而是出自一个花钱买了衙役饭碗的农民第一天上任的所见所闻。官府衙门的腐败堕落、贪赃枉法、收买伪证、颠倒黑白、酷刑峻法、屈打成招……无一不在这个天真淳朴的农民心里引起强烈的厌恶和反感。他深感："我是吃不来这行饭的"，"吃饭是要活着，吃这种饭要把人给吃死的"。老衙役却鼓励他说："一回生，二回熟"，会习惯的。既然农村没有出路，看来这位天性未泯的小青年也会逐渐"熟"起来，习惯一切的。这样，过去的"因果报应""戏言取祸"等主题就隐退了，"恶"的代表——贪官污吏并没有遭到报应，悲剧发生的原因也不是"戏言"，而是整个社会法制的腐败。因为澄清事实的机会并不是没有，而是贪官污吏歪曲了它。《破晓时分》的主题就集中在对黑暗官府衙门的揭露和对人性泯灭的原因的追寻。作者暗示在那样的社会，要"求生存"，就不得不"昧良心"，而"昧良心"又支持了黑暗社会的长存。读者读完这部作品也不会再心安理得，置身事外，而会想一想自己的不闻不问是否客观上维持了那种惨无人道的社会秩序。显然，《破晓时分》用这一传统题材表现了全新的主题。这种主题的更新又是和西方思想观点与艺术技巧的引进密不可分的。如果没有叙述者和叙述角度的改变，没有心理独白和气氛的渲染，没有对于中国读者"期待视野"的着意革新，没有为读者的欣赏和再创造留下更广阔的余地，就不可能突出《破晓时分》现在的主题。由此，不仅可以看到引进的观念对主题思想的影响，也可以看到引进的艺术技巧对于表达新的主题的必不可少。除主题学研究外，关于不同文化体系中文学作品所写的文学形象、题旨、意象等都可以进行文学内容的比较研究。

在文学形式方面，我对中西文体的发展进行了一些比较研究。在世界各大文化体系，大致都能找到诗歌、戏剧、小说三种类型的文体，而小说都是在诗歌、戏剧之后才发展起来的。如果用长篇小说这种文体来做一些对比分析，可以看到中国长篇小说与西方长篇小说显然有不同的发展源流。西方小说从史诗发展为中古传奇再发展为长篇小说；中国小说则从大量叙事文体发展为稗史、民间演义等，加上佛经故事和市井短篇小说，逐步演化为长篇小说。但是，中西小说始终保持着一种同步的发展过程。首先，中西长篇小说的产生都是和都市文化、商业化、工业革命、印刷术发展和教育普及分不开的。西方的情形无须多说。中国16世纪建立了以银洋为基础的新货币制度，拓展海运带来了新的贸易机会，加速了都市文化的进程，加以印刷业兴旺发达，东南沿海城市成为小说印行的总基地，《三国演义》《水浒传》《金瓶梅》等长篇小说遂繁荣兴旺起来。

其次，无论中外，长篇小说的发生发展往往以思想方面的动荡、新思想的产生作为背景。15世纪、16世纪在欧洲，哲学恢复了它的"世俗性"，对自然的观察和实验代替了经院派的烦琐思辨，因果律代替了目的论，理性代替了对权威的盲目崇拜，感性认识受到了空前重视，个性的全面发展成为新的生活理想，并促进人对各方面的研究和探索。中国长篇小说的兴起与思想意识方面的巨大变革也有关系。15世纪以来，从王阳明开始，相信自己，相信良知，反对盲从，不再迷信权威的思潮日益发展，特别是泰州学派把"天理""良知""圣道"等通俗化为"愚夫、愚妇能知能行的日用之学"。李贽更是提出"颠倒千万世之是非""人人可以为圣人""童心即真心"等。总之，从王阳明到李贽这百余年间，中国思想界有了很大变化，这种变化显然为《金瓶梅》等长篇小说奠定了思想基础。

最后，无论中西小说都需要采取一种比较自由的语言媒体，以突破少数人对文化的垄断。西方小说自从但丁改用活着的意大利口语写作后，欧洲小说很快就普遍采用了明白易懂的语言来写作。中国的讲史、讲经本来就和民间口语很接近，《金瓶梅》《水浒传》都采用了远较其他作品更为自由的语文媒体。另外，中西小说在其发展的最初阶段，作品构造的小说世界大都深具批判性，法国的《巨人传》、中国的《西游记》都出现于16世纪，唐僧到西方极乐世界去取经，法国巨人到东方来寻求智慧的"神壶"，无论是前者对西方，还是后者对东方，都是一种对现存制度的否定，对另一种人生的追寻。同时，还可看到很多国家的小说都是从客观世界的描写开始，逐渐转而探求人物性格、生活经验、精神世界等复杂问题。由此可见，中西小说发展确有同步的趋势和许多类同的特点。

文学形式研究的一个重要方面是文类学。我对文类学本没有独到研究，但看到美国学者威因斯坦在进行了一系列文类学研究之后，竟得出结论说："在远东国家中，迄今为止还没有按照类属对文学现象进行过系统分类"，不免心有不平，对中国有关文学现象进行系统分类的问题做了一番探讨。其实，早在两千多年前成书的我国第一部诗歌总集《诗经》已经对诗歌进行了分类。风、雅、颂是以教化作用为标准分类：风，言一国之事，系一人之本；雅，形四方之风；颂，美盛德之形容（也有人说是以音乐曲调的不同分类）。赋、比、兴也可理解为以艺术功能为标准分类：赋，敷陈之谓也；比，喻类之言也；兴，有感之辞也。东汉班固撰写的《汉书·艺文志》已按诗歌的不同风格，把赋分为《屈原赋》《孙卿赋》《陆贾赋》和《杂赋》四类；《杂赋》又按体制和题材分为十二种。曹丕的《典论·论文》提出"文本同而末异"，"末"就是指不同的文体。他将流行的文体分为四科八类，陆机又将之扩大为十类，并指出"诗缘情而绮靡""赋体物而浏亮"等不同文体特色。这十类中至少有七类属文学范围，包括了抒情文、叙事文、韵文和散文。稍后于陆机，出现了挚虞的《文章流别集》四十一卷和《文章流别志论》二卷。可惜两书均已亡佚，仅从残篇断简之中，尚能考见前者是一部按十一类文体编排的文章总集，后者则专论各类文体特点、源流及其代表作。两书体例大体先讲文体定义、形成由来,再讲历史演变、发展趋势、与其他文体的区别,这应是中国文体论的一部重要著作。《文心雕龙》是我国文类学研究的一个高峰。刘勰不仅建立了包含三十四种文类的大系统,而且在《体性》篇中,特别讨论了文体风格形成与作者性格及后天涵养的关系。他指出由于"才有庸俊,气有刚柔,学有浅深,习有雅郑",根据不同的情性、知识和习染就造成了文章的千变万化,所谓"各师其心,其异如面",刘勰举了许多实例说明"才、气、学、习"所形成的个人才情气质如何决定了他们的不同风格。他把这些不同风格归约为"八体",又分为相对的四组:典雅和新奇、壮丽和轻靡、远奥和显附、繁缛和精约。刘勰认为文体风格的变化都在这个范围之中了,"文辞根叶,苑囿其中"。刘勰的文体研究不仅对中国文类学而且对世界文类学都有重大意义。当然,由于中国文学是从抒情诗开始,而且长期以抒情诗为主体,又由于儒家"文以载道"传统的影响,各类应用文体如论、说、碑、奏之类占有重要地位,因此,中国的文类学在研究诗、词、歌、赋的同时也研究了论、说、碑、奏等非文学文体,而小说、戏剧等重要文体的研究则开展得较晚;这不能不说是中国文类学的一个局限,但不能因此就否定中国文类学的存在。事实上,中国的文类学家不仅探索了划分文类的多种标准,界定了各种文类的定义,论证了各种文体的区别,研究了各种文体的相互关系,探讨了各种文体的渊源,它还论及各种文体的变化,比较分析了各种文体的作家作品。中国文类学显然是一个不容抹杀的客观存在。

  大型文集的编撰也是文学形式研究的一个重要方面。很多民族都有自己的大型文集和"集"的概念。编集要有一定的体例,使各部分能按照统一的标准,构成独立的实体,各个实体又能聚集为一个统一的整体,这就需要有一定的分类原则和排列标准。西方最早的文集编撰,大约起于希腊晚期,如平达的颂歌,因为这是歌颂各种节日赛会优胜者的颂歌,所以按节日赛会之年代先后进行编排；悲剧集的编撰则多以剧名字母的次序排列。约翰·邓恩的十四行诗集《皇冠集》是按前一首诗的末句即为后一首诗的首句，最后一首诗的末句又是第一首诗的首句这样的连环次序来编排的。德莱顿的《寓言集》又是按照主题如爱情、战争、侠勇、关于尘世的虚幻，以及种种历史事件等来划分。总之，西方的文集多半按时序、字母顺序、主题等来分类编排。日本的诗文集数量多，组织严密。著名的《古今和歌集》基本上按照主题的不同分卷，各卷又按照严格的次序安排，例如第十一卷至第十五卷写爱情，其中又按爱情产生、发展、衰减的过程为序。日本的文集编排注重整体的组织及各部分之间的蝉联条贯。中国编撰文集的历史很早，除《诗经》外，《春秋》《易》《礼》《书》也都是一种文章总集。我国第一部按文体将诗文统一分类编撰的文学总集则是梁代萧统的《昭明文选》。萧统第一次把"事出于沉思，义归乎翰藻"的"美文"从经史典籍中分离出来，促进了后世文学的独立发展。他把所有带文学性的作品汇集起来，按文体分为"赋""诗""骚"等共三十九类，各类又按题材或功能分为若干类，如"诗"又分为"游仙诗""咏怀诗""招隐诗"等二十二类。《昭明文选》为我国大型文集编撰奠定了基础，但不免烦琐重叠被后人批评为"分类杂碎"。我国历代都有大型文集的编撰，如《唐文粹》《宋文鉴》《元文类》《明文衡》等，大体沿用《文选》的分类方式。直到明代吴讷另编《文章辨体》，将古诗分为四言、五言、七言、歌行，将隋唐以后的近体诗分为律诗、排律、绝句。这是中国文集编撰第一次按照文学本身的形式特点来分类。后来，徐师曾在这个基础上写了《文体明辨》，对文体的搜罗更为详备，收录了一些很少见的文体，如"贴子词""乐语""青词""道场疏"等，对文体源流特点的辨析也更为精到。清代以后，这种广收详列、烦琐细碎的倾向发展到极端，引起了学术界的不满，《四库全书总目提要》就曾批评《文体明辨》，说它"千条万绪，无复体例可求，所谓治丝而棼者"。清代学者致力于克服列类烦琐，注意文体的归纳。如储欣的《唐宋十大家类选》、李兆洛的《骈体文抄》、曾国藩的《经史百家杂抄》、章太炎的《文章总略》都是把文章只分为几大门，尽量缩减分类，以收以简驭繁，纲举目张之功。其代表作当推姚鼐的《古文辞类纂》。该书将战国至清代的古文辞赋依文体分为十三类，并在《序目》中对各类文体的特点源流进行了归纳总结，体现了我国文集编纂的重要成就。

根据以上的分析，大体可以看出西方文集的编纂由于其拼音文字的特点，一部分以字母为序，一部分以戏剧、史诗为基础，按情节、主题来编排；中国文集以抒情诗和应用文为主，故多用内容范围和功能为编排原则，立纲系目，并列排比；日本文集则多注重盛衰发展，采取蝉联条贯的次序。

除了对于文学内容和形式的比较研究外，最吸引我的就是文学的跨学科研究，特别是文学与自然科学的跨学科研究。这是和文学的跨文化研究很不相同的另一种研究。19世纪，进化论曾全面刷新了文学理论、文学批评，以及文学创作的各个领域。20世纪，系统论、信息论、控制论、热学第二定律以及熵的观念对文学的影响也绝不亚于进化论之于19世纪文学。

总之，我把自己出版于80年代后期的两部学术著作《比较文学与中国现代文学》和《比较文学原理》都看作"文化热"的一种结果，因为在我看来，"文化热"的核心和实质就是酝酿新的观念，追求突破，追求创新。一切变革和更新无不始于新的观念。新观念固然产生于形势的需要，同时也产生于外界的刺激，两者相辅相成。要促成我国悠久文化的发展新阶段，首先要有不同于过去的新的观念。文化之所以"热"，就"热"在争相酝酿新观念，这就要求人们认真了解近年来世界发生了什么，有哪些新的东西可供参考，又如何为我所用。因此，"文化热"偏重于考察世界，研究中国文化与世界文化的接轨，毫不足怪。

《国外鲁迅研究论集》前言

近二十年来，国外对于鲁迅的研究有了很大进展。如果说二十年前各国鲁迅研究的主要内容还止于对鲁迅思想、业绩和著作的复述、评介，那么近二十年来，重点已转移到把鲁迅作为一个有世界影响的思想家、革命家和艺术巨匠来进行认真的研究和剖析。特别在美国和日本，情况尤其如此。

从我们接触到的材料来看，目前国外对鲁迅的研究大体集中于以下几个方面：一、鲁迅思想的起点及其发展和转变。不少学者认为鲁迅青年时期是把拯救民族的希望寄托在少数优秀人物身上的，他认为西方民主制度不能不牺牲杰出的个人来迁就"平庸"的大众；他相信思想和精神的力量优于物质；他的这种信念和他对祖国命运的关注使他坚信可以借助"摩罗诗力"来达到改造社会的目的。进而，他们探讨鲁迅是怎样从这些基点出发，受到哪些外力的作用，又经历过哪些复杂的斗争而达到马克思主义的，他的这些经历对于各国知识分子具有什么意义。二、鲁迅怎样继承了东、西方文化传统？如何在继承的基础上创新？他对世界文化宝库作出了哪些独特的贡献？

他的思想和艺术在哪些方面超越了他的前驱？他受到了哪些西方文化的影响，又受到了哪些中国传统文化的熏陶？为什么青年时代他对安特列夫、阿尔志拔绥夫尤为看重，却很少提到屠格涅夫、高尔基？是因为中国文化传统一向要求对客观价值标准做出评价而不习惯于以观察者的身份描摹现实吗？他怎样总结革命转折时期俄国知识分子叶遂宁、梭波里的经验教训？又怎样接受尼采思想而复加以扬弃？三、关于鲁迅思想复杂矛盾的分析。有的学者认为鲁迅跨越了新、旧两个时代，他既不完全代表新，更不完全代表旧。他对未来不像胡适那样盲目乐观，也不像周作人那样悲观。他同时受着三味书屋，诗云子曰的"大传统"和百草园、无常、女吊等"小传统"的影响，他恨旧中国，同时深爱着她那久远文化传统的许多方面；唯有鲁迅最生动地代表着新与旧的冲突及其他超越历史的更深的矛盾。在政治上，鲁迅把希望寄托于暴君的铲除，同时又感到"暴君的臣民比暴君更暴虐"；他把矛头指向压迫者同时又怵目于几乎所有的人都在设法寻求比自己更弱小的牺牲品来加以压迫。在文艺方面，他强调文艺标志着一个民族的精神实质，它可以通过改造国民精神来对政治起作用，但他并不赞成把文艺看作单纯的政治教育工具，反对文学的实利主义，强调文艺从根本上"深邃人之性情，崇高人之好尚"的美学意义；但另一方面，他从一开始就创作"遵命文学"，后来又认为文学起不了多大作用，犹如"一箭之入大海"。也有一些学者企图从这些矛盾的交错发展中找出鲁迅中断小说创作的原因。四、对鲁迅作品的艺术技巧进行精微的分析。许多学者研究了鲁迅作品的意象和象征、时间的框架、叙述的角度、视点的转移、作者的距离、讽刺和写实的模式，以及性格反语、描述性反语等艺术技巧的实际运用。

这些研究鲁迅的文章也有某些共同的特色。首先是在广阔的背景下进行广泛的比较。例如谈到鲁迅是中国现代小说的创始人时，就分析鲁迅小说哪些方面符合西方现代小说的模式，哪些地方有所独创，不仅比较中国现代小说与西方现代小说的异同，而且研究何以西方最后的古典小说与最早的现代小说几乎同时产生，而在中国，其间的距离却相差一二百年。有些学者在研究鲁迅世界观的转变问题时，把鲁迅和一些表面看来似乎并无关联的知识分子进行了比较，例如指出鲁迅、布莱希特和萨特有许多共同之处：他们同样背叛自己出身的阶级，都甘愿牺牲舒适的环境去换取并不确定的未来；他们都不相信未来的"黄金世界"会完美无缺，也不想从他们所投靠的即将胜利的阶级索取报偿；他们理性的抉择都被后来的批评家们误认为是一时冲动或由于"绝望"，甚至是受了"现代符咒——革命"的"蛊惑"！因为他们都不是在革命高潮而是在令一般人沮丧的革命低潮时期参加了革命。这样的比较，说明了鲁迅的道路并非孤立现象而是20世纪前半叶某些知识分子的共同特色。其次，不少研究文章注意从历史发展中对鲁迅的思想和艺术进行纵的考察。例如有的文章研究了以鲁迅为代表的现代小说与中国传统文学的深刻的决裂，考察了这种决裂的原因、意义及其特殊形态；有的文章从体裁、结构、性格塑造、创作态度、语言、描写等多方面论述了鲁迅小说与清末谴责小说的异同，也有文章研究中国古典小说传统和民间艺术传统对鲁迅创作的影响以及鲁迅的追随者如何继承了他所开创的事业。第三，当代不同流派的文学批评方法在研究鲁迅的学术论著中都有不同程度的反映。例如把作品分解为若干基本因素再探讨其构成原则的结构主义分析法（如《鲁迅的〈药〉》），追寻作者经历的心理危机或心理模式如何表现在作品之中的心理分析法（如《一个作家的诞生——关于鲁迅求学经历的笔记》），从不同文化体系的对比和类同中找出作品特色的比较分析法（如《自愿面对历史的必然——鲁迅、布莱希特和沙特》），以某种哲学体系为出发点来对作品进行剖析的哲学分析法（如《〈狂人日记〉——"狂人"康复的记录》），另外如社会学分析法、语言学分析法等在鲁迅作品的研究中也都有所运用。

总之，20年来的发展趋势是对鲁迅的评价随着研究的日益深入而日益准确，日益崇高。从本书选译的有限几篇文章中也能看出这种趋势之一斑。许多学者指出鲁迅以他"坚实的思想与清新的感觉相互结合，开拓出崭新的表现领域"（木山英雄）；他所选择的主题"最具有政治意义，又最富于深刻的个性"（伊藤虎丸）；他的"每一篇小说"都是"技巧上的大胆创举，是一种力图达到内容与形式完美结合的新的尝试"（帕特里克·哈南）；他"奠定了一种既不是完全实用主义的，又不是纯粹独立的文学"，这种文学"既不仅仅被当作达到某种社会政治目的的手段，也不是一种独立于作家和社会之外，自成一体的艺术世界"（李欧梵）。同时，国外研究鲁迅的学者和著作二十年来也大大增加了，他们遍及欧、美、亚、澳各大洲，本书附录的《近二十年国外鲁迅研究论著要目》雄辩地说明了这一点。毋庸置疑，鲁迅的思想和艺术已经成为世界文学宝库的灿烂瑰宝，鲁迅的辉煌业绩永远属于全世界。

最后，关于本书的编选还有几点说明：一、由于材料和篇幅的限制，肯定还有许多卓越的鲁迅研究学术论著未能收入本书，这一点不能不深以为憾；二、本书编选尽量兼顾不同观点、不同方法（包括我们所不同意的观点和方法）；三、本书尊重原著者的观点，除个别文章中某些中国读者已经十分熟悉的材料外，未作删节。

鲁迅研究：一种世界文化现象
——《当代英语世界的鲁迅研究》序

20世纪50年代后期，西方发达国家进入以电脑网络、信息传播为特征的后工业社会，"多国化"资本主义代替了寡头垄断的帝国主义经济，殖民体系瓦解，第三世界兴起。世界正如马克思所预言的，进入了更深刻、更全面的商品化过程。正如马克思、恩格斯在《共产党宣言》中所指出的："新的工业的建立已经成为一切文明民族的生命攸关的问题；这些工业所加工的，已经不是本地的原料，而是来自极其遥远的地区的原料；它们的产品不仅供本国消费，而且同时供世界各地消费。旧的、靠国产品来满足的需要，被新的、要靠极其遥远的国家和地带的产品来满足的需要所代替了。"[①]这一过程由于信息传播的发达而正在无限地加速和深化。人们越来越难看出自己所从事的细微环节在无比巨大的运转链条中有什么作用和意义，甚至也不再去思考这一问题。日益加速的专业化和商品化将人类知识分裂、切割、物

---

① 《马克思恩格斯选集》（第一卷），人民出版社，1972年，第254—255页。

化。生活碎裂成"他人引导"的、非自我决定的碎块,人们失去过去和未来的时间感,只有"现在这一瞬"是真实存在的。而"现在"本身却是零乱、分裂、式项并存、无中心、无系统的。这就导致长期以来作为人们思维方式的"深度模式"的破坏。人们只相信目前存在的"现象""偶然性""不确定性"和各式各样的符号,而对于隐藏于其中,决定这一切的"本质""必然性""确定性规律"和符号的"固定所指"则深感怀疑或存而不计。这种曾经被人们所信赖,认为可以用来"解释一切"的释义框架的解构和碎裂导致西方文化有可能平等对待和容纳其他文化体系并探究和吸收其所长。西方后工业社会的无深度、无中心、零散化及其所产生的迷惘和不稳定也促使西方世界一部分人想突破自己原有的文化局限而面向世界。更重要的是在这种情况下,亚、非、拉文化的重要性被突出出来,世界毕竟不只是欧美;亚、非、拉文化是无法被忽略的重要部分,排除亚、非、拉文化就不能说是世界文化,于是西方发达国家关于文化研究的兴趣逐渐转向第三世界。

从第三世界国家来说,人们一方面为保存原有的文化特点而焦虑,另一方面又深深感到"各民族的精神产品成了公共的财产。民族的片面性和局限性日益成为不可能"[①]。在这样的处境中,人们发现要使自己的文化得到发展和更新,首先要用一个现代人的意识进行新的选择和诠释,而现代人意识本身就不再是封闭的、固有的民族意识而是容纳了"各民族的精神产品"的现代意识。从这种现代意识出发,就要求把一种文化置于世界文化的语境中来考察,以便审视该种文化在世界文化中的地位、作用和独特之处。我国一位青年学者曾从世界文学发展的主流出发,提出一个由"巴洛克时代艺术——现代主义(从波德莱尔到卡夫卡)——中国新文学(以鲁迅的叙事作品和杂文为其顶点)——当代拉美小说(以《百年孤独》为代表)构成的世

---

① 《马克思恩格斯选集》(第一卷),人民出版社,1972年,第255页。

界性寓言结构"①。这样的归纳是否准确,先存而不论,其朝向世界文学语境的思考方向则正确无疑。

正是由于以上的原因,事实上鲁迅研究已成为一种世界性文化现象。

在西方发达世界(英语世界),研究者把以鲁迅为代表的中国现代文学作为一个参照系来重新认识自己。例如西方著名的马克思主义者弗雷德·詹明信(弗雷德里克·杰姆逊)在他的近作《处于跨国资本主义时代中的第三世界文学》长文中就特别强调:"在本世纪的八十年代里建立适当的世界文学的旧话题又被重新提出。这是由于我们自己对文化研究的概念的分解而造成的。我们清楚地认识到自己周围的庞大外部世界的存在。"②他认为:"在今天的美国重新建立文化研究需要在新的环境里重温歌德很早以前提出的'世界文学'。任何世界文学的概念都必须特别注重第三世界文学。"③他深刻地指出,第三世界文化"在许多地方处于同第一世界文化帝国主义进行的生死搏斗之中——这种文化搏斗的本身反映了这些地区的经济受到资本的不同阶段或有时被委婉地称为现代化的渗透。这说明对第三世界文化的研究必须包括从外部对我们自己重新进行估价,我们是在世界资本主义总制度里的旧文化基础上强有力地工作着的势力的一部分"④。

詹明信提出一种理论,他认为第三世界的文学本文,"总是以民族寓言的形式来投射一种政治:关于个人命运的故事包含着第三世界的大众文化和社会受到冲击的寓言",而"这种寓言化过程的最佳例子是中国最伟大的作家鲁迅的第一部杰作《狂人日记》",寓言精神具有极度的断续性,充满

---

① 张旭东:《寓言本文中的历史:理解本雅明与重读鲁迅》,《中国比较文学通讯》,1989年第2期。

② 弗雷德里克·杰姆逊:《处于跨国资本主义时代中的第三世界文学》,张京媛译,《当代电影》1989年第6期,第47页。

③ 同上,第47—48页。

④ 同上,第48页。

了分裂和异质，带有和梦幻一样的多种解释，而不是符号的单一的表述。①在寓言中，那种对应物本身处于本文的每一个永恒的存在中而不停地演变和蜕变，使得那种对"能指过程"的一维看法变得复杂起来。例如《狂人日记》重建了一个处于我们的表面世界之下的恐怖黑暗的、梦魇般的客观现实世界。"狂人"从他的家庭和邻居的态度和举止中发现了吃人主义，这种吃人主义发生在等级社会的各个层次，从无业游民和农民，直到最有特权的官僚贵族阶层。这种"吃人"受到中国文化最传统的形式和程序的影响和庇护。人们在绝望之中只有无情地相互吞噬才能生存下去。这种一时看清真相而产生的极端恐怖引起曾经有过类似体验的读者广泛的政治共振。詹明信认为这种恐怖的"寓意"所产生的"震惊"远远超出了较为局部的西方现实主义或自然主义对残酷无情的资本家和市场竞争的描写。因为鲁迅用"吃人"的寓言来戏剧化地再现了一个社会梦魇的意义，"而一个西方作家却仅仅能从个人执迷、个人创伤的纵深度来描写这种现象"②。詹明信认为这种引起广泛共振和震惊的寓言形式"超过了老牌现代主义的象征主义，甚至超过了现实主义本身"③。"吃人"的寓言如此，作为"狂人"另一结局的"遗忘"的寓言亦复如此。"狂人"终于"赴某地候补矣"，亦即重新回到幻觉和遗忘的领域，在特权阶层恢复了自己的席位。阿Q、涓生也都只能在遗忘中求生。

詹明信以第三世界文学的特征——民族寓言作为参照系，反观自省发达世界的文学，指出："西方现实主义的文化和现代主义的小说，它们在公与私之间，诗与政治之间，性欲和潜意识领域与阶级、经济、世俗政治权力

---

① 弗雷德里克·杰姆逊：《处于跨国资本主义时代中的第三世界文学》，张京媛译，《当代电影》1989年第6期，第48页。
② 同上，第50页。
③ 同上。

的公共世界之间，总是产生严重的分裂。"①而在第三世界这种分裂被共同的民族意识所弥合②，"文化知识分子同时也是政治斗士，是既写诗歌又参加实践的知识分子"。"文学作品可以是政治行动，引起真正的后果。"③詹明信说："作为第一世界的文化知识分子，我们把我们的生活和工作的意识局限在最狭隘的专业或官僚术语之中……作为知识分子，我们可能正酣睡在鲁迅所说的那间不可摧毁的铁屋里，快要窒息了。"④詹明信对鲁迅的解读可能正确，也可能谬误；他以鲁迅作为参照系，对发达世界知识分子和西方文化的重新认识同样可能正确或错误，但是他把鲁迅作为世界文化的一部分，试图在世界文化语境中来理解鲁迅并将鲁迅作为"他者"，从这种与"他者"的对照中重新认识自己，则是80年代发达世界的一种新的觉悟。

如果说以鲁迅作为一面镜子来反观西方文化的得失还只是一种潮流的开始，那么，把鲁迅创造的文化遗产作为世界文化的一个重要组成部分，参与对世界面临的共同问题的解决，则是西方世界的一种更普遍的共识。

存在与虚无的悖论使全世界知识分子都曾感到矛盾、苦恼和困惑：人必须活着，活着就意味着一步步走向死亡。既然每个人的结局都是"复归于空无"，存的意义又为何物？人生的意义何在？一切可依靠、可信赖，并值得为之献身的，是实存还是虚无？和世界其他知识分子一样，鲁迅终其一生都以自己的生命为代价，对这一问题寻求着解答。林毓生指出，一定要把鲁迅的虚无主义同屠格涅夫和年轻时代的陀思妥耶夫斯基所表现的虚无主义认真区分开来。⑤俄国虚无主义者对生活没有任何信仰，感觉不到任何强制

---

① 弗雷德里克·杰姆逊：《处于跨国资本主义时代中的第三世界文学》，张京媛译，《当代电影》1989年第6期，第48页。
② 同上，第51页。
③ 同上，第52页。
④ 同上。
⑤ 林毓生：《关于知识分子鲁迅的思考》，王华之译，见乐黛云主编《当代英语世界鲁迅研究》，江西人民出版社，1993年。

和约束。鲁迅虽然也在黑暗的虚无感中为寻找生活的意义而进行着激烈的内心斗争，但却总是受到一种拯救国家、唤醒人民的义务的约束。尽管在《影的告别》中，鲁迅表示了对一切未来美好图景的绝望与怀疑，在《过客》中，他表示憎恶他所曾看到的、所曾经历过的一切，明明知道前面并没有什么花和草，而只有坟墓，然而，他仍然觉得"那前面的声音叫我走"，"我息不下"。在绝望与希望的挣扎中，他始终相信"绝望为虚妄，与希望同"。林毓生认为西方知识分子与鲁迅对待同样感到的"虚无"的态度之不同，是由于两种不同的文化思维方式所决定的。西方的新教伦理认为，由于"上帝的绝对超验性"，人是与神隔绝的，不可能成为神。在加尔文教义中，过去曾经如此富于人性的"天父"已经被一种人所不能理解的超验的存在所代替，人只能对一个自己所无法认识的疏离的世界进行着盲目而孤独的苦斗，如果他不能用禁欲式的追求和创造来充实自己，他所得到的只有虚无。中国的"天人合一"理论却认为超验的意义内在于人的生活，"尽心、知性、知天"，人的本质与"天"的本质相契合，人生来就被赋予那种内在的道德与思想能量，具有能够"知天"的判断力。因此，他探求生命意义的努力就永远不是一种疏离的外在的行为。在鲁迅的深层意识中，他总有一种信念，认为生活中总还能找到一些积极与美好的东西，这一点从未动摇过。林毓生认为，如果说西方知识分子是想创造一点什么，鲁迅则是力求发现一点什么，他们的目的同样都是为了抵御那暗夜中"虚无"的袭来，只是从不同方面接近了同一个问题。

对待自我与他人、个人与社会的关系的思考也是世界知识分子共同面临的问题。前面已经谈到弗雷德·詹明信所指出的西方知识分子在自我与他人、个人与社会之间的严重分裂，其实，这种分裂在鲁迅这里也是存在的，但不像西方知识分子那样绝对而是充满着矛盾。鲁迅在1925年5月30日给许广平的一封信中曾承认自己的思想"含有许多矛盾"，那就是"人道主义与个人主义的消长起伏"。因此，忽而爱人，忽而憎人，有时为己，有时为人。正是由于这种矛盾，我们在读鲁迅的作品，特别是《野草》时，常常会发现两种视线：一种是从诗人身外往里看，这时，我们会发现痛苦、怀疑和绝望的深渊；另一种是从诗人内心往外看，这时我们所看到的则是对身外大众无限的悲悯、责任感和同情，鲁迅正是借此以摆脱内心的绝境。然而，与那个疏离、绝望的个人相对的大众却是一个离弃了孤独者的上帝。在《复仇·其二》中，那个被钉杀的耶稣，感到"遍地都黑暗了""我的上帝，我的上帝，你为什么离弃我？！""上帝离弃了他，他终于还是一个'人之子'"。李欧梵指出，这种对上帝的最后的绝望曾经使存在主义者基尔凯戈尔恐惧和发抖，而对鲁迅来说却"反讽式地导致了他对自己人性地位的肯定"[①]。孤独者与大众的对立是鲁迅作品的普遍结构。孤独者注定为大众而献身，同时注定了要同大众进行不停息的战斗，直到在"无物之阵"中衰老寿终，不论是战斗还是静止不动，孤独者永远是为迫害他的大众而死。这种个人和社会的关系既不是西方式的绝对分裂，也不是詹明信所拟想的简单的统一，鲁迅笔下的孤独者与大众之间的极其复杂、充满着矛盾的关系大大丰富了世界知识分子关于个人和社会关系这一问题的探索。

此外，无论是文学与政治的关系、文学作品的叙事技巧，还是两种文化体系的相互接受和影响等很多方面，鲁迅都以他十分丰富而宝贵的思想和艺术遗产，为解决人类共同面临的这些问题提出了崭新的视角、深邃的思考，成为探讨这些问题时无法忽略的重要组成部分。读者可以在本书编选的许多文章中看出这种以世界文化汇合为大背景的鲁迅研究的新的潮流。

1993年

[①] 李欧梵：《〈野草〉：希望与绝望之间的绝境》，傅礼军译，见乐黛云主编《当代英语世界鲁迅研究》，江西人民出版社，1993年。

比较文学的名与实
——"深圳大学比较文学丛书"总序

20世纪以来,人类大大改善了对于客观世界和人类自身的认识,懂得了必须以认识主体时间为一维的四维空间,第一次从无垠的星际世界看到人类共同生活的蓝色球体。新的认识必然引起各种观念,包括文学观念的更新,孤立、绝缘、割裂、封闭的状态已成为不可能。马克思早就预言,随着"一切国家的生产和消费都成为世界性的了","各民族的精神产品"也"成了公共的财产。民族的片面性和局限性日益成为不可能,于是由许多种民族的和地方的文学形成了一种世界的文学"。[①]在人类知识领域,各种学科相互切入、渗透、融合,各种边缘学科的勃兴已成为不可抗拒的趋势。世界,正在走向综合。

20世纪后半叶比较文学的繁荣正是这一趋势的产物。几十年来,比较文学大大开拓了自己的领域。

---

① 《马克思恩格斯选集》(第一卷),人民出版社,1972年,第255页。

最初，比较文学仅仅被定义为"国际文学的关系史"。正如基亚所说："比较文学工作者站在语言的或民族的边缘，注视着两种或多种文学之间的题材、思想、书籍或感情方面的彼此渗透。"①他们强调"各国文学作品之间，灵感来源之间与作家生平之间的事实联系"②。比较文学着重研究的是不同文学之间的相互影响、这种影响的来源（渊源学）和媒介（翻译—媒介学）。

后来，比较文学自身的发展突破了这种只拘泥于事实联系的局限，人们发现并承认完全没有事实联系的不同文化体系中的文学也具有比较研究的价值。

从内容方面来说，文学反映人的思想、感情和心理状态，人类共有的欢乐、痛苦和困扰往往可以从全不相干的文学体系中看到。例如关于爱情与事业的冲突，我们可以从白居易的《长恨歌》、洪昇的《长生殿》看到唐明皇与杨贵妃的悲剧，也可以从拉丁诗人维吉尔的《埃涅阿斯纪》中看到罗马的创建者离开迦太基女王黛朵，造成后者死亡。另外，如对于人生短暂而自然却永恒长存的感怀，对于自我的认识和对于人生的领悟，对于理想的追求与破灭等都常常在完全不同的文学体系中以相同或不同的形式得到表现，构成了并无事实联系的不同文学之间的一种可比性。这种比较在比较文学中被称为"主题学"。

从形式方面来说，一定的文学形式往往是人类社会发展一定阶段的产物。例如小说这种文类就不可能产生于远古社会，它的出现总是与商业化、都市化和印刷术的发展有关，往往都有较大的思想动荡或新思想的产生作为其兴起的背景，都需要比较自由的语言媒体，都有强大的叙事传统作为基础，其本身的发展规律又往往是从对现实客观世界的描写逐渐转入对人物内

---

① 马·法·基亚：《比较文学》，颜保译，北京大学出版社，1983年，第4页。
② 卡雷："序"，马·法·基亚《比较文学》，颜保译，北京大学出版社，1983年，第4页。

心世界的刻画……如戏剧、诗歌等文类也都可以在不同的文学体系中找到发展的共同规律。这些共同规律和划分文类的标准以及各种文类发展的不同途径等也构成了一种可比性。关于文类的比较研究被称为"文类学"。

关于文学发展历史的比较研究则是一门最近才兴盛起来的学问。例如关于大型诗文集的编排，西方多是编年序列，或以篇名的第一个字母为序。如荷马史诗就曾按希腊文的二十四个字母，编成二十四卷；品达罗斯的颂歌按所歌颂的庆典的时间先后为序编排。中国的诗文集则大致按文体区分。如萧统的文选：一赋、二诗、三骚、四"七"（"七"指特殊的文体，如《七发》《七辩》等）……日本的《古今和歌集》又别具一格：描写自然的诗按春、夏、秋、冬四季排列，描写爱情的诗则按爱情体验的发展顺序排列。东西方关于文学发展历史的记载也有不同方式。西方文学史很多是根据"时期"或"文学运动"来划分，中国则多半根据"朝代""文体"和"流派"。探索这些差异的原因、比较其优劣、发挥其特长将是很有意义的工作。

文学史的比较研究与主题学的结合也是一种很有趣的现象。例如杨贵妃的故事从《长恨歌》到《梧桐雨》，再到《长生殿》；王昭君的故事从《汉书》中的片段记载到《汉宫秋》到《双凤奇缘》，再到郭沫若的《三个叛逆的女性》。这种同一主题的发展序列往往给我们提供文化、社会、思想风习变迁的丰富信息。在欧美文学中也能找到很多这样的发展系列。例如浮士德的故事和普罗米修斯盗火的故事的不断改写。显然，许多作品构成的不同系列各有自己的革新和承传，东方和西方关于这种革新和承传的过程都有哪些共同点和不同点也是比较文学研究的问题。

由于以上关于文学内容、形式、发展过程的比较研究，比较文学越来越向理论方面发展。正如厄尔·迈纳所说："近十五年间最引人注目的进展是把文学理论作为专题纳入比较文学的范畴。"①人们越来越感到文学是属于世界的，离开了对于不同文学体系的综合考察，许多文学问题就难以得到圆满的解释。文学理论家们已经不满足于他们的理论只能解释某种文学体系，而是希望它既能解释西方文学，也能解释东方文学。许多学者正在探索可以解释各民族文学基本理论问题的文学理论架构。例如美国文学批评家阿布拉姆斯在他的名著《镜与灯》中提出艺术四要素（即作家、作品、世界和读者）的理论。他把这种理论归纳为一个简单的三角形：

他认为这个图形可以概括所有文学批评理论：或强调作品反映客观世界；或强调作品如何表现了作者的思想感情和心灵特征；或强调作品对读者的教育意义和认识意义；或把这一切都视为文学的外延分析而只注重作品本身。另一位美国学者唐纳德·A. 吉布斯写了《阿布拉姆斯艺术四要素与中国古代文论》一文，试图将中国传统文学批评理论也纳入阿布拉姆斯的架构之中。美国加州大学叶维廉教授在探索建立一套足以概括中西文学理论的架构方面也做了许多很有意义的工作。

综合，不仅表现为类同和汇通的研究，也表现为对于殊异和差别的追索。所谓"不识庐山真面目，只缘身在此山中"。要真正了解一个文学体系的特点，必须从一个外在的立足点，有其他文学体系作为参照系统才有可

---

① 厄尔·迈纳：《比较诗学：比较文学理论和方法论上的几个课题》，《中国比较文学》1984年01期，第249页。

能。日本比较文学学者夭野峰人认为，大凡特性唯有在比较之中才更为炯然生辉。越是不同的文学体系，越能辉映出彼此的特色。过去，人们总认为全然不同的东西方文学根本没有可比性，近来，这种观念已有根本改变。例如美国学者厄尔·迈纳就曾以东西方比较文学的发展和重视理论研究作为同等重要的两大特色来讨论15年来的比较文学。在美国，印第安纳大学、普林斯顿大学、斯坦福大学等不少院校努力把亚洲各国文学引进比较文学研究领域，不再把研究范围局限于欧洲各语系之内。[①]无论从西方人的观点看东方文学，或从东方人的观点看西方文学，或用西方文艺理论探讨东方文学现象，或以东方文艺理论探讨西方文学现象，都会开拓文学研究领域，得出有意思的结论。例如关于易卜生的研究，如果是跟在欧洲人后面，用他们的方法来研究易卜生，很难作出什么重大贡献；如果我们是从一个中国人的角度来研究易卜生和他的作品在中国的影响及发展，这种"反馈"就会大大丰富关于易卜生的研究。

综合，也包含在新的基础上，在新的领域内，有关各种文学体系之间的相互影响和渗透，以及某种文学体系的迁移和流播的综合研究。正如法国作家罗曼·罗兰所说："我们现在谁也离不开谁，是其他民族的思想培育了我们的才智……不论我们知道不知道，不论我们愿意不愿意，我们都是世界公民……印度、中国和日本的文化成了我们的思想源泉，而我们的思想又哺育着现代的印度、中国和日本。"[②]1923年柏林就出版过德国人利奇温的专著《十八世纪中国与欧洲文化的接触》[③]，40年代陈铨写过《中国纯文学对德文学的影响》。关于中国古典诗歌对美国现代诗歌的影响也出现过许多文章。目前，研究中国文化对世界文学影响的文章越来越多。另一方面，要研

---

① 见厄尔·迈纳：《比较诗学：比较文学理论和方法论上的几个课题》，《中国比较文学》1984年01期，第250页。

② 转引自张隆溪选编：《比较文学译文集》，北京大学出版社，1982年，第161页。

③ 其中译本，朱杰勤译，1962年由商务印书馆出版。

究中国文学，不了解外国文化对中国文学的影响也是不全面的。魏晋时期佛教传入中国，是唐代文学繁荣的明显诱因。五四时期，西方民主与科学思潮的传入是中国现代文学产生的重要契机。30年代马克思主义和苏联文学在中国的广泛传播决定了中国左翼文学几十年的动向。特别是五四时期，如此众多的世界文化思潮大量涌入，与具有几千年历史的中国古老文明发生撞击，作为一个众多文化相互影响、冲突、排斥、吸收、改造、变形的范例，在世界文化史上实属不可多得。事实上，世界四大文化体系中，中国、印度、阿拉伯文化都出现在亚洲。关于亚洲各文化体系的相互影响还是当前世界比较文学研究的薄弱环节。

当然，综合还包含文学与人类其他思维形式，如自然科学与其他社会科学和艺术形式之间的比较综合研究。美国比较文学学会会长艾德礼（Owen Aldridge）曾强调比较文学最简单的定义可以被解释为通过一个以上的民族文学的视野来研究文学现象，或者研究文学与其他知识间的关系。目前，所谓"科际整合"（Interdisciplinary）已经成为比较文学这一学科的重要组成部分，必须突破文学研究闭关自守的状况，必须沟通自然科学与社会科学、心理学、哲学、语言学等的界限，这样，就可以为文学研究输入新的生命。我国文艺界正在探索将自然科学领域中的新观念如耗散结构、系统论、控制论、信息论运用于文学研究的可能性，恰与上述呼吁相合。文学与社会学（文艺社会学）、文学与心理学（文艺心理学）、文学与思想哲学（艺术哲学）的关系，以及文学与其他艺术形式的交相阐发更是急待开展的重要课题。

最后，作为各科文学体系相互沟通的手段——翻译的研究，也是比较文学不可或缺的内容。

总之，我们正面临着一个综合、联系、交流的时代。中国正在走向世界。比较文学虽是一门新兴的学科，但已形成自己独立而广阔的学科领域，正是我国文学走向世界的重要途径。我国辉煌的古代和当代文学应该真正成为世界文学宝库中的灿烂瑰宝而为世界人民所共享；我国历史悠久、内容丰富的传统文学理论应该成为世界正在寻求的文学理论综合架构的重要组成部分；任何新的文学理论如果不能解释瑰丽多彩的中国文学现象就应该说是跛脚的。要做到这一切，就必须通过比较与世界沟通，在比较中研究我国文学与他国文学的殊异和类同，以世界所能接受的方式呈现自己。

从我国文学本身的发展来说，开展比较文学研究也是当务之急。经过长期的封闭与隔绝，我们特别需要以世界文学为背景，以他种文学为参照系统，重新估价自己，重新认识自己。我国文学理论将在这种重新估价和认识中完成重大突破，走向更高阶段。如前所述，我国现代文学发展的历史就是对世界各种文学比较、选择、吸收、改造，从而丰富自己的历史。正确理解和总结我国文学与外国文学的关系，找到中国文学与外国文学的结合点，对于开拓我国文学视野，指导今天的创作都会有很大帮助。

我国是一个多民族国家，各兄弟民族都曾创造了自己独特的文学，如蒙古族、藏族的宏伟史诗，纳西族、苗族的神话传说等。进行各民族文学的比较研究不仅能促进兄弟民族之间的相互了解，而且可以总结出各种民族文学的特色及其相互影响、融合而仍保持其独立完整的规律。我国又是一个侨民众多的国家。华侨在许多国家仍然保留自己的语言和文化，也有自己的文学，如马来西亚的"马华文学"、新加坡的"新华文学"、美国的"美华文学"。这类文学往往反映出中国文化与他国文化接触最前哨的种种动态，是研究比较文学、比较文化的极好标本。另外，我国地处亚洲中部，与阿拉伯诸国、伊朗、印度、日本、朝鲜和东南亚各国都曾有过历史悠久的交往，在文学的相互关系方面也都有很值得追寻的历史踪迹。

我国各族人民文学的比较研究、海外华人文学的研究和东方各地区比较文学的研究目前都还是一片未开垦的处女地，中国比较文学将填补这些空白，为世界比较文学作出自己独特的贡献。

"深圳大学比较文学丛书"正是在以上的思想指导下编纂的。这是一个大胆的尝试，我们希望听到读者的批评。

1985年6月于深圳大学

《比较文学讲演录》序

1985年10月14日至29日，北京大学比较文学研究所与深圳大学比较文学研究所在深圳大学联合举办了为期15天的比较文学讲习班。在此期间，来自全国21个省市的164名学员听取了来自美国和中国11位学者的19次学术报告。与此同时，讲习班在香港中文大学比较文学中心的全力支持下，开办了展出1500余本比较文学书籍、杂志的"最新比较文学书展"。这次书展在我国比较文学书籍供应不足的情况下，成功地普及了比较文学知识，提供了有关比较文学的最新信息，尤其有助于偏僻地区的研究人员和教师。截至学习班结束时，学员复印的资料已超过六万页，继续要求复印的来函络绎不绝。

讲习班以阅读资料为主，辅以理论和信息报告，力图把学员带到比较文学研究的前沿。这次参加讲课的有美国比较文学的元老，多年担任美国全国比较文学学会主席和美国伊利诺伊州立大学比较文学研究所所长的艾德礼教授；有美国著名的新马克思主义学者、杜克大学法国文学系系主任詹明信教授；有主编台湾大型比较文学丛书，现在美国加州大学任教的叶维廉教授;还有美国明尼苏达大学负责东亚研究的刘君若教授等。香港比较文学界对这次讲习班给予了极大的关注,几位久负盛誉的比较文学学者如香港中文大学的袁鹤翔教授(原英文系系主任兼比较文学中心主任)和黄维梁博士;香港大学的黄德伟教授(比较文学中心负责人)等都做了专题报告。香港中文大学现任英文系系主任兼比较文学中心主任李达三教授因故未能前来,但也专门送来了他的讲稿。中国内地的比较文学学者乐黛云、胡经之等也都在讲习班上讲了课,特别值得提出的是青年教师许子东(华东师范大学)、陈力川(北京大学)都是第一次登上比较文学的讲坛,但却以他们崭新的知识结构和敏锐活跃的思考能力受到了广大学员的赞赏与欢迎。

讲习班授课的内容比较全面地涉及了比较文学的各个方面,不仅是对比较文学的历史、范围、定义,及其在中、美、法等国发展的历史和现状做了介绍,而且对这一学科的基本内容如主题学、比较诗学、不同文学系统的共同理论架构等问题也都进行了探讨;特别是对于西方文艺理论发展现状及其与当代中国文学发展的关系,进行了比较集中的讲授;从西方的角度来看中国文学对欧美的影响,也是这次讲习班的一个新的课题。

尽管我们的工作还有许多缺点和不足之处,但这次讲习班在国内外专家和全体学员的支持下,仍然获得了圆满成功。它将作为一次既有广泛群众性又有较高学术水平的重要活动载入中国比较文学发展史册。

1986年12月

《欲望与幻象——东方与西方（国际比较文学学会第十三届年会（东京）中国学者论文集）》前言

国际比较文学学会是一个以严肃、正规、理论性强著称于世的国际学术组织。自1955年在意大利威尼斯创办以来，该会严格按照每间隔三年召开一次国际年会的规定，已依次在教堂山（美国）、乌特里希（荷兰）、弗里堡（瑞士）、贝尔格莱德（南斯拉夫）、波尔多（法国）、蒙特利尔（加拿大）、布达佩斯（匈牙利）、因斯布鲁克（奥地利）、纽约、巴黎、慕尼黑等地召开过12次年会。会议规模越来越大，最后三届年会，每次都有七八百人出席；讨论的问题也日益广泛和集中，力图从不同文化体系开拓文化资源，解决人类面临的共同文学问题。例如第十一届年会讨论了文学的虚构与叙述问题，第十二届年会讨论了文学和文学理论的时间和空间问题等。

50年代以来，世界比较文学的欣欣向荣不是偶然的。由于科技高度发达，世界进入信息时代，政治、经济、文化都有很大发展，正如马克思、恩格斯在《共产党宣言》中所预言的："过去那种地方的和民族的自给自足和闭关自守状态,被各民族的各方面的互相往来和各方面的互相依赖所代替了。物质的生产是如此,精神的生产也是如此。"① 50年代以来,以跨文化文学研究和跨学科文学研究为主要内容的比较文学的蓬勃发展正是马克思、恩格斯所预言的这种现象在文学研究领域的一种表现。

从东方来看,对于西方比较文学发展热潮回应最早的是日本。1947年法国著名的《比较文学评论》复刊,可以说是世界战后比较文学复兴的第一燕,紧接着,1948年,荷兰乌德勒支大学设立了比较文学学院,就在这一年,日本比较文学学会宣告成立。1951年,日本《比较文学杂志》创刊,同年,日本比较大学学会编纂了资料丰富的《比较文学序说》。1953年,东京大学研究生院开设比较文学、比较文化课程。第二年,东京大学比较文学会成立,创办了会刊《比较文学研究》。此后,日本的比较文学会议和比较文学著作一直不断。较重要的著作有《近代比较文学》(岛田谨二,1956)、《比较思想论》(中村元,1960)、《东西文学论》(吉田健一,1962)、《日本古典文学和中国文学》(小岛宪之,1965)、《比较文学》(大冢幸男,1966)、《比较戏剧》(河竹登志夫,1967)等等。印度比较文学的发展也是较早的。1956年,印度贾达普布尔大学就已开设了比较文学课程,1961年该校主办的《贾达普布尔比较文学研究》杂志创刊,但是全国性的印度比较文学学会却迟至20年后,即1981年才正式成立。1983年,印度民族比较文学学会首次召开会议,第二年又在尼赫鲁大学举行了首届翻译文学国际会议。1989年,印度举办了大型国际艺术节,并作为东道主招待了国际比较文学学会第十二届第二次理事会。1991年1月印度又召开了全印第一届比较文学代表会议。此外,南朝鲜也开设了比较文学课程。1968年以色列特拉维夫大学设立了诗学与比较文学系,并创办了以比较文学为主要内容的杂志。同年,菲律宾比较文学学会成立。1973年新加坡国立大学开设比较文学课

---

① 《马克思恩格斯选集》(第一卷),人民出版社,1972年,第255页。

程。1981年，澳大利亚及南太平洋地区比较文学研究会在澳大利亚格里菲斯大学成立。由此可以明显地看出，20年来比较文学这一学科在东方确实有了长足的发展。

比较文学在中国台湾的发展也很迅速，自1968年台湾大学设立比较文学博士班以来，1969年出版了《中外文学》月刊和叶维廉教授主编的"比较文学研究丛书"，培养了一批学兼中外的比较文学研究人才。中国香港比较文学学会也于1979年正式成立。在这种形势的推动下，特别是在中国共产党第十一届三中全会改革开放路线的鼓舞下，中国大陆的比较文学也有了突飞猛进的发展。1979年，钱锺书的《管锥编》、王元化的《〈文心雕龙〉创作论》、范存忠的《英国语言文学论集》相继出版。这三部书或在极其广阔的世界文学发展脉络中讨论中国文学，或以中国文学观念为出发点讨论外国文学，为文学研究打开了一个崭新的层面，可以说在思想观念方面为中国比较文学的复兴奠定了基础。1981年，北京大学正式创办了比较文学研究中心，同时成立了广泛联系中、英、法、日、德、印、俄各语言文学系的民间组织——北京大学比较文学研究会，并出版了会刊《北京大学比较文学研究会通讯》。第二年，北京大学比较文学研究丛书第一本《比较文学译文集》出版，同时出版了季羡林的《中印文化关系史论文集》。这部书为东方比较文学的研究开拓了广阔的视野。1983年，由钱锺书、刘若愚（美）主持的首届中美比较文学学者双边讨论会在北京举行，取得了很大成功。同年，在天津召开了首次比较文学讨论会，初步聚集了一支中国比较文学的队伍。就在这一年，广西大学创办了第一本用英文出版的比较文学刊物《文贝》，辽宁的《比较文学与资料》、暨南大学的《文学比较研究通讯》也相继创刊。1984年，新中国第一部比较文学理论著作《比较文学导论》出版，全国性的《中国比较文学》杂志在上海创刊，特别应提出的是同年在广西大学举办的"比较文学讲习班暨教学讨论会"。到1985年在深圳大学召开的"中国比较文学学会成立大会暨首届学术讨论会为止，全国已有广东、四川、贵州、湖南、陕西、山东、福建、浙江、江苏、安徽、上海、天津、北京、吉林、辽宁、宁夏等16个省市成立了比较文学分会，另外还有中国比较文学旅美分会、旅英分会、旅日小组，这些国外分会团结了在国外研究文学的中国留学生，保持了和国内的密切联系；过去成立的中日比较文学研究会和新近成立的中苏比较文学研究会、中法比较文化研究会大大推动了双边文学关系和文化关系的研究和交流。中国比较文学学会的会员已达693人，各地方学会的会员总数将近两千。全国开设比较文学课程的高等学校已有一百二十余所，国内七所大学获得了授予比较文学硕士学位的资格。据不完全统计，1987—1989年，国内出版、发表的比较文学论著为943篇（本），定期出版物除《中国比较文学》外，又创办了《中国比较文学年鉴》（北京）、《中国比较文学通讯》（北京）、《中外比较文学通讯》（上海）、《比较文学报》（四川）、《比较文学论丛》（辽宁）等；英文刊物除《文贝》外，又创办了《跨越国界》（辽宁大学）和《文苑》（北京外国语学院）。中国比较文学学者三次参加了国际比较文学学会年会，并在慕尼黑会议上主持了有多国学者参加的中西文学关系专题讨论会。中国学者两次当选为国际比较文学学会副会长和常务理事。国际比较文学学会第十一届会长佛克玛和第十二届会长迈勒尔（E. Miner）都多次指出中国比较文学的蓬勃发展是世界比较文学界的一件大事。

总之，以上的一切发展都促使从未在东方召开过年会的国际比较文学学会终于决定其第十三届年会在亚洲召开，时间是1991年8月，地点是东京。上届年会以来，亚洲各国比较文学界都在全力以赴地准备开好第一次国际比较文学学会亚洲年会，中国学者向大会提交了109篇论文，数量仅次于美国；经过由各国三十余名学者（包括四名中国学者）组成的评审委员会评定，38篇中国学者的论文被指定在大会各次会议上宣读。另外，中国学者还被委托组织和主持两次专题学术讨论会（日程各一天）。一次是"第三世界与先锋派文学"，另一次是"亚洲当代电影中的意识形态幻影"（与日本合作）。一些学者还将参加美国学者乔纳森·卡勒主持的"文学理论主要源流"、加拿大学者主持的"女性主义对文学体裁的刷新"、南朝鲜和英国学者主持的"翻译与现代化"等专题讨论会，并作报告。

为了更好地进行国际交流和中国学者之间的相互切磋，我们将收集到的中国比较文学学者参加这次国际比较文学年会（东京）的论文汇集成册。这次东京年会的总主题是"幻象的力量"，分别由七个分会进行讨论。这七个分会是"欲望的戏剧""美的幻象""历史的幻象""叙述的力量""文学理论的幻象和再次幻象""'他者'的幻象""亚洲比较文学——吸收与扩散"。另外，除上面提到的专题讨论会外，还有"诗学的想象""文学文化的形成""日本文学的叙述力量""跨学科研究"等多种专题讨论会。

我们这里编选的31篇论文都已分别编入各次会议议程，但本书没有按大会目录各分会编排的次序来排列。主要原因是各分会中国学者的论文分布很不平衡，各篇论文着重发挥的方面也有所不同，因此，这里重新统一按内容分为七组：第一组讨论文学所反映的欲望与理想；第二组讨论文学的幻象和形象；第三组讨论中外诗学；第四组讨论文学影响和交流；第五组讨论跨学科文学研究；第六组讨论第三世界与先锋派文学；第七组讨论当代电影中的意识形态问题。分类总难十分贴切，但又不能不略有次序，归类不妥之处还望得到作者和读者的谅解。

最后，必须提到的是我们衷心感谢季羡林教授的指导和支持，衷心感谢江西人民出版社的高瞻远瞩，感谢他们在极端困难的条件下促成本书的出版，他们的功绩无疑将载入比较文学发展的史册。

比较文学新视野
——《多元文化语境中的文学》代序

目前世纪转折时期,也是一个以横向开拓为特点的文化转型时期。在这一时期,东西文化的撞击、冲突和相互吸取无疑将是一个十分重要的内容。这一特点必将为比较文学研究开辟更大的学术空间。

十余年来,我国比较文学正在逐渐走向成熟。成熟的标志之一就是有志于这一学科的人们已经摆脱了什么是"比较文学",哪篇文章算是比较文学,哪篇文章又不能算是比较文学,以及这个那个学派,如何建立新学派之类的论争,而潜入更深层、更开阔的学术研究。如果说过去"比较文学"的"比较"二字常常引来很多误解和指责,那么,现在认为,任何词语都不能充分表达意义,更不能用相对稳定的词语来限制活跃多变和迅速发展的思维;比较文学也无须拘执于"比较"二字的辞典意义,一定要只限于"此物"和"彼物"相比。这已成为大多数人的共识。这是学科本身发展的结果,也是时代、社会的需要所致。

其实，比较文学的真义就在于跨学科、跨文化、跨时代（仅指跨文化状态，如中国比较文学与西方现代文学之研究），冲决一切人为的，曾经是神圣不可侵犯的界限，在各种边缘关系的重叠交合之中，在不同文化的人们的视野融合的基础上，寻求新的起点，创造新的未来，这就是世纪之交一切比较学科和边缘学科所面临的挑战和应肩负的重任。比较文学由于其反映人类心灵的文学特性和相对较长的发展历史，理应对这一伟大潮流作出应有的贡献。

当前比较文学发展的一个重要特点就是和文化研究紧密结合在一起。例如最近在法国取得显著成就的形象学就是如此。这门学问主要研究在不同文化体系中，文学作品如何构造他种文化的形象。16世纪以来，如英国著名作家克里斯多夫·马罗（Christopher Marlowe）的名作《帖木儿》、意大利作家阿利瓦本尼（Arivabene）的戏剧《伟大的尧》、英国浪漫主义诗人柯勒律治（Samuel Coleridge）的《忽必烈》、法国作家格莱特（Gueullette）的《中国故事集——达官冯皇的奇遇》以及爱尔兰作家哥德斯密斯（Oliver Goldsmith）的《世界公民：或一个住在伦敦的中国哲学家的来信》等等都曾夸张地描写了中国的强大、奢侈、专制和智慧。稍后的一些作品如沃玻尔（Horace Walpole）的《象形文字故事集》、笛福（Daniel Defoe）的《鲁滨逊思想录》则着重写了中国的迷信、拘礼、墨守成规、懒惰和无法理解。这些作品多半来自传闻和想象，他们塑造的中国形象不是乌托邦就是借用或讽喻。20世纪以后，情况有了很大变化。许多描写中国的作家，或是来过中国，或是对中国有过较多研究，如法国的谢阁兰（Victor Segalen）写《雷内·雷》、马罗写《人的命运》，英国作家巴拉德（J. G. Ballard）写《太阳帝国》等。他们都是从自己的文化观念出发，对中国社会进行实地考察，并对他们所关注的人类问题进行了深入的思考。再有一些作品，如卡夫卡的《万里长城》、卡内蒂（Elias Canetti）的《迷悯》、博尔赫斯的《歧路园》、布莱希特的《四川好人》等则是把中国作为世界的一部分,探索善恶、意义、过去、未来等全人类都在苦苦思索的共同问题。以上这些跨文化的文学形象首先反映了西方文化自身的需要和问题,也反映了西方人对中国文化的误读,同时也是中国人从多方面了解自己的一种镜像。

德国关于"异"（Fremde）的研究可以说与法国关于形象学的研究异曲同工。自从尼采宣布"上帝死了",第一次世界大战又给人们带来难以弥补的精神创伤,人们普遍感到世界和心灵的空虚,而潜在的原罪意识又常迫使他们去寻求一种外在的拯救和寄托。这就为过去"异乡""异国"的描写带来了新的意义。50年代,德国最著名的诗人之一高特弗里特·本（Gottfried Benn）就曾写过一本诗集,题名"帕劳"（"Palao"）。帕劳是南太平洋中的一个小岛,那里没有现代化,没有时空观念,只有神话,非理性。这最合不能忍受现代化的失落的西方知识分子的口味。他们也常用来自陌生文化地区的书信这种形式来抒发自己对现代社会的不满和批判。例如20世纪七八十年代,德国人罗森道夫（Rosendorfer）写的《中国人信札》就试图借用中国人的观点,来抒发自己的感想和讽刺70年代的德国,颇受一般大众欢迎。"异"即"异己",即他者,其存在的作用就在于从新的角度更好地认识"自己",摆脱"不识庐山真面目,只缘身在此山中"的局限。关于"异"的研究,有时求同,有时存异。求同的目的是将"他者"纳入与自己相同的意识形态,以证实自己的强大和普遍性;存异则为了寻找乌托邦,以寄托自己的追求并发泄对现实的不满。从意识形态到乌托邦之间,存在着不同层次的关于"异"的光谱,这些不同层次的光谱为关于"异"的研究,亦即为不同文化相遇时的种种现象的研究提供了非常丰富的内容。

当前比较文学的另一特点是越来越趋向于一种多文化的总体研究:围绕一个问题或一种现象,在不同文化体系中进行相互比照和阐释。近年来,由于全球意识的急剧增长，人们理解到如果一种理论只适用于某一地区或某种文化，那就很难说明其普遍意义。同时，人类遭遇的许多共同问题，也很难只由某一地区或某种文化来解决。过去比较文学中的主题学就是研究不同文化体系中的文学如何对待和探索人类共同遇到的问题，如"德"与"欲"的冲突、自我与他人的矛盾、两代人之间的"代沟"等等。除了主题学研究外，目前更有一些学者注意通过多种文化来解决某些理论问题，例如通过中国、印度、阿拉伯、欧美等诸多诗学体系长期积累的丰富经验来解决诗学的共同问题。

多种文化相遇，最重要的问题是能够相互理解。人的思想感情都是一定文化的产物，要排除自身文化的局限，完全像生活于他种文化的人那样去理解其文化几乎不可能。但如果我们只用自身文化的框架去切割和解读另一种文化，那么我们得到的仍然只是一种文化的独白，而不可能真正理解两种不同文化的特点。要达到上述目的，就必须有一种充满探索精神的平等对话，为寻求某种答案而进行多视角、多层次的反复对谈。对谈必须有能相互沟通的话语。这里说的话语并不单指语言，而是双方为达到某种共识和理解而必须遵守的规则。例如打排球就必须遵守打排球的规则，一方用排球规则，另一方用足球规则，游戏（对谈）就不可能进行。这种话语的构成是一个非常复杂的过程，它需要自身文学体系的整理、术语的翻译介绍、双方历史发展的回顾、不同文化社会背景的探讨等等。不同文化体系中的文学对话的研究，为比较文学开拓了新的、广阔的研究空间。

这种针对某一问题的跨文化研究也必须突破固定的学科界限。如果说过去的比较文学跨学科研究多集中于"文学与绘画""文学与音乐"，以及文学与心理学、社会学、人类学、自然科学等等以文学为中心的辐射式双学科讨论，那么，目前的比较文学跨学科研究却着重在针对某一问题，集中所有学科的知识对之加以探索。例如关于"言"究竟能不能充分表达"意"这一问题，就不仅关系到古今中外各种文化体系关于言意问题的讨论，而且也关联到语言学、人类学、哲学、社会学、历史学的种种方面；而以表现人类心灵为根本特点的文学则为全面展示材料和综合判断提供了条件。

最后，还可以看到一种动向，那就是50年代以来，许多新的文学理论往往都在比较文学领域或各大学比较文学系找到试验的场地。这些新理论的运用大大推动了比较文学的发展，又反过来证实了理论的合理性。例如接受美学是20世纪后半期的显学。比较文学将接受美学某些应用于不同文化接触时的现象，这就为传统的影响研究开辟了许多新的层面。首先由于文化不同，"接受屏幕"不同，一部作品在本国和在外国被接受的状况也就各异。通过作品中某种成分被接受，或被拒绝，或被改造的复杂过程，不仅可以充分发掘出作品的潜能，而且也可以了解不同文化体系中审美心理的差别；其次，人们总是按时代和社会的不同需要来挑选自己所要接受的外来作品。这种需要和挑选一方面丰富了作品可能被解读的层面，另一方面又反过来增强人们对时代社会的感性认识；再次，对另一文化系统的作品的接受，往往会使自己对原来文化系统中由于太熟悉而"熟视无睹"的东西产生一种"陌生化"的效果，也就是获得一种全新的观察和体验角度。郭沫若对这种"接受的反射现象"曾做过很好的分析：他认为正是由于美国诗人朗费罗的《箭与歌》的启悟，他才对曾经读得烂熟的《诗经·国风》感到美妙和清新。而他对《庄子》的再发现，也是斯宾萨"泛神论"影响的结果。① 另外，接受理论为比较文学研究者提供了完全不同于过去体例的新编文学史的可能。一种新的文学思潮兴起后，如果它是真有价值的，就会逐渐获得其世界性，如浪漫主义、现实主义。但由于"接受屏幕"和"期待视野"的不同，不同文化体系在接受这些思潮时，又必然有所选择，有所侧重，并在其融入本体系文学时，完成新的变形。这种变形既包含着该文化系统原来的纵向发展，又包

---

① 郭沫若：《沫若文集》第11卷，人民文学出版社，1959年，第138、139页。

含着对他种文化系统横向吸取和改造而形成的新素质。新的文学史无疑将由创造、传统继承和接受引进三个要素组成。特别是在文化转型时期，读者和作者的文学观念往往可以穿越或排斥以往的界限，敏于接受外来影响，改变自己的"接受屏幕"和"期待视野"。总之，接受理论使我们更深入地认识到由各个文化体系所解读的、潜在于作品的各种可能性，广泛开拓了文学与文化之间的各种联系，因而为影响研究带来了全面活泼的生机，同时也为接受美学本身增添了更丰富的含义。

总之，比较文学无非是一种文学的新视野，它的跨文化、跨学科、跨时代的根本性质必然使它在即将到来的新世界得到更大发展，并为铸造未来的多元共存的世界新文化作出应有的贡献。

1994年

"海外中国博士文丛"前言

在欧美各国访问时,我常常会见许多在国外刻苦攻读的中国学子。他们因种种原因未能立即返回,然而他们中间的大多数对祖国都是梦绕魂牵的,希望以自己所学回馈祖国,希望在海外也能对祖国有所贡献。有感于此,我们组织了这套"海外中国博士文丛"。第一,博士论文多是经过多年苦心经营、广为搜集资料、深思熟虑的结晶,不同于一般泛泛之论;第二,在国外念博士学位少则三四年,多则七八年,对所在国文化、社会都有较深入的了解,他们的论文往往得到中西两种文化的浸润,提出许多新问题,开辟了新的学术视野和学术空间;第三,写博士论文本身是一种严格的"科班"训练,行文、组织、表达以至于注释都要求精确严密,体现出一套国际通行的论文写作范例。我们从海外学子的博士论文中精选若干集辑为文丛,一来可以展示他们含辛茹苦的学习成果,算是他们对祖国的汇报;二来促成他们与国内学术界沟通和交流,以他们的著述聊备同行参考,或许有所裨益。

我们计划"海外中国博士文丛"将细水长流，不断出下去，不仅会涉及人文科学传统的文、史、哲各科，而且也要着重介绍人类学、社会学、人口学等国内急待发展的领域。在与海外学子的交谈中，深感他们对这套文丛寄予厚望。他们认为这是以自己所学回馈祖国、征询国内学人意见的一条重要渠道；他们也认为这是开阔眼界、沟通中外文化的一个及时而贴近的办法。

当前，国内出版界在市场经济的冲击下，要讲经济效益，而这套纯学术性的"文丛"是难以带来经济效益的。所幸，中国人民大学出版社应允承担"文丛"的出版，还有什么比"倏然遇知音"更使人满怀感激之情呢？由于他们的"献身精神"，这套前无古人的"海外中国博士文丛"终于从计划变成了现实。应当说，这是海外学子的幸事，也是中外文化交流的幸事。

1994年

"远近丛书"序

中国古话说:"人之不同,各如其面。"朝夕相处的人尚且各不相同,何况远隔重洋、在完全不同的文化环境中成长起来的人呢?事实上,就是同一个人,从不同的角度、以不同的眼光来看,也全然不同。中国古代诗人苏轼(1037—1101)早就说过:"横看成岭侧成峰,远近高低各不同;不识庐山真面目,只缘身在此山中。"一个封闭的自我是不可能真正认识自己的;一个封闭的民族也不可能真正了解自己的长处和弱点,从而得到发展。所谓"和实生物,同则不继"(《国语·郑语》),就是说,只有参差不齐,各不相同的东西,才能取长补短,产生新的事物,而完全相同的东西聚在一起,则只能永远停留于原有的状态,不可能继续发展。因此,孔子一贯强调必须尊重不同,他说:"君子和而不同,小人同而不和。"有智慧的人总是最善于使不同的因素和谐相处,最大限度地发挥其各自的特点,使之成为可以互相促进的有益的资源,这就是"和"。

要保持独特之处,就必须从每一个人自己的人生体验出发,而不是从已经形成的概念、体系出发。中国古人认为每个人都是生活在自己的时间里，个人在不同的时间里与周围的环境构成一种"情景"，这种"情景"随个人的心情、个人与他人的关系，以及周围景物的变化而变化。没有作为主体的人的体验，外在的一切就不能构成意义。中国著名的哲学家王阳明（1472—1529）提倡"心外无物"。有一次，他的一个朋友指着谷中花树问他："此花树在山中自开自落，与我心亦何相关？"王阳明说："你未看此花时，此花与汝同归于寂。你既来看此花，则此花颜色一时明白起来，便知此花不在你的心外。"（《传习录》）内在的"情"与外在的"景"相触相生，就产生了独特的生活体验，构成了人的存在。

我们编写这套丛书的动机就是想突出不同文化环境中个人的体验和差异，并期待在这一过程中，遥远的地域环境、悠久的历史进程、迥异的文化氛围都会从这些体验和差异中由内而外地弥漫开来，相互点染。中国和法国远隔重洋，但两国的文化都被公认为是历史悠久、富有情趣、各具特色的。因此，我们首先选择中国和法国作为"远""近"的两端，进行跨洲际、跨文化的普通人的对话。每一本书由一位中国作者和一位法国作者就同一主题同时撰写，试图把两个全然不同的普通人的生活体验联结在一起，达到互相参照和沟通的目的，这种设计无论在中国还是法国都引发了许多年轻人，一如年长者的兴趣。以后的各辑将会陆续出版。

另外，我们也希望这是一套供你欣赏、能为你提供美好心情的小书，因此文笔力求亲切活泼，版式也力求精巧玲珑，以便你在车上、船上、临睡时、等待时都可以得到阅读的愉悦。孔子说："知之不如好之，好之不如乐之。"孔子赞美的超越于功利的纯美的享受，也正是我们所想奉献给你的。

最后，我们要特别感谢法国人类进步基金会、欧洲跨文化研究院和中国上海文化出版社的支持，没有他们，这项致力于普通人之间的文化沟通和了解的、面向未来的"创举"就不会有实现的可能。

2000年

《跨文化对话》第一辑卷头语
——寻求跨文化对话的话语

《跨文化对话》丛刊终于和广大读者见面了！这是近十年来欧洲和中国一群志同道合者的强烈愿望。

早在1991年3月，总部设在巴黎的欧洲跨文化研究院就曾以"文化双向认识的策略"为题，与中山大学合作，在中国召开了第一次跨文化国际学术讨论会；1993年6月，更大规模的跨文化国际研讨会以"独角兽与龙——在寻找中西文化普遍性中的误读"为题在北京大学召开；1996年6月又在南京大学召开了"文化的差异与共存"国际学术讨论会。几次会议虽然都很成功，而且也都出了中、外文版论文集，但大家总觉得意犹未尽，希望能有一个园地，可以不断地进行这方面的讨论。于是，在南京大学召开的会议上提出了创办《跨文化对话》学刊的设想。同年8月由北京大学、南京大学和欧洲跨文化研究院三方就学刊的宗旨、组稿和出版进行了初步磋商。1997年5月召开于北大的以"未来十年中国和欧洲最关切的问题"为题的第四次跨文化国际学术讨论会上，更明确地做了具体协商。当年7月在巴黎近郊的维拉苏古堡召开了中欧合作出版会议，在欧洲人类进步基金会的支持下确定了包括《跨文化对话》在内的一系列具体撰写计划。今天，在许多朋友的支持下，《跨文化对话》终于有了这样一个鼓舞人心的开始。

所谓"志同道合"者是指围绕这几次会议聚集起来的一批中国和欧洲学者，他们大抵不赞成在"全球意识"的掩盖下，实现所谓世界文化的"相互同化、融合、普适化"，认为这些说法多半只是某种"中心论"的变种。只有承认并保护文化差异的存在，各个文化体系之间才有可能相互吸取、借鉴，并在相互参照中进一步发现和发展自己。他们认为，目前，西方文化体系需要找到一个参照系，一个"他者"，以便用一种"非我的""陌生化"的眼光来重新审视自己，突破过去的"自我设限"，寻求新的发展；另一方面，第三世界在挣脱了殖民主义的枷锁之后，也急需在新的基础上，在与西方的平等对话中，更新自己的古老文化传统，完成自己文化的现代转型。因此，东西文化对话实为当代文化发展的一项重大历史要求。

两种文化的接触最便捷的方式是直接对话。对话的首要条件是要有双方都能理解和接受、可以进行沟通的话语。然而长期以来，发达世界习惯于西方中心的思维方式和行为模式，要以平等的心态去理解他种文化的陌生的话语，并不是一件轻而易举的事；而第三世界所面临的是发达世界早已长期构筑完成的一整套概念体系，也就是一套遍及于政治、经济、文化各个领域的、长期占统治地位并被广泛运用的话语。事实上，这套话语已经过数百年积累，汇集了千百万智者对于人类各种问题的思考，不应该，也不可能完全被放弃；然而，危险的是，如果第三世界只用这套话语构成的模式去诠释和截取本土文化，那么，大量最具本土特色和独创性的、活的文化就会因不能符合这套模式而被排斥在外。由于这种矛盾，某些人就主张去"发掘"一种绝对属于本土的、未经任何"污染"的话语，但他们最后会发现这种话语根本就不存在，因为文化总是在与其他文化的相互作用中发展的；况且，即便有这样的完全"本土"的话语，它也不能为对方所理解而达到沟通的目的。

看来，要进行真正的对话，就必须找到一个中介，这个中介可以充分表达双方的独创性和特色，并足以突破双方的旧体系，为双方提供新的立足点来重新观察自己，为"更新"和"重建"构成前提和可能。这个中介或许就是人类面临的共同问题。无论不同的文化体系多么复杂，无论人类多么千差万别，但从客观上来看，总会有构成"人类"这一概念的许多共同之处，他们生活在同一个地球上，必然会面对许多共同利益和共同问题，如关于未来和平发展的问题、生态环境的问题，还有"死亡意识""人类末日""乌托邦现象""遁世思想"等等问题。对于这些问题，不同文化体系的人们都会根据他们不同的生活和思维方式给出自己的回答。这些回答响着悠久的历史传统的回声，又同时受到当代人和当代语境的取舍与诠释，只有通过多种不同文化体系之间的多次往返对话，这些问题才能得到我们这一时代的最圆满的解答，并向这些问题开放更广阔的视野和前景。在这一过程中，能够相互理解而又各有特色的话语也许就会逐渐形成。

这一辑《跨文化对话》就是这样一种尝试。它首先汇集了1997年关于"未来十年中国和欧洲最关切的问题"的讨论，对话中心围绕着文化冲突、生物学发展与伦理道德以及电脑网络对人类生活的影响等问题。此外，"学者对话"专栏中，有关于"如何面对人类的痛苦"和"历史与记忆"两个问题的对话。"学者论坛"方面，重新发表了恩贝托·埃柯（Umberto Eco）教授的《东西方文化的差异与共存》，这是他在过去一次会议上的发言，但仍然很有现实意义。陈方正教授的论文以中国为参照系讨论了何以现代科学首先发生在西方的问题。阿兰·雷（Alain Rey）和张世英教授讨论了术语和语言遗产的问题。同时，我们在"学术动态"栏目中推出了中欧合作的重大项目——关于中欧"关键词"研究的计划。庞朴教授的《道家的玄思和先民的纺轮》是一篇富于睿智、极有趣味的短文,我们很希望将来能多有一些这样的文章。另外,法国汉学耆宿艾田伯教授所写《中国之欧洲》的中译者钱林森教授写的关于该书的书评也很值得一读。

我们想做的事很多,我们的目标也很远大,千里之行,始于足下,虽不能至,而心向往之。这毕竟是开始。

1998年

《中国文论：英译和评论》序

　　90年代初，我经常思考的一个问题是如何真正实现中西文论之间的"互动"。我了解的"互动"是从不同文化的视角来理解和阐释另一种文化，从而在不同文化的激荡中产生新的因素和建构。中国古代诗人苏轼早就说过："横看成岭侧成峰，远近高低各不同；不识庐山真面目，只缘身在此山中。"他的意思是说，山的形态总是和观山者所处的地位和角度有关，人们要真正认识山的全貌只能站在山之外。但是，怎样才能真正找到这样一个"山外之点"来重新观察这层峦叠嶂、深邃莫测的中国文论之"山"呢？

　　当时也读了一些哈贝马斯的书，认为他所说的批判—沟通—重建的发展之路也很有道理。他认为任何体系的构成，首先要"定位"，定位就是"自我设限"，也就是有所规范，无边无际就无法构成体系。但体系一旦完备就会封闭，封闭就是老化的开始。解决这一矛盾的唯一途径就是沟通，即找到一个参照系，在与参照系的比照中，用一种"非我的""陌生的"眼光来重新审视自己，这样，才有可能跳出原有体系的"自我设限"，扩大自我，以承受和容纳新的体系。这种开放、融合就是对原有体系的批判，也就是对原有体系的重建和新体系的诞生。问题是如何才能产生这种他称为"互为主观"的神奇的效果呢？

中国文论和西方文论无疑都已是十分成熟的体系。我想，如果都是在原来的体系内兜圈子，就很难有突破和创新，即使企图用一种体系"融入"另一种体系也不会有什么好结果。我曾认真研读过刘若愚教授的《中国文学理论》。这部著作从西方文论的体系出发，以西方的形上理论、决定理论、表现理论、技巧理论、审美理论和实用理论为框架，对中国文论做了全面的对比分析，的确提供了许多过去未曾触及而颇值得玩味的论点；然而，正如我在1990年发表的一篇题为"以特色和独创主动进入世界文化对话"的文章中所担忧的："如果只用外来话语构成的模式来诠释和截取本土文化，那么，大量最具本土特色和独创性的文化现象，就有可能因不符合这套模式而被摈弃在外，结果是所谓世界文化对话也仍然只是一个调子的独白，而不能达到沟通和交往的目的。"国内许多试图以西方观念阐释中国文论的著作也都很难超越这样的局限，结果只能是一种体系对另一种体系的切割和强加，互动就更是谈不上了。怎样才能改变这种局面，真正通过中西文论互动，使中西文论都能进入一个崭新的阶段呢？

看来最根本的出发点必须改变，不应再从已成的体系出发，而应回归源头，从体系之所形成的那些原发的文学现象再出发。但具体如何做？如何才能在中西文论的互动中将这千头万绪的原始材料提纲挈领地加以再叙述和再评析？怎样才能找到一个顺理成章的突破口？我思之再三，却始终未能找到一个满意的好办法。就是在这样的困惑中，我突然发现了宇文教授刚刚出版的《中国文论读本》，也就是现在出版的《中国文论：英译和评论》，这是他为美国大学文科研究生全面讲授中国文论所用的"读本"。

看来宇文先生对于如何找到一个好的办法来向美国学生讲解中国文论

也是颇费苦心的。他不大赞成刘若愚的办法,即把中国文学理论按西方的框架分为几大块再选择若干原始文本分别举例加以说明;他既不满足于像魏世德(John Timothy Wixted)所著的《论诗诗:元好问的文学批评》那样,从一个人的著作一直追溯到诗歌和文学讨论的源头,也不满足于像余宝琳(Pauline Yu)的《阅读中国传统意象》那样,选择一个核心问题,广泛联系各种文论来进行深入讨论;他创造了第四种方法,在"要么追求描述的连贯性,不惜伤害某些文本""要么为照顾每一特殊文本的需要而牺牲连贯性"的两难中毅然选择了后者,即通过文本来讲述文学思想,仅以时间为线索将貌似互不相关的文本连贯起来。他的讲述采用统一的形式:一段原文(中文),一段译文(英文),然后是对该段文字逐字逐句的解说(不是概说)和对所涉及问题的评述。这就轻而易举地真正做到了从文本出发。这样从文本出发,根本改变了过去从文本"抽取"观念,以致排除大量与"观念"不完全吻合的极其生动丰富的文本现实的错漏,并使产生文本的语境、长期被遮蔽的某些文本的特殊内容,甚至作者试图弥缝的某些裂隙都生动地呈现在读者眼前。

最使我兴奋不已的是经过了多年寻觅,我感到终于找到了一条可以突破中西文论体系,在互动中通过"双向阐发"而产生新思想、新建构的门径。我立即将宇文的《读本》规定为我们研究生班"比较诗学"课程的基本教材,要求学生在课堂上逐字逐句地研读。教学分为三个步骤:第一步,熟读宇文教授所选的文论选段的英文译文,从词汇—术语—表达方式—意义生成等四个方面找出译文与我们过去的理解和以往中国学者的理解有哪些不同;第二步,要求学生将宇文教授关于每一段文论所做的讨论译成汉语,仔细研读,在研讨会上提出自己过去和现在的看法,加以比照;第三步,在讨论班上(包括比较文学研究所的硕士生和博士生,以及中文系某些专业的研究生)展开广泛的讨论。我主持的两届比较诗学教学活动(每届一年)都用了同样的方法，参加者一致认为获益甚大，我自己也感到有很大提高。我想这是由于以下三个原因：

第一，我们从西方文论这一外在的语境找到了一个新的视点和角度，可以像从庐山之外观察庐山那样来重新审视和阐释久已熟知的中国传统文论。宇文教授是哈佛大学的学位教授（University Professor），是以汉学研究而获此殊荣的极少数美国学者之一。他有极其深厚的西方文化根基，对文学有十分敏感的鉴赏力，对中国传统文化和汉语文学又有很高的造诣。他对中国文论的观察和阐释显然是以西方文论为背景而形成了天然的互动。例如《读本》开宗明义第一章首段讨论的是《论语·为政》："子曰：视其所以，观其所由，察其所安。人焉廋哉？人焉廋哉？"据我所知，众多文论选本、文论史、文学批评史都很少引证或分析过孔子的这段话。为什么宇文一开始就对这段话如此重视，并进行了长篇大论的分析呢？我想这正是因为如他所说，在西方理论中，无论模仿（mimesis）或再现（representation）都是由原物和被模仿物，或原物与被再现物的二元结构所组成，而孔子提出的却是一个认识事物的三级系列，西方的二元结构正是提供了一个新的视点和角度来考察中国的特殊认识方式；没有前者的比照就不会对后者产生特殊的关注。

第二，在西方文论与中国文论多次往返的双向阐释中，会产生一种互动，让我们发现或者说"生发"出过去未曾认识到的中、西文论的许多新的特色。例如从上段引文中，宇文教授进一步讨论了中、西文论出发点的不同：他指出柏拉图关注的是短暂、变化和偶然的具体现象如何将永恒、不变、自在的理念（Form）体现出来，也就是说，世界的外表是欺骗性的，已经存在的绝对真理隐藏在欺骗性的外表之下。希腊文"诗"（pioêma）一词源于"制作"（piein），意为诗就是要把"已在的"、隐藏在内的"理念"按照已有的模式"制作"出来，使之得到认识。孔子所强调的却不是任何"内在""已在"的不变之物,而是从"人"出发,先去观察一个人是怎么回事("视其所以"),再看他何以会如此("观其所由"),最后还要考察他安顿于何处,从而找出他的目的、动机和所求("察其所安")。如果说西方文论是要引导人去认识一个"已在"的概念(理念),那么,孔子的学说便是要引导人去认识一个活动变化着的人。在这个过程中,认识主体与认识客体都在不断变化,认识的结果也不是一成不变的、"既成"的东西(things become),而是随机形成、变动不居的"将成"之物(things becoming)。宇文教授认为:"中国文学思想正是围绕着这个'知'的问题发展起来的","它引发了一种特殊的解释学——意在揭示人的言行的种种复杂前提的解释学,正如西方文学思想建基于'诗学'(就诗的制作来讨论诗的概念)。"宇文教授指出:"中国传统诗学产生于中国人对这种解释学的关注,而西方文学解释学则产生于它的诗学。"这两句话照我的理解,就是说,中国诗学是从外在的样态(所以)和历史的因由(所由)去洞察某种内心之所求(所安);而传统西方理论则是从任何现象中都必然存在的本质(理性内核)出发,去逐步探察现象是如何形成(制作)并何以会如此形成的。大而言之,西方哲学体系强调的是存在于一切现象之上的绝对精神,确定不变的理性;而中国哲学传统强调的是:"有物混成",认为世界万物都在千变万化的互动关系中,在不确定的无穷可能性中,因种种机缘,而凝聚成一种现实,这就是所谓"不存在而有"。宇文教授认为在中西不同的文论传统中,"都是最初的关注点决定了后来的变化"。两种传统都是要发现隐藏在表面之后的东西,但由于上述出发点的不同,两种文学思想也就分道扬镳了。从以上的例子可以看出在不同语境中的双向阐释使过去长期习以为常的特点得到重新认识,所谓"和实生物,同则不继",这种在区别中的互见、互识,互相照亮,以及可能的互相渗透和互相补充显然会为未来的发展开辟无限广阔的道路。

第三，宇文教授的教材最使我高兴的还有一点，就是他往往在对材料的精细解读中融进了传统学者与现代学者的观点，将他自己对中国诗歌的精读经验自然带入对理论文本的解读之中。他还特别留意那些传统文论和传统文学史研究所无法包纳、无法处理，但对文学发展实际上具有巨大潜在推动力的东西的表达。他引证刘勰的话说，论说文的完美可以"弥缝莫见其隙"，而我们恰恰应看到文本自身从来是一个"缝合片段，修补空隙"的过程。只有看到这些缝合和修补的痕迹，才能了解作者创作时的真正活跃的思想而达到孟子所谓的"知言"。这样的例子在《读本》中几乎俯拾即是，特别在《文赋》《二十四诗品》《沧浪诗话》和有关王夫之的讨论中更为突出。

总之，《读本》本身就是一个中西文论双向阐发，互见、互识、互相照亮的极好范例。我们接连两年在两届研究生班中，对宇文教授的教材逐字逐句进行了研读，学生和我都得益甚多。当年就有一位研究生以读宇文教授的《读本》所得并和宇文教授讨论为题，写成了自己的硕士论文，并和宇文教授取得了直接联系，她现在在美国俄亥俄大学继续以此为题攻读博士学位。当年班上的高才生王宇根先生考入哈佛大学，成了宇文教授的及门弟子；另一位高才生王柏华女士就是本书的主译者。她曾申请到一笔基金，在哈佛大学访学一年半，直接得到宇文教授的指导，完成了这项难得的译作。王柏华对此译作费尽心血，一丝不苟，反复修改；应该说本书的译者在当今翻译界实属拔尖的高手。

记得钱锺书先生在意大利的一次学术讨论会上曾发表演讲，特别强调创新，反对"盲目的材料崇拜"。反对"使'文学研究'和'考据'几乎成为同义名词"，他认为必须从无尽无休的材料重复中解脱出来，致力于理论的研究和创新。他正是一针见血地指出了国内学术研究界的症结。宇文教授的这本书虽然以解读为题，却同时又是一部前所未有的、极富创意的理论之作。我坚信它将从新的起点出发，推动整个文论研究向创新的方向发展。现在，终于有可能将这本20世纪90年代难得的精心杰作呈献于广大中国读者之前。我确信无论是文学理论研究者、世界文学研究者、中国文学研究者、中国文论研究者，年轻的、年长的、传统的、现代的都一定能从这本书中受到启发。

2002年2月于北京大学朗润园

《外国作家与中国文化》序

90年代前期,北京大学和南京大学的比较文学学者曾合力主编了一套"中国文学在国外丛书"(花城出版社出版)。法国比较文学大师艾田伯教授为了祝贺这一创举,曾亲自为这部丛书写了一篇序,序中提到一件很有意思的事。他说,有一次,他在巴黎大学讲授法国19世纪文学运动,课后向学生说明他所参考与引证的文章都借于中国文学。艾田伯教授描述说:"这番话令四座皆惊。我觉得以这样的方式,无可辩驳地指明了那些带着高傲口吻谈论'黄种人'的人是多么愚蠢而卑鄙!"他充分肯定了研究中国文学与文化对外国文学和文化的影响是一个极有价值、极富潜力的课题!可惜艾田伯教授已于去年仙逝,未能亲眼看到他所阐明的真理和他所开辟的这一领域是如何日益深入人心并开花结果!

从"中国文学在国外丛书"到《外国作家与中国文化》,应该说有了新的飞跃,这是和数年来比较文学研究水平的提高与比较文学视野的扩大分不开的。回首20世纪100年来中外文学关系的研究,大约有以下几种类型:

外国某作家在中国；中国某作家在外国；外国某种思潮在中国的影响和流播；以某种外国文学作品和理论为比照，重新诠释中国文学理论和作品；探讨中外文学对于某一共同问题的不同解读；作为中外文学关系桥梁的翻译研究等等。但是，总的说来，系统研究中国文化和文学对外国文学影响的论著，与研究外国文化和文学对中国文学影响的论著相比，为数确实不多。开风气之先的恐怕就算1926年载于《学衡》杂志的《孔子老子学说对于德国青年的影响》和1927年载于《小说月报》的《歌德与中国文化》了。这两篇文章都由外国人所写，但却激发了中国人的兴趣。紧接着，1929年至1931年《岭南学报》接连发表了陈受颐先生的《18世纪欧洲文学里的赵氏孤儿》《鲁滨孙的中国文化观》和《18世纪欧洲之中国园林》等三篇文章；后来又有范存忠的《约翰·高尔斯密与中国文化》（1931）、方重的《18世纪的英国文学与中国》（1931）和朱谦之的《宋儒理学对于欧洲文化史的影响》（1937）等。但是，到了中国比较文学大发展的80年代，这方面的研究却明显地相对薄弱。我想这大概是因为进行这类研究，需要很强的外语水平，当时外语能力能达到像陈受颐、范存忠等前辈学者水平的比较文学学者还不多，同时，比较文学研究本身也还有一个逐步深入的过程。

到了90年代，特别是90年代后期，由于全球化经济、科技的迅猛发展，保护文化生态、促进文化多元化的迫切性日益突出，人们不但考虑要坚守并彰显自己的文化特色，而且希望在与别种文化的沟通和交流中，使自己的文化得到发扬和更新，不同文化之间也需要有更多理解和宽容的空间，以达到文化多元共存、消弭文化冲突的目的。于是，以跨文化、跨学科文学研究为己任的比较文学就有了更广泛、更深入的发展。加以世界进入后殖民时代，许多曾视前殖民地文化为"低级""野蛮"的"前宗主国"也都觉悟到，要求得世界安宁，促进自身文化的更新和发展，就必须更多地了解他种文化，加强世界文化的交流与相互学习。于是西方有些国家也出现了不少研究中国对西方文化影响的新作。

新编的《外国作家与中国文化》应运而生，它至少有以下几个特点：第一，贯通古今，沿着外国文学发展的历史线索，系统总结了各个时期中国文化对外国文学的影响；第二，汇通文史哲与文学，以外国文学发展为经，中国文史哲与文学的影响为纬，编织了新的文学关系史；第三，对材料有了更广阔的开掘，对个案有了更深入的分析；第四，采取了广泛联系的发展观点。外国文学对中国文化的吸收和评价往往有其自身的历史社会原因，有正、有反，有低潮、有高潮，丛书对此做了相当深刻的分析。当然，并不是说丛书的每一本都有以上这些特色，各本的学术水平也还是参差不齐，但综观其成，大致是不差的。

总之，《外国作家与中国文化》是一部创新之作，承前启后，具有无可取代的现实意义和历史意义。特别是在此向西部进军的高潮中，本书由多民族聚居的宁夏回族自治区的宁夏出版社出版，说明了宁夏回族自治区政府和人民迈向国际文化舞台的信心和决心，也说明了广大学术工作者对开发西部地区的热望和支持。

2002年5月16日于北京大学朗润园

《叶维廉诗文集》序

一

叶维廉曾被美国著名诗人吉龙·卢森堡（Jerome Rothenberg）称为"美国现代主义与中国诗艺传统的汇通者"。他写诗，也写研究论文，是著名的诗人，又是杰出的理论家。他非常"新"，始终置身于最新的文艺思潮和理论前沿，他本身就是以现代主义诗歌创作起家，且一直推介前卫艺术并身体力行；他又非常"旧"，毕生徜徉于中国诗学、道家美学、中国古典诗歌的领域而卓有建树。他自己说：

> 为了活泼泼的自然和活泼泼的整体生命，自动自发自足自然的生命，我写诗。
>
> 为了活泼泼的整体生命得以从方方正正的框限解放出来，我研究和写论文。

叶维廉1937年生于广东中山沿海一个小村落，如他自己所说："童年是炮火的碎片和饥饿中无法打发的悠长的白日和望不尽的孤独的蓝天。"后来，他在香港和台湾受教育，并相继获得美国爱荷华大学美学硕士和普林斯顿大学比较文学博士学位。1967年后，他便任教于美国加州大学圣地亚哥校区至今。三十余年来，他曾担任该校比较文学系主任凡十余年，并于1970年和1974年两次回台湾参与建立比较文学博士班；1980年和1982年，又两次赴香港，担任英文系首席讲座教授并协助建立该校比较文学研究所。在此期间，他所培养的比较文学、现代文学和中国诗学的研究生遍及中国和美国各地。

叶氏在中国大陆的影响也是十分深远的。1981年，"文化热"初起，叶维廉第一次来到北京大学，发表有关比较文学的讲演，讲演在可以容纳八百多人的办公楼礼堂举行，台上台下、门内门外都挤满了听众！应该说这是一次成果丰硕的播种，如今，比较文学作为一门新兴学科已在北京大学生根发芽。北京大学已建成硕士—博士—博士后的完整比较文学教育体系，比较文学也已成为北京大学的重点学科，得到国家的大力支持，将在21世纪优先发展。回首往事，叶维廉的这次讲演不能不说是一个富于开创性的起点。20年来，叶维廉的主要比较文学著作被编为《寻求跨中西文化的共同文学规律》（温儒敏、李细尧编，北京大学出版社），他的《中国诗学》（生活·读书·新知三联书店）再版过多次，他的诗歌也由中国社会科学院文学研究所研究员杨匡汉编为《叶维廉诗选》（中国友谊出版公司）在大陆广为流传。在台湾出版的他的许多著作，特别是他在80年代编选的那套多卷本"比较文学丛书"更是成为许多比较文学学者和文艺理论学者案头常备的参考书。

1998年，叶维廉作为北京大学比较文学系列讲座的主讲人，再次应邀来到北京大学，以"道家美学与西方文化"为题，进行了多次讲演，讲演稿作为"北大学术讲演丛书"之19，在北京大学出版社出版。这次讲座的特点是叶维廉带着深深的人文关怀，从全球化的现状出发，将保护文化生态的问题提高到保护自然生态的高度来进行考察，指出目前几乎覆盖全球的"文化工业"，透过物化、商品化，按照市场原则来规划文化活动，裁制文化，以配合消费的需要；把利益的动机转移到文化领域，大量复制单调划一的文化生产；在这个过程中，人的价值被缩减为货物交换价值，"惟用是图"，"见树只见木材"。结果是大量制造出没有灵性的"经济人"，不同文化特有的生命情调和文化空间消失殆尽。随着自然生态惨遭大规模破坏，人类亦逐渐走向灵性的放逐和多元文化的败落。为了缓解这一危机，叶维廉返回到过去对于中国哲学，特别是道家美学的研究，指出道家的"去语障""解心囚"，破除语言霸权，让自我从宰制的位置退出，让自然回复其"本样的兴观"，做到"人法自然"，唤起物我之间互参互补、互认互显的活泼泼的生命整体，或许是拯救人类文化生态的重要途径。他的讲演引起很大反响，显然为中国比较文学和比较文化的发展揭开了新的一页。

二

叶维廉首先是一个诗人，而且是一个现代派诗人。还是一个十几岁的少年时，叶氏就十分热衷于诗歌探索和诗歌创作。1955年至1961年在台湾求学时代，他已经写了不少中文诗和英文诗，在《现代文学》《创世纪》《新思潮》等杂志发表。1963年，他参加了美国爱荷华大学的诗创作班，翻译编选了《现代中国诗选》，同年出版了他的第一部诗集《赋格》，后来又陆续出版了多卷诗集如《愁渡》《醒之边缘》《野花的故事》《花开的声音》《松鸟的传说》《三十年诗选》《惊驰》《留不住的航渡》《移向成熟的年龄》等。这些诗中的一部分曾数度获奖，他本人也于1979年荣获台湾十大杰出诗人的美称。

叶氏的诗歌创作多半充溢着怀乡的情调和放逐的低回,正如他自己所说,从中国到美国,这不能不使自我从特定的空间游离,也不能不呈现围绕着思乡情怀、时空错失、精神放逐的迷惘。但他所写的绝非浅薄的乡愁,而是始终贯彻着一种寻觅与追索、漂泊愁结与超越放逐的主题。正如中国评论家杨匡汉所指出:"他的歌吟、盘诘、隐情和述析,并不停留于单向度的情感抒发,而是谋求时空与经验,生命与思想,言语与诗人之间相互的能动选择和重新发现。"(《叶维廉诗选·序》)。于是,我们在他的诗中,看到无休止的追索与寻觅,"永久的幸福是永久的追迹,依着痛苦的翅翼"(《追寻》),也体味着对博大文明的自豪并祈福:"大地满载着浮沉的回忆/我们是世界最大的典籍/我们是亘广原野的子孙/我们是高峻山岳的巨灵……"(《赋格》)

叶氏早期的诗作显然是比较西化的,与西方现代派诗歌很接近。他的诗沿着五四以来"散文化"的新诗发展路向,重在叙述和分析,但这些诗又不全是线性的分析和叙述,而是尽量采取复杂和多层次的表达,追求自我对物象的鲜活感受,努力撤除一般时间和空间的局限,至少是寻求一种"略为离开日常生活的观看方法",像卞之琳、何其芳那样,趋向一种"出神状态""玄思状态",甚至"梦的状态"。与此同时,他一直在探索能否在西方和中国传统的表现方法之间构成一种新的谐和。例如他的成名作《赋格》,从总体结构来看,显然是西方交响乐式的表达方法,但诗中的许多意象却与中国传统诗歌有着密切的关联,如"披发行歌""折苇成笛""江枫堤柳""千花万树""良朋幽邈"等等都离不开中国传统诗歌的意味,这就使他的诗在现代纯诗的追求中融进了某些东方色彩。

随着叶维廉越来越深入地进入比较文学和比较文化的研究领域,他对西洋诗传统和中国诗传统的把握也更为深邃,更为自觉。作为一个诗人的学者和学者的诗人,他说:"我面对的是很复杂的情景,是东西方的糅合,有两方面的冲突。"但中国的成分显然越来越重。他越来越趋向于"喜欢用短的句,简单的意象,希望用简单的意象能够达到复杂的感受,而不是用以前那么繁复的处理方法"。他试图突破过去的郁结,更倾向与山水林木,力求融入中国诗歌传统的宁静淡泊,追求中国旧诗"非常浓缩的气氛和感受"。在语言方面他力图以文言的浓缩来补救白话的松散;他推重李白的乐府诗的语言,认为那是一种口语化的语态,同时又是比较提炼的语言,而他自己则"大概是先在白话和文言之间提炼了一种语言之后,而以这个为基础再来调剂一下民间的语言"(《叶维廉自选集·附录》)。

综合来看,叶维廉的诗越来越重视无关联性的意象并列,追求外在形象与内在感情的应和,努力使混沌的情思通过可理解的诗境显露出来,以心灵感应的方式呈现瞬间的多重透视,使可解与尚不可解的事物相融会,激发读者用想象去参与领悟和填补诗的空间,持续"无言独化"的尝试,用意象结构与音响结构相交叉的策略来打破单一的叙述性,词语上则"文""白"杂陈,不时取熔古语,以引发现代诗的"古典回响"。(参阅杨匡汉《叶维廉诗选·序》)。他的诗洋溢着浓厚的中国古典诗意,融合了20世纪三四十年代中国现代派诗歌的遗产,承接了西方自象征主义以来的表现策略,形成了自己独特的诗歌风格。他毕生致力于从哲学和美学的高度,探寻中西诗学和诗艺汇通的途径。他的诗歌创作在这方面开辟了一代诗风,虽然并不都是完美之作,但却延续了数千年中国诗歌的血脉,继卞之琳、何其芳之后,使中国现代派诗歌在世界诗坛占有了一席之地。另外,还应提到他在诗歌翻译方面的贡献。他的中国古典诗英译,如王维和中国古典诗举要,提供了一种自由浮动的视觉,使西方诗人得到启发,可以反思及调整他们的某些表现策略。他的英诗中译,如《荒原》和《众树歌唱》,对台湾新诗的视野和技巧也都有新的开拓。在他的英文诗里,他更是创造了一种可以兼容中西文化视野的灵活语法，在庞德、罗斯洛斯、奥逊、柯尔曼、史奈德等美国当代重要诗人倡导的美国现代诗语法创新的潮流中独树一帜。应该说，他的诗本身就是一个跨文化创作的成功实例。

三

叶维廉在其较早的诗歌创作中，一直追求中西诗艺的汇通，在其学术生涯的开始，自然就毫不犹豫地投入比较文学的研究。叶氏在分析其进入比较文学研究领域的动因时指出，最重要的动因之一，就是诗的创作。他说，因为读的诗不分中外，在同异之间不免有些发现："诗的律法何止千种！而每种律法后面另有其美学含义。由是，我渐渐便发现中国诗很多由特异语法构成的境界、气味，是英文文法无法捉摸的，是带有西方语态的白话无法呈现的。惊叹叫绝之余，暗藏了我后来要发掘中国传统美学含义的决心。"另外的动因还有译诗："如何去调整乙语言的结构来反映甲语言中的境界呢？是这样的考虑使我由含糊的比较文学活动进入了识辨的比较文学研究。"叶维廉认为自己是五四文学革命的承传者，而五四本身就是一个比较文学的课题，"五四时期的当事人和研究五四以来文学的学者多多少少都要在两个文化之间的运思方法、表达程序、呈现对象之间取舍，做某种程度的参证与协商"。作为一个"五四之子"，一个现代文学作家，他进入比较文学学科领域就是必然的了。

叶氏的比较文学研究是从寻求共同的文学规律、共同的美学据点开始的。他致力于找出一些"发自共同美学据点的问题，然后用其相同或近似的表现来印证跨文化美学汇通的可能"。但他从一开始就十分警惕地指出，绝不能用"淡如水的'普遍'来消灭浓如蜜的'特殊'"，不但不能"只找同而消除异"，而且要"藉异而识同，藉无而得有"，做到"同异全识，历史与美学全然汇通"。在这个基础上,他第一次提出了有广泛影响的"东西比较文学中模子应用"的理论。

模子(模式)是一种构思的方式,是结构行为的一种力量。例如照叶维廉所讲,西方的思维模子在字母系统下,趋于抽象意念的缕述,趋于直线追寻的细分,演绎的逻辑发展,而中国的思维模子则趋于形象构思,顾及事物的具体显现,捕捉事物并发的空间多重关系的玩味,用复合意象提供全面环境的方式来呈示抽象意念。这样的说法不免有些绝对化,但他同时指出所有模子都不是一成不变的,尤其不能用一种文化模子来覆盖另一种文化模子。要寻出两种文化之间的"共相",首先要从其本身的文化立场去看,做到"同异全识",才能找到两种文化可能的重叠相交处。他认为这种重叠相交经常特别明显地体现在文学艺术的体验中,人们往往能够通过文学作品找到某些超越文化异质、超过语言限制的美感力量。他在另一篇论文《中国古典诗与英美现代诗的汇通》中列举了中国古典诗与英美现代诗许多可以引起共鸣的汇通之处:例如用非分析性和非演绎性的表达方式来求取事物直接具体的演出;用灵活的语法和意义的不确定性带来多重暗示性;用连接媒介的减少甚至切断来提升事象的独立性、具体性和强烈的视觉性;不做直线逻辑追寻而偏向多线发展,以求多重透视和并时性地行进;通过空间的时间化和时间的空间化导致视觉事件的同时呈现,以形成绘画性和雕塑性的突出等等。叶维廉指出如果把两种文化模子比作两个圆圈,那么,以上这些方面就是两个圆圈的部分重叠相交,这两个圆圈的关系绝非一个圆圈对另一个圆圈的覆盖,也不只是两个圆圈的偶然相切。

叶维廉收集在《比较诗学》中的许多论文大体是用类似的方法在西方当代美学的语境中对中国道家美学进行了深入的研究。他的研究突破了时代和文化固有的边界,在与西方文化比照和汇通的同时,使中国古代智慧为现代所用。一方面为西方美学重新认识自己提供了前所未有的新的视角和参照系，另一方面又为中国美学自身的发展探索了更新的道路。他所取得的这些独创性成果，用事实反驳了那些认为异质文化之间无法进行比较和汇通的学者，为后来的跨文化文学研究开辟了一条新路。

叶维廉1988年出版的第二本比较文学论文集《历史·传释与美学》说明他的思想与时俱进，有了新的发展。在这部文集里，他特别强调了"科际交相整合"。他认为欧美十余年来的文学理论都是"把美学、哲学、历史、语言糅合在一起或贯穿在一起"。这里面几乎找不到一个纯粹在文学之为文学单面的研究，他们几乎都是"文化理论者"。在这个基础上，他进一步探讨了"不管哪一派批评都不可避免的传释学（亦译诠释学）倾向"，他声称自己正在努力的，正是"要从中国古典文学、哲学、语言、历史里找出中国传释学的基础"。他认为中西比较文学应当是一种"坦诚相见""向对方开放""互相聆听"的学问，必须包括一些不同的意见和拒绝另一些意见，必须涵盖传统和现在的对话，并说出一些"有关现在的话"，不仅要沟通中外，而且要贯串古今，"只有这种完全开放的对话方式才可以达至不同的'境界的融汇'"。

如果说他过去比较专注于两种文化重叠相交部分的研究，那么现在他的兴趣则集中于如何在古今中外完全开放的对话里，找到平等沟通的互动的话语。也就是说他所关注的不止是在两个圆圈的重叠相交部分，而是寻求一个更大圆周的圆，在这个圆周内，"可以由散点的中心，互换交参而发明"，也就是不仅可以相互吸取，而且可以由对方提供的新的视角，通过互看、"互相聆听"而产生对自己的新认识。他此后的一系列文章都是努力寻求在跨文化的传释系统中，不同文化系统各自的"预知"（亦译"前知"）形成的根源（观、感、思构、用字、传意、解读得以形成的特定历史和语言文化等），及其在相互交谈中所可能发现的新事物和互相解蔽的可能。他那篇著名的论文《秘响旁通——文意的派生与交相引发》就是他这方面努力的一个好例子。

这篇文章对于"文意"的探索显然是在西方近代诠释学的语境中进行的,但又绝非用西方诠释学的框架去寻找中国文化中可能与之相符合的材料,而是回溯到自己文化的源头去追寻发展的线索。事实上,在文学领域中,每一个字的出现,其意义都是复叠而多义的。中国诗歌的笺注所提供的,正是笺注者所听到的许多声音的交响,"是他认为诗人在创作该诗时整个心灵空间里曾经进进出出的声音、意向和诗式"。中国第一个提出这种美感活动的理论家是刘勰。他在《文心雕龙·隐秀篇》中提出:"夫隐之为体,义生之外,秘响旁通,伏采潜发,譬爻象之变互体,川渎之韫珠玉也。"刘勰一直追溯到《易经》的"旁通""爻变""互体的演进",说明文和句都不是一个可以圈定的"死义",而是许多既有的声音的交响、编织、叠变的意义的活动。这就以中国传统的"书不尽言,言不尽意""义生文外""得意妄言"等思想与西方传统孕育出来的当代语言学强调的"文辞无定义",无非是"旁通到庞大时空里其他秘响的一扇门窗"等思想相接。这样,从各自的文化底蕴出发,就同一问题进行互参互动的对话,在对话中逐渐形成相互理解尊重而非相互颠覆强制的"话语",建立新的"游戏规则",这显然是中外古今文化沟通融会的必由之路。

叶维廉不是那种游弋于自己已经构筑完整的学术领域而自满自足的学者。他始终开拓着、探索着新的领域并取得新的成果。他的《与当代艺术家的对话——中国现代画的生成》是一本独一无二的、从画家个人体验出发的、在世界当代艺术和中国传统艺术的坐标上研究中国当代绘画的形及其特点的书。叶维廉认为,中国现代画发展了多年,已经有了确切的个人面貌与风格,对中国和西方传统的结合也有了自己独特的思考;应该有一本书把中国当代绘画发展的来龙去脉、美学理论据点与根源、各家风格的生成衍化以及中国当代绘画产生的社会文化环境等做一个评价与论定。在这本书中,可以看到他对中外艺术史和现代各派前卫艺术都进行了相当广泛的阅读和钻研，他经常出入于各种展览场所，追踪展出后的评论与争辩，和许多著名画家保持着密切的个人联系。他在与赵无极等九位当代世界知名华人画家的深入对话中，反复探讨了这些画如何在西方当代绘画潮流中生成，又如何受到中国诗画传统的熏陶而表现出深厚的中国文化的底蕴。世界比较文学学科很早就以跨文化文学研究作为自己的一个重要组成部分，但在中国，这方面的成果还不多，叶氏的这本书既是跨中西绘画传统的讨论，又是跨诗学、美学、历史、语言等多学科的研究，特别是他对九位画家的亲自访谈和提问，记录了这些画家最直接表述的思绪，留下了极其宝贵的资料。

进入90年代，叶维廉的研究重心和兴趣又逐渐转入对后现代性的探讨。论文集《解读现代·后现代——生活空间与文化空间的思索》集中展示了他对这些问题的思考。后现代性、后现代派或后现代主义本是含混复杂、较难界定的概念。叶维廉从现代与后现代的比照，以及现代向后现代的发展过渡来说明后现代现象，使其对于这些现象的阐述较为明白晓畅。特别有意思的是他指出后现代派提出的时间的空间化、多重透视和并时性、物象独立性和强烈的视觉性、现时性、超语法和破语法等主张"竟然早已出现在未经工业洗礼的东方思想（如道家、佛教）和口头文化中"。他因此提出："文学艺术的研究，不可以以一种文化生变的网路作为一切文学艺术最后的准则；跨文化的研究，指出一个更能令人反思的起点。亦即是：甲文化认为是边缘性的东西，很可能是乙文化里很中心的东西……在一个突然的机会里，由于各个历史不同的需要，甚至会相互换位。"因此，"前现代"的中国哲学文化能否为"后现代"的西方哲学文化提供借鉴、相互交融就成为一个十分值得思考和研究的问题。

叶维廉氏18岁步入中国诗坛，肩负着五四新文化传统，承接着三四十年代中国现代派诗歌余脉，开台湾现代派诗歌一代诗风，至今写诗不辍。创作的冲动、对文字的敏感、作为一个诗人所特有的内在的灵视,决定了他无可取代的学术研究特色。他对中国道家美学、古典诗学、比较文学、中西比较诗学的贡献至今无人企及;他对中国现代小说和现代诗歌的评论,也是分析入微,发人思深,极有创意的。

安徽教育出版社继出版《朱光潜全集》《宗白华全集》之后决定率先出版12卷本《叶维廉诗文集》,这一决定所蕴含的大陆和台湾一脉相承的文化信息不言自明。我为这一巨著能首先在大陆出版,深感庆幸,同时,也不能不对高瞻远瞩、有胆识、有魄力做出这一决定的安徽出版局局长唐书元同志和安徽教育出版社的同志们致以深切的敬意。

2002年6月于北京大学朗润园

《孟庆枢自选集》序

老友庆枢是一个颇具传奇性的人物。他从初中起，便跟着一位俄裔人士学俄语，后来研究普希金，曾在莫斯科大学访学。他的《〈叶甫盖尼·奥涅金〉第十章初探》考据缜密，阐述精致，至今无人能出其右。他曾从俄语翻译过车尔尼雪夫斯基的长篇巨著《怎么办》，并写了作为导论的《人的伟大在于思想》，全面剖析了该书的意义。

"文革"阶段，在运动间隙，他一方面在著名文学史家杨公骥教授的指导下研读李商隐与中国古代文学；一方面又开始学习日语，直至后来赴日本进修，师从长谷川泉、阿部正路两位教授，研习日本文学。他一直努力将中国古典文学与日本文学研究结合起来，至今已成颇具特色的日本文学研究名家。

1978年前后，庆枢又应邀赴李何林先生主持的鲁迅研究室，承担《鲁迅日记》注释工作。在这期间，他出版了《鲁迅与外国文学》一书，从此奠定了他古今中外的文学基础，步入了中国当代比较文学开创者的行列。庆枢不仅擅长俄、日两国语言，而且对翻译、创作、诗歌、小说乃至科幻作品等各方面皆有涉猎，他从事比较文学研究可以说是一种命运的必然。1985年中国比较文学学会在深圳成立，庆枢所在的东北师范大学就是当时的35个发起单位之一。由于庆枢和其他同行的不懈努力，东北聚集了一批比较文学的中坚力量。庆枢不仅多年当选为中国比较文学学会理事，而且是全国中日比较文学研究会的创始人之一，一直担任该会副会长。1996年，由于他的精心组织，中国比较文学学会第五届年会暨国际学术讨论会在吉林长春成功召开。与会的中、美、意、日、韩等国的两百多位学者共同讨论了全球化语境中比较文学面临的种种问题。此后，他主编了多卷本"二十一世纪世界文化热点"丛书，新近又出版了为学生编写的一厚本《西方文论》，他的研究领域不断延伸，这是非常难能可贵的。如今他从自己百余篇论文中精选了这本《自选集》，显然是对中国比较文学的一个不可磨灭的贡献。

作为《自选集》扛鼎之作的《全球化语境下的中国比较文学》一文可以说是庆枢多方面学术积累的结晶，也是他多年来对中国比较文学深思熟虑的结果。在这篇文章中，他不仅对当前比较文学界正在讨论的热点问题如"失语""学派""方法论"等，都棱角分明地提出了自己的看法，而且对中国比较文学的发展前景提出了许多高瞻远瞩的真知灼见。我认为最具创意的是以下三点：

第一，庆枢认为"比较文学"是一个不断发展、变化的学科，是时代和社会发展的产物。要想把握它的本质就必须从其历史中看出它不断变化、丰富的过程，而绝不能把它看作一个一经产生就一成不变的客体，也就是要在动态中把握它的实质，要把"比较文学"历史化，在发展中完善它的学科定位。中国比较文学是在全球化时代崛起的、现阶段中国文学研究的一个重要分支。它是继法国、美国比较文学之后，在中国本地破土而出的具有代表性的第三阶段的比较文学，它既不是舶来之物，更不是古已有之，它是立足于本土，在全球化语境下产生的、新的、有中国特色的人文现象。它既要反对"文化霸权主义"，又要时时克服"文化部落主义"，它所肩负的重任还刚刚开始。中国比较文学所代表的是一个阶段，赋予它生命的，是一个时代，而不只是一个什么"派"。在它今后不可限量的发展过程中，必有来自全球东西南北的同道，因共同的理念和目标汇合在一起，共同奋斗，这更不是一个"派"字可以限量的；更何况在今天这样一个众声喧哗的、多中心的时代，一定要建立一个什么"派"，恐怕也不是一件能实际做到的事。

第二，庆枢强调百年比较文学发展的历史也就是不断吸收、运用各种文学理论、语言理论和科学理论的历史，也就是在这些理论中不断发展壮大自己的开放的历史。他指出达尔文的进化论和斯宾塞的社会进化论对比较文学的影响是全面的，他论证了新批评、存在主义文论、文化人类学、现代阐释学、接受美学、读者反应理论等思潮和方法如何在不同时期、不同程度上将比较文学提升到一个新的阶段。庆枢认为，要研究比较文学就不能不认真对待洪堡特、索绪尔的语言学理论，就必然要研究罗兰·雅各布逊如何在语言学和文学之间架设桥梁，也要涉及俄国形式主义文论，借鉴"陌生化"理论。我想庆枢的意思并不是说每一个研究比较文学的人都必须精通以上所有这些理论，他只是说，比较文学所采取的应是一种开放的方法论，可以从各种方法理论的视野来开拓自己研究的平台，促进学科从各方面得到发展。既然国别文学研究、文学理论研究都不要求一种单纯的固定方法论，为什么比较文学研究就一定要被一种已成型（things become）的方法论所规范，而不能在正在酝酿成型（things becoming）的方法的无限可能性中自由生发呢？

第三，庆枢认定在全球化语境下，比较文学的本义就在于对话和沟通。在这一过程中，作为中介的"话语"当然是一个非常重要的问题。他指出："任何民族文学的发展都是一个动态的过程。只要它不是处在绝对封闭状态，每个民族国家的文学都要受到来自域外文化、文学的影响。域外文化与本土文化的交融、碰撞，产生多种不同力的矛盾，在融合之后求得一种平衡（暂时的），再循环反复。"这一现象早已被印度佛教与中国文化的结合所证实。其实，现代人诠释古代文化不可能原封不动地用古代人的话语，而只能用现代人的话语。现代人的话语本身就不能不浸透着域外文化的影响，也不能不浸透着数百年来故土前人在域外文化影响下对古代文化诠释的话语。要排除这一历史事实，不仅要尽弃前贤数百年来对发展中国文化所作的贡献，恐怕自己也真的只能做"哑巴"了！正如庆枢所说："一个多世纪前的历程，用今天的话语再言说只是现代阐释，作为历史不可能重新走过。如果认为'失语'而'重换话语'，是不可能的（不管套用西方语言或回归古代），我们已经经历了上百年的与西方文化的交融，本土文化传统也不是现成之物，它在无时无刻地动态地发展，为此，现代思维已通过话语深入我们的骨髓，想舍此重建，犹如拔头发离开地球。我们只有通过反思，调整，不断地寻找适合本民族传统，又是向前发展的话语，这是唯一的路径。"

最后，我还想说庆枢不仅在研究方面取得了突出成果，在教学方面也培养出了一批优秀人才。他对他的学生提出了五个"必须"：1. 你必须准备为学业拼搏终生；2. 你必须是个思想者（即使不能成为思想家）；3. 你必须尽量吸纳一切优秀知识成果；4. 你必须时刻关注时代的发展；5. 你必须把创新作为起点。我想，这不单是庆枢的学生应遵守的信条，对我们这样七老八十的人来说，也应该将其作为终身的座右铭。

2003年8月8日于北京大学朗润园

尼采与中国现代文学

一

　　20世纪初叶，由于一系列政治、经济、文化变动的原因，西方各种思潮大量涌入停滞落后的中国，其规模之大而纷乱，影响之深而复杂，在世界文化史上也是少见的。这一时期以中国为中心的东西方文化的相互影响和渗透已成为近来世界学者研究文化思想发展史的重点之一。自1954年美国哈佛大学出版了费正清的《中国对西方的反应》之后，从事这类研究的专论和专著日益增多。举其要者，如A. R. 戴维斯的《中国进入世界文学》（1967）、普鲁塞克的《中国文学革命过程中传统东方文学与现代西方文学的对立》（1964）、波利叶·麦克杜戈的《西方文艺理论对现代中国的影响导论》（1971）等。1974年在美国马萨诸塞州召开的"五四时期的中国现代文学"国际讨论会又提出了多篇有关西方文学潮流、俄国文学和日本文学对中国现代文学影响的专论（见1977年哈佛大学出版的会议论文集《五四时期的中国现代文学》)。可惜我们在这方面的研究开展得还很不够,即使有过一些研究也往往或多或少受到形而上学的束缚,不能像真正的马克思主义者那样,破除一切政治、哲学,乃至个人的偏见,正确对待全部人类创造的精神财富。而马克思和列宁早已在这方面做出了很好的榜样。但是我们长期以来未能很好地坚持这一思想。一些思想家、艺术家的客观成就往往由于政治上的原因而被一笔勾销;他们所曾产生的客观影响也被一概抹杀,甚至把好影响说成是坏影响,或者把这种影响归结为受影响者个人思想的弱点和错误,而不去分析产生这种影响的社会原因。尤其当同一个思想家或艺术家在某个历史阶段起过好的作用,在另一历史阶段又起着坏作用时,情况更其如此。这就妨碍我们全面认识历史的本来面目和对客观存在过的历史现象做出正确评价。本文想就德国思想家尼采与中国现代文学的关系,对这类问题做一些初步探讨。

尼采的思想和著作主要形成于19世纪70—80年代,这是自由资本主义开始转变为垄断资本主义,巴黎公社革命运动虽遭失败却产生了重大影响,马克思主义正广泛胜利传播的时期。尼采一方面想要挽救资本主义的没落,一方面力图抵制社会主义的发展,他的思想可以概括为"重新估价一切"、超人学说和权力意志论。他深刻地揭露了资本主义社会的虚伪和罪恶,鲜明地提出"上帝已经死了",必须彻底粉碎过去的一切偶像和传统,重新估定价值。他的超人学说认为由于社会的压迫和分工的琐细,人已经被歪曲变形,支离破碎,因此必须超越这样的凡人(包括超越自身内部的平庸),成为健康的、完整的新的人类,即超人。而能到达这种境界的只是极少数天才,广大群众不过是他们役使的工具。因此,任何群众思想的觉悟和力量的发展都只能是超人成长的障碍和威胁。尼采还提出最坚强、最高尚的生命意志不在微不足道的生存挣扎,而在战斗意志、权力意志。他认为这种趋向权力的冲动是唯一的基本冲动,由此而产生的思想行为都合理而伟大。尼采最后死于疯狂,他的著作中到处都是缺乏逻辑论证,但却深邃而独特,能够使人信服的比喻和象征;还有许多潜意识的难解的表述,也不乏狂人的梦呓。他的学说丰富而纷乱,充满着复杂的矛盾,也包含着不少有价值的东西。早在三十多年前,艾思奇同志就曾指出:"尼采的理想主义曾是对于没落时代寄生的资产阶级、庸俗腐化的物质主义的暴露",尼采的极端个人主义也"曾是对那假多数的名义来操纵社会生活的资产阶级的虚伪民主的抗议"。①这些有价值的东西正是尼采在五四前后的中国产生很大影响的根据。

尼采最初是作为文学家被介绍到中国的。他在中国文艺界的影响远比在哲学界深广且早。1904年王国维最初介绍尼采时,首先强调了他的"以旷世之文才鼓吹其学说",指出尼采学说的目的是要"破坏旧文化而创造新文化",为"弛其负担"(指旧传统负担)而"图一切价值之颠复",并"肆其叛逆而不惮",赞扬他"以极强烈之意志而辅以极伟大之知力","其高掌远蹠于精神界,固秦皇汉武之所北面而成吉思汗拿破仑之所望而却步者也"。②稍后,鲁迅在他写于日本的几篇文章中多次称道尼采是"个人主义之至雄杰者",是"思虑学术志行"都"博大渊邃,勇猛坚贞,纵忤时人不惧"的"才士"。1915年,陈独秀在《新青年》发刊辞《敬告青年》的第一条中就引用了尼采关于奴隶道德和贵族道德的论述,以其为反抗封建统治的武器,强调指出:"忠孝节义,奴隶之道德也,轻刑薄赋,奴隶之幸福也,称颂功德,奴隶之文章也,拜爵赐第,奴隶之光荣也,丰碑高墓,奴隶之纪念物也。"因为这一切都是"是非荣辱,听命他人,不以自身为本位,个人独立平等之人格消灭无存,其一切善恶行为势不能诉之自身意志而课以

---

① 艾思奇:《鲁迅先生早期对于哲学的贡献》,《鲁迅研究丛刊》第一辑,鲁迅文化出版社出版,1947年,第31页。

② 王国维:《叔本华与尼采》,《静庵文集》,辽宁教育出版社,1997年。

功过，谓之奴隶"。1917年元旦，蔡元培在政学会欢迎会的演说中提到"迨至尼塞（德国之大文学家——原注），复发明强存弱亡之理……弱者恐不能保存亦积极进行，以与强者相抵抗，如此世界始能日趋进化"①。1918年2月，陈独秀在《人生真义》中再次强调尼采主张"尊重个人的意志，发挥个人天才，成功一个大艺术家，大事业家，叫做寻常人以上的超人，才算是人生目的，什么仁义道德都是骗人的说话"②。显然，五四以前，尼采已相当广泛地为人所知，他作为一个大文学家被介绍到中国，他的思想的传播为五四反封建的民主革命的大潮做了积极准备。

　　五四运动后，尼采的作品在文艺界更加广泛地传播开来。就在五四游行示威发生的当月，傅斯年就在《新潮》杂志上号召："我们须提着灯笼沿街寻超人，拿着棍子沿街打魔鬼"，赞扬尼采是一个"极端破坏偶像家"。③同年9月，田汉在《少年中国》上详细介绍了尼采早期的著作《悲剧之发生》，特别强调"人生越苦恼，所以我等越要有强固的意志"去进行战斗。④紧接着沈雁冰在《解放与改造》杂志上发表了尼采名著《查拉图斯特拉如是说》中最富于批判性的两章《新偶像》和《市场之蝇》的译稿，并在序言中盛赞"尼采是大文豪，他的笔是锋快的。骇人的话，常见的。就他的《查拉图斯特拉如是说》看，又算是文学中少有的书"⑤。1920年初，他又写了全面介绍评论尼采思想的长篇专著《尼采的学说》在《学生杂志》第七卷分四期连载。同年8月，《民铎》杂志出版了尼采专号，全面介绍尼采，驳斥了尼采是欧战罪魁的说法。9月，《新潮》第二卷第五期发表了鲁

---

① 载《新青年》第2卷第5期。
② 载《新青年》第4卷第2期。
③ 傅斯年：《随感录》，《新潮》第1卷第5期。
④ 见《少年中国》第1卷第3期。
⑤ 见《解放与改造》第1卷第6、7期。

迅翻译的《查拉图斯特拉如是说》序言①，并附有鲁迅对序言各节的解释，指出："尼采的文章既太好，本书又用箴言集成，外观上常见矛盾，所以不容易理解。"这一时期，鲁迅多处引用尼采的文章，或联系尼采的思想来分析问题，他所取于尼采的，与1907年前后相比，已有显著不同。这时，郭沫若对尼采也是醉心的。他曾因上海一家外国书店竟然没有尼采的《看哪！这人》，而大骂这家书店是"破纸篓"！②1923年，他翻译了《查拉图斯特拉如是说》第一部全部和第二部一部分，在《创造周报》分39期连载。"起初每礼拜译一篇，译的相当有趣"，后来因感到"反响寂寥"而中断，但是后来当他偶然到江苏吴县东南一个偏僻小镇去参加一个小学教师的婚礼时，新娘的第一句话却是："我喜欢尼采的《查拉图斯特拉如是说》，为什么不把他译完呢？"可见反响并非寂寥，所以郭沫若说："早晓得还有良才夫人那样表着同情的人，我真是不应该把那项工作中止了。"③

1925年以后，由于革命形势的蓬勃发展，广大工农群众和很多知识分子都已找到了适合中国社会的革命道路，纷纷投身于反帝反封建的革命洪流，尼采的影响遂逐渐减弱以致消亡，正如郭沫若所说："那时（1926年），尼采老早离开我的意识中心了。"④这时，中国革命的道路和方向都已十分明朗，再停留于呼唤"我们需要动的力，狂呼的力，冲撞的力，攻击的力，反抗的力，杀的力"⑤，就不能像五四初期那样起到激励人心的作用了。因此，1925—1926 年间以高长虹、向培良为核心的狂飙社，他们以"尼采声"为其"进军的鼓角"，"教人们准备着'超人'的出现"，并

---

① 在此之前，鲁迅曾用文言译过这篇序言的主要部分，见《〈察罗堵斯德罗如是说〉译真》第一册，现存北京图书馆。
② 郭沫若：《沫若文集》第7卷，人民文学出版社，1958年，第39页。
③ 同上书，第261、262页。
④ 同上。
⑤ 向培良：《水平线下》，《狂飙》不定期刊第1期。

常"拟尼采样的彼此都不能解的格言式的文章"①,反响却真是空虚而寂寥了。然而,他们所取于尼采的仍是扫荡一切旧的传统束缚,为争取做一个强者而打倒一切障碍,这使他们从本质上不同于在40年代初期鼓吹尼采思想的"战国策派"。最后,1930年,郁达夫在对旧势力的愤懑和因革命失败而产生的感伤颓丧之中翻译了尼采的情书七封,题名《超人的一面》,赞赏了尼采的"洁身自好""孤独倔强"。②在一片白色恐怖的氛围里,尼采仍以一个傲世独立的反抗者形象出现于读者面前。

但是,到了40年代,由于整个世界和中国政治形势的变化,尼采却以完全不同的面貌在中国产生了全然不同的作用。1940年前后,正值世界法西斯和国民党蒋介石反共反人民都极为猖狂之时,尼采学说也已被纳粹分子利用改造,作为他们法西斯思想理论的基础。这时,在中国文坛上出现了所谓战国策派。他们奉尼采为当代"最前进的,最革命的,最富于理想的政治思想家",他的著作是"生命力饱涨的象征",是"生命的顶峰","创造的纯火"。③在他们主办的《战国策》半月刊和《战国》周刊上陆续发表了《尼采的思想》《尼采的政治思想》《论英雄崇拜》《再论英雄崇拜》《德国民族的性格和思想》《狂飙》《民族文学运动》《力》《力人》等等;此外还出版了《从叔本华到尼采》《文学批评的新动向》《时代之波》等专著或专集,大力宣扬尼采思想,"尝试着运用尼采的这些思想来建立战国派的文艺理论"④,俨然掀起了一阵尼采热潮。尼采对他们来说,是只能顶礼膜拜的绝对偶像,也是维护反动统治、鼓吹战争、镇压群众的有力武器。

从以上简括的叙述,可以看到尼采对中国现代文学确实有一定影响,这种影响随时代和政治需要的不同而变化。辛亥革命前,人们发现尼采是具

---

① 鲁迅:《〈新文学大系〉小说二集·序》,上海良友图书印制公司,1935年。
② 郁达夫:《超人的一面》,《断残集》,北新书局,1933年。
③ 林同济:《从叔本华到尼采·序》,大东书局,1947年。
④ 欧阳凡海:《什么是战国派的文艺》,《群众》1943年4月号。

有伟大意志和智力的"才士",希冀雄杰的个人可以拯救中国的危亡。五四前后,人们心目中的尼采是一个摧毁一切旧传统的光辉的偶像破坏者,他帮助人们向几千年来的封建统治挑战,激励弱者自强不息(虽然这并非尼采本意)。1927年后,由于革命形势的发展,进步思想界已经很少提到尼采。到了40年代,为适应国民党统治的政治需要,尼采又在国统区一部分知识分子中广为传播,这时对于尼采思想的介绍无论是目的、方法,还是社会效果都与五四时期截然不同。可见,一种外来思想能不能在本国产生影响,产生什么样的影响,其决定因素首先是这个国家内在的时代和政治的需要,全盘照搬或无条件移植都是不大可能的。下面将通过对几个文艺界代表人物与尼采关系的分析,进一步探讨这种影响发生和发展的具体情形。

二

鲁迅与尼采思想上的联系是显而易见的。把鲁迅贸然概括为"托尼学说,魏晋文章",尊为"中国的尼采"固然不对,但无视这种联系,或把这种联系说成是出于鲁迅的错误或弱点或不幸,认为尼采对鲁迅只能有消极或反动影响,甚至把鲁迅与尼采分明一致的地方也说成是对尼采的批判,这也并不符合历史事实。

早在1939年,唐弢就曾说过:"我想,鲁迅是由嵇康的愤世,尼采的超人,配合着进化论,进而至于阶级革命论的。"[①]1946年,郭沫若在《鲁迅与王国维》一文中也曾提出:"两位都曾醉心于尼采",并强调:"不可忽视地,两位都曾经历过一段浪漫主义的时期,王国维喜欢德国浪漫派的哲学和文艺,鲁迅也喜欢尼采,尼采根本就是一位浪漫派。"他们都曾正确地把鲁迅和尼采思想上的联系看作鲁迅思想发展某一阶段的重要特点。

---

① 唐弢:《鲁迅的杂感》,《鲁迅风》创刊号。

尼采对鲁迅思想上的影响在五四前和五四后是不完全相同的。五四以前，中国先进的知识分子纷纷向西方寻求救国救民的真理，他们中间的先进人物不能不看到西方资本主义文明的日趋没落。鲁迅在日本留学时期，"尼采思想，乃至意志哲学，在日本学术界正磅礴着"①。尼采对于资本主义文明庸俗颓靡的批判和对于"创新"的执着的追求很快就引起了鲁迅的注意。但是，当时的鲁迅并不是把尼采的思想作为一个完整的体系来研究和接受的，也不一定深入研究过尼采思想产生的时代背景和社会作用，他只是"为我所用"地择取尼采思想中引起自己共鸣、符合自己意愿的部分，按自己的理解加以应用。尼采的许多著作，特别是后期的《权力意志论》等，可以肯定，鲁迅并没有完全看过。

鲁迅这一时期的社会政治思想集中表现在《文化偏至论》中。这篇文章的主要内容就是指出吸取西方的物质文明是可以的，但如果把那些"已陈旧于殊方"的"迁流偏至之物"，"举而纳之中国"，"馨香顶礼"，则非常危险。鲁迅认为西方19世纪文明中"至伪至偏"的东西就是"物质"和"众数"。前者指的是"人惟客观之物质世界是趋，而主观之内面精神乃舍置不之一省"，不少人失去了心灵的光辉，被物质欲望所蒙蔽，因此"诈伪罪恶，乘之而萌"，以致"社会憔悴，进步以停"；后者指的是"同是者是，独是者非"，"以多数临天下而暴独特者"，无视个人的独创和个性，这样"夷隆实陷"（削高填平）的结果必然是"伧俗横行"，"全体以沦于凡庸"。鲁迅认为19世纪末，西方思想界所以发生了很大变动就是因为当时的"大士哲人"要"矫十九世纪文明"的"通弊"，"于是浡焉兴作，会为大潮，以反动破坏充其精神，以获新生为其希望，专向旧有之文明而加之掊击扫荡焉"。在这些"大士哲人"中，鲁迅谈得最多的就是"深思遐瞩，见近世文明之伪与偏"的尼采。鲁迅在文章中引用了尼采名著《查拉图斯特拉

---

① 郭沫若：《沫若文集》第12卷，人民文学出版社，1959年，第535页。

如是说》中的话："反而观乎今之世，文明之邦国矣，斑斓之社会矣，特其为社会矣，无确固之崇信，众庶之于知识也，无作始之性质，邦国如是，岂能淹留？""无确固之崇信"就是只重物质而没有精神上的坚定信仰；"无作始之性质"就是不少人随波逐流，无独创精神。尼采的这段话正是鲁迅把19世纪文明通弊概括为"物质"和"众数"的由来。

如何来扫荡这些通弊呢？鲁迅提出的主张是"掊物质而张灵明，任个人而排众数"。"张灵明"就是强调发扬人们内在的主观精神和坚强的意志力，能够"勇猛奋斗"，"虽屡踬屡僵，终得现其理想"。鲁迅回顾了这种主张发生发展的历史过程，最后归结为："尼佉、伊勃生诸人皆据其所信，力抗时俗，示主观之极致"，而最高理想则在尼采所希求的"意力绝世，几近神明之超人"和易卜生所塑造的"多力善斗，即忤万众不慑的强者"。"任个人"就是反对无视个人特点、提倡发扬个性和个人的独创精神。鲁迅追溯了19世纪以来个性主义发展的源流，从极端个人主义的斯蒂纳到叔本华、契开迦尔、易卜生，最后仍是归结到尼采："若夫尼佉，斯个人主义之至雄杰者矣。"

由此可见，鲁迅"掊物质张灵明，任个人排众数"的思想显然正是以尼采思想为其根据，同时又是以尼采思想为其归宿的。值得注意的是鲁迅接受尼采思想是把它作为一种武器，意在挽救垂危的祖国。他所面临的问题首先是怎样使自己和同胞从帝国主义、封建主义的压迫下解脱出来；而尼采却是处于一个向垄断的帝国主义过渡的资本主义强国，他所面临的问题首先是怎样遏制日益兴起的群众革命运动。这就使鲁迅虽然接过尼采的口号，运用尼采的某些思想形式，但目的与内容都与尼采不同。例如鲁迅提倡"尊个性"，目的是突破当时"万喙同鸣，鸣又不揆诸心"的庸众纷扰的局面，要使人们各有独立思考的能力和自己的创见，做到"人各有己"，"人各有己而群之大觉近矣"（《破恶声论》）。他提倡"张精神"，也是期望

"古国胜民"具有百折不回之意志力,然后能在"狂风怒浪之间","以辟生路"。鲁迅认为真正能做到尊个性而张精神的人并不多,"所属望只一二士立之为极,俾众观赡"(同上)。但群众可以向他们学习,根本目的仍在"群之大觉"。鲁迅明确提出救国之道,"首在立人,人立而后凡事举,若其道术,乃必尊个性而张精神"。只有"国人之自觉至,个性张","沙聚之邦"才能"由是转为人国"。"人国既建,乃始雄厉无前,屹然独见于天下"。这就是青年鲁迅的最高理想。可见鲁迅虽然接受了尼采的超人学说,和尼采一样认为"惟超人出,世乃太平,尚不能然,则在英哲","与其抑英哲以就凡庸,曷若置众人而希英哲?"但鲁迅心目中的超人和英哲显然正是少数先觉者,他们的任务就在于广泛唤起群众的自觉和心声。这和尼采力图巩固极少数人对绝大多数人的统治的理想显然有着本质的区别,然而不可否认鲁迅"尊个性而张精神"的思想确实来自19世纪末的新理想主义和唯意志论,尤其是来自尼采。且不论这些思想在彼时彼地影响如何,在此时此地对鲁迅本人来说确是产生了积极进步的影响,使他得以突破"竞言武事"的洋务派和专事制造商估立宪国会的改良派的扰攘,看到救国之根本在于唤起人民之自觉,而投身于改造国民思想的伟业。当马克思主义在中国广泛传播以前,鲁迅这样的思想和言行使他足以厕身于最先进的思想家的行列。

五四运动前后,曾经历了辛亥革命并受到十月革命鼓舞的鲁迅在思想上有了很大进展,他不曾斩断与尼采思想上的联系,但他所取于尼采的,已不同于前一阶段。

首先,配合着彻底反帝反封建的时代需要,鲁迅特别强调了尼采彻底破坏旧传统的反抗精神。他把尼采和易卜生、托尔斯泰一起称为"近来偶像破坏的大人物"(《随感录四十六》),赞扬他们"不单是破坏,而且是扫除,是大呼猛进,将碍手碍脚的旧轨道不论整条或碎片一扫而空"(《再论雷峰塔的倒掉》),而"旧像愈摧破,人类便愈进步"。

其次，鲁迅看到中国传统积习太深，即使小小改革也不免付出重大牺牲，"凡中国人说一句话做一件事，倘与传来的积习有若干抵触"，便"免不了标新立异的罪名，不许说话，或者竟成了大逆不道，为天地所不容"，甚至"可以夷到九族"。因此他认为在中国立志做一个改革者、偶像破坏者，就必须像尼采那样不怕孤立。不仅"决不理会偶象保护者的嘲骂"，而且也"不理会偶像保护者的恭维"。他特别引了尼采名著《查拉图斯特拉如是说》中《市场之蝇》的一段话儆醒人们："他们又拏着称赞，围住你嗡嗡的叫，他们的称赞是厚脸皮，他们要接近你的皮肤和你的血。"（《随感录四十六》）（后来鲁迅在杂文《这个与那个》中又进一步发挥了这样的思想）鲁迅热烈祝愿中国的青年们"都只是向上走，不必理会这冷笑和暗箭"，要像尼采所说的海，"能容下你们的大侮蔑"（《随感录四十一》）。鲁迅在《译了〈工人绥惠略夫〉之后》，说绥惠略夫"确乎显出尼采式的强者的色采来"，这"强者的色采"就是"用了力量和意志的全副，终身战争，就是用了炸弹和手枪，反抗而且沦灭"。鲁迅在《野草》中塑造的一些形象，如"有许多伤，流了许多血"，明知前途并非野百合、野蔷薇，仍不顾饥渴困顿，"昂着头奋然走去"的"过客"，在"无物之阵"中大步前行，只见"一式的点头，各种的旗帜，各样的外套"，"但他举起了投枪"，"终于在无物之阵中老衰寿终"，都带着这种尼采式的强者的色彩，都是鲁迅认为在中国的特定条件下特别需要强韧的意志力这一思想的形象再现。

另外，鲁迅在这一时期对尼采采取了比前一时期更鲜明的批判态度。如果说1907年鲁迅所瞩望的还是"惟超人出，世乃太平"，那么到了1919年，他已经感到尼采的超人"太觉渺茫"。但鲁迅绝非全面否定尼采的超人学说，他这段话的着重点显然是"确信将来总有犹为高尚犹近圆满的人类出现"，鲁迅所不同于尼采的是认为不必等候那"炬火"，而应该"能做事的做事，能发声的发声，有一分热，发一分光，就令萤火一般，也可以在黑暗里发一点光"（《随感录四十一》）。鲁迅已经批判了自己在前一阶段所接受的尼采的"置众人而希英哲"的思想，认为最现实、最有希望的还是每一个人都能贡献自己即便是微薄的力量。如果说前一阶段，鲁迅和尼采在一致的思想下已存在着目的和内容的不同，那么在五四时期的社会条件下这种分歧有了新的发展，鲁迅进一步突破了尼采。但这并不是说鲁迅已经抛弃尼采，远非如此，他自己甚至把这种充分发挥个人能力和意志，有一分热，发一分光的思想也认为是尼采的思想延续。1930年，当他回顾自己和《语丝》的关系时曾说："我的彷徨并不要许多时，因为那时还有一点读过尼采的Zarathustra（查拉图斯特拉）的余波，从我这里只要能挤出——虽然不过是挤出——文章来，就挤了去罢，从我这里只要能做出一点'炸药'来，就拿去做了吧。"（《我和〈语丝〉的始终》）这里所说的"余波"显然指的就是"能做事的做事，能发声的发声，有一分热，发一分光"的精神。不仅如此，在鲁迅这一时期的某些作品，特别是《野草》中，无论是意境、构思、形象，往往都若隐若现地闪烁着尼采的《查拉图斯特拉如是说》的影子。把两个人的作品做一些外在的比附是没有什么意义的，但是当我们读到鲁迅所塑造的那个"终于彷徨于明，暗之间……将在不知道时候的时候独自运行"的"影"的形象时（《野草·影的告别》），尼采笔下的另一个"细瘦、黧黑、空廓、凋敝"，有过"很坏的白天"，要"注意更坏的夜晚"的"影"（《查拉图斯特拉如是说》第六十九《影子》），就会浮现在我们眼前；当我们读到鲁迅说的"难道连身外的青春也都逝去，世上的青年也多衰老了么？……然而青年们很平安"时，又不由得想起了尼采说的"那些青年的心都已经苍老了，甚至没有老，只是倦怠平庸懦弱"（《查拉图斯特拉如是说》第五十二《叛教者》）。尽管这些作品的内容和思想都不尽相同，但这种艺术表现上的微妙联系确是真实可感的。

鲁迅和尼采的彻底决裂是在30年代以后。1929年在《致〈近代美术史潮论〉的读者诸君》中，他还把尼采和歌德、马克思并提，称他们为伟大人物。1930年，在《硬译及文学的阶级性》一文中，他又因尼采的著作只有半部中文译本而深感遗憾。但是到1934年鲁迅写《拿来主义》时，他对尼采的态度就有了非常明显的改变。他说："尼采就自诩过他是太阳，光照无穷，只是给予，不想取得。然而尼采究竟不是太阳，他发了疯。"与五四时期相比，这段话所表现的对尼采的思想感情和立场态度显然都有了根本的不同。第二年，在《〈新文学大系〉小说二集·序》中，鲁迅又进一步分析了这个问题，指出尼采的超人哲学只有两条出路：一条是发狂和死；另一条是"收缩为虚无主义者……成为沙宁之徒，只好以一无所信为名，无所不为为实了"。鲁迅在这篇文章中不仅批判了尼采的思想，同时也批判了那种"彼此都不能解"的"格言式"的文章。这表明了鲁迅和尼采思想上的彻底决裂。但这并不排斥鲁迅有时也还采用尼采的某些思想形式来说明问题。例如1933年在《由聋而哑》中，鲁迅就运用尼采的"末人"这个概念来说明"用粃谷来养青年，是决不会壮大的，将来的成就且要更渺小，那模样可看尼采所描写的'末人'"。他大声疾呼，指责反动派正是"要掩住青年的耳朵，使之由聋而哑，枯涸渺小，成为末人"。

由此可见，早期鲁迅曾以尼采的新理想主义（新神思宗）和唯意志论（意力说）为理想，但他的目的在于使中国避免资本主义的缺陷，改造国民精神，提倡奋发自强以挽救祖国。五四时期，他把尼采"重新估定一切价值"的学说作为彻底反帝反封建的一种武器，以尼采"超人"的精神鼓励人们为改革旧弊，要不理嘲骂，不听恭维，不怕孤立。30年代开始，鲁迅批判尼采脱离现实、脱离人民，但仍然肯定尼采对资本主义社会现象某些精到而深邃的观察。鲁迅早就指出尼采学说本身充满着矛盾[①]，鲁迅正是把尼采学

---

① 鲁迅：《察拉图斯忒拉的序言·后记》，《新潮》第2卷第5期。

说中某些有用部分加以吸收改造来充实和阐明自己的观点的。从当时的历史环境和鲁迅思想发展本身的规律来看，尼采对鲁迅思想影响的主要方面应该说是积极的。

三

茅盾和郭沫若接触尼采比鲁迅更晚一些。

1917年，茅盾在他的第一篇论文《学生与社会》中以尼采思想为武器反对旧道德，提倡新道德时，还只是21岁。他比较系统地研究过尼采著作，也参阅了不少评价尼采的书。他对尼采的看法比较全面，批判态度也更加鲜明。他的长篇专论《尼采的学说》可以说代表了当时中国研究尼采的最高水平。全文分《引言》《尼采传略及著作》《尼采的道德论》《进化论者的尼采》《社会学者的尼采》和《结论》共六部分。茅盾评论尼采的出发点首先是批判的，在《引言》中，他就指出尼采的学说常常自相矛盾，而且他"难得有机会在平民队里……平民的能力和情形他全然不明白，他只是一个人在屋子里想"，又加以"他是大文豪，文字是极动人的"，因此，"我们读尼采的著作应该处处留心，常用批评的眼光去看他，切不可被他犀利骇人的文字所动"，对于他的学说，"只要挑些合用的来用，把不合用的丢了，甚至忘却也不妨"。因为"前人学说有缺点自是意中事，不算前人不体面，后人倘不能把他的缺点寻出，把他的优点显出或更发扬之，那才是后人的不体面呢！"茅盾正是本着这样的精神来研究尼采的。

茅盾认为："尼采最大也是最好的见识"就是"把哲学上一切学说，社会上一切信条，一切人生观、道德观从新称量过，从新把它们的价值估定……扫荡一切古来传习的信条，把向来所认为绝对真理的根本动摇"。这显然是和五四彻底反帝反封建的时代精神相吻合。茅盾认为："这一点可以借来做摧毁历史传统的畸形的桎梏的旧道德的利器,重新估定价值,创造一种新道德出来。"他认为尼采指出强者、主者的道德和弱者、奴者之间的道德观念的根本对立,看到"狮子以为善,羚羊便以为恶","这种观察,多少厉害,多少有力!"但他随即指出尼采"对于道德的批评是很不错的,他下在道德趋势的断语却错了"。这个"道德趋势"就是强者道德崇高伟大,理应压服弱者。茅盾得出的结论恰恰相反,他认为中国长久以来,"君主以压力施于上,强人民以服从",强使人民"不识不知,顺帝之则"①,造成了千百年来的奴隶道德,目前的急务就是要彻底摧毁这种旧道德,让人民觉醒起来创造新道德,成为强者。

茅盾和鲁迅一样,是从"人总是要跨过前人"这个意义上接受尼采的超人理想的。他认为:"超人哲学就大体看去,不去讨论细节是不错的。"因为"他所称的超人是进步的人——超人和现在人比,犹之现在人和猿比……从前达尔文说'人是由动物进化来的',现在尼采说将来的人也要从现代人进化而去"。从这个立足点出发,茅盾所取于尼采的超人哲学的,首先是它横扫社会上种种颓象暮气,积极造就高瞻远瞩、英勇善战的新型的人。茅盾强调尼采时代的"精神病象";"一般人只知苟安醉梦,人渐渐要变成一种极驯的家畜了"。他痛心于当时一般民众"苟且偷活",对"苛政暴刑"辗转趋避而不能崛起抗暴,深感"民族气质的衰颓已到极点",期望尼采的超人学说将有助于改造颓靡的国民性。茅盾指出尼采所称扬的"战","不是甲国侵掠乙国的战,不是军国主义的战,他是指勇敢有为的气象和昏沉黑暗的势力战"。因此他赞赏尼采"不应该屈膝在环境之前,改变自己的物质构造去适应环境,以求生存"的说法,他认为如尼采所说,"人类现在所有的四周的条件都是不对的,如果只讲'适者生存',那么,寄生虫的社会里,一定是最肥的,最圆滑的,最柔弱的是最适宜的,最能生

---

① 茅盾:《学生与社会》,《学生杂志》第4卷第12期。

存。人类的生活倘然也依了这个例,便是瞎了眼的挣扎",人类要进步,要"达到超人","只有一个法子,那就是把这些条件的全体来变更了"。这与五四时期彻底推翻旧社会,建立新社会的精神是完全一致的。但是,对于尼采所谓"庸愚多,贤智少,若欲平等,便是退化","应得有贤智阶级在上为治者,庸愚者为被治者"的社会观,茅盾始终持明确的批判态度,他指出:"人类固是求进步,但进步不一定从竞争——强吞弱——得来",以为"强者求到超人,须得牺牲弱者,这便是大错特错了"。因此对于尼采的超人说,茅盾的结论是:"倘若细论他的节目,便见得尼采是崇拜强权,惨酷无人道。"作为弱国一员的有识见者是绝不可能赞同任何社会达尔文主义的观点的。

　　茅盾对于尼采权力意志说的理解也是别有天地的。他认为尼采说"人类生活中最强的意志是向权力,不是求生",这"实在有些意思",因为"唯其人类是有这'向权力的意志',所以不愿做奴隶来苟活,要不怕强权去奋斗。要求解放,要求自决都是从这里出发,倘然只是求生,则猪和狗的生活一样也是求生的生活"。如果说30年代的法西斯学者把尼采的权力意志论概括为:"我愿成为其它民族的主宰者",强调有权力者对于较低级的人们,"亦象我们对待蚊虫一样,击毙它,并无任何良心的悲悯"。那么20年代初茅盾对权力意志论的理解却完全相反,他是把权力意志当作被压迫民族和人民反强权、求解放、求自决的意志来理解和运用的。他同时批判了尼采"不可不把大多数平凡的人民来打底",以造就那金字塔尖上最高的一块石头,"人类命运中最悲观的事莫过于不能把地上的权力同时给予第一人"一类思想,指出"在现在德漠克拉西的呼声中这种话当然是不能存在的了"。

　　五四时期,青年茅盾一贯强调"不把古人当偶像",不把古人的话"当作天经地义,要能怀疑,能批评",才能在这个基础上创造新的东西。他的《尼采的学说》正是实现他这一主张的完整范例。由于这种鲜明的批判态度，尼采对于茅盾的影响也是积极有益的。

郭沫若对于尼采也很有研究并相当称赏。

早在1919年郭沫若就在他的名著《匪徒颂》中，把尼采称为"倡导超人哲学的疯癫，欺神灭象"的"学说革命的匪徒"，为他三呼万岁。1923年他译《查拉图斯特拉如是说》时，曾企图对尼采的思想做一个系统的概括，并声称："我译尼采就是我对于他的一种解释。"他称这部名著为"只为杰出伟大高迈之士而说"的"心血和雅言的著作"，准备译完后再来总结自己"在尼采思想中跋涉的经历"。① 同时他对尼采又是批判的，他指出必须"要有批评的眼光，于可能的限度之内否定原作，然后原书的生命才能成为自己的生命，作者的心血才能成为自己的心血，一切都要凭自力，不可依赖他人"②。

郭沫若除了把尼采的思想特点归结为"反抗宗教思想""反抗藩篱个性的既成道德""以个人为本位而力求积极发展"，号召像尼采那样"秉着个动的进取的同时是超然物外的坚决精神一直向真理猛进"③外，更强调发扬尼采所提倡的内心的创造精神，这一点他和田汉是完全一致的。田汉早在《说尼采的〈悲剧之发生〉》中就指出："人生越苦恼，所以我等越要有强固的意志"，只有在与"生之苦恼"顽强战斗的过程中，才能充分发挥人类内在的"美与力"，这便是创造。《创造》季刊第二卷第一期扉页以大号字排印着尼采的话："兄弟，请偕你的爱情和你的创造走向孤独罢，公道要隔些时才能跛行而随你。"（《查拉图斯特拉如是说·创造者之路》）这正符合初期创造社反抗旧传统，蔑视旧束缚，只追求内心思想的独创表现的精神。郭沫若在《创造周报》第一期翻译的尼采的《查拉图斯特拉如是说》

---

① 郭沫若：《沫若文集》第10卷，人民文学出版社，1959年，第73、74页。
② 同上。
③ 郭沫若：《论中德文化书》，《创造周报》第五期，与《沫若文集》第10卷所载有出入。

第一章《三种的变形》中讲到人类多少年来不能不被"汝当"所压制，这种"你应当如何如何"的重负使人的精神成了骆驼，排除了出自个人内心要求的"我要"的位置。要改变这种情况，首先要把创造新价值的权力拿在手中。要夺取这种权力，就不得不变为精神的"狮子"。但勇猛的狮子并不是创造本身，为了创造，狮子还要变为小儿，因为"小儿是无嫌猜，是无怀，是新的肇始，是游戏，是自转的车轮，是最初的运动，是一个神圣的肯定。是的，兄弟们哟，对于创造的游戏，一个神圣的肯定是必要的，于是精神得自主其意志……"①五四时期的郭沫若对于这种不受约束、纯属内在心灵、无目的的创造性的"我要"是很推崇的。这种推崇在他本时期的文艺论著中经常可见。例如在《中国文化之传统精神》中谈到如何做人时，他说："我们要不怀什么目的去做一切的事，人类的精神为种种的目的所扰乱了，人世苦由这种种的'为'而发生，我们要无所为而为一切，我们要如赤子，为活动本身而活动。"②这里，我们可以清楚地看到尼采"汝当"和"我要"的思想形式在郭沫若思想中所显示的轨迹。当然，由于时代和社会的不同，郭沫若的内心要求和创造精神与尼采有着很不相同的内容，那不是气焰逼人的为控制"群氓"、征服世界而高扬的心声，却是被压迫民族、被压迫人民力图自强、为生存而奋战的呼唤。

总之，尼采在五四时期中国文艺界，确实有着不可磨灭的影响。之所以产生这种影响从外在的原因来说固然是由于尼采思想在全世界，特别是日本的广泛流行，但更重要的是内在的原因，那就是：首先，尼采彻底否定一切旧传统、重新估定一切价值的思想与中国彻底反帝反封建的历史要求正相吻合。其次，正如郁达夫所分析："尼采诸先觉为欲救精神的失坠，物欲的

---

① 尼采：《查拉图斯特拉如是说·三种的变形》，郭沫若译，《创造周报》第一期。
② 郭沫若：《中国文化的传统精神》，《创造周报》第二期。

蔽人，无不在振臂狂呼，痛说西洋各国的皮相文明的可鄙。"①这又和中国有识之士反对帝国主义，力图使中国避免资本主义道路弊害的愿望结合在一起。最后，五四新文学本萌发于唤起人民自觉、改造国民精神以挽救民族危亡的历史要求，尼采提出的强烈的意志力、真实而奔放的创造性、顽强不屈的奋斗精神，如果先撇开其目的动机不谈，那么，对于改造半封建半殖民地颓靡、虚伪、妥协、因袭的社会风气，这确实是一股有效的推进力。因此，尼采这一时期在中国影响之广泛绝不是偶然的，这种影响的历史作用也是积极的而不是相反。这一点不容抹杀，也无须回避。当然，随着中国革命的深入，革命的方向和道路日益明确，人们对于尼采的热情也就渐趋冷淡。郭沫若说得好："《查拉图斯特拉》结果没有译下去，我事实上是拒绝了它。中国革命运动逐步高涨，把我向上看的眼睛拉到向下看，使我和尼采发生了很大的距离，鲁迅曾译此书的序言而没有译出全书，恐怕也出于同一理由。"②这段话正确地概括了当时的实际情形。

四

40年代初期，当尼采学说被法西斯理论家加以修改发展，成为法西斯理论的重要组成部分时，中国也相应昙花一现地出现了一阵"尼采热"。当时，国民党奉行消极抗日、积极反共的政策，逐步法西斯化；而共产党所领导的敌后斗争正如火如荼。一些反对共产党、支持国民党的右翼知识分子急于建立一套有利于国民党统治的思想理论体系，以便和正在广泛传播的马克思主义相抗衡。尼采学说中最危险、最反动的部分就成了他们的依据。

1940年，陈铨、林同济、雷海宗等人创办了《战国策》半月刊，1941

---

① 郁达夫：《静的文艺作品》，《闲书》，上海良友图书印刷公司，1936年，第137页。
② 郭沫若：《沫若文集》第10卷，人民文学出版社，1959年，第75页。

年又在重庆《大公报》开辟《战国》周刊。他们多方面宣传尼采，把他的学说运用到政治、社会、道德、文艺等各方面，其中积极致力于以尼采思想为指导，企图在国统区掀起一个文艺新潮的，是陈铨。

陈铨的专著《从叔本华到尼采》被称为中国唯一阐明意志哲学的书。这本书不仅介绍了尼采思想的发展过程，而且讨论了《尼采的政治思想》《尼采的道德观念》《尼采的无神论》《尼采心目中的女性》等专题。他的第二部专著《文学批评的新动向》①则力图以尼采思想来解决文艺问题，全书以德国狂飙运动为"异邦的借镜"，以意志哲学为"伟大的将来"，分析了《民族运动与文学运动》《盛世文学与末世文学》《中国文学对于世界的贡献》《叔本华与红楼梦》《尼采与红楼梦》等重要问题，最后得出结论："人类的自我已经发现了，世界已经转变了；天才、意志、力量是一切问题的中心……我们再不要任何'外在'的规律来束缚我们自己，我们要根据'内在'的活动，去打开宇宙人生的新局面。"②这就是战国派心目中文学的新动向。欧阳凡海同志早就指出："尼采是战国派的真正堡垒"，陈铨等人是"尝试着运用尼采的思想来建立战国派的文艺理论"③的。这完全符合当时的实际情形。

但是，由于时代和社会条件的不同，这一时期尼采在中国的影响以及人们谈论尼采的着重点与五四时期也大不相同了。

首先，五四时期的批判精神已荡然无存，陈铨等人对尼采充满了绝对的英雄崇拜。他们认为是否崇信尼采，本身就是"作奴隶还是作主人""作猴子还是作人类"的分水岭，"因为尼采的著作根本不是替奴隶、猴子写的"。④他们宣扬像尼采这样的英雄"伟大神秘，不可想象，不可意料，无

---

① 陈铨：《文学批评的新动向》，正中书局，1943年。
② 同上书，第16页。
③ 欧阳凡海：《什么是战国派的文艺》，《群众》1943年4月号。
④ 陈铨：《文学批评的新动向》，正中书局，1943年，第148页。

论在什么时候，无论在什么地方，无论在什么表现，我们都发现他们与平常人不同，他们好象有一种不可思议的魔力"，而"英雄就是伟大的力量的结晶，没有他们，宇宙万物也许就停止了"。①把这和茅盾当年说的"我们读尼采的著作应该处处留心，时常用批评的眼光去看他""要评评尼采学说，果然有优点呀，在何处？果然有缺点呀又在何处？"②相比，态度是多么不同！

其次，如前所述，五四时期鲁迅、茅盾等人介绍尼采，与他们改造国民性的思想密切相关，他们希望尼采的学说能起振奋民心的作用，激励老大羸弱的中华民族的战斗精神，使之猛醒而奋发，以自立于世界民族之林。与此相反，40年代陈铨等人介绍尼采，目的却在于巩固极少数所谓"英雄"对于广大人民的统治，始终致力于证实这种统治的"合理性"，宣扬"弱者"活该灭亡，群众理应受治。由于这种目的的不同，他们对于尼采的理解和阐述都是不同的。就拿尼采的超人学说来做一个例子。鲁迅认为超人学说的核心就是：人是可以而且应该被超过的，将来的人应该比现在的人更完善；人应该是现世的，肉体与灵魂相统一以发挥生命的极致；人应该无视恶势力之干扰而傲然前行；人的生命与其漫长而平庸，毋宁短暂而辉煌。③这与尼采在《查拉图斯特拉如是说》序言第三节中以"喂，我教你们超人"为标志提出超人学说的四个方面相一致。在这段文章中，尼采说："喂，我教你们超人，人是一种东西，该被超越的"；"喂，我教你们超人，超人是地的意义"；"喂，我教你们超人，这便是海，在他这里能容下你们的大侮蔑"；"喂，我教你们超人，这便是闪电，这便是风狂"。应该说鲁迅的理解比较符合尼采原意。40年代的陈铨却对超人学说做了不同的解释，他也明

---

① 陈铨：《论英雄崇拜》，《时代之波》，大东书局，1946年。
② 沈雁冰：《尼采的学说》，《学生杂志》，1920年。
③ 参阅鲁迅：《察拉图斯忒拉的序言·后记》，《新潮》第2卷第5期。

确地提出了四点：第一，"超人就是理想人物，就是天才……没有天才，人类一切的活动，就会陷于停滞状态"；第二，"超人就是人类的领袖……猴子在人类眼光中是笑柄，普通人类在超人眼光中也是笑柄。人类不能让猴子来领导，同样超人也不能让普通人类来领导……假如让群众来处理一切，等于我们回复到禽兽的状态"；第三，"超人就是社会的改革家……社会上一切的事物价值，一般的群众决没有智识勇气，来推倒反抗，只有先知先觉才能够发现他们的缺点，从事改革，假如没有他们，社会上就要死气沉沉，我们不能再有'人生'，我们只有'人死'"；第四，"超人就是勇敢的战士……战争是无情的，然而战争的好处就在无情，因为它淘汰弱者，使强者生存"。①显然，如果说鲁迅是把"超人"理解为"尤为高尚，尤近圆满的人类"的未来理想，理解为大家都要朝这个方向努力的人类进化的新阶段，那么，陈铨却把"超人"理解为已经存在的，高踞于万民之上、天生统治一切的，与群众对立的天才、领袖、英雄；如果说鲁迅介绍尼采始终着眼于"群之大觉"，希望鼓舞弱国人民自强不息，那么，陈铨鼓吹的却是弱者理应被淘汰："强者应征服弱者，智者应支配愚者，对于弱者愚者我们不应当有任何的同情，因为他们根本不应该生存在世界，他们在世界占的地盘，应当让更优秀的人类来代替他们……假如我们立下一种制度，使弱者愚者得着充分的发展，那么世界的文化，一定会停滞、腐化、不可救药。"②当然，由于尼采的超人学说本身就包含着矛盾，表达方式又极隐晦曲折，正如鲁迅所说："用箴言集成，外观上常见矛盾"③，因此对超人学说历来就有不同的解释。但是我们可以清楚地看到陈铨的解释是与德国纳粹学者斯皮迪曼（《尼采的主宰观》）、果尔纳弗尔（《尼采——时代的先觉》）、阿屠

---

① 陈铨：《文学批评的新动向》，正中书局，1943年，第145—147页。
② 陈铨：《从叔本华到尼采》，大东书局，1946年，第117、124页。
③ 鲁迅：《察拉图斯忒拉的序言·后记》，《新潮》第2卷第5期。

尔·拉切（《尼采与德国的发展》）等人的解释相一致的，他们在提倡一个"主宰者阶层主宰一切"、仇视群众、颂扬战争、屠杀弱小民族等方面都相一致。陈铨所理解的超人与鲁迅所理解的超人有着本质的不同。茅盾当年所极力批判的"贤智者充分发展成为超人，庸愚者应得极力淘汰免得玷污社会的庄严"的"强词夺理已极"的信条也已被陈铨等人奉为最高理想。

第三，五四时期，尼采曾以其对旧传统的反抗以及对坚强意志和创造精神的追求对中国新文学的形成给予良好的影响，到了40年代，陈铨等人却企图以尼采思想为基础，在腐朽的国民党统治区，掀起一个以天才、意志、力量为中心的，所谓"盛世的""伟大的新文学运动"以与五四以来的进步文学传统相抗衡。他们所提倡的文艺理论的哲学基础，如陈铨所说，就是"内心决定外物"的"自我哲学"，而尼采的超人哲学的完成恰恰使得这种"自我哲学"的思想潮流"登峰造极"。① 从这个基础出发，"近代文学批评的新动向，就是对于天才加一种解放"，"天才可以随时创造规律，规律绝对不能束缚他们"，"我们再不要任何'外在'的规律，来束缚我们自己，我们要根据'内在'的活动，去打开宇宙人生的新局面"。② 这种"内在的活动"，有时被称为"心灵的创造"，有时被称为"内在的生命力"。"天才"的表现实际上就是这种力量的表现，因此，"世界第一流的文学就是能够提高鼓舞生命力的文学"。按照他们的解释，这种文学包括三个创作母题，那就是：恐怖、狂欢、虔恪。首先是"对这无穷的时空，生命看出了自家最后的脆弱，看出了那终究不可幸逃的气运——死、亡、毁灭，恐怖是生命看到了自家最险暗的深渊：它可以撼动六根，可以迫着灵魂发抖"。这就是生命的恐怖的主题。恐怖，而后能渴慕，能追求，能创造，能征服："你征服了宇宙……你之外再无存在……你是一个热腾腾，你是一个混乱

---

① 陈铨：《文学批评的新动向》，正中书局，1943年，第14页。
② 同上书，第16页。

的创造……狂欢！狂欢！它是时空的恐怖中奋斗夺得来的自由乱创造。"
这就是生命的狂欢的主题。经历了恐怖和狂欢就会对超乎"自我"与"时
空"之上的那个神秘不可知的"伟大、崇高、圣洁、至善、万能"的"绝对
体"，"严肃屏息崇拜"，这就是生命的虔恪的主题。①这样就把文学引到
反理性主义的神秘莫测的境界。他们认为尼采的作品就是这种文学的典范。
"尼采是生命力饱涨的象征"，"尼采的写作是生命的淋漓……纯是一种生
命力磅礴所至的生理必需，为创造而创造，为生命力的舞蹈而创造……他
本无目的……只是生命力的一时必要的舞蹈与挥霍"。②这样，文学就成了
脱离社会、脱离人民、无意义、无目的、仅为少数人所享有的东西，正如他
们所宣称的："文学只有天才才能创造"，"文学的领域里没有平凡人的足
迹"。③但是与此同时，他们又提倡"今后中国文学应当用艺术形式提倡固
有的道德"④，并宣称"尼采超人的呼声也无异于孔、孟、释、耶"⑤。显
然，战国策派一方面力图把文学引入脱离政治、脱离生活的歧途；一方面又
力图利用文学作为宣传旧传统、旧道德的工具，其目的都是为了巩固现存社
会秩序，这与五四时期反对旧文化、旧道德，提倡文学为改造社会、改造人
生的革命精神完全背道而驰。

  第四，如前所述，五四时期，尼采的学说虽属唯心主义、极端个人主
义，但仍以战斗的姿态汇入了中国反帝反封建的历史洪流，当时介绍尼采的
人如鲁迅、郭沫若、茅盾等都不曾提到尼采直接反对社会主义的言论，这是
时代条件所决定的。到了40年代，中国历史发展的趋势已十分明显，光明与
黑暗、进步与反动的分野也已很清楚，陈铨等人介绍尼采已经是自觉地用尼

---

① 林同济：《寄语中国艺术人》，《时代之波》，大东书局，1946年，第3、5、10页。
② 林同济：《从叔本华到尼采·序》，大东书局，1946年。
③ 陈铨：《文学批评的新动向》，正中书局，1943年，第50—55页。
④ 陈铨：《民族文学运动的意义》，《战国》第25期。
⑤ 林同济：《从叔本华到尼采·序》，大东书局，1946年。

采学说作为工具来反对人民，坚持倒退，抵制党所领导的群众运动。这种明确的现实性和针对性在他们的著作中随处可见。例如当他们强调"规律"是"天才心灵的创造"时，他们就把坚持客观规律的人算为"侏儒""学究先生""政治小丑"①；当他们宣扬唯有天才能领导、能指挥时，他们就把组织群众进行斗争的人污蔑为"没有一点自主的能力"，"听着别人几句口号，沾沾自喜，直着脖子狂叫，自命为前进分子"②；当他们鼓吹弱者活该被淘汰时，他们就叫嚷："现在世界弱小民族，口口声声呼喊正义人道，终究不能拯救他们灭亡的命运"③；当他们贩卖"群众不过是天才活动的工具"时，他们就诽谤说："现在不让天才来领导群众，却让群众来压迫天才，人类前途还有什么希望呢？"不仅如此，陈铨等人还特别介绍了尼采痛恨的包括社会主义和民治主义在内的"七种东西"，并得出结论说："这是人类七毒，七毒不除，文化一定要平庸、堕落、腐化、崩溃、消灭。"④他们就是这样把矛头直接指向正在对帝国主义、封建主义进行艰苦斗争的人民群众，指向社会主义。和五四时期相反，尼采的学说在他们手中已成为维护和巩固法西斯、帝国主义、封建统治的有力武器。

五

通过以上简要的分析，我们不仅可以看到尼采确实在中国不同的时期产生了不同的影响，而且也可以看到之所以产生这些影响的原因。

显然，在中国人民起来想要彻底推翻几千年封建统治的时候，他们不可能从长期封建统治下的中国社会找到新的有力武器。他们需要越过旧的范

---

① 陈铨：《文学批评的新动向》，正中书局，1943年，第16页。
② 同上书，第121页。
③ 同上书，第97页。
④ 同上书，第178页。

围，找到一个可以重新考察、重新评价的立足点，这种立足点不仅在中国是新的，最好在世界各国也是"最新"的。尼采学说正是作为一种"最新"思潮，为一些先进的中国知识分子所注目。尼采对资本主义文明的虚伪、罪恶的揭露和批判，对于已经看到并力图避免资本主义弱点的中国先进知识分子来说，正是极好的借鉴。他那否定一切旧价值标准、粉碎一切偶像的破坏者的形象（这种形象在中国传统社会从未有过）；他的超越平庸、超越"旧我"，成为健康强壮的超人的理想都深深鼓舞着正渴望彻底推翻旧社会、创造新社会的中国知识分子，引起了他们的同感和共鸣。无论从鲁迅塑造的狂人所高喊的"从来如此——便对么？"的抗议，还是从郭沫若的许多以焚毁旧我、创造新我为主题的诗篇，都可以听到尼采声音的回响。这些因素就是五四前后尼采在中国知识界有着不可磨灭的进步影响的原因。但是尼采学说本身充满了混乱复杂的矛盾，包含许多非理性的因素，他的著作如他自己所说，只是一个山峰和另一个山峰。通向山峰的路却没有，也就是说缺少推理程序和逻辑论证；各种隐晦深奥的比喻和象征都可以被随心所欲地引证和曲解，加以他的学说中本来就存在着反社会主义、反人民的部分，这就使尼采在40年代中国特殊的政治条件下产生了与五四时期全然不同的反动影响。

另外，通过前面的简要分析，我们还可以清楚地看到一种外来思潮要产生影响不是偶然的、盲目的，它必然按照时代和社会的需要被检验和选择。例如，五四时期，尼采的《权力意志论》就几乎不为人所知，他的一些反对社会主义的言论很少被注意，即使有所涉及也必附有严肃的批判（如茅盾的《尼采的学说》）。除了这种时代和社会的制约之外，一种外来思想的传播还要受到传播者自身世界观、政治倾向和兴趣爱好的限制。无论是鲁迅、茅盾、郭沫若，还是林同济、陈铨，他们笔下的尼采都已经不是原来的尼采，而是加进了某些新的内容和色彩的新的尼采。任何外来思潮产生影响的过程都是这样一个选择、鉴别、消化、吸收、批判、扬弃的过程。人为的照搬或移植都只能是表面的，不会产生什么真正深刻的影响。

在如何对待外来思想这个问题上，鲁迅、茅盾、郭沫若在五四时期就已经做出了很好的批判继承的榜样，那种把五四时期对待外来事物的态度通通归结为好就一切皆好、坏就一切皆坏的形而上学的说法显然并不符合历史实际。

五四以来，对中国现代文学颇有影响的人物除尼采外，还有托尔斯泰、易卜生、罗曼·罗兰、高尔基等。在这些人物中间，尼采的影响历来是最少提及的。如果我们能对尼采的影响采取一个正确的、历史的马克思主义的态度，那么对于其他人物的影响就更不难做出实事求是的正确评价了。

世界文化对话中的中国现代保守主义

18世纪末、19世纪初,保守主义、自由主义、激进主义作为一个不可分离的整体出现在西方。正是对法国大革命的不同反应构成了这种一分为三的局面,这种分野一直持续到今天。从长远历史发展来看,保守主义意味着维护历史形成的、代表着连续性和稳定性的事物;保守主义者认为长期延续成长、积淀下来的人类的理性和智慧远胜于个人在存在瞬间的偶然创造,因此不相信未经试验的革新。他们主张在原有基础上的渐进和改良,不承认断裂、跃进和突变,曾为马克思主义者的德国著名知识社会学家卡尔·曼海姆(Karl Mannheim)认为保守主义曾对"社会的历史成长的理念"作出过很大贡献。[①]事实上,保守主义、自由主义、激进主义三者往往在同一框架中运作,试图从不同途径解决同一问题,它们在同一层面上构成的张力和冲突正是推动历史前进的重要契机。保守主义的思想言行构成了历史的一部分,

---

① 卡尔·曼海姆:《论保守思想》,《社会学与社会心理学论文集》,伦敦出版社,1969年,第74—164页。

要完整地了解历史,不能不对保守主义做一番认真的研究。

20世纪初勃兴于中国的新文化运动与世界文化思潮紧相交织,成为20世纪世界文化对话的一个重要组成部分,自然也出现了保守主义、自由主义、激进主义这样的三位一体。以李大钊、陈独秀为代表的激进派尊崇马克思,以胡适等为代表的自由派找到了杜威、罗素,以《学衡》杂志为代表的现代保守主义者则服膺新人文主义宗师白璧德。他们思考和企图解决的问题大体相同(如何对待传统、如何引介西方、如何建设新文化等),而又都同样带着中国文化启蒙运动的特色。这些特色大体表现为:第一,带有强烈的民族主义热情,振兴民族、救亡图存成为压倒一切的动机。激进派的否定传统、保守派的固守传统都是首先出于这一考虑。第二,中国的文化启蒙与西方的启蒙运动不同,后者首先肯定个人的价值,强调要有健全的个人,才有健全的社会;前者却首先要求社会变革,先要有合理的社会,才会有个人的作为。激进派强调革命,鲁迅等人强调改造国民性,保守派强调重建"国魂",都不是以个人为本位。第三,中国的文化启蒙在很大程度上是在国际帝国主义的压迫下产生的,相对来说并非内部酝酿成熟的产物,因此缺乏内在的思想准备。无论激进派、自由派、保守派都不曾产生足以代表自己民族,并可自成体系,无愧于世界启蒙大师的伟大人物。第四,中国启蒙运动发生在第一次世界大战引起的西方衰敝时期,西方文明的矛盾和弱点已暴露无遗,中国的激进派、自由派和保守派都向西方寻求真理,但都想绕开这些矛盾和弱点。激进派的反对资本主义,自由派提倡的"好人政府"和整理国故,保守派倡导的东西文化结合,都与这一意向有关。

总之,在五四新文化运动中,保守派和自由派、激进派一样,思考着同样的问题,具有共同的特点,实际上三派共同构成了20世纪初期的中国文化启蒙。过去我们对从严复、林纾到《国故》《学衡》的中国保守主义研究得很不够,往往因他们和激进派与自由派的一些争论,把他们置于整个文化启蒙运动的对立面而抹杀了他们对中国文化启蒙的重要贡献。本文试图在世界文化对话的广阔背景下，首先对中国现代保守主义的代表《学衡》杂志做一些探讨，以补过去之不足。

《学衡》杂志创刊于1922年1月。那时，五四新文化运动已告一段落，人们开始回顾和检讨这一运动的得失。《学衡》杂志本身就是对五四新文化运动最切近的反思的产物。《学衡》自1922年至1926年按月正规出版，出到第60期，以后时断时续直到1933年第79期终刊。为《学衡》撰稿者不下百人，但真正有影响、足可称为灵魂和核心的则是吴宓（1894—1978）、梅光迪（1890—1945）、胡先骕（1894—1968）、汤用彤（1893—1964）、柳诒徵（1880—1956）。吴宓1917年从清华学校赴美留学，1921年获哈佛大学文学硕士学位，回国后，应梅光迪之邀，任教于南京的东南大学；梅光迪21岁以庚款赴美，1919年获哈佛大学硕士学位，1920年返国，1921年出任东南大学西洋文学系主任；胡先骕原是植物学家，曾在美国加州大学伯克利分校就读，回国后又赴哈佛大学进修人文学科；汤用彤1918年赴美，1922年获哈佛大学哲学硕士学位，同年回国后任东南大学哲学系教授。以上四位都曾受到当时哈佛大学比较文学系教授、新人文主义大师白璧德的深刻影响。柳诒徵则为历史学家，曾在江阴南菁书院、南京钟山书院受业，后游学日本，著有《中国文化史》等。围绕这一核心，经常在《学衡》发表文章的还有王国维（20篇），东南大学的景昌极（23篇）和缪凤林（24篇），留美学生张荫麟（14篇）和郭斌龢（8篇），留法学生李思纯（3篇），也有国学保存会会员林损（12篇）等。

《学衡》核心人物大多出身名门，又都曾留学国外，对西方文化有较深认识，回国后又大都在大学任职，出生年龄则大体在1890年前后。无论从家庭出身、年龄结构、求学经历、社会地位等方面来分析，以《学衡》为中心的这批知识分子和五四新文化运动领导人李大钊、陈独秀、胡适、鲁迅等都相去不远。他们在同一层面上考虑问题，这并不奇怪，但何以又选择了不同的途径呢？

原因恐怕不能简单归结为接触面不同，因而所受影响不同，例如，梅光迪原就读于芝加哥西北大学，所读的书不少，但恰是读了白璧德的《现代法国批评大家》一书后，就大为叹服，遂入哈佛大学，以白璧德为师。吴宓原来也是在弗吉尼亚大学就读，因慕白璧德，受梅光迪之邀，转入哈佛；汤用彤原在汉姆林大学学哲学，后来转入哈佛大学，专修佛教与梵文、巴里文，这显然也是受了白璧德的影响，因为白璧德一向重视并钻研佛教，又精通梵文、巴里文，并一向强调中国人应特别重视研究印度文明，由此可见首先并不是白璧德塑造了《学衡》诸人的思想，而是某些已初步形成的想法使他们主动选择了白璧德。

白璧德所倡导的新人文主义是20世纪现代保守主义的核心。白璧德首先强调人文主义（Humanism）与人道主义（Humanitarianism）根本不同，后者指"表同情于全人类"，"以泛爱人类代替一切道德"，前者则强调人之所以为人的规范和德性，强调使人不同于禽兽的自觉的"一身德业之完善"，反对放任自然，如希腊的盖留斯早就界定："Humanitas(人文)一字被人谬用以指泛爱，即希腊人所谓博爱（Philanthropy）。实则此字含有规训与纪律之义，非可以泛指群众，仅少数入选者可以当之。"[①]白璧德的主张实际是对于科学与民主潮流的一种反拨。他认为16世纪以来，培根创始的科学主义发展为视人为物、泯没人性、急功近利的功利主义；18世纪卢骚提倡的泛情主义演变为放纵不羁的浪漫主义和不加选择的人道主义。这两种倾向蔓延扩张使人类愈来愈失去自制能力和精神中心，只知追求物欲而无暇顾及内心道德修养。长此以往，"人类将自真正文明，下堕于机械的野蛮"，白

---

① 《白璧德释人文主义》，《学衡》第34期。

璧德认为当时已到了"人文主义与功利及感情主义正将决最后之胜负"①，而这场决战将影响人类发展的全局。

为战胜"科学主义"导致的功利物欲，新人文主义强调人类社会除"物质之律"外，更重要的是"人事之律"。20世纪以来，"人事之律受科学物质之凌逼"，使人类沦为物的奴隶，丧失真正的人性，"今欲使之返本为人，则当复昌明'人事之律'，此20世纪应尽之天职"。这种"人事之律"为人类长期历史经验和智慧锤炼积淀而成，是一种超越的人性的表征。白璧德认为人类须常以超越日常生活之上之完善之观念自律。苟一日无此，则将由理智之城下堕于纵性任欲之野蛮生活。

为抵制不加规范、任性纵欲的卢骚式的感情主义，人文主义强调实行"人文教育，即教人以所以为人之道"，这种教育"不必复古，而当求真正之新；不必谨守成说，恪遵前例，但当问吾说之是否合乎经验及事实。不必强立宗教，以为统一归纳之术，但当使凡人皆知为人之正道；仍当行个人主义，但当纠正之，改良之，使其完美无疵"。②白璧德将人生境界分为神性、人性、兽性三等。神性高不可攀；兽性放纵本能，沉溺于物欲；人性则是每一个人经过努力都可以达到的，但若放弃教育和规范，听任自然，人性就会沦为兽性。因此最重要的是用"一切时代共通的智慧"来丰富自己，鼓舞向善的意志而对自我进行"克制"，以便从一个"较低的自我"达到一个"较高的自我"以保持并提高人性。

由于白璧德用以规范人性的是全人类共同创造的普遍性永久价值，因此，能从世界文化汇通的高度来讨论传统问题。他认为，中国文化传统与西方文化传统"在人文方面，尤能互为表里，形成我们可谓之集成的智慧的东西"。他指出孔子的"克己复礼为仁"和自亚里斯多德及其他希腊哲人以降

---

① 白璧德：《中西人文教育说》，胡先骕译，《学衡》第8期。
② 《白璧德中西人文教育说·吴宓附识》，《学衡》第3期。

的西方人文主义者是一致的，凡能接受人文主义的纪律的，必趋于孔子所谓的君子或亚里斯多德所谓的"持身端严者"。他又认为："佛教的本来形式特别接近我所谓的现代精神，也便是实证与批评的精神。"因此，他"年轻时曾用功研读梵文和巴里文，以求能在本源上了解佛家佛法"。他希望中国也有人研究巴里文，"不仅是为了了解过去的中国各方面，也为了发现如何能使这一古老信仰仍为一股活的力量，对现代产生影响"。他主张在中国学府"应把论语与亚里斯多德的伦理学合并讲授"；在西方学府"也应该有学者，最好是中国学者来教授中国历史与道德哲学"，这正是"促进东西方知识界领袖间的了解的重要手段"。他甚至希望能促成一个"人文国际"，以便在西方创始一个人文主义运动，而在中国开展一个"以扬弃儒家思想里千百年来累积的学院与形式主义的因素为特质"的"新儒家运动"。①

应该说《学衡》诸人是很自觉地将新人文主义理论运用于中国实际的，梅光迪明确指出：在许多基本观念及见解上，美国的人文主义运动乃是中国人文主义运动的思想泉源及动力，又说（白璧德的著作）对他来说是一个崭新的世界，更是一个被赋予新意义的旧世界，吴宓也说："受教于白璧德及穆尔先生，亦可云：曾间接承继西洋之道统而吸收其中心精神。宓持此所得之区区以归，故更能了解中国文化之优点与孔子之崇高中正。"②正是由于吴宓、梅光迪等人吸收了这些新的因素，以中国文化作为参与世界文化对话的一个方面，他们与激进派和自由派的论辩也就与过去的传统保守主义不同，而带有了现代的、国际的性质。

例如在对待传统问题上，《学衡》首先提出了反对进化论"新必胜于旧，现在必胜于过去"的观点，他们认为人文科学与自然科学不同，不能完

---

① 本段引文皆出自《白璧德中西人文教育说》，胡先骕译，《学衡》第3期。此处引文出自侯健新译，见《从文学革命到革命文学》，中外文学月刊社，1974年，第267—268页。

② 吴宓：《空轩诗话》，《雨僧诗文集》，地平线出版社，1971年，第454页。

全以进化论为依据。《学衡》重要成员、留法学生李思纯援引当代德国哲学家斯宾格勒在《西土沉沦论》(现译《西方的没落》)中阐明的理论,提出斯宾格勒的四阶段文化发展模式——"生""住"(稳定、发展),"异"(吸收他种文化而变异),"灭"(衰亡)同样适用于中国,以说明今天的文化不一定就必然优于过去的文化①,吴宓更明确地指出:"物质科学,以积累而成,故其发达也,循直线以进,愈久愈详,愈晚出愈精妙。然人事之学,如历史、政治、文章、美术等,则或系于社会之实境,或由于个人之天才,其发达也,无一定之轨辙,故后来者不必居上,晚出者不必胜前。因之,若论人事之学则尤当分别研究,不能以'新'夺理也。"②因此,他强调"并览古今"而反对局限于"新"。

根据新人文主义理论,《学衡》派认为历史有"变"有"常","常"就是经过多次考验而在经验中积累起来的真理,这种真理不但万古常新而且具有普遍性世界意义。早在1917年,当梅光迪就读于美国哈佛大学时,他就曾就这个问题和胡适进行过激烈辩论。胡适曾从进化论出发,认为人类的历史就是弃旧图新的历史,梅光迪却认为历史应是人类求不变价值的记录。他说:"我们今天所要的是世界性观念,能够不仅与任一时代的精神相合,而且与一切时代的精神相合。我们必须理解,拥有通过时间考验的一切真善美的东西,然后才能应付当前与未来的生活。这样一来,历史便成为活的力量。也只有这样,我们才有希望达到某种肯定的标准,用以衡量人类的价值标准,判断真伪与辨别基本的与暂时性的东西。"③吴宓在他那篇《中国的新与旧》中也谈到类似的观点并强调"只有找出中华民族文化传统

---

① 李思纯:《论文化》,《学衡》第22期。
② 吴宓:《论新文化运动》,《学衡》第4期。
③ 梅光迪:《我们这一代的任务》,《中国学生》月刊,1917年1月,第12卷第3期,译文见侯健:《从革命文学到文学革命》,中外文学月刊社,1974年,第61页。

中普遍有效和亘古常存的东西，才能重建我们民族的自尊"①。

不难看出，《学衡》与五四前的国粹派已有显著不同：国粹派强调"保存国粹"，重点在"保存"。严复追求的是"保持吾国四五千载圣圣相传之纲纪彝伦、道德文章于不坠"②。林纾也以存此一线之伦纪于宇宙之间为己任。如上所述，《学衡》强调的却是发展。《学衡》的宗旨是"论究学术，阐求真理，昌明国粹，融化新知，以中正之眼光，行批评之职事"③。目的不只是"保存国粹"，而是"阐求真理"；方法也不是固守旧物而是批评和融化新知，这就是发展。《学衡》派突破一国局限，追求了解和拥有世界一切真善美的东西，就更不是国粹派所能企及的了。

在引介西学方面，《学衡》杂志标举两项标准，这就是梅光迪所说的："其一是被引进之本体有正当之价值，而此价值当取决于少数贤哲，不当以众人之好尚为依归；其二是被引进的学说必须适用于中国，即与中国固有文化之精神不相背驰；或为中国向所缺乏，而可截长以补短者，或能救中国之弊而有助于革新改进者。"④从第一点出发，《学衡》派特别强调对西方学说进行比较全面系统的研究，然后慎重择取。若无广博精粹之研究，就会"知之甚浅，所取尤谬"，结果只能是"厚诬欧化"，"行其伪学"。因此，梅光迪尖锐抨击当时"丛书杂志之多而且易，如地菌野草"，有些人"西文字义未解，亦贸然操翻译之业，讹误潦乱，尽失作者原意，又独取流行作品，遗真正名著于不顾，至于摭拾剿袭……西洋学术之阨运，未有甚于在今日中国者"。⑤

从第二点出发，《学衡》引进西学，首先强调其与中国传统精神契合

---

① 吴宓：《中国的新与旧》，《中国学生》月刊，1921年1月，第16卷第3期。
② 王蘧常：《严几道年谱》民国元年条，商务印书馆，1936年。
③ 《学衡杂志简章》，《学衡》每期卷首。
④ 梅光迪：《现今西洋人文主义》，《学衡》第8期。
⑤ 梅光迪：《论今日吾国学术界之需要》，《学衡》第4期。

的部分。他们认为真正属于真善美的东西必然"超越东西界限,而含有普遍永久的性质"。因此,对于西方文化正如对于东方文化一样,必须摒除那些"根据于西洋特殊之历史、民性、风俗、习尚,成为解决一时一地之问题而发"①的部分,而寻求具有普遍性、永久性的"真正的"西方文化。这种西方文化不仅不违背中国传统文化而且会促进后者的发扬光大。正是在这一意义上,胡先骕提出"欲以欧西文化之眼光,将吾国旧学重新估值"②。以此为基础再引进中国缺乏的和能救中国之弊而有助于改革的西方思潮。

《学衡》的以上主张显然突破了传统保守主义"中学为体、西学为用"的模式。严复曾提出"中学有中学之体用,西学有西学之体用,分之则并立,合之则两亡"③。西方以"自由为体,民主为用",合之中国则"民智既不足以举之,而民力民德又弗足以举其事",因此不可能"中体西用"。④但他用来代替"体用之说"的"标本之说"也并未真正超越"体用"的范畴,他说:"标者何?收大权,练军实,如俄国所为是已,至于其本,则亦以民智、民力、民德三者加之而已。"⑤这仍然是"体"和"用"的关系。林纾也曾大力提倡西学,但其目的则是维护中学。他强调的是"外国不知孔孟,然崇仁、仗义、矢信、尚智、守礼、五常之道,未尝悖也"。既然"西人为有父矣,西人不尽不孝矣",因此,"西学可以学矣"。

直到《学衡》杂志诸人才真正提出"世界将来之文化,必东西文化之精髓而杂糅之"⑥。也就是说这是一种"超越东西界限而含有普遍永久价值"的文化。正如吴宓所说:"中国之文化以孔教为中枢,以佛教为辅

---

① 梅光迪:《现今西洋人文主义》,《学衡》第8期。
② 胡先骕:《论批评家之责任》,《学衡》第3期。
③ 王栻主编:《严复集》第三册,中华书局,1986年,第560页。
④ 王栻主编:《严复集》第一册,中华书局,1986年,第11—15页。
⑤ 同上书,第14页。
⑥ 胡稷咸:《批评态度的精神改造运动》,《学衡》第75期。

翼；西洋之文化以希腊罗马之文章哲理与耶教融合孕育而成。今欲造成新文化……则当以以上所信之四者，首当着重研究，方为正道。"①在这样的基础上产生出来的新文化既不同于原来的东方或西方文化，又保存着原来东西方文化各自的特点。这就是吴芳吉所强调的"复古固为无用，欧化亦属徒劳，不有创新，终难继起。然而创新之道，乃在复古欧化之外"②。这才真正超越了"体用"的模式。

总而言之，《学衡》派在继承传统问题上以反对进化论同激进派和自由派相对峙，同时以强调变化和发展超越了旧保守主义；在引介西学方面则以全面考察、取我所需和抛弃长期纠缠不清的"体用"框架而独树一帜。《学衡》派选择了这样一条现代保守主义之路并不是偶然的，首先这和当时的世界文化形势有关。第一次世界大战造成了西方社会普遍的沮丧和衰落。斯宾格勒的《西方的衰落》一书（1918年第1卷出版）宣布了欧洲中心论的破灭，引起了人们对非欧文化的广泛兴趣，人们开始感到中国传统文化对世界具有了新的意义。梁启超的《欧游心影录》（1919年3月在《时事新报》连载）进一步加强了这种印象。《学衡》主将之一柳诒徵提出了"中学西被"的问题。他认为："交通的进步渐合世界若一国。"西方人感到吸取他种文化的需求，而中国人也认识到提高国际地位"除金钱、武力外，尚有文化一途"。中国文化的"西被"已提到日程上来。③当然这并不是说"间闻二三数西人称美亚洲文化，或且集团体研究，不问其持论是否深得东方精神，研究者的旨意何在，遂欣然相告，谓欧美文化迅即败坏，亚洲文化将取而代之"④。然而在西方人看来，中国文化毕竟已成为世界文化的一个组成部分，而这又在一定程度上反激起中国人深入研究中国文化的意愿则是

---

① 吴宓：《论新文化运动》，《学衡》第4期。
② 吴方吉：《再论吾人眼中的新旧文学观》，《学衡》第21期。
③ 柳诒徵：《中国文化西被之商榷》，《学衡》第27期。
④ 汤用彤：《评近人之文化研究》，《学衡》第12期。

事实。

另一方面,《学衡》杂志出现于五四新文化运动高潮将近三年之后。在检讨和反省的过程中,人们开始感到文化发展总是渐变的,正如吴宓所说:"举凡典章文物,理论学术,均就已有者层层改变递嬗而为新,未有无因而立者。"①这就需要用新的建树来替代过时的、应淘汰的旧物,而这个过程又有赖于较长时间的新旧并存,以供比较、试验、选择。猛然宣布对某种文化的禁制,往往会造成梅光迪所说的"以暴易暴",并不一定能达到建设新文化的目的。因此,《学衡》派不同意自由派的"弃旧图新",更不同意激进派的"破旧立新",而认同于以"存旧立新""推陈出新"或"层层递嬗而为新"为号召的新人文主义。

另外,也许还应提到一点,《学衡》派诸人与政治保守派不同,他们是真正的文化保守主义者,他们绝不维护社会现状,也不想托古改制,而以文化启蒙为改造社会的唯一途径,这使他们和风云突变的政治运动保持了一段"知识分子的距离",他们以追求绝对真理为己任,鄙弃"顺应时代潮流",反对"窥时俯仰""与世浮沉",认为"真正豪杰之士"倒是"每喜逆流而行"。②当激进派投入革命,自由派鼓吹"好人政府"时,《学衡》派诸公却始终坚持在文化教育岗位上,也许对于人文教育的看重与执着也正是他们汇入世界现代保守主义潮流的另一个原因。

五四新文化运动已经过去70年,《学衡》派当年发出的声音实在微乎其微,但在世界文化对话的交响中,它毕竟发出了自己独特的声音,那是中国的声音,也是五四新文化运动的声音。当人们大谈文化断裂、全盘西化或保古守旧、"体用情结"时,是否也应参照一下《学衡》杂志,这一远非和谐,然而独特的音响?

---

① 吴宓:《论新文化运动》,《学衡》第4期。
② 梅光迪:《译今人提倡学术之方法》,《学衡》第2期。

21世纪的新人文精神

一、问题的提出

人类生活正经历着前所未有的时空巨变：互联网、移动通信、电脑储存技术大大缩短了人类的时空距离；生命科学加深了人类对人性和未来所感到的迷茫；纳米技术使人类有可能面对从未知晓的微观世界。这一切给人类生活的各方面带来了极其深远的大变动。这种变动绝不亚于人类所曾经历过的从渔猎到农耕或从农耕到机械生产所引起的社会大变动。目前，正在世界范围内进行着的经济革命使市场规律之类非人格化的机械法则对人的控制力越来越大，多数人对社会的影响力越来越小；数字革命所缔造的网络空间，标志着一个陌生新大陆的出现，人类的大部分活动正在向其转移，成为其重要的组成部分；遗传学革命使人对自己的血肉之躯也可以通过转基因、干细胞、克隆、体外受精等人为手段复制、改变、优选。总之，人存在的意义、人性的自我定义都受到了根本的挑战，也就是说，所有过去有关"意义""常规"的领域都将全面受到冲击。

另一方面，现代社会经过数百年发展，创造出空前的进步和财富，但其弱点也充分暴露。现代性的主要特征，如"经济增长万能""个人绝对自由"和"人类中心主义""科学主义"等负面影响如今正受到广泛质疑。

首先是"经济增长万能"。事实上，无限制的经济增长不仅不是"万能"的，而且给人类带来了空前的危害。经济增长意味着产品增长和利润增长。这些产品如果是军工产品，增长的结果就是发动战争；如果是一般产品，那就得鼓吹高消费。"消者消灭，费者耗费"，消费也就是使有用的物资变为无用。现在，每天有大量有用之物毫无意义地变为无用，人们把聚敛巨大物质财富当作人生最重要的目的，而忽略了其他精神价值。其实，这样的人并不一定真正幸福。美国财富世界第一，但美国人自认为幸福者所占的比例（所谓幸福指数）却只位居世界第16位。美国人口占世界人口不到5%，却消费了多达三分之一的世界能源，人们过度消费，纵容各种欲望，浪费了地球的丰饶物资。

其次，个人绝对自由所带来的社会危害尤其严重，如法国著名思想家、高等社会科学院研究员埃德加·莫兰所指出的，西方文明的个人主义包含了自我中心的闭锁与孤独，给人类带来了道德和心理的迟钝，造成各领域的隔绝，限制了人们的智慧能力，使人们孤立无援，在复杂问题面前束手无策。[①]

盲目的"人类中心主义"使我们赖以为生的地球几乎已到达难以挽回的危机边缘。这是数百年来西方现代文明发展的直接恶果。西方启蒙主义科学的基础是"征服自然""重塑自然"，以符合人类的需要，以致造成今天的种种环境灾难。中国的传统文化很少认同人类可以操纵环境的想法，倒是

---

① 埃德加·莫兰（Edgar Morin）：《超越全球化与发展：社会世界还是帝国世界？》，《迎接新的文化转型时期》，上海文化出版社，2006年，第203页。

强调"天人合一",重在根据环境的需要调整自身。但是,经过百年现代化进程,代价同样是对自然环境极其严重的破坏。今天,作为经济发展最快的国家之一,地球上污染最严重的城市竟然大都在中国,使得如何立即实现全面的生态保护成为当前"持续发展"的第一要义。

作为现代性核心观念之一的"科学主义",强调只有合乎理性的科学认知方式才是唯一合理的认知方式。其实认知方式应该是多种多样的,宗教、音乐、艺术、诗歌等都能产生智慧,构成我们的知识。长期以来,中国文化传统以"情"为核心[①],通过"顿悟"的方法,铸造了无数智者的精神世界,但这一切都被冠以"不科学"或"伪科学"的名号而被排斥在认知范围之外,中医的理论和实践在中国的遭遇就是一个最好的例证。

由上述科技发展带来的时空巨变,数百年现代化进程所产生的严重问题,加之20世纪两次世界大战给人类留下的惨痛记忆以及反犹太法西斯集中营等灾难的惨痛教训,都要求我们重新思考人类在21世纪需要建立一个怎样的新世界,特别是人类的精神世界;要以怎样的新的世界观和人生观来应对这一崭新的、影响全球的复杂局面;重新定义人类状况,重新考虑人类的生存意义和生存方式。

二、21世纪人类的反思与文化自觉

上述严重情况不能不引起人们的反思。20世纪末,西方出现了两种截然相反的思潮。一种是新的"帝国论",认为"帝国"是"超越国界、超越多国协商的唯一的主权",只有新的"帝国"才能使世界连成一气,管理全世界并带来和平。进入21世纪,"帝国论"进一步发展为新的霸权理论,强

[①] 见《郭店楚墓竹简·性自命出》:"道始于情,情生于性","性自命出","命自天降"。

调输出美国式民主和价值观,认为国际体系并非建立在均势而是建立在美国军事力量的无可匹敌的超强地位的基础上,必须防止在欧洲、东亚和中东出现威胁其领导地位的地区性强国,必须阻止新的大国竞争者出现,必须积极推动美国军队和战争的转型,控制网络空间和太空的主导权,以便"在全球推行自由民主原则"。他们的新帝国大战略就是先发制人,以假想敌为攻击对象,重新确定"主权"的含义,提倡主权有限论,轻视和改写国际准则,提倡所谓"后民族时代"的到来。

"新帝国理论"在世界各地都受到了强烈的抵制,特别是在欧洲。埃德加·莫兰(Edgar Morin)认为,20世纪90年代的全球化在推动技术经济全球化的同时,促进了另一个全球化:人道主义的和民主的全球化。虽然这还是未完成的、不充分的、脆弱的,但它给受压迫的人们带来了解放意识,进而在全球绝大部分地区引发了非殖民化。他特别指出,这种文化的全球化并没有使文化同质化,反而激励了各民族文化在其内部的独创性表达,因而重新创造出新的多样化。①

2003年5月31日,欧洲各大报刊发表了哈贝马斯与德里达联合署名的文章《论欧洲的复兴》。他们分析了欧洲的特点,认为欧洲经历过两次世界大战,几个大国如德、法、西、葡等都经历过帝国权力的顶峰,必然会从帝国灭亡的经历中有所领悟。他们指出,欧洲人对市场的调节能力保持深刻的怀疑态度,而更相信国家的组织能力和控制能力;欧洲人对技术进步也不是那么盲目乐观,而更倾向于从社会团结出发的制度规范,尊重个人人格的完整,并主张在控制与减少军事暴力的基础上加强联合国作用,建立一种有效的"世界内政"。对欧洲来说,帝国统治和殖民历史一去不返,欧洲的政权也就得到一个反思的距离。这可能会有利于他们抛弃欧洲中心论,加快实现

---

① 埃德加·莫兰:《超越全球化与发展:社会世界还是帝国世界?》,《迎接新的文化转型时期》,上海文化出版社,2006年。

康德对"世界内政"的美好期待。

2006年,美国学者J.里夫金写了《欧洲梦》[①],提出对于当前以贪欲和聚敛为核心的文明("美国梦")必须进行深入的反思和批判,必须重建一个基于生活质量而非个人无限财富聚敛的、可持续的文明。以物质为基础的现代发展观本身即将受到修正。可持续性的全球经济之目标应该是:通过将人类的生产、消费与自然界的能力联系在一起,通过废品利用和资源的重新补充,不断再生产出高质量的生活。在这样的生活中,重要的并非个人的物质积累,而是自我修养;并非聚敛财富,而是精神的提升;并非拓宽疆土,而是拓宽人类的同情(empathy)。他认为,人类需要一个完全不同于过去的新的精神世界,需要全新的世界观和人生观。

在对自身的文化危机进行反思的过程中,西方出现了强调互动认知和重新认识东方的趋向。如法国当代思想家、法兰西院士让−弗朗索瓦·勒维尔所说:"经历了许多世纪的互相无知之后,在最近二十年里,佛教与西方思想的那些主要潮流之间的一场真正的对话已经开始建立……佛教道路的目的与所有那些巨大的精神传统一样,都是要帮助我们成为更好的人类存在者。科学既没有达到这一目的的意图,也没有达到这个目的的手段。"[②]为此,许多学者试图从西方与非西方文化的汇通中寻求新的未来。

他们以非西方文化,特别是中国文化作为参照系,企图返回自身文化的源头,重新反观自己的文化,找到新的诠释,寻找新的出发点。法国学者弗朗索瓦·于连(François Jullien)写了一篇《为什么我们西方人研究哲学

---

① Jeremy Rifkin: *The European Dream—How Europe's Vision of the Future Is Quietly Eclipsing the American Dream*, published by Penguin Group, 2006.(中文版:杰里米·里夫金:《欧洲梦:21世纪人类发展的新梦想》,杨治宜译,重庆出版社,2006年。)

② 让−弗朗索瓦·勒维尔、马蒂厄·里卡尔:《和尚与哲学家:佛教与西方思想的对话》,江苏人民出版社,2000年,第307页。

不能绕过中国？》的著名文章。① 他认为，要全面认识自己，必须离开封闭的自我，从外在的不同角度来考察。在他看来，"穿越中国也是为了更好地阅读希腊"，"我们对希腊思想已有某种与生俱来的熟悉，为了了解它，也为了发现它，我们不得不暂时割断这种熟悉，构成一种外在的观点"，而中国正是构成这种"外在观点"的最好参照系，因为"中国的语言外在于庞大的印欧语言体系，这种语言开拓的是书写的另一种可能性；中国文明是在与欧洲没有实际的借鉴或影响关系之下独自发展的、时间最长的文明……中国是从外部正视我们的思想——由此使之脱离传统成见——的理想形象"。②

不仅要把非西方文化作为参照，还要从非西方文化中吸收新的内容。法国比较文学大师巴柔（Daniel-Henri Pageaux）教授特别提出："弗朗索瓦·于连对于希腊文化与中国文化的研究是一个很好的例子，它正好印证了我已经讲过的经由他者的'迂回'所体现出来的好处。"他强调："从这次研讨会的提纲中，我看到'和谐'（'和实生物，同则不继'）概念的重要性……中国的'和而不同'原则定将成为重要的伦理资源，使我们能在第三个千年实现差别共存与相互尊重。"③ 一些美国汉学家的著作也体现了这种认识论的改变，如安乐哲（Roger Ames）和大卫·霍尔（David Hall）合作的《通过孔子而思》、斯蒂芬·显克曼编撰的《早期中国与古代希腊——通过比较而思》等。

另外，改变殖民心态，自省过去的西方中心论，理顺自己对非西方文化排斥、轻视的心理，这一点也很重要。意大利罗马大学的尼希教授认为，克服西方中心论的过程是一种困难的"苦修"过程。他把"比较文学"这一

---

① 弗朗索瓦·于连：《为什么我们西方人研究哲学不能绕过中国？》，《迎接新的文化转型时期》，上海文化出版社，2006年，第566页。

② 弗朗索瓦·于连："前言"，《迂回与进入》，生活·读书·新知三联书店，1998年，第3页。

③ 巴柔：《文化还是文化间性：从形象学到媒介》，2001年4月"多元之美"大会文献。

学科称为"非殖民化学科"。在《作为"非殖民化"学科的比较文学》一文中，他说："如果对于摆脱了西方殖民的国家来说，比较文学学科代表一种理解、研究和实现非殖民化的方式；那么，对于我们所有欧洲学者来说，它却代表着一种思考、一种自我批评及学习的形式，或者说是从我们自身的殖民意识中解脱的方式……它关系到一种自我批评以及对自己和他人的教育、改造。这是一种苦修（askesis）！"①没有这种自省的"苦修"，总是以殖民心态傲视他人，多元文化的共存也是不可能的。

如果说西方文化数百年来处于强势地位，其文化自觉在今天多元文化发展的大趋势下，更多地倾向于审视自己的危机和弱点，那么，中国文化近百年来，作为一种弱势文化，不断受到西方文化的轻视和压抑，当代中国的文化自觉就不能不首先与民族文化复兴的愿望结合在一起。正如费孝通所说，文化自觉首先是对自己的文化要有自知之明，也就是要充分认识自己的历史和传统，这是一种文化延续下去的根和种子。但是，一种文化只有种子还不行，它需要发展，需要开花结果。传统失去了创造，是要死灭的，只有不断创造，才能赋予传统以生命。所谓"创造"，就是不断"以发展的观点，结合过去同现在的条件和要求，向未来的文化展开一个新的起点"，同时还要求特别关注当前的外在环境。全球化的现实需要有一些共同遵守的行为秩序和文化准则，我们不能对这些秩序和准则置若罔闻，而应该精通并掌握之，并在此语境下反观自己，找到民族文化的自我，知道在这一新的语境中，中华文化存在的意义，了解中华文化在世界文化中处于何种地位，并能为世界的未来发展作出什么贡献。总之，首先要认识自己的文化，同时理解所接触到的多种文化，才有条件在这个正在形成中的多元文化的世界里确立自己的位置，经过自主的适应，和其他文化一起，取长补短，共同建立一

---

① 阿尔曼多·尼希：《作为"非殖民化"学科的比较文学》，《中国比较文学》，1996年第4期。

个共同认可的基本秩序和能与各种文化和平共处、各抒所长、联手发展的条件。①

长久以来，关于这方面的研究往往受制于盲目的爱国主义和"大国心态"，现在已有很多中国学者特别重视在新的世界语境中重新诠释中国文化，改变过去一味封闭地崇尚"国粹"，而致力于从当前世界文化发展的需要出发，来审视我国极其丰富的文化资源；特别是研究在当前的文化冲突中，中国文化究竟能作出何种贡献，同时，也在与"他者"的对话中对自己再认识。然而，我们对西方、对中国都还缺少系统的、全面深刻的反思。本民族文化复兴的强烈愿望往往被扭曲为封闭排外的文化"复归"。一部分人寻求的不是对自身文化的"自知之明"，而是一种势头很猛的夸张的复旧。这显然是与今天的时代潮流相悖逆的。

其实，文化复兴的根本要义是要建构现代的"新中国精神"。它要求我们以中国的方式，为中国想象一个社会理念，一种生活理念，一套价值观，而且还需要想象一种中国关于世界的理念，因为中国必须成为一个为世界负起责任的大国。假如中国没有能够发展出一套概念体系、话语体系和知识体系，就不能以新的中国精神参与不断发展的世界文化的重新建构。这就是说，我们绝不能仅仅满足于有地方特色的中国文化，更不能封闭于古代社会产生的传统文化之内，而必须对它重新诠释，寻求它在全球文化中所能作出的贡献。"如果中国的知识体系不能参与世界知识体系的建构，并从而产生新的世界普遍知识体系，不能成为知识生产大国，那么，即使有了巨大的经济规模，即使是个物质生产大国，也还将仍然是个小国。"②事实上，21世纪新人文精神只有在世界不同知识体系和文化精神的互动、互识和互补中

---

① 费孝通：《论文化与文化自觉》，群言出版社，2005年，第526页。
② 赵汀阳：《美国梦，欧洲梦和中国梦》，《跨文化对话》（第18辑），江苏人民出版社，2006年，第161页。

才能得到建构和发展。

三、关于21世纪新人文精神的几点思考

什么是人文精神？从历史上看，15世纪、16世纪，欧洲启蒙主义所提倡的人文精神或人文主义，是指对人性、人的尊严和人的价值的重视，以及强调如何提高人的地位，了解人的本质，其重点大部分是落在保证个人的自由发展，以与中世纪神学统治对人的压抑相抗衡。在资本主义初兴时期，人们曾经对自由贸易带来的个性解放和精神独立充满期待，以为在一定程度上脱离笨重体力劳动和贫困后，人类可以得到解放和独立的空间；与此同时发生的，是热情奔放的浪漫主义思潮的勃兴。但是，与原来的期待相反，人类却陷入了一个史无前例的贫富两极急遽分化的世界，无休止地追求发展成为存在本身的唯一意义，无穷尽地聚敛财富、满足贪欲成了生活的目的，大部分人则为了谋生，被捆绑在无望的单调机械的劳作之中；金钱对人性的束缚代替了早期资本主义对人性解放的许诺。启蒙运动所保证的个人自由发展蜕变为对物质财富的疯狂追求。过度的物化造成了人的异化，也就是对人性的窒息与泯没。

中国对于"人文"的提出，最早见于《周易》："观乎天文，以察时变，观乎人文，以化成天下。"（文，纹理，迹象，规律）这里的人文强调的是如何将人类社会"化育"（化解培育）为一个与天地相协调的"天下"，达到这一目的的途径不是个人的自由发展，而是对人性"坏"的方面加以限制和约束。如孟子所说："人之异于禽兽者几希"，自然人性中包含着许多兽性。因此说，"刚柔交错，天文也。文明以止，人文也"。人文的目的是止于其所当止，以维持社会的和谐与安宁。

到了20世纪20年代，西方一些学者已经看到启蒙主义带来的危机。美

国学者欧文·白璧德参照中国的人文精神提出：人若真正是人，便不能循着一般的"我"来自由扩张活动，而要以自律的功夫使这一般的"我"认识"轻重、本末"。他认为："孔子是优于许多西方人文主义者的优秀的人文主义者。"孔子提出的"克己复礼为仁""中庸""自律"等实际上已成为他所提倡的新人文主义的基本支柱，他正是以此为基础来反对以培根为代表的超乎伦理的客观科学主义，也反对以卢梭为代表的率性而为、不受道德规范的极端个人主义。但是，白璧德的理论未能阻止西方精神世界的物化发展和人性的继续泯没。

什么是21世纪的新人文精神？本质主义式的答案是没有的，但可以从以下一些方面来进行思考。

这是一种新的历史观。根据这种历史观，以物质增殖、破坏生态和无限消费为基础的"现代发展观"本身即将得到修正。新人文精神超越人类中心主义，高扬生态意识。它认为，人种不过是众多物种中的一种，不比别的物种好，也不更坏。它在整个生态系统中有自己的位置，只有当它有助于这个生态系统时，才会有自己的价值。著名生态学家托马斯·柏励（Thomas Berry）认为人是天地之心。[①]心系大自然，为天地操心是人的天职。这正如朱熹所说："天即人，人即天。人之始生，得之于天；既生此人，则天又在人矣。""天"要由"人"来彰显。只有通过自由创造、具有充分随机应变的自主性而又与"天"相通的"人"，"天"的活泼泼的气象才能得以体现。如果说，过去西方启蒙主义科学的基础是"重塑"自然，以符合人类面貌，那么，东方的方式则是抛弃人类可以操纵环境的想法，而重在根据环境的需要调整自身。东西方互补的生态思想和科学发展观是21世纪新人文精神的重要组成部分。

新人文精神强调基于"生活质量"而非个人无限财富聚敛的"可持续

---

① 参阅托马斯·柏励的《地球梦》和《生态纪》。

性文明"。所谓"生活质量"就是"实际生活条件"以及"公民个人的主观幸福感",如健康、和谐的社会关系,绿色自然环境等。在这个基础上形成的"可持续性文明",强调普遍人权和自然权利而不只是私有产权;强调全球合作而不是单边主义的权力滥用;强调共同体中的互相依赖而不只是个体的绝对独立自主;在这样的共同体中,获得自由,不是个人为所欲为,而是能够进入与他人之间无数种彼此依赖的关系之中;进入的共同体越多,选择权也就越大,也就有越多的自由。在这样的共同体中,当个人用自己的"自由"削弱社会共同体的时候,其结果也一定削弱自身。在儒家思想里,没有"我"能够孤立存在,或被抽象地思考,"我"是根据和其他具体个人的关系而扮演的各种角色的总和;而道家认为,整体存在于相反力量之间的关系中,它们互相完善。总之,新人文精神拒绝抽象自由观,而走向有责任的深度自由,将责任和义务观念引入自由的概念之中,揭示出自由与义务的内在联系。新人文精神所追求的不是扩大权力范围而是扩大人类的互相理解,它努力纠正第一次启蒙所错误提倡的"物质主义"以及无限制的进步论(直线的、急速的、无限的求新)和绝对化了的个人主义,目标是将人性从物质主义的牢笼中解放出来,成就新的人性。

  从物质主义的牢笼中解放出来,最重要的途径是超越工具理性,呼唤审美智慧。工具理性曾为人类带来巨大的进步和财富,但同时也使人们难以摆脱以功利为目的的行为动机。审美智慧是一种建立在有机联系观念基础上,以真善美、知情意的和谐统一为指归的整合性思维。在这里,科学思维、理性思维、感性思维、宗教思维、艺术思维得以互相补充和丰富。受二元对立思维方式的影响,现代理性是以排斥感性、情感价值和美为前提的。而审美智慧则强调和谐思维。中国传统文化从来以"情""和谐"、崇尚自然之美为核心,必然在全球化语境中开发出不同于西方的全新的思想体系。

  如果说,18世纪的启蒙以"解放自我"、追求世界普遍性为中心,那么，21世纪新人文精神所提倡的，则是尊重他者，尊重差别，提倡多元文化互补，特别是东西方文化互补。第一次启蒙思想经过数百年现代主义的发展，到了20世纪60年代，后现代解构运动使一切现代性多年塑造的权威和强制性的一致性思维都黯然失色，同时也使一切都离散化、零碎化、浮面化，最终只留下了现代性的思想碎片，以及一个众声喧哗、支离破碎的世界。人们在一个没有边界、混乱无序、分崩离析的世界，成了存在主义的流浪部族，漫游在绝望中。正如里夫金在《欧洲梦》中所说，贯穿在今天的两大精神潮流，一是在一个日益物质化的世界里，寻找某种更高的个人使命的渴望；二是在一个逐渐疏离、冷淡的社会里，寻找某种共同意识的需求。他认为，这是欧洲和中国的有识之士所共同追求的。为了共存于一个联系日益紧密的世界，人类需要不断开发新的理念，在这一点上，中国和欧洲会找到更多、更深层的共通之处，这种共通之处就是21世纪的新人文精神的重塑。

综上所述，从自然环境、科学发展、社会需求等各方面来看，人类都面临着一个巨大的转折。要平安度过这个转折，首先就要改变人类现有的人生观、世界观，重构人类的精神世界。中国文化是一个具有强大思想能力的文化，从来就有追求精神生活、将道德置于崇高地位的深远传统。中国文化保留着极其巨大的空间，可以展开人与自然的和解，调节理性思维与精神信仰、物质追求与审美情趣、自然科学与人文关怀之间的裂断。这些中国文化固有的文化基因与现代诠释相结合，面向当代多元文化的世界，将会创造出新的概念体系、话语体系和知识体系，与其他文化一起，共同建构21世纪的新人文精神，开辟一个崭新的人类历史新阶段。

比较文学发展的第三阶段

如果说比较文学发展的第一阶段主要在法国,第二阶段主要在美国,那么,在全球化的今天,它已无可置疑地进入了发展的第三阶段。这一阶段比较文学的根本特征是以维护和发扬多元文化为旨归的、跨文化(非同一体系文化,即异质文化)的文学研究。它必须满足两个条件:一是跨文化,二是文学研究。中国比较文学是继法国、美国比较文学之后在中国本土出现的、全球第三阶段的比较文学的集中表现,它的历史和现状充分满足了这两个条件。

比较文学的出现是一定社会和物质条件以及文学本身发展到一定阶段的产物。它作为一门独立学科的形成是以1877年世界第一本比较文学杂志的出现(匈牙利),1886年第一本比较文学专著的出版(英国)以及1897年第一个比较文学讲座的正式举办(法国)为标志的。经过数十年法国关于文学传播及其相互影响的研究和第二次世界大战后美国关于并无直接关联的文学之间的平行研究和跨学科研究,比较文学已有百年历史。但是,中国比较文学并不是这一历史的直接分支，它虽出现在同样的时代语境，受着世界比较文学的重大影响，有时甚至是塑形性影响，但却有着自己发生、发展的独特过程。

20世纪的一百年，是中国学术文化史从传统向现代转型，并在中外学术的冲突和融通中曲折地走向成熟和繁荣的一百年。在这一百年中，比较文学先是作为学术研究的一种观念和方法，后是作为一门相对独立的学科，在中国学术史上留下了自己深刻而独特的足迹。比较文学在20世纪中国的发生、发展和繁荣，首先是基于中国文学研究观念变革和方法更新的内在需要。这决定了20世纪中国比较文学的基本特点。学术史的研究表明，中国比较文学不是古已有之，也不是舶来之物，它是立足于本土文学发展的内在需要，在全球交往的语境下产生的、崭新的、有中国特色的人文现象。

20世纪伊始，清政府一方面是对改革派横流天下的"邪说"实行清剿，一方面也不得不提出"旧学为本，新学为用"的口号，并于1901年下令废除八股，1905年废除科举并派五大臣出洋考察，1906年又宣布预备立宪、改革官制等。在这样的形势下，有头脑的中国人无论赞同与否，都不能不面对如何对待西方文化的问题，也不能不考虑如何延续并发扬光大中国悠久文化传统的问题。在这样的形势下，西学东渐成为不可阻挡的时代潮流。在西学的冲击下，传统文人难以单靠汉语文学立身处世，于是，出国留学、学习外语便成为新的选择。连林纾那样倾向保守的人士，尽管无法掌握外语，却与人合作，译出了三百多种外国小说。林纾的译作在读书人面前展开了新异的文学世界，推动了中国人的文学观念由传统向现代的转变。从此，在中国人的阅读平台上出现了与汉文学迥然不同的西洋文学，这就为中西文学之"比"提供了语境。清末民初不少学者，如林纾、黄遵宪、梁启超、苏曼殊、胡怀琛、侠人、黄人、徐念慈、王钟麟、周桂笙、孙毓修等，都对中外（外国主要是西方，也包含日本）文学发表了比较之论。当然，这些"比较"大都是为了对中西文学做出简单的价值判断,多半是浅层的、表面的比较,但它却是20世纪中国比较文学的最初形式。

如果说比较文学当初在法国及欧洲是作为文学史研究的一个分支而产生的,它一开始就出现于课堂里,是一种纯学术的"学院现象",那么,20世纪伊始,比较文学在中国却并不是作为一种单纯的学术现象,也不是在学院中产生的,它与中国社会、与中国文学由传统向现代的转型密切相关,它首先是一种观念、一种眼光、一种视野,它的产生标志着中国文学封闭状态的终结,意味着中国文学开始自觉地融入世界文学之中,与外国文学开始平等对话。看不到这一点,就看不到比较文学在中国兴起的重大意义与价值。

这第一点不同决定了中国比较文学与欧洲比较文学的第二点不同,那就是欧洲的比较文学强调用实证的方法描述欧洲各国文学之间的事实联系及其传播途径,而中国的比较文学一开始就具有强烈的中外(主要是中西)文学的对比意识或比照意识;欧洲比较文学要强调的是欧洲各国文学的联系性、相通性,而中国比较文学则在相通性之外,更强调差异性和对比性。从这一点看,初期欧洲比较文学的重心在"认同",不在差异的"比较",而初期中国比较文学的重心却在差异的"比较"而不在"认同"。

这种发生和发展的不同,意味着中国比较文学与西方比较文学之间的另一层深刻的差异,那就是欧洲比较文学主要是在西方文化这一特定的、同质文化领域的文学内部进行的,它在很长的一段历史时期都是一种区域性内部的比较文学;而中国比较文学一开始就是中西两种异质文化之间的比较文学,是在世界文学的大背景下发生的,它一开始就跨越了区域界限,具有更广阔的世界文学视野。诚然,欧洲人靠着新大陆的发现、奴隶贸易、资本的输出和殖民地的建立,在政治、军事、经济上比中国人更早具备了世界视野,但从文学上看,当比较文学在19世纪后期的法国作为一门学科产生的时候,其基本宗旨是清理和研究欧洲内部各国文学之间的联系,直到20

世纪30年代，梵·第根在其《比较文学论》中将法国的比较文学实践加以理论概括和总结时，他的视野仍然仅囿于欧洲文学之内。这种情况的出现有着多方面的原因：首先是法国学派将比较文学学科界定为文学关系史的研究，而这种研究只有在欧洲各国文学之间才能进行；超出欧洲之外，则因当时文学交流与传播的事实链条尚未形成，或正在形成中，还较难成为实证研究的对象。而且，从当时法国人及欧洲各国比较学者的语言装备来看，通晓欧洲之外的语言，并具备文学研究能力的学者，可以说是凤毛麟角，因而将研究视野扩展到欧洲文学之外，对他们来说即使有心，也是无力；况且他们所关注的主要是使其他文化变得跟他们自己的文化一样，如罗力耶在《比较文学史》一书中所追求的，那就使欧洲的比较文学更难成为以多元文化为基础的比较文学了。这种情形到了50年代，由于平行研究的蓬勃发展和某些非欧美血统的学者（特别是苏联、日本、印度的学者）的加入，为西方比较文学添加了更多世界性因素，开拓了新的学术空间，特别是增添了并无直接关联的、超越时空的主题学研究和跨学科研究。但由于西方中心论意识形态的局限和语言本身的限制，属于不同文化体系的异质文化之间的比较文学研究始终未能得到应有的发展。

　　中国比较文学在20世纪初发轫，20年代后作为一个学科开始孕育，尽管由于时代和政治的原因，中国大陆地区的比较文学在60—70年代处于一种沉潜状态，但中国香港、台湾的比较文学却在这一期间率先繁荣起来，成为中国比较文学大发展的前驱。1979年，改革开放后的大陆学术界，压抑了多年的学术热情和创造力像井喷一样迸发。比较文学作为最具开放性、先锋性的学科之一，得到了迅速的复兴和迅猛的发展。中国比较文学在此时的崛起具有重大的历史意义。众所周知，20世纪80年代前后，世界更全面、更深入地进入了全球化时代。多元文化共存的要求与帝国文化霸权和文化原教旨主义之间形成了尖锐对立，不同文化体系之间的人们急需相互理解、沟通和对话，文学的任务首先是研究人，作为跨文化文学研究的比较文学，对促进不同文化之间的人的相互认识和理解有着独特而重要的作用。

事实上，在全球资讯时代，人类所面临的问题仍然是历史上多次遭遇的共同问题：如生死爱欲问题，即个人身心内外的和谐生存问题；权力关系与身份认同问题，即人与人之间的和谐共处问题；人和外在环境的关系问题，即人与自然之间的和谐共存问题。追求这些方面的"和谐"是古今中外人类文化的共同目标，也是不同文化体系中的文学所共同追求的目的。深入了解不同文化中的文学对这些共同困惑的探索，坚持进行文学的交流互动，就有可能把人们从目前单向度的、贫乏而偏颇的全球主义意识形态中解救出来，形成以多元文化为基础的另一种全球化。因此，当代比较文学第三阶段的特征，首先是不同文化体系中，即异质文化之间，文学的"互识""互补"和"互动"。

中国比较文学之所以能成为全球第三阶段比较文学的集中表现者，第一，由于中国作为发展中国家，它不可能成为帝国文化霸权的实行者，因而可以坚定地全力促进多元文化的发展。第二，中国具有悠久的文化历史，深厚的文化积淀，为异质文化之间的文学研究提供了取之不尽、用之不竭的源泉。第三，长期以来，历史上中国和印度、日本、波斯等国已有过深远的文化交往；近百年来，中国人更是对外国文化和外国语言勤奋学习，不断积累（包括派送大批留学生和访问学者）使得中国人对外国的了解（包括语言文化修养），一般来说，要远胜于外国人士（特别是欧美人士）对中国的了解。这就使得中国比较文学有可能在异质文化之间的文学研究这一新的时代高度，置身于建构新的比较文学体系的前沿。第四，中国比较文学以"和而不同"的价值观作为现代比较文学的精髓，对各国比较文学的派别和成果兼收并蓄。20世纪30年代初，梵·第根的《比较文学论》、洛里哀的《比较文学史》都是在出版后不久就被名家翻译成中文的。到20世纪末，中国翻译、编译出版的外国（包括俄罗斯、日本、印度、韩国、巴西）比较文学著作、论文集已达数十种，对外国比较文学的评价分析文章数百篇，绝大多数的中国比较文学教材都有评介外国比较文学的专门章节。或许在世界任何一个国家，也都没有像中国学者这样对介绍与借鉴外国的比较文学如此重视、如此热心。最后，还应提到中国传统文化一向文史哲不分，琴棋书画、舞蹈、戏剧相通，为跨学科文学研究提供了全方位的各种可能。

总之，可以说20世纪的中国比较文学既拥有深厚的历史基础又具有明显的世界性和前沿性。它接受了法国学派的传播与影响的实证研究，也受到了美国学派的平行研究与跨学科研究的影响，它既总结了前人的经验，又突破了法国比较文学与美国比较文学的欧洲中心、西方中心的狭隘性，使比较文学能真正致力于沟通东西方文学和学术文化，从各种不同角度，在各个不同领域将比较文学研究深入导向崭新的比较文学发展的第三阶段。

代表世界比较文学发展第一阶段的法国比较文学，开创了以文献实证为特色的传播和影响研究。在这一方面，中国有自己独特的研究历史。这不仅是简单的方法选择问题，而且也是研究所必需的。举例来说，中国一千多年间持续不断的印度佛经及佛经文学的翻译，为中国比较文学学术研究留下了丰富的学术资源。在宗教信仰的束缚下，在宗教与文学的杂糅中，古人很难解释这段漫长而复杂的历史。到了20世纪20年代后，胡适、梁启超、许地山、陈寅恪、季羡林等将比较文学的实证研究方法引入中印文学关系史，在开辟了中外文学关系史研究的同时，显示了中国比较文学实证研究的得天独厚，也为中国的中外文学关系研究贡献了第一批学术成果。整个20世纪中国现代文学对外国文学的接受史，其范围之广，影响之深，对全世界来说，也是绝无仅有的。此外，中国文学在东亚的朝鲜、日本、越南诸国的长期的传播和影响，也给中外文学关系、东亚文学关系的实证研究展现了广阔的空间。因而，在20世纪中国比较文学中，实证的文学传播史、文学关系史的研究不但没有被放弃,反而是收获最为丰硕的领域。中国学者将中国学术的言必有据、追根溯源的考据传统,与比较文学的跨文化视野与方法结合起来,大大焕发这一研究的生命力,在这个领域中出现的学术成果以其学风的扎实、立论的严谨和科学,而具有其难以磨灭的学术价值和长久的学术生命。

20世纪50年代后,代表世界比较文学发展第二阶段的美国比较文学,突破了法国学派将比较文学定位为文学关系史的学科藩篱,提倡无事实联系的平行研究和文学与其他学科之间的跨学科研究,取得了很大成绩。中国比较文学在这方面也有自己独到的收获。1904年王国维的《红楼梦评论》,1920年周作人的《文学上的俄国与中国》,20年代茅盾的《中国神话和北欧神话研究》、钟敬文的《中国印欧民间故事之类型》以及1935年尧子的《读西厢记与Romeo and Juliet》等已为中国比较文学开创了平行研究的先河。后来,钱锺书的《中国诗与中国画》《读〈拉奥孔〉》《通感》《诗可以怨》以及杨周翰的《预言式的梦在〈埃涅阿斯纪〉与〈红楼梦〉中的作用》以及《中西悼亡诗》等都是跨文化研究与跨学科研究的典范之作。70年代,以钱锺书《管锥编》为代表的多项式平行贯通的研究实践,更是别开生面的平行研究之楷模。当然,在发展中,有波折,也有洄流,例如在平行研究中,人们有意识地在中外文学现象的平行比较中,寻求对中国文学及中国文化的新的理解和新的认识,并在平行比较中尝试为中国文学做进一步科学的定性和定位。但对于平行研究中的可比性问题,陈寅恪等前辈学者早就提出了质疑,80年代后,随着平行研究的兴起,也出现了一些"X比Y"式的牵强附会的比附现象,在受到季羡林等先生的批评后,中国的平行研究才有了更好的发展。"跨学科的文学研究"也曾受到一些质疑,有人提出"它是文学与其他学科之间的关系研究,还是在文学研究的方法和视角上对其他学科的借鉴?"其实,这两者的结合与相互为用是显而易见的。也有人认为只有当"跨学科"同时也是"跨文化"时,才能被视为比较文学等等。但"跨学科的文学研究"仍然在曲折中前进，1989年中国社会科学出版社出版了《超学科比较文学研究》一书，杨周翰教授在该书序言中特别指出："我们需要具备一种'跨学科'（interdisciplinary）的研究视野：不仅要跨越国别和语言的界限，而且还要超越学科的界限，在一个更为广阔的文化背景下来考察文学。"

此外，在世纪之初，王国维独辟蹊径，从另一个侧面进入了比较文学。他以外来思想方法烛照中国文学，用西洋术语概念来解读和阐释《红楼梦》和以屈原为代表的诗歌以及宋元戏曲等中国作品，努力使外来思想观念与中国固有的文学作品相契合，虽然没有更多直接的比较，但与表层的直接比较相对而言，王国维在比较文学方面的探索更具有跨文化的世界文学眼光，体现了一种"他山之石，可以攻玉"的内在比较观念，因而更能够深刻地切入比较文学本体，并由此开中国比较文学阐发研究之先河。以A文化的文学理论阐释B文化的文学作品，又以B文化的文学理论阐释A文化的文学作品，这样的双向阐发在中国的跨文化文学研究中占有很重要的地位，以致有些台湾学者提出阐发研究就是"中国学派"的特色。

总之，中国比较文学并非只是被动地接纳外来的学科理念，而是从自己的历史出发，在自己独特的研究中试图做出自己的判断；中国比较文学作为世界比较文学的第三个发展阶段，不是外来学派的一个分支，它发出了自己独特的声音，表现了自己独到的思考，显示了自己固有的特色，为世界比较文学作出了独一无二的贡献。

近年来，中国比较文学沿着上述发展路径又开创了一些新的领域，表现在以下几方面：

第一，学科理论的新探索。中国比较文学学者结合中国比较文学实践，积极探索全球化时代跨越东西方文化研究的比较文学新观念和新理论，对比较文学的观念有所推进。例如倡导"和而不同"的多元文化共存与互补观念;强调差异、互识互补、和谐相处,并通过文学促进世界文化的多元共存;建立异质文化之间文学交流的基本理论;探索东西方文学对话的话语机制与方法等等。

第二,文学人类学新学科的建立。文学人类学是文学与人类学交叉研究的硕果,是"中西神话比较研究"的延伸,也是近二十年来中国比较文学跨学科研究催生出的最具活力的一个新领域。自1991年至今,"中国文化的人类学破译"系列共八百余万字相继出版,在世界文化语境的参照下,对包括《诗经》《楚辞》《老子》《庄子》《史记》《说文解字》《中庸》《山海经》等这些难解的上古经典做了极有创见的文学和人类学现代诠释。

第三,翻译作为一门独立学科的出现。中国是一个翻译大国,不仅有着两千多年的翻译历史,而且从事翻译工作的人数和翻译作品数量在世界遥遥领先。20世纪的最初10年,文学翻译作品占我国全部文学出版物的4/5。今天,各类翻译作品也占到了我国全部出版物的将近1/2。文学翻译不只是文字符号的转换,而且是文化观念的传递与重塑,翻译文学不可能脱离译者自己的文学再创造而存在,翻译家的责任不仅是有创造性地再现原意,而且还要在"无法交流处,创造交流的可能",也就是在两种语言相切的地方,不仅传输外来语言而且发展本土语言。因此,译成中文的翻译作品应是中国文学的一个不可或缺的重要组成部分,翻译文学史应是中国文学史的一个重要分支,这已成为中国比较文学界的共识。

第四,海外华人文学与流散文学(Diaspora)的相遇。近年的华人文学研究不仅包容了海外华文作品,而且包容了海外华人及其后裔用不同语言写的文学作品。这种研究的重点在于观察和分析不同文化相遇、碰撞和融合的文学想象,并进一步以这些作品为核心展开异国文化的对话和不同文化的相互诠释。近几年来,这种研究迅速汇入世界性的以漂泊流浪的作家作品为主体的"流散文学"探讨。这方面的学者不仅致力于引进西方的流散写作理论，而且通过总结中国流散写作的理论和实践，直接与国际学术界进行有效的对话。中国在全世界的移民为数众多，历史悠久，该研究必将为未来世界文学史的重写作出不可替代的贡献。

第五，关于文学关系的清理。钱锺书先生早就指出：从历史上看，各国发展比较文学，最先完成的工作之一都是清理本国文学和外国文学的相互关系，研究本国作家与外国作家的相互影响。近年来关于中外文学关系研究的最大进展是将20世纪中国文学和世界文学作为一个整体来进行探讨，全面研究20世纪中国作家所体现的中国传统文化继承与西方文化影响的互动。15卷跨文化个案丛书"中国现代作家在古今中西文化坐标上"的出版就是一个明显的例证。"中国文学在国外"的研究也有了长足的进展。12卷本的"外国作家与中国文化"无疑是20世纪一部重大的学术成果。季羡林教授认为，由于中国、印度、波斯、日本、朝鲜和其他阿拉伯国家悠久的历史，形成了与西方不同的庞大而深邃的、独立的文学理论体系，可惜从事文学理论研究的人往往"知西而不知东"，这是很大的遗憾。近年来，关于东方比较文学的研究有了新的可喜的进展。此外，比较诗学、跨文化生态文学研究、形象学研究，以及中国少数民族文学比较研究等也都创造了可观的成绩。

比较文学在中国的兴起，使中国学术文化发生了一系列深刻变化。这主要表现为研究视野的扩大、新的研究对象的发现和文学观念与方法的更新等。在以文学理论、文学批评、文学史为主体的文学研究方面，更其如此。诸如《现代学术视野中的中华古代文论》《中国现代文学接受史》《中国古代文学接受史》《多种文学·多种文学理论·多种文学史》《中国翻译文学史》，特别是6卷本的"中国象征文化"、8卷本的"中国形象：西方的学说与传说"等都是这一论点的实证。

总之，中国比较文学作为全球比较文学的第三阶段，其基本精神是促进不同民族文化之间的理解和平等对话；它既反对"文化霸权主义"，又反对"文化原教旨主义",始终高举人文精神的旗帜,为实现跨文化和跨学科沟通,维护多元文化,建设一个多极均衡的世界而共同努力。展望未来,我们对中国和世界比较文学前景抱有美好期待。对20世纪一百年比较文学学术史的总结和书写,就是要通过对有关方面的传统学术遗产的梳理、盘点和评说,进一步激活我国固有的学术传统,同时使21世纪的比较文学从过去一百年的传统中获取足够的营养和应有的启示,以获得健康发展。

毋庸讳言,人类正在经历一个前所未有,也很难预测其前景的新时期。在全球"一体化"的背景下,促进文化的多元发展,加强人与人之间的理解与宽容,开通和拓宽各种沟通的途径,也许是拯救人类文明的唯一希望。奠基于中国文化传统的中国比较文学,作为世界跨文化与跨学科文学研究的第三阶段,必将在消减帝国文化霸权,改善后现代主义造成的离散、孤立、绝缘状态等方面起到独特的重要作用。

二、著作叙录

Intellectuals in Chinese Fiction

Institute of East Asian Studies, University of California (Berkeley), Centre for Chinese Studies, 1987

本书是作者任加州大学伯克利分校东方文化系研究员时的项目著作，其中部分章节被选入北京大学出版社2004年出版的《比较文学与中国：乐黛云海外讲演录》。作者以古今几部有一定代表性的小说为材料，以知识分子这一特定的社会群体为对象，探讨了在不同时代的政治、经济和文化冲击下人的性格和命运，追踪社会动荡和转型时期外来文化冲击在知识分子身上的表现，进而对中外知识分子的概念和定位、对知识分子在社会运作机制中应该扮演的角色和价值意义做了深入的追问。白之（Cyril Birch）教授在后记中写道："她（作者）选择了具有代表性的知识分子形象，展现他们如何挣扎着避免腐化、如何在失意困顿的时候保持自尊"；"她在自身生活与思想的框架中研究同一代知识分子，从而使她的作品从学术研究变成有血有肉的世界。

CONTENTS

Foreword

Acknowledgments

Introduction

The First Anecdotal Collection Describing the Lives of Intellectuals: A New Account of Tales of the World

Intellectuals at Impasse and the Collapse of Feudal Society: Six Chapters of a Floating Life

Modern Chinese Intellectuals in Modern Chinese Literature

The Eclipse and Rainbow of Mao Dun

The Young Intelligentsia in the War Years

Lu Ling's Children of the Rich

Chinese Intellectuals of the 1950s as Seen in Wang Meng's Bu Li

Postscript: The Man — or Woman — of Letters as Hero

Cyril Birch

《比较文学与中国现代文学》

北京大学出版社，1987年

本书为乐黛云教授出版的第一部学术著作。正如王瑶先生在这部论文集的序言中所指出的："作者不仅介绍和引进了许多西方的理论和方法，而且强调了运用比较的方法有助于理解文学的本质特征，强调了开阔视野和运用比较方法的必要性和可能性。"

目录

序一

序二

中国比较文学的现状与前景

比较文学的名与实

比较文学发展的现实性和可能性

比较文学研究的几个方面

中国文学史教学与比较文学原则

比较文学与中国现代文学

中国现代文学研究在国外

尼采与中国现代文学

五四以前的鲁迅思想

论《伤逝》的思想和艺术

鲁迅属于全世界——《国外鲁迅研究论集》前言

茅盾早期思想研究

茅盾的现实主义理论和艺术创新——为悼念茅盾同志逝世而作

《蚀》和《子夜》的比较分析

二十年代青年知识分子心态的探索——论茅盾的《蚀》与《虹》

漫谈茅盾的抒情散文

《雷雨》中的人物性格

小说世界的外延研究——传统的小说分析

文学是一种特殊的语言形式——新批评派与小说分析

决定着表达方式的深层结构——结构主义与小说分析

潜意识及其升华——精神分析与小说分析

作品的框架与意象的挖掘——接受美学与小说分析

事序结构和叙事结构——叙述学与小说分析

"推末以至本"和"探本以穷末"——诠释学与小说分析

后记

《比较文学原理》

湖南文艺出版社，1988年

作者在前言中指出：比较文学的方法不是比较而是对话，"最好能找到共同的层面，深入分析其'同中之异'与'异中之同'，这样才能达到'比较'的真正目的"。本书重点探讨了主题学、文类学和跨学科研究的问题。

目录

前言

第一章　文学研究的新层面

　　第一节　文学研究的两种层次

　　第二节　比较文学的定义

　　第三节　比较文学的危机——有关定义的论争

第二章　比较文学的过去现在和未来

第一节　比较文学的历史

第二节　比较文学的发展趋向

第三节　比较文学在中国的复兴

第三章　接受与影响

第一节　接受理论的基本内容

第二节　传统的影响研究

第三节　接受理论与影响研究

第四节　接受与影响的多种模式

第四章　西方文艺思潮与中国现代文学

第一节　形成性影响与欧洲现代文学主潮

第二节　西方浪漫主义的传入与影响

第三节　西方现实主义的传入与影响

第四节　西方现代主义的传入与影响

第五章　主题学

第一节　主题与主题学

第二节　主题、题材、母题和意象的比较研究

第三节　主题和题材史的比较研究

第四节　主题学和原形批评

第六章　文类学

第一节　文类的划分

第二节　"集"的概念

第三节　中西文体发展的同步与交叉

第七章　比较诗学

第一节　中西诗学关于文学存在方式的探讨

第二节　中西诗学关于文学存在理由的探讨

　　第三节　中西诗学的哲学基础

第八章　科际整合

　　第一节　文学与自然科学

　　第二节　文学与哲学社会科学

　　第三节　文学与艺术

附录一： 文化多元主义与文学批评（欧文·奥尔德里奇）

附录二： 从影响到接受批评（伊夫·谢弗莱尔）

附录三： 主题学与文学批评（哈利·列文）

附录四： 何谓文类（张汉良）

附录五： 中西文学理论综合初探（刘若愚）

后记

《比较文学原理新编》

北京大学出版社，1998年，乐黛云、陈跃红、王宇根、张辉著

本书是北京大学出版社出版的首部比较文学教材。与其他先此出版的同类教材相比，本教材并不全面论说比较文学学科的历史、类型和方法，而是围绕重要的学科理论问题进行了讨论和清理。本书被广泛用为大学教材。

目录

序

第一章 文化转型与比较文学的新发展

  第一节 二十世纪与文化转型时期

  第二节 世纪转折时期的文化危机

  第三节 文化危机呼唤新的人文精神

    一、比较文学在未来文化发展中的地位

    二、异质文化之间文学的互识、互证和互补

三、比较文学研究将更加深入文化内层

四、比较文学向总体文学发展

五、翻译在比较文学学科中被提到非常重要的地位

六、文学的跨学科研究

第二章　历史、现状与学科定位

第一节　比较文学产生的历史条件与学理依据

一、学科产生的历史条件

二、学科产生的学理依据

第二节　发展中的定位与定位中的发展

一、学科发展及发展中存在的问题

二、当代历史文化语境对学科定位与发展的要求

三、发展与定位的原则：动态平衡

第三章　方法化：对话与问题意识

第一节　文学对话与比较文学方法论

一、文学对话与比较文学的方法论基点

二、文学对话与文学研究的跨文化视野

三、文学对话的当代语境与问题意识

第二节　文学对话中的历史联系

一、文化过渡与文学关系研究

二、事实联系与实证研究方法

三、建立历史联系的一般模式

第三节　文学对话中的逻辑关联

一、文学性的优先地位

二、比较文学与文学理论的互动

三、跨文化逻辑关联的价值与困扰

第四节　文学对话的理论维度

一、双向阐发：文学对话的深层意蕴

二、交流理性与文学对话的理论意义

第四章　研究领域：范式的形式及其发展

第一节　方法与范式的互动

第二节　研究类型的建构与流变

第三节　类型化研究的功能模式及其价值取向

第四节　中国比较文学实践与阐发研究类型

第五节　文化语境的转变与研究范式的重组

一、理论进展与比较文学的回应

二、理论冲击下的研究类型更新与发展

三、新的文化语境与类型化研究前景

第五章　比较诗学：文学理论的跨文化研究

第一节　比较诗学的必然性

一、"诗学"概念梳理

二、理论对比较文学的重要性

三、中西比较诗学的必然发民

第二节　同异关系与二元互动：比较诗学的认识论前提

一、共同的诗学问题

二、不同的理论表述

三、二元互动

四、二元动态关系的扩展与演变

第三节　跨文化阐释：比较诗学的方法论基础

一、阐释：文学研究的主要方法论特征

二、跨文化阐释：比较诗学方法论的特异性

第四节　实例分析：中国诗学文本阐释模式的特征

　　一、内外互动互制

　　二、以意逆志与知人论世

　　三、本文与互文

《透过历史的烟尘》

北京大学出版社，1997年

本书是乐黛云教授的一部学术散文与论文集。和《我就是我》一样，其中回忆亲人、师友的文章为中国知识分子留下了一份真实而宝贵的记录。

目录

序

我的选择 我的怀念

透过历史的烟尘——纪念一位已逝的北大女性

一个冷隽的人 一个热忱的人——纪念吾师王瑶

大江阔千——季羡林先生二三事

茅盾在北大

自由的精神与文化之关切——我所知道的北大校长们

探索人的生命世界——漫谈沈复和他的《浮生六记》

不同文化中关于月亮的传说和欣赏

作为《红楼梦》叙述契机的石头

解构心态与当代创作

商谈古今中西文化发展大事——记西湖之滨的一次学术聚会

文化冲突及其未来——参加突尼斯国际会议的随想

多民族文化研究的广阔前景——祝中国少数民族比较文学研究会成立

从世界文化交流看华文文学研究

积极推进文学研究中的新思想和新观念

比较文学研究的新视野

朝向一种总体文学研究

在寻找中西文化普遍性中的误读

文学影响的双向交流

双向阐发一例

文学的幻影

文化的折射

事件的历史和叙述的历史

鲁迅研究：一种世界文化现象

倾听这明快向前的脚步

别一种青春

他们战死在山城

典雅、灵慧的女批评家

追寻片刻恬适的心境

父亲与童年

学生生涯

我与中国文化书院奇人杜亚泉——上虞行之一

天台苦行者——上虞行之二
白马湖畔——上虞行之三
竺可桢科技园——上虞行之四

《绝色霜枫》

百花洲文艺出版社，2000年

　　本书是作者的学术散文与论文结集，可以被视为《透过历史的烟尘》一书的姊妹篇。其中既有作者对中华人民共和国成立初期大学生活的记录，也有对诗学问题的细致分析。

目录

总序

第一辑

流年似水

我们的书斋

我在北大中文系——1948

"啊！延安？……"

绝色霜枫

我所认识的北大校长们

沧海月明

他们战死在山城

真情 真思 真美

第二辑

另一种青春

叛逆 牺牲 殉道

无名、失语中的女性梦幻

中国女性意识的觉醒

漫谈中国艺术的四绝之一：灯谜

中国的世纪末颓废

鲁迅的《破恶声论》及其现代性

孤独乾的怨愤

作为《红楼梦》叙述契机的石头

21世纪——多元文化的世纪？

中国传统文学批评的一些特点

如何对待自身的传统文化

中西诗学中的镜子隐喻

诗歌·绘画·音乐

后记

《跨文化之桥》

北京大学出版社，2002年

本书为乐黛云教授20世纪90年代的论文结集。本书是作者面对新世纪、新问题从比较文学与比较文化角度进行冷静思考的结晶，也记录了作者在新语境下沟通中外、连接古今的期望与努力。作者认为："比较文学即跨文化与跨学科的文化研究，它本身就是不同文化与不同学科之间的沟通之桥。"她在前言中指出："近年来，本人特别关注在经济、科技全球化的大趋势下，如何通过文学促进文化的多元发展和不同文化间的沟通和理解，既反对文化霸权主义，也反对文化孤立主义；主张既从他种文化吸取营养，又在与他种文化的比照中，认识和克服自己的弱点，并将已有特长贡献于解决人类的共同问题。例如探讨如何使极其丰富的中国传统诗学为现代所用，即在中国传统诗学的基础上，参与现代世界重大文艺理论问题的讨论，使之成为建构未来文艺理论的重要组成部分。"

目录

前言

我的比较文学之路（代序）

第一编 面向跨文化、跨学科的新时代

迎接文化发展中的问题及其前景

文化转型与新人文精神

互动认知：比较文学的认识论和方法论

文化相对主义与比较文学

比较文学的国际性与民族性

文化差异与文化误读

文化冲突及其未来——参加突尼斯国际会议的随想

以特色和独创主动进入世界文化对话

中西诗学对话中的话语问题

朝向诗学发展的一个新阶段——一次汇通古今中外诗学术概念的尝试

欧洲中心主义与诗学——重读杨周翰先生的《欧洲中心主义论评》

中西跨文化文学研究五十年

第三世界文化的提出及其前景

古今中西的百年讨论——西湖之滨的一次学术聚会

文学与自然科学

文学与哲学、社会科学

诗歌·绘画·音乐

跨学科研究的新成果——评乔山的《文艺伦理学初探》

中国文化人类学的重要成果

第二编 传统，在现代诠释中

继承传统，重在创新

中国文化遗产的传递——在西班牙"文化遗产的传递"国际研讨会上的发言

世界文化对话中的中国现代保守主义——重估《学衡》

"昌明国粹，融化新知"——汤用彤与《学衡》杂志

文化更新的探索者——陈寅恪

中西诗学中的镜子隐喻

中国传统文学批评的一些特点

叙述模式：中国小说从传统到现代

封建末世知识分子的一个侧面——漫谈沈复和他的《浮生六记》

无名、失语中的女性梦幻——18世纪中国女作家陈端生和她对女性的看法

作为《红楼梦》叙述契机的石头

文化对话与世界文学中的中国形象

不同文化中关于月亮的传说和欣赏

第三编 重新解读现当代文学与文化

关于现实主义的两场论战——卢卡契对布莱希特与胡风对周扬

研究"现实"与研究"存在"

解构心态与当代创作

在理论的十字路口——西方文学理论在80年代中国

自由的精魂与文化之关切——《北大校长与中国文化》序

中国女性意识的觉醒——30年代和80年代中国小说的一个侧面

传统文学和当代文学中的中国妇女

牺牲·殉道·叛逆——现实和文学中的中国女性

鲁迅研究：一种世界文化现象

鲁迅的《破恶声论》及其现代性

重读鲁迅的《孤独者》

20年代知识分子心态的探索——论茅盾的《虹》和《蚀》

茅盾在北大

真情·真思·真美——读季羡林先生的散文

中国的世纪末颓废——最后一个唯美派诗人邵洵美

我与中国文化书院

《比较文学简明教程》

北京大学出版社，2003年

该教材被列入"教育部人才培养模式改革和开放教育试点教材"，其编写指导思想是尽量符合比较文学学科的动态性及其发展，并更能适合广大学生和一般读者的理解程度。

目录

第一章 文学研究的新途径——比较文学

    第一节 文学研究的三种途径：文学理论—文学批评—文学史

    第二节 文学研究的另一种途径：比较文学

    第三节 比较文学起源于了解他人的兴趣

    第四节 比较文学寻求他种文化的应和

    第五节 比较文学在与不同文化和不同学科的关系中寻求文学的生长点

第二章　为什么要学习比较文学

第一节　我们所处的时代——文化转型

第二节　文化转型与文化多元

第三节　比较文学有助于多元文化的发展

第四节　比较文学有助于扩展人们的精神世界

第五节　比较文学有助于从他人观点更好地理解自己

第六节　比较文学是参与和更新世界文学建构的重要途径

第三章　比较文学的历史

第一节　比较文学的发端

第二节　比较文学在法国的发展

第三节　比较文学在美国的发展

第四节　比较文学在俄苏和其他国家

第五节　比较文学的进一步发展——定义之争

第四章　比较文学在中国的崛起

第一节　中国比较文学的源头

第二节　比较文学作为一门学科在中国的出现及其发展

第三节　钱钟书和他的《管锥篇》

第四节　六七十年代中国比较文学在港台地区的发展

第五节　中国比较文学的新起点

第五章　差别·类同·流变

第一节　"和而不同"是研究比较文学的重要原则

第二节　素材—题材—题旨—主题

第三节　题材、题旨和主题的比较研究

第四节　主题和题材的流变

第五节　意象、象征、原型的比较研究

第六章　接受·影响·交流

　　第一节　接受理论的基本内容

　　第二节　传统的影响研究

　　第三节　接受理论与影响研究

　　第四节　接受与影响的多种模式

第七章　诠释·理解·翻译

　　第一节　诠释的多样性

　　第二节　诠释循环与过度诠释

　　第三节　互动认知与双向诠释

　　第四节　翻译在比较文学中的地位

第八章　比较文学视野中的诗歌、小说、戏剧和文类

　　第一节　中西诗歌比较研究

　　第二节　中西小说比较研究

　　第三节　中西戏剧比较研究

　　第四节　中西文类比较研究

第九章　比较文学视野中的文学理论

　　第一节　中西诗学关于文学存在方式的探讨

　　第二节　中西诗学关于文学存在理由的探讨

　　第三节　中西诗学的哲学基础

第十章　西方文艺思潮与中国现代文学

　　第一节　形成性影响与欧洲现代文学主潮

　　第二节　西方浪漫主义的传入与影响

　　第三节　西方现实主义的传入与影响

　　第四节　西方现代主义的传入与影响

第十一章　跨学科研究：文学与自然科学

　　第一节　跨学科文学研究与比较文学

　　第二节　自然科学与人文科学

　　第三节　系统论、信息论与文学

　　第四节　熵与文学

第十二章　文学与哲学社会科学

　　第一节　文学与社会的联系

　　第二节　文学与思想观念

　　第三节　文学与心理学

　　第四节　文学与社会学

第十三章　文学与艺术

　　第一节　文学与其他艺术形式之间的相互配合与启发

　　第二节　文学与其他艺术形式之间的功能互换

　　第三节　文学与其他艺术形式之间的思潮汇通

　　第四节　文学与其他艺术形式之间的差别

　　第五节　文学与其他艺术形式之间的超越——出位之思

　　附录：全球化语境下的中国比较文学

　　阅读书目

　　后记

《比较文学与中国：乐黛云海外讲演录》

北京大学出版社，2004年

本书收录了作者自1981年至2002年在欧美地区的英文著述与讲演。全书内容分为六大部分：中国比较文学的历史、现状与展望；文化研究；比较诗学的理论建设与个案研究；西方思想对中国的影响；中国的知识分子；中国女性主义研究。

CONTENTS

1. Acknowledgment
2. Comparative Literature in China
3. Comparative Literature and Humanistic Spirit in the Coming Century
4. Multiculture and the Development of Comparative Literature
5. Plurality of Cultures in the Context of Globalization and a New Perspective of Comparative Literature

6. Notes on Comparative Literature at the Turn of the Century

7. Teaching Literary History in China and the Canon of Comparative Literature

8. Present Conditions and Prospects of Chinese Comparative Literature

9. Cultural Differences and Cultural Misreadings

10. Cultural Relativism and the Principle of Harmony in Difference

11. Cultural Self-Consciousness and Cultural Coexistence

12. Understandings on Reciprocal Cognition

13. Public Culture in China Today

14. The Images of the Moon in Different Culture

15. Metaphor of Mirror in Western and Chinese Poetics

16. The Transformation of Narrative Modes: From Traditional to Modern Chinese Fiction

17. Chinese Cultural Heritage and Its Transmission

18. Word, Symbol, and Meaning in the Context of Chinese Poetics

19. Some Characteristics of Chinese Intellectuals Found in Fiction

20. Gentleman (君子) in Confucianism and Perfect Man (至人) in Taoism——on Their Attitudes toward Melancholy

21. The First Anecdotal Collection Describing the Lives of Intellectuals

22. Intellectuals at an Impasse and the Collapse of Feudal Society：*Six Chapters of a Floating Life* (浮生六记)

23. On Western Literary Theory in China

24. Nietzsche in China

25. Nietzsche, Zola, and Mao Dun

26. On Two Controversies over Realism——A Comparative Study of the Controversy

Between Lukacs and Brecht & that Between Hu Feng (胡风) and Zhou Yang (周扬)

27. Fin-de-Siecle Decadence in China—Shao Xun-mei (邵询美): A decadent poet in China

28. Images of Modern Chinese Intellectuals in Modern Chinese Literature—*Eclipse* (蚀) and *Rainbow* (虹) by Mao Dun

29. The Young Intelligentsia in the War Years—*Children of the Rich* (财主的儿女们) by Lu Ling

30. Chinese Intellectuals of the 1950s—*Bu Li* (布礼) by Wang Meng

31. Chinese Women in Traditional and Contemporary Chinese Literature

32. Woman and Romance in Chinese Literature

33. The Awakening of the Chinese Feminist Consciousness—Thirties and Eighties

34. Treachery, Sacrifice, Martyrdom—Chinese Women in Literature and Reality

三、编著叙录

《茅盾论中国现代作家作品》

北京大学出版社，1980年

    本书收集茅盾主要的现代作家论和作品论，由茅盾亲自题写书名。编者前言介绍本书说：茅盾是我国五四以来影响很大的作家和评论家。本书辑录五四运动至新中国成立30年间茅盾论现代作家作品的文章34篇。编者指出在这些文章中，茅盾始终坚持革命现实主义的批评原则，强调文艺作品必须正确概括广阔的生活现象并提出重大社会问题，塑造典型人物；他坚持不懈地反对文艺创作中的公式化、概念化倾向，要求作家深入生活、不断提高艺术水平；他很早就指出："生活的偏枯结果是艺术的偏枯。"他结合自己的创作经验，对新民主主义革命30年间出现的很多文学现象和作家作品都进行了精到的深入分析；尤其对新进的青年作家更是给予特殊的关注，帮助他们具体总结经验，指出作品得失。这些文章对于研究茅盾文艺思想发展是必不可少的资料，对于了解五四以来文艺批评的动向和总结现代作家创作经验、繁荣当前文艺创作也有重要参考价值。

目录

一

《中国新文学大系·小说一集》导言

二

鲁迅论

王鲁彦论

徐志摩论

女作家丁玲

庐隐论

冰心论

落花生论

三

读《呐喊》

读《倪焕之》

《地泉》读后感

《法律外的航线》

读了田汉的戏曲

丁玲的《母亲》

一个青年诗人的"烙印"

王统照的《山雨》

彭家煌《喜讯》

读《上沅剧本甲集》

《西柳集》

诗人与"夜"

关于乡土文学

谈《赛金花》

叙事诗的前途

《窑场》及其他

关于《武则天》

《北方的原野》

读《北京人》

读《乡下姑娘》

关于《遥远的爱》

《呼兰河传》序

关于《吕梁英雄传》

关于《李有才板话》

论赵树理的小说

关于《虾球传》

《国外鲁迅研究论集》

北京大学出版社，1981年

本书收录的论文重点把鲁迅作为一个有着世界性影响的思想家、革命家与作家进行研究和剖析，反映了20世纪60年代到80年代国外鲁迅研究的基本面貌和特点。

目录

前言

鲁迅：文学与革命——从摩罗到马克思　（美）哈雷特·密尔斯作　龚文庠译

鲁迅的复杂意识　（美）林毓生作　尹慧珉译

自愿面对历史的必然——鲁迅、布莱希特和沙特　（美）薇娜·舒衡哲作　乐黛云译

一个作家的诞生——关于鲁迅求学经历的笔记　（美）李欧梵作　盛

宁译

　　革命文学论战中的鲁迅 （日）丸山升作 严绍璗译

　　中国的三十年代与鲁迅 （日）竹内实作 严绍璗译

　　鲁迅的创新 （苏）谢曼诺夫作 李明滨译

　　鲁迅对中国现代文学批评史的贡献以及他为马克思主义统一战线而进行的斗争 （捷）马里安·盖力克作 韩敏中译

　　俄国文学对鲁迅的影响 （荷）D.佛克马作 叶坦、谢力红译

　　鲁迅小说的技巧 （美）帕特里克·哈南作 张隆溪译

　　故事的建筑师语言的巧匠 （美）威廉·莱尔作 尹慧珉译

　　鲁迅作品的黑暗面 （美）夏济安作 乐黛云译

　　论鲁迅小说创作的中断 （澳）梅贝尔·李作 牛抗生译

　　鲁迅诗话 （日）高田淳作 严绍璗译

　　鲁迅的讽刺故事 （苏）波兹德涅耶娃作 阮积灿译

　　周氏兄弟与中国散文的发展 （日）木山英雄作 刘振瀛译

　　鲁迅的《怀旧》——中国现代文学的先声 （捷）雅罗斯拉夫·普实克作 沈于译

　　《狂人日记》——"狂人"康复的记录 （日）伊藤虎丸作 王保祥译

　　鲁迅的《药》 （加拿大）M. D. 维林吉诺娃作 乐黛云译

　　附录：近二十年国外鲁迅研究论著要目

《中国比较文学年鉴1986》

北京大学出版社，1987年，乐黛云、杨周翰主编，张文定编纂

本年鉴反映了中国比较文学自20世纪80年代复兴以来的发展态势，全面展示了当时比较文学学科研究的进展，汇集了大量关于比较文学研究与教学的文献数据。

目录

编者说明

前言

年鉴寄语

| 专文

国际比较文学研究的动向

中国比较文学的现状与前景

Ⅱ 中国比较文学学会成立大会暨首届学术讨论会

在中国比较文学学会成立大会暨首届学术讨论会上的开幕词

空前的盛会 广阔的前景——记中国比较文学学会成立大会暨首届学术讨论会

中国比较文学学会章程

比较文学研究的发展方向和今后的工作

祝贺和希望

桥梁与目的

Ⅲ 比较文学的理论和方法

钱钟书谈比较文学和"文学比较"

是该设立比较文学学科的时候了

比较文学和文学史

什么是比较文学

我和比较文学

比较文学和民族自豪感

中国比较文学研究的过去、现在与将来

比较文学的名与实

中国比较文学研究概貌和展望

关于比较文学研究可比性问题的争议

比较文学的理论与实践(座谈记录)

漫谈比较文学

比较文学与文学比较

比较文学的两个支柱

比较文艺学漫说

中外比较文学研究的前景

翻译中的文化比较

Ⅳ 比较文学论文选摘

第一部分

曹雪芹不是叔本华

李渔论戏剧结构

中日的自然诗观

诗可以怨

刘勰的譬喻说和歌德的意蕴说

杜甫和歌德

东方和西方古典美学理论的比较

比较中西文论中关于创作灵感的一些认识

吴敬梓与菲尔丁之尝试比较

中西戏剧美学的不同体系

《梨俱吠陀》的祭祖诗和《诗经》的"雅"、"颂"

阿Q和堂·吉诃德形象的比较研究

五四运动与文艺复兴

娴熟多变的灵魂摄像

王熙凤与郝思嘉比较研究一得

一节历史掌故，一个宗教寓言，一篇小说

李白诗歌崇高美与西方艺术崇高美的比较

文学艺术的假定性

中西喜剧观念比较

中西悲剧观探异

诗无达诂

"复调小说"及其理论问题

也谈唐诗自然意象的具体性

河、海、图——《红楼梦》、《莫比·迪克》和《哈克贝里·芬》的比较研究

预言式的梦在《埃涅阿斯纪》与《红楼梦》中的作用

中西方文学批评的心态层次比较

中国古代为何鲜有系统的文艺理论著述

评马提斯《笔记》

中西文论方面几个问题的初步比较研究

弥尔顿的悼亡诗——兼论中国文学史里的悼亡诗

《乐记》与《诗学》的比较研究——兼论中西艺术的美学性格

意境说与典型论产生原因比较

金圣叹的"亲动心"与福楼拜的"深入"说

风云变幻中的迷惘——漫谈现代派与莎士比亚的"寻找自我"

法国的"新小说"与中国的《红楼梦》及其它

《围城》与《弃儿汤姆·琼斯的历史》

说中西灵感观

中西美学比较方法论的几个问题

中西戏剧比较及其他

中西诗歌内在人物性探异

浅谈中西古典爱情诗的不同

中西隐逸诗人

司马迁与普鲁塔克

倾国倾城——杨贵妃和埃及女王的形象比较

中西古代短篇小说几个问题的比较研究

盘古神话与日本犬婿型故事比较研究

诗乐异同论

形象与性格

东西辉映的先秦寓言与伊索寓言

印度《舞论》和我国古代文论几个问题的比较

第二部分

闻一多和外国诗歌

印度文学在中国

鲁迅前期小说与安特莱夫

论鲁迅作品与外国文学的关系

尼采与中国现代文学

西方文艺思想和《红楼梦》研究梅兰芳、斯坦尼斯拉夫斯基和布莱希特戏剧观比较

鲁迅前期美学思想与厨川白村

《赵氏孤儿》中的神奇及其演变

西方影响与民族风格

印度《五卷书》和中国民间故事

《原野》与表现主义

外来文艺思潮和五四新文学

奥尼尔与尼采

创作个性·思想探索·形象体现——巴金和托尔斯泰创作特色初探

中国新诗中的现代主义——一个回顾

试论欧洲十四行诗及波斯诗人

默凯延的鲁拜体与我国唐代诗歌的可能联系

西方现代派诗与九叶诗人

鲁迅在日本留学时期与西方文学的接触和他的哲学探索

关于中国古典诗歌对美国新诗运动影响的几点争议

试论戴望舒诗歌的外来影响与独创性

现代派对中国二十年代小说之影响

郁达夫与日本的"自我小说"

朱光潜与尼采

艾米·洛厄尔与中国诗

试论西方现代派戏剧对中国现代话剧发展之影响

越南文学与中国文化

茅盾与外国文艺思潮流源

歌德——魏玛的孔夫子

爱伦·坡与中国现代文学

中西诗歌多彩交辉的旅程

创造社前期小说与现代主义思潮

在世界文学格局中的我国当代文学

禅与诗人的宗教

冰心与泰戈尔

易卜生和中国现代文学

"维护说"析——庞德诗歌理论及其与孔子思想的关系

苏中两国军事文学上的某些影响和联系

白居易文学在日本中古韵文史上的地位和意义

巴金与欧美恐怖主义

论弗洛伊德的文学观点及其对西方现当代文学的影响

在广泛的世界性联系中开辟民族文学发展的新道路

中国园林和十八世纪英国的艺术风尚

林语堂与东西文化

郭沫若早期文学观与西方文学理论

西方文学的影响与老舍的思想艺术

瑟加兰的《碑林集》与中国文化

普列汉诺夫的文艺论著在中国之回顾

悟空形象原形研究综述

俄国A.奥斯特洛夫斯基《大雷雨》和中国曹禺《雷雨》中的妇女形象（博士论文）

Ⅴ 中国比较文学学科建设和教学

中国高校开设的比较文学课程一览

天津师范大学开设比较文学课程

中山大学的比较文学教学

南京师范大学的比较文学讲座

实验中的比较文学概论课

杭州大学的比较文学教学

复旦大学的比较文学教学和科研

广西大学开设比较文学课

厦门大学的比较文学教学

山东大学开设比较文学概论课

南京大学的比较文学教学和研究生培养

科本教授的《比较文学导论》课

讲授《中外小说比较》课的点滴心得

略谈英语专业开设比较文学课的几个问题

比较文学课在华东师大

深圳全国比较文学讲习班

VI 中国比较文学学术团体、刊物、教学科研机构

学会、研究会

中国比较文学学会

北京大学比较文学研究会

辽宁省比较文学研究会

山东大学比较文学研究会

上海市比较文学研究会

吉林省比较文学研究会

江苏省比较文学研究会

教学研究机构

北京大学比较文学研究所

深圳大学比较文学研究所

广西大学比较文学教研中心

北京师范大学比较文学教研室

上海师范大学比较文学课题组

北京外语学院比较文学研究室

南开大学比较文学研究室

南京师范大学比较文学研究中心

四川大学外国文学比较文学教研室

中南民族学院比较文学研究室

西安外国语学院比较文学研究室

刊物

中国比较文学

文贝（COWRIE）

北京大学比较文学研究会通讯

比较文学与外国文学

文学比较研究通讯

比较文学研究与资料

国外文学

Ⅶ 学术活动

中国现代文学思潮流派问题学术交流会

"歌德与中国"国际学术讨论会

比较文学的国际盛会

天津比较文学讨论会

辽宁省比较文学学术讨论会

中美双边比较文学讨论会

在中美比较文学学者双边讨论会上的发言

南宁比较文学教学讨论会

广州文学比较研究学术讨论会

"席勒与中国·中国与席勒"国际学术讨论会

以文会友——记印度与世界文学国际讨论会及蚁垤国际诗歌节

Ⅷ 中国比较文学学者简介（略）

Ⅸ 纪事

中国比较文学纪事（1978—1985）

Ⅹ 台港的比较文学研究

Ⅺ 国外比较文学

国际比较文学协会简介

国际比较文学协会章程

比较文学和法国学派

比较文学和美国学派

苏联比较文学：历史、现状和特点

德国比较文学的历史与现状

日本比较文学

埃及比较文学的发展

XII 资料

中国比较文学研究资料目录辑录

《中西比较文学教程》

高等教育出版社，1988年，乐黛云主编，刘波、孙景尧、应锦襄副主编

本书是作者在1987年"全国中西比较文学师资培训班"讲义的基础上修订而成，它在宏观的文化发展中考察比较文学，在几个比较文学的中心问题上做了充分的阐述，并就主要的几个文类做了具体示范。

目录
第一章 当代世界文化趋势与比较文学发展的必然性
第一节 20世纪世界文化发展的总趋势

第二节 文化同质与文化异质

第三节 比较文学发展的必然性

第二章　比较文学的性质、范围和意义

第一节　比较文学的性质

第二节　比较文学的研究范围

第三节　比较文学的意义

第三章　比较文学的历史和现状

第一节　比较文学的兴起

第二节　比较文学的发展，学派与危机

第三节　比较文学在中国的勃兴和发展

第四节　当前国际比较文学研究动向

第五节　比较文学在中国的复兴和前景

第六节　台湾和香港的比较文学研究

第四章　接受和影响

第一节　传统的影响研究

第二节　70年代的接受理论

第三节　接受理论对影响研究的刷新

第四节　接受和影响的模式

第五章　中西文学的相互交往与融合

第一节　欧洲文学的发展和中国文学

第二节　中国文学的发展与外国文学

第三节　五四以来的中西文学关系

第六章　媒介学

第一节　媒介的方法

第二节　媒介的途径

第三节　译介学

第七章　主题学

第一节　主题学的产生及其在比较文学中的地位

第二节　主题学的定义

第三节　主题学的研究对象

第八章　文类学

第一节　文类学研究的历史

第二节　文学类型和体裁的研究

第三节　文学风格研究

第九章　跨学科研究

第一节　文学与艺术

第二节　文学与哲学社会科学

第三节　文学与自然科学

第十章　中西诗歌比较研究

第一节　中西诗歌的基本特点

第二节　中西诗歌比较研究的要求

第十一章　中西小说比较

第一节　从发展渊源看中西小说之异同

第二节　主题学方面的对比研究

第三节　中西小说的表现手段

第十二章　中西戏剧比较研究

第一节　不同渊源形成了不同的文体特征

第二节　戏剧理论概念的不同内涵

第三节　戏剧技法的不同特点

第十三章　中西文论比较研究

第一节　中西文论比较研究的提出及其特殊困难

第二节　两种不同文化体系中的两文艺理论模式
　　第三节　中西文论比较研究的意义和前景
附录一：中国比较文学纪事（1978—1987）
附录二：比较文学参考书目
后记

《西方文艺思潮与二十世纪中国文学》

中国社会科学出版社，1990年，乐黛云、王宁主编

本书运用比较研究的方法，就西方的现实主义、浪漫主义等思潮对中国文学观念的影响等问题及中国现当代作家和作品都进行了扎实的论证。

目录
序　乐黛云
中国文学中的现代思潮概观　伍晓明
浪漫主义的影响与流变　伍晓明
现实主义观念的嬗变及文学现象　温儒敏
现代主义思潮的渗透及形变　张宇红
弗洛伊德主义与二十世纪中国文学　王　宁
文学中人道主义的兴衰　罗　钢
现代诗歌中的现代主义　孙玉石

英美诗歌对"五四"新诗的影响　黄维樑
新诗的期待视野　金丝燕
二十世纪中国戏剧中的表现主义　张　浩
西方文艺思潮与新时期文学　王　宁
新时期文学的世界性　孙　津

《超学科比较文学研究》

中国社会科学出版社，1989年，乐黛云、王宁主编

本书打破了传统的文学研究模式，所收论文分别从文学与其他学科、文学与其他艺术、中西文学理论比较三个方面论及文学与哲学、语言学、宗教、文化、音乐以及后结构主义、后现代主义之关系等重要课题。

目录

序
导论
文学与其他学科
文化世界与文艺世界
文学与哲学
语言学和文学研究
进化论与文学

文学与宗教

文学与其他艺术

文学艺术的形态

文学与音乐

诗歌与绘画

后结构主义分解批评

现代主义与后现代主义文艺

中西文论的哲学背景

悲剧英雄与悲剧精神——对中西悲剧的人的透视

弗洛伊德主义文艺观及其对中西方文学的影响

Literatures, Histories and Literary Histories
—The Proceedings of the 2nd Sino-U.S. Comparative Literature Symposium

辽宁大学出版社，1989年，杨周翰、乐黛云主编

本书共收录了中、美、法等国学者的13篇英文论文，按照"叙事，历史与文学史""神话与意象：接收和翻译""传统：新与旧"三个主题编目。

CONTENTS

Literatures, Histories, and Literary Histories (Earl Miner)

Ruined Estates: Literary History and the Poetry of Eden (Stephen Owen)

Literary History: Another Tradition (Wang Zuoliang)

Ideology and Korean Literary History (Peter H. Lee)

Fictionality in Historical: Different Interpretations (Yang Zhouhan)

The Transformation of Narrative Modes from Traditional to Modern Chinese

Fiction (Yue Daiyun)

The Maladjusted Messenger: Rezeptionasthetik in Translation (Eugene Eoyang)

The Myth of the Other: China in the Eyes of the West (Zhang Longxi)

Cultural Filtration and Classical Chinese Poetry (Pauline Yu)

Where the Lines Meet: Parallelism in Chinese and Western Literatures (Andrew H. Plaks)

A Precis of Chinese Modern Literature and the Traditional Literature (Jia Zhifang)

Resource and Tradition (Sun Jingyao)

《欲望与幻象——东方与西方（国际比较文学学会第十三届年会（东京）中国学者论文集）》

江西人民出版社，1991年，乐黛云主编，刘国藏副主编

本书为国际比较文学学会第十三届年会（东京）中国学者论文集，并按照论文内容重新统一安排为七组话题：第一组讨论文学所反映的欲望与理想；第二组讨论文学的幻想和形象；第三组讨论中外诗学；第四组讨论文学影响和交流；第五组讨论跨学科文学研究；第六组讨论第三世界与先锋派文学；第七组讨论当代电影中的意识形态问题。

目录

前言

大自然与作家的理想——莎士比亚《皆大欢喜》与迦梨陀娑《沙恭达罗》

爱与性：宇宙生成的三个方式

天国的竖琴——中国诗歌中的死亡意识

戏剧的欲望与欲望的戏剧——中国傩（戏）与日本能（乐）之比较

欲望的荒谬——莎士比亚《特洛伊罗斯与克瑞西达》和汤显祖《邯郸梦》的比较研究

中国诗歌的想象感染力

中英诗歌中的"意象"

伏尔泰笔下的乌托邦与中国

哈代沈从文的逃避主义

文明末日劫难前的颤栗——中西文学末日意识比较

"多余人"形象的嬗变——兼论个人和社会分裂的主题

中西诗学对话：现实与前景

中西诗学中的镜子隐喻

阿列克谢耶夫——中西比较诗学研究的前驱

细读法和钱钟书的微观批评

中西诗人的游历诗歌

契诃夫对中国现代戏剧的影响

视野的差异——寒山诗的评价与接受

永恒的变体——从"中国瓷盘"到"汉学家的图书馆"——西方文学作品中国形象探讨

中国诗人白居易与日本文学中的唯美、感伤风格

联系东西方的贤智之间的桥梁建造者——罗曼·罗兰与中国

宗教与文学：终极关怀与终极追求

从摩崖刻石看中国文学的造型意识及美学思想

面具文学与戏剧美学

论文学翻译的创造性叛逆

"元"小说在中国的兴起

格非与当代文学话语的几个母题

现代主义和后现代主义及其20世纪中国文学中的命运

初级社会主义文化与第三民办的中国电影

新中国电影与第三世界文化批评

电影观众欲念分析——《红高粱》与《末代帝皇》比较研究

《当代英语世界鲁迅研究》

江西人民出版社，1993年

鲁迅研究在当代已成为一种世界文化现象，本书精选80年代西方英语世界鲁迅研究专家的代表性文章，内容分为四大部分：鲁迅的创作、鲁迅思想研究、鲁迅与中外文学、对鲁迅的诠释和接受，反映了以世界文化大汇合为大背景的鲁迅研究的潮流。本书可以被视为《国外鲁迅研究论集》一书的姊妹篇。

目录

鲁迅研究——一种世界文化现象（序）

鲁迅的小说——孤独者与大众

鲁迅的小说——现代性技巧

鲁迅与中国现代短篇小说

鲁迅创作中的传统与现代性

鲁迅的杂文

生命与现实的全方位审视

《野草》：希望与绝望之间的绝境

关于知识分子鲁迅的思考

从庄子到尼采：论鲁迅的个人主义

鲁迅关于文学与革命的观念的变化

鲁迅与马克思主义美学和苏联文学

鲁迅和尼采：1927年后的影响和共鸣

胡风与鲁迅的批评遗产

一个中国高尔基的形成——1936—1949的鲁迅

鲁迅与文学保护者的形象

欧美对鲁迅的接受——普及与学术研究的动机

《世界诗学大辞典》

春风文艺出版社，1993年，乐黛云、叶朗、倪培耕主编

本书是对中国、印度、阿拉伯、日本、欧美五大文明体系的诗学术语、概念、范畴和命题的首次汇总尝试。乐黛云在序中指出："当代诗学所面临的问题就是如何总结世界各民族文化长期积累的经验和理论，从不同角度来解决人类在文学方面所碰到的问题"，从而"在东西融合、古今贯通的基础上，使诗学作为一门理论科学进入真正世界性和现代性的新阶段，而且在相互比照中，也许有助于进一步显示各民族诗学的真面目、真价值和真精神"。

总目
序
凡例
地区分类目录

辞典正文(A-Z)

后记

汉字笔画索引

中外文对照索引

《多元文化语境中的文学——中国比较文学学会第四届年会暨国际学术讨论会论文集》

湖南文艺出版社，1994年，乐黛云、张铁夫主编

乐黛云在名为"比较文学新视野"的序言中指出："比较文学无非是一种文学的新视野，它的跨文化、跨学科、跨时代的根本性质必然使它在将到来的新世纪得到更大发展，并为铸造未来的多元共存的世界新文化做出应有的贡献。"

目录

乐黛云 比较文学新视野（代序）

乐黛云 中西诗学对话中的话语问题

杜威·佛克玛（荷兰乌特勒支大学） 文化相对主义的相对性

钱中文 对话的文学理论——误差、激活、融化与创新

周英雄（中国香港中文大学） 一元与多元之间

赵毅衡（英国伦敦大学）文本离场，批评进场——当代诗学的一个趋势

刘庆璋 王国维与康德：中西诗学对话的范例

丁尔苏 文本·经典·权力

川本浩嗣（日本东京大学） 短诗中的诗学问题：俳句和意象派诗歌

张少雄 寻找跨文化、超时代的诗的定义

周伟民 文化典律的形成与中西文学史观的当代性与主体性

王宇根 中国语境中的诠释循环

周乐诗 换装：在边缘和中心之间——女性写作传统和女性主义批评策略

罗成琰 现代中国浪漫文学思潮与西方文学

高旭东 中国本土与异域文化冲突的基本类型及转换

刘耘华 附会与误解：一种错位的契合——明清之际中西文化转换机制初探

葛中俊 厄普敦·辛克莱对中国现代文学的影响

孟庆枢 寻找精神乐园——在中西文化碰撞中的中国文化的课题

丁奎福（韩国高丽大学）《九云梦》与《九云记》之比较研究

饶芃子 中西小说渊源、形成过程比较

让–马克·莫哈（法国斯特拉斯堡大学） 比较文学的形象学

张铁夫 普希金诗歌中的《圣经》题材

何云波 终极价值的寻求——文学与宗教精神之一

张 弘 现代语言哲学与文学观念的演化——一个超学科的考察

傅述先（美国加州大学）《阿Q正传》的世界文学中的新解

叶绪民 神话的分类及其形态系统

孟 泽 启 良 史诗的消亡与中国文学的人文走向

彭兆荣　最富有生命力的一翼——文学人类学批评

热娃·本波拉（以色列特拉维大学）　意识形态：作为季节再现中的主导因素

吴　戈　吴越文化与吴越戏文化

彭　潮　吴越文化与鲁迅及其小说

王家湘　沟通、分离还是溶入？

曾思艺　异国文化背景中的丘特切夫

夏昭炎　玉的美和文学及意境

榎本泰子（日本东京大学）　傅雷与西方音乐

邱运华　回归多元：文化结构与纳博科夫《洛丽塔》的阐释研究

贺祥麟　激变中的美国大学文化

皮民辉　文学广告与广告文学

庹修宏　我国少数民族习俗与神话传说

朝戈金　蒙古史诗与草原文化

谢天振　文学翻译与文化意象的传递

范文美（香港浸会学院）　翻译工作者的选择——兼谈《红楼梦》书名英译的相关问题

罗选民　词·句·话语——论当代文学翻译理论的语言学走向

傅勇林　复义、氛围与诗歌翻译——兼评江枫《西风颂》中文译本

黎跃进　比较文学研究的文化视界——回答比较文学的"危机论"和"消亡论"

刘献彪　中国比较文学教学历史和现状的考察

附：年会主要文献

乐黛云　开幕词

谢天振　比较文学的后顾与前瞻——学术出版委员会工作报告

徐京安 组织委员会工作报告

附录：组织机构及名单

秘书处 秘书处工作报告

陈 惇 闭幕词

陈跃红 迅速汇入当代世界文艺研究的主潮——中国比较文学学会第四届年会暨国际学术讨论会侧记

后记

《独角兽与龙——在寻找中西文化普遍性中的误读》

北京大学出版社,1995年,乐黛云、勒·比雄主编

本书有法文版:*La licorne et le dragon—les malentendus dans la recherche de l'universel*, 2003。本书是"独角兽与龙——在寻找中西文化普遍性中的误读"国际研讨会的论文结集,其宗旨在于揭示千差万别的人类文化有普遍认同的东西,有共同的是非标准;在即将到来的21世纪,人类有可能超越民族中心主义和自身的文化文明而到达另一更高的境界。

目录

序言
他寻找独角兽
在有墙和无墙之间——文化之间需要墙吗?
从文化的多样性到人类的普遍性

中西对话：潜能的问题

识得春江夜雨声

长城的象征

翻译、变异和创造

独角兽与龙

说"墙"

作为文化总体中符号及界限的墙

对话与比较文化

文化差异与文化误读

异文化间浪漫的"误读"

"移花接木"的奇效——从儒学在17、18世纪欧洲的流传看误读的积极作用

文化壁垒、文化传统、文化阐释——关于跨文化交流中的误读及其出路问题

莱布尼茨与中国的易图和汉字

明末中西文化交流中的误读及其创造性

"上帝"与"天"——"必然表述"与"无法表述"的悖论

欧洲中心主义与"中华"思想

附录一："现代思想在后工业化的欧洲和当代中国"

圆桌会议发言录

一、什么是"现代"？

二、从欧洲带来的新信息

三、社会消费和社会时尚

四、我所理解的"现代"与"后现代"

五、什么是"现代思想"？

附录二：关于建立无墙大学的计划和回应

一、关于建立无墙大学的计划

二、对欧洲跨文化学院提出建立"无墙大学"的回应

《北美中国古典文学研究名家十年文选》

江苏人民出版社,1996年,乐黛云、陈珏编选

本书为"海外中国研究丛书"中的一种,其中选收了14位汉学家的论文,反映了20世纪八九十年代西方中国古典文学研究的主要成就,从而为本土研究提供了一个可贵的他者视域。

目录

中国抒情美学 高友工

律诗美学 高友工

自我的完整映象——自传诗 宇文所安

地:金陵怀古 宇文所安

情投"字"合:词的传统里作为一种价值的真 宇文所安

隐情与"面具":吴梅村诗试说 孙康宜

柳是和徐灿:女性还是女权主义? 孙康宜

诗歌的定位——早期中国文学的选集与经典 余宝琳

平行线交汇何方：中西文学中的对仗 浦安迪

逐出乐园之后：《醒世姻缘传》与17世纪中国小说 浦安迪

历史、小说与对中国叙事的解读 余国藩

情僧的索问——《红楼梦》的佛教隐意 余国藩

宗教与中国文学：《西游记》的"玄道"余国藩

明清白话文学的读者层辨识——个案研究 何谷理

明清文人小说中的非因果模式及其意义 何谷理

以文学印证历史：欧阳詹个案 倪豪士

释"梦"——《东京梦华录》的来源、评价与影响 奚如谷

道德责任小说：17世纪40年代的中国白话故事 韩 南

《金瓶梅》导言 芮效卫

诗学中的两极对立范式——中西文学之前提 欧阳桢

捉襟见肘的信使：翻译中的接受美学 欧阳桢

作为中国古典文学研究者的鲁迅 王靖宇

文宴：早期中国文学中的美食 康达维

附：作者简介

后记

《欧洲中国古典文学研究名家十年文选》

江苏人民出版社，1998年，乐黛云、陈珏、龚刚编选

本书为"海外中国研究丛书"中的一本，是《北美中国古典文学研究名家十年文选》的姊妹篇。

目录

《中国人的面孔》序言　鲍吾刚

叶燮的《原诗》：清代早期诗论　卜松山

云之诗学纲要——关于马莉雅·罗厄《陶渊明诗歌创作中云的主题》　桀溺

神弦歌：中国5世纪的通俗宗教诗歌　侯思孟

曹植的神仙思想　侯思孟

阅读王粲　桀溺

反思：中国诗歌语言及其与中国宇宙论之关系　程抱一

《型世言》：300年后重现于世的小说集　陈庆浩

《金瓶梅》面面观　雷威安

《金瓶梅词话》法译本介绍　雷威安

《柳毅传》及其类同故事　杜德桥

尉迟迥在安阳：一个8世纪的宗教仪式及其神话传说　杜德桥

17世纪小说中的一次进香之旅：泰山与《醒世姻缘传》杜德桥

元代戏剧　威廉姆·杜比

诸宫调研究：对于不同见解的重估　伊维德

诗人、大臣和僧侣的冲突：1250—1450年间杂剧中的苏轼形象　伊维德

性与贞：弘治本《西厢记》中莺莺的形象塑造　伊维德

中国早期的戏剧和戏院　威廉姆·杜比

附：作者及内容简介

后记

《文化传递与文学形象》

北京大学出版社，1999年，乐黛云、张辉主编

本书为"文化对话与文化误读"国际研讨会的论文结集，所收论文在跨文化对话的语境中而不是在欧洲中心主义的背景下认识中国与世界文化所面临的问题与挑战，可以说它是中外学人之间直接对话的一种有益尝试，是全球化与民族化所形成的文化张力中一个生动的文化对话文本。

目录

前言

第一部分 文化相对主义与多元文化

文化相对主义的意义与局限

文化相对主义与"和而不同"原则

文化相对主义与文学价值

"无法沟通"的神话——文化相对论的符号学批判

相对主义的挑战和理解"他者"

西方、东方与多元文化中的文学经典

关于多元文化主义及其局限

欧洲中心主义与比较文学史

文化转型期文学艺术价值、精神的重建：新理性主义

第二部分 文化对话与文化误读

误读作为文化间理解的条件

比较文学，不可通约性与文化误读

历史和文化的文学"误读"

文化的传递与不正确理解的形态——18世纪儒学与欧亚文化关系的解析

小说误读与文化素材——法国、北非和安第列斯群岛

对话理论，文学类型和跨文化解（误）读

酒神精神的东方视域——现代中国语境中尼采审美主义思想的内涵与意义

拉美的文化对话或文化误读？

第三部分 文学形象与文学翻译

试论他者 "套话"的时间性

文化对话：形象间的相互影响

"比兴"与中国诗学意义的动态生成

伏尔泰的弟子塞南古笔下的中国

文化上的对话还是误解——对50到70年代法国文学中的中国形象的几点探讨

重写神话——谢阁兰与《桃花源记》

两位飞行家：邓南遮与徐志摩

《源氏物语》与《长恨歌传》等唐代传奇的表现方法——从短篇到长篇

《喜福会》里的汉语

第四部分 后现代与文化身份

后现代性与全球化

后现代时期美国文坛的政治批评：一种误读策略

"文化身份"的重要性——文学研究中的新视角

徘徊在误读与悟读之间——中国语境与比较文学的学科定位

地方性的还是全球性的？——多元文化语境中的文化认同问题

拉丁美洲自述文学：一个后殖民主义文学范式

附录 作者简介

New Perspectives: A Comparative Literature Yearbook

香港大学出版社，1995，1996，乐黛云、Antony Tatlow主编

本书共两辑，每辑180页左右。由香港大学比较文学系与北京大学比较文学与比较文化研究所合作出版。

Volumn One

The Apartment Block (Liu Suola)

Cultural Difference and Cultural Misreading (Yue Daiyun)

Negotiation Trans-Chinese Sensibilities: Some Personal Notes on a Form of Language Practice (Leo Ou-fan Lee)

Self-fashioning, Enlightment and Economie Libidinale: Dialectics of the Body—An Anatomy of a Bio-text in Guo Moruo's *The Godess* (Mi Jiayan)

Non-identity as a Cross-Cultural Way of Existence (Qian Jun)

Toward an International and Cultural Multiculturalism (Benjamin Lee)

Reconstruction of Interpretive Rationality (Ersu Ding)

The Repressive Anthropologist: Another Look at Malinowski and Conrad (Antony Tatlow)

Volumn Two

Without Sex and Violence: The "Un-American" Personality (Sun Lung-kee)

Deconstruction and "China" (Wu Xiaoming)

From Gender to Nation: Farewell My Concubine (Pang Laikwan)

The Politics of Modernism: A Theoretical Proposal for the Critique of the New Era and Its Intellectual Discourse (Zhang Xudong)

Mythologizing "the Other" (Ersu Ding)

Romance and Adventure in the East: The British Imperial Cultural Unconscious as Disclosed in Stevenson's *Treasure Islands*, Kipling's *Kim* and Conrad's *Lord Jim* (Komppa, Juha)

"北大学术讲演丛书"

北京大学出版社，1996—2005

这套丛书收集海外著名学人在北京大学的讲演，传播了人文学科的最新成果和前沿知识。本套书包括：

《文化类同与文化利用》
《本文人类学》
《中国叙事学》
《文学研究与文化参与》
《后现代主义与文化理论》
《修辞学与文学阅读》
《文学研究的合法化》
《话语符号学》
《关于"异"的研究》
《美学权威主义批判》

《中国宗教思想史新页》
《道教史探源》
《欧美哲学与宗教讲演录》
《文学与现代性》
《道德奠基：孟子与启蒙哲人的对话》
《异中求同：人的自我完善》
《中国文化基因库》
《和而不同：比较哲学与中西会通》
《道家美学与西方文化》
《未完成的现代性》

"北京大学比较文学研究丛书"

北京大学出版社，1982—2001

这是一套最早介绍比较文学理论和实践，出版时间最长，内容也最广泛的丛书，在开辟比较文学各个领域方面起了较大作用。本套书包括：

《比较文学译文集》张隆溪选编

《比较文学》马·法·基亚著

《比较文学与民间文学》季羡林著

《比较文学与中国现代文学》乐黛云著

《什么是比较文学》布吕奈尔等

《中西比较文学论集》温儒敏编

《比较文学论文集》张隆溪、温儒敏编选

《寻求跨中西文化的共同文学规律——叶维廉比较文学论文集》温儒敏、李细尧编

《比较文学与小说诠释》周英雄著

《中西美学与文化精神》张法著

《当代女性主义文学批评》张京媛主编

《新历史主义与文学批评》张京媛主编

《后殖民理论与文化批评》张京媛主编

《世界文学格局中的中国小说》应锦襄等著

《从传统到现代——19至20世纪转折时期的中国小说》米琳娜著

《中西文学关系的里程碑》马立安·高利克著

《独角兽与龙——在寻找中西文化普遍性中的误读》乐黛云、勒·比雄编

《文化传递与文学形象》乐黛云、张辉主编

《比较文学形象学》孟华主编

四、师友们如是说

《比较文学与中国现代文学》序（一）

季羡林

乐黛云同志把她写的有关比较文学的论文集成了一个集子，要我写几句话。我立刻就承担下来。这并不是因为我自认为是什么专家，有资格这样做，而是因为我考虑到她这部书很有用处，很有水平，而且很及时。杜甫的诗说："好雨知时节，当春乃发生。"我很想把这一部书比为"当春乃发生"的及时好雨。

何以说这部书是及时的好雨呢？最近几年以来，我国文艺理论界对比较文学表现出浓厚的兴趣。青年学生对比较文学更是异常热爱。但是可惜的是，在国际上这一门不算新兴的学科，已经相当流行了，而对我们许多人来说还很陌生。由此就产生了一种不协调的现象：兴趣与知识不成比例。兴趣大而知识少，算得上一个反比吧。救之之法就是多做启蒙工作。

乐黛云同志在一部分论文中正承担了这个启蒙的任务。她介绍了外国流行的许多文艺理论流派：新批评派、结构主义、精神分析学、接受美学、叙述学、诠释学、复调小说等。通过她的介绍，我们可以了解这些听起来非常新奇的流派究竟是怎么一回事，不只是停留在名称上。

但是请读者切不要误解我的意思，认为这部书只是一个启蒙读物。我完全不是这个意思。我只是想说，书中有几篇文章起了启蒙作用而已。我们一方面不能否认启蒙的重要性；另一方面又要看到，全书的价值绝不仅仅是这一点。作者在那几篇谈比较文学与中国现代文学的文章中，使用了新方法，根据新理论，又结合中国固有的理论传统，比较了尼采、左拉与茅盾。她对茅盾这位现代中国伟大作家做了深入的研究，得出了许多具有重大启发性的看法。她对另一位伟大作家鲁迅的思想和艺术也进行了探讨，也取得了可喜的成果。她的论文《尼采与中国现代文学》发表后，得到了广泛的赞扬。大家感到，她的论文给中国文艺理论界吹来了新鲜和煦的风。

我想，读完这本书的人都会同我一样感到这一阵风的吹拂，得到这样一个印象：作者以开辟者的姿态，筚路蓝缕，谈到了许多问题，发表了很多精辟的见解，给人以很多的启发，让人如行山阴道上，应接不暇；如入宝山，不知道捡哪一块宝石为好。接着上面引用的杜甫的诗再引上两句："随风潜入夜，润物细无声。"这部书难道不像是"润物细无声"的春雨吗？

近几年来，中国比较文学学者，甚至连一些国外的同行，都大声疾呼，比较文学中不能缺少东方文学，要建立世界比较文学的中国学派。我完全同意这个呼吁。但是什么叫比较文学的中国学派呢？这个学派的特点何在呢？虽然有个别学者提出了自己的看法但还没有得到广泛的承认。我个人认为，我们目前先不要忙着下什么定义。我们的当务之急是做些切切实实的工作，先就自己的研究范围，根据自己的理解和能力，再借鉴一下外国，努力钻研，深刻探讨，写出一些文章。鲁迅说过：什么是路？就是从没路的地方践踏出来的，从只有荆棘的地方开辟出来的。我们中国比较文学学者的脚底下，从没有现成的道路，只要我们走上去，锲而不舍，勇往直前，在个别时候，个别的人，也可能走上独木桥，但是最终会出现康庄大道。这一点我是深信不疑的。

祝愿这部书像"知时节"的"好雨"一样，遍洒神州。

1986年2月18日

《比较文学与中国现代文学》序（二）

王　瑶

乐黛云同志的论文集《比较文学与中国现代文学》这个书名起得好，它不仅是本书中一篇文章的题目，也不仅是表示本书包括了比较文学和中国现代文学这两方面的内容，而且说明了作者治学的经历和途径、方向和特点，读后是可以从她的经验和成果中得到一些启发的。

中华人民共和国成立初期，"中国现代文学史"这门课程开始登上了大学的讲坛，成为中文系的必修课。在这门学科的草创时期，乐黛云同志参加了现代文学的教学和研究工作。在同她共事的过程中，我感到她不仅热情好学，而且思想敏锐、视野开阔，不满足于学科水平的现状，经常提出新的问题并力图加以分析和解决。虽然她曾经历过政治生活上的坎坷和曲折，但这些特点是她一直保持下来的。正是在长期钻研的过程中，她感到由五四开始的中国现代文学同外国文学的关系是必须深入研究的一个课题，而且必须从世界文学的角度来看待这一问题。于是她从中国现代文学出发，逐渐把兴趣和方向集中到比较文学方面。她为此下了许多功夫，并到美国专门考察研究了三年，深入了解了国际上比较文学这门学科的现状和学派，他们进行文学研究的思路和方法，以及外国学者对中国现代文学研究的思路的看法。应该说，这类在中国还是比较陌生的，因此她的这方面的文章都带有一定的开创和介绍的性质。但它对我们不仅有开拓视野、可资借鉴的作用，而且对现代文学本身的研究也是十分有益的。

从本书中关于中国现代文学的那些论文和它们所显示的特色，就可以看出作者治学的着眼点和达到的深度。《五四以前的鲁迅思想》是写作较早的一篇文章，但它已把视野扩展到晚清，并注意到鲁迅与尼采的关系。后来在《尼采与中国现代文学》一文中她就对此做了深入的研究。她首先指出尼采最初是以文学家的身份被介绍到中国的，接着根据详细可靠的资料，全面考察了尼采思想在不同时期对中国现代文学所产生的不同影响。文章结合中国社会及思想界实际，具体分析了尼采思想所产生的不同的社会效果，特别是着重分析了它和中国现代几个伟大作家鲁迅、茅盾和郭沫若的关系，尤见功力。其中除鲁迅与尼采曾有人做过研究外，对茅盾与尼采关系的分析尚属首创；而且论证紧密，颇有创见。作者着重分析了中国作家从"重新估定一切价值"和树立不怕孤立的斗争意志出发，为了反封建的需要，才接受了尼采的影响，因而主要作用是积极的；但即使在20世纪20年代，中国作家对尼采的以强凌弱等主张也是有所批判的。作者还分析了40年代的"战国策派"鼓吹尼采思想的动机和反动作用，因而得出了一种外来思潮"必然按照时代和社会的需要被检验和选择"的结论。可以看出，这里所显示的作者研究问题的角度和方法是必然会把她引入比较文学的道路和方向的。

作者对茅盾进行过深入的研究，《茅盾早期思想研究》一文已强调指出茅盾"不断根据中国社会斗争的实际需要，广泛接触、批判吸收外国思潮"的开阔的胸襟；在《〈蚀〉和〈子夜〉的比较分析》一文中，更就茅盾的主要作品进行了深入的分析。她引用朱自清说的《蚀》是"经验了人生写的",《子夜》是"为了写而去经验人生的"评语,对两部作品加以比较分析,从创作准备和创作意图、材料来源和生活基础、艺术结构和心理描写,以及语言风格等方面,都进行了细致的比较和分析。特别是比较了《子夜》和左拉《金钱》中的主要人物,来说明《子夜》成就的那部分,尤有深度。她的关于现代文学的其余一些文章,也都具有类似的方法和特点。

在关于比较文学的原则和方法的多篇文章中,作者不仅介绍和引进了许多西方的理论和方法,而且强调了运用比较的方法有助于理解文学的本质特征,强调了开阔视野和运用比较方法的必要性和可能性。作者对创建中国的比较文学学科十分热心,本书中的这方面的文章虽然以倡导和介绍性质的居多,但因为它对许多人还是陌生的和新鲜的,仍然具有重要的开拓作用。比较文学具有总体研究的特点,它可以启发人们对文学研究进行宏观审视,以求取得理论上的突破。各种不同的新的研究方法也都在一定适用范围内有它的长处,可以供我们考察问题时借鉴,因此这些文章对读者是非常有用的。

我自己对比较文学的理论和各种新的方法也是很陌生的,但从乐黛云同志的道路和成果中受到一点启发:就是每个人如果能根据自己的精神素质和知识结构、思维特点和美学爱好等因素来选择有自己特点的研究对象、角度和方法,那就能够比较充分地发挥自己的才智,从而获得更好的成就。乐黛云同志的治学道路显然与她个人的知识面宽广和具有开拓精神等素质有关,但它能给人以普遍性的启发,特别是在当前各种新学科、新方法纷至沓来的时候。因此,我愿意将本书推荐给爱好和研究比较文学和中国现代文学的读者。

1986年2月20日于北京大学

《透过历史的烟尘》序

季羡林

我认识黛云已将近半个世纪了。当时我们还没有搬到城外,仍在沙滩红楼。她是一个20来岁的大学生,我是一个还没有走出青年时期的年轻大学教师。因为不在一个系,所以我们并没有接触的机会。她认识我,并不奇怪,因为教授的人数毕竟是极少的。我知道她,却颇有点不寻常。她为人坦诚率真,近乎天真;做事大刀阔斧,绝不扭扭捏捏,绝不搞小动作。

黛云的前半生,走的道路并不平坦,坎坎坷坷,磕磕碰碰,一直走过了中年。凭着一股劲儿,她在研究中国现代文学的基础上拓宽了自己的研究范围,开阔了自己的眼光,为中国比较文学这门既旧又新的学科的重建或者新建贡献了自己的力量。比较文学在中国原来是一门比较陌生的学问。最近几年来,由于许多学者的共同努力,它已经渐渐入显学的领域。在这里,黛云实在是功不可没。佛经常说:"功不唐捐。"比较文学,对中国文学的研究,也起了推波助澜的作用。有了比较,多了视角,以前看不到的东西能看到了；以前想不到的问题能想到了，这必能促进中国文学的研究，而且，更重要的是，她奔波欧美之间，让世界比较文学界能听到中国的声音。这件事的重要意义，无论如何也绝不能低估。所有这一切，在本书的许多文章中都有轨迹可寻，我就不再啰嗦了。

最值得一提的是，正如我在上面提到过的，黛云的前半生，屡遭磨难，透过历史的烟尘，她看到过极其令人愤懑的东西。别人昼思夜想使自己在国外的居留证变成绿色，对于这些人来说，太平洋彼岸就好像是佛经中常描述的宝渚，到处是精金美玉，到处开满了奇花异卉，简直是人间的乐园，天上福地。留在这样一个地方，对黛云和一介来说，唾手可得。然而他们却仍然选择了中国。在中国，本来她也有很多机会，弄上一顶乌纱帽，还可能是一顶令人艳羡不止的驻外乌纱帽。请允许我在这里说几句只有书呆子才能说出的话：为中国增添一位女比较文学家，比增添一位女外交家意义更大，即使是从外交这个角度上来看，也是如此。然而，她却偏偏又选择了北大，一领青衿，十年冷板凳，一待就是一生。我觉得，在当前的中国，我们最需要的正是这一点精神，这一点骨气。我们中华民族所赖以屹立于世界民族之林的也正是这一点精神，这一点骨气。我们切不可以等闲视之。

黛云集其近年来之散文为一集，索序于我。我虽谫陋，义不容辞。拉杂写来，遂成此文。这能算是序吗？我怀疑。但是序无定型，自古已然，就把它当成一篇序吧。

1997年5月22日

乐黛云：新时期中国比较文学的拓荒者

王鸿儒

1982年夏天，身在纽约的北京大学讲师乐黛云，面临着一次艰难的选择。那时候，她被公派至哈佛大学进修一年的时限已到，而她进修的比较文学才刚刚开了个头。她多么想继续留在那儿，将她未竟的学业进行下去：可是现在……

乐黛云心里十分焦灼。国外这一年的学习，让她清楚地看到，比较文学作为20世纪新兴的一门学科，在国外早已成为一门显学。从事专门研究的各国学者不仅人数众多，而且学派林立，成果累累，一个国际性的比较文学学会已经召开了十次年会，而国外大学开设这门课程，至少也有半个世纪以上的历史。中国比较文学的兴起，虽也几乎与世界同步，并且曾经产生过像王国维、鲁迅、茅盾、钱锺书与朱光潜那样的大家，但是比较文学作为学科开设却是20年代末及30年代初才有的事。此后随着战乱迭起，这项研究除了在个别学者中得以坚持，大都停顿下来。中华人民共和国成立后，有一段时期由于极左思潮的封锁与控制，学界对比较文学更是谈虎色变，大学里也取消了这门课程，比较文学园地，一片荒芜。新时期开始，改革开放，国门打开，比较文学研究才得以复苏。但是中国学者在国际比较文学论坛上长期缺席的状况并未得到有效改善，这令乐黛云万分焦灼。当此之际，乐黛云有幸至国外进修，她怎不希望多学一点，尽量将这门学科最前沿的研究成果带回国去。特别是应邀参加了在纽约召开的国际比较文学学会第十届年会之后，她的这一愿望变得更为迫切。这次年会，汇聚了欧美及东方数十个国家的上百名学者，他们关于比较文学研究的发言令她眼界大开，深受启发。当然，乐黛云也十分兴奋，因为她在年会上宣读的论文《中国文学史教学与比较文学原则》，引起了与会者极大的兴趣与关注。这不只因为她是这次年会上来自中国大陆唯一的女学者，更因为她的论文获得了众多专家的好评，被选入《美国比较文学与总体文学年鉴》（这可是与会三位中国学者提交的三篇论文中唯一被选中的一篇）！乐黛云当时受到的称赞与鼓励，让她感受到荣耀与自豪。作为一个中国学人，她为能登上国际论坛就比较文学研究与各国学者展开对话而兴奋；而且她充满了自信，相信她只要还能留在这里学习一段时间，真正开始她的研究，不久之后，她一定能够在比较文学方面做出更大的成绩，为祖国争光；何况她还有一个隐藏在心中已经很久的愿望：学成归国后，除了在母校将比较文学课程开设起来，她还要广为传播，大力提倡，让比较文学研究渗透到整个文学研究领域与大学校园里去，刮起一阵旋风……

可是她已经几次接到了校方催她回国的通知，口气一次比一次严厉。开始，她还可以用参加年会抵挡一阵，现在会议已散，倘若再不归国，她又将何以堪？像出国滞留不归这种事，轻则是不听组织安排，迷恋西方生活方式；重呢，那就很有"叛国投敌"之嫌。何况，许多年来，在躲不过的政治风雨中同她共过患难、相濡以沫的丈夫，她的一双可爱的儿女也在盼望她早早归去。回国？留下？乐黛云，这位从云贵高原的大山里走出去，走向北大，又走向世界的贵州女子，此时此刻，她将何去何从？！

一次多么艰难的选择！

一、走出大山

其实，乐黛云经历类似的艰难选择，并不是头一次。

那是1948年暑假。贵阳中学的高才生乐黛云未满17岁，即以优异成绩毕业。那时候，日本侵华战争留下的创伤未曾修复，中国北方又燃起了内战的炮火硝烟。而在南方，几乎所有的城市都掀起了反内战、反迫害的斗争。山城贵阳一向以冬无严寒、夏无酷暑著称，可是这个夏天在乐黛云心中却热死了，也烦死了。假期刚刚开始，她就独自到又闷又热的重庆赶考。在沙坪坝西南片区的考场上，她挥汗如雨，一连参加了三所大学的入学考试。而回到贵州，却还是热。那是由择校引起的。刚到家，父亲就告诉她，她所在的中学已决定保送她进入北京师范大学。没几天，乐黛云陆续收到了她所投考的北京大学、国立中央大学及国立中央政治大学的录取通知。可惜乐黛云高兴了没几天，立刻陷入让人苦恼的烦热：在择校问题上，父亲根本就不同意她的打算。

以乐黛云的本意，首选当然是北京大学。北大是一个什么概念？这所与清华并立于世的名校，在所有考生的心目中，就是中国的牛津、东方的剑桥。能够去北京大学念书，那是万千学子梦寐以求的理想；何况北大是五四运动的策源地，革命学生运动的中心。乐黛云当时正一心向往革命，渴望着早一天奔向北大。可是她的选择却遭到了父亲的反对。

父亲并非不喜欢北大。20年前，青年时代的父亲就曾经做过北京大学英文系的旁听生，并且在那里一待就是三年，接受过胡适的面试，选修过陈西滢、温源宁等名教授的课。父亲也不是担心乐黛云会卷入学潮,尽管父亲并不喜欢政治,然而,国统区黑暗的现实还是让他看清了国民党统治的腐朽;何况在他还乡从教期间,因为与同事中一位姓吴的地下党员过从较密,在吴老师被捕遇害之后,株连父亲,他还遭受过被解聘失业,让一家子陷入生活无着的厄运……父亲的思想还不至于那样守旧,他反对乐黛云北上,是因为北方正值烽火连天,解放军已经控制东北,正向关内进军。华北地区正处在兵荒马乱之际,一个小姑娘却要在这个时候跑到北京去念书,岂非发疯?!

乐黛云却不这么看。同那个时代大多数年轻人一样,她热情、单纯,对革命充满了浪漫的理想与投身的渴望。父母对她从来就没有过多严格的管束,这更让她添了几分任性。抗战时期,在贵阳女中上学的乐黛云就曾热情地参加过校内外抗日救亡活动,唱抗日歌曲,看救亡话剧;抗战胜利,国统区物价飞涨、民不聊生的事实更激起了她对当权者的不满。李公朴、闻一多被国民党特务暗杀后,她的一位表哥从西南联大回来,向乐黛云谈起事件发生的经过,闻一多如何痛斥反动政权,国民党特务怎样破坏会场,他们最后又如何壮烈地牺牲,追悼的场面又是怎样的悲壮……乐黛云与她的中学同学们含着热泪倾听着,对表哥所说的一切,她"深信不疑,并坚定地认为,国民党统治暗无天日,不打垮国民党,是无天理,而投奔共产党闹革命,则是多么正义,多么英勇!"而在北方,共产党及其领导的人民军队已经取得的胜利,如同红色风暴,正扫荡着国民党统治留下的一片阴霾。连父亲都已看出,国民党在北方待不长了,那里很快就将是共产党的天下。北京,这座北方最大的城市,在此光明与黑暗交战的关键时刻,每时每刻,又会发生多少激荡人心的事!乐黛云已被录取到北京大学,那就是说,她就要成为那些正在为黑暗势力摧枯拉朽、战取光明者中的一员啦!只要一想起那些振奋人心的口号声、浩浩荡荡的游行队伍,甚至是表哥讲述的昆明学生游行同警察产生的冲突，她就会热血沸腾、热泪盈眶。如果有翅膀的话，她巴不得立刻就飞向北京，可是现在父亲却反对她去北大！

乐黛云以为父亲是担心她到了北京会卷入学潮。她说："爸，你放心，到了北大，我一心念书，不管别的事，还不行吗？"

一向好性子的父亲，这一回根本不听乐黛云的任何保证和请求。他摇着手一连说了三个"不行"，然后坐在客厅里不再理她。乐黛云向母亲投去求援的目光，可是母亲却好像什么也没有看见。乐黛云知道，母亲原来是赞成她去上北大的，可是现在听父亲一说，母亲也变得犹豫了。是啊，从没离开过母亲的女儿怎么能一下子就跑到那个完全陌生并且连生命安全都没法保障的地方去？！何况，那里有她几近绝望的怀念，一位失踪多年的亲人！那是母亲的姐姐，乐黛云的大姨。20年前，母亲为了支持大姨北上求学，卖尽了家产，只希望大姨毕业后有一份工作，再来接她和黛云的小姨出去念书。可是大姨一去便杳无音信，至今不知死活。母亲一定是害怕黛云此去也像大姨一样，再有个闪失，她可真的是受不了啦……

乐黛云涌出绝望的泪水。父亲抬起头来看着她，声音轻缓下来，却仍然没有商量的余地："云啊，还是留下来念贵州大学吧。反正都是大学，哪里念不都一样？"

乐黛云没想到父亲会出此下策。七年前，父亲失业后幸而碰上一位北大老同学，承蒙他的荐拔才在新成立的贵州大学英文系里谋了一个讲师的职位。是啊，贵州大学在省城近郊，父亲又在那里任教，一切都不用自己操心，只要埋头念书，做他们的乖乖女就行了……早知是这样，我还用得着那么卖力地去拼搏吗？"一样"，怎么会一样？！乐黛云同父亲大吵了一场，仍然没有转机。她委屈极了，"不让上北大还不如让我去死！"她冷冷地扔下一句话转身走进了自己的闺房。

乐黛云说的是气话，却吓坏了母亲。母亲跟了进来，流着泪劝她，一边答应去说服她的父亲。乐黛云的话也震慑了父亲。说实话，父亲许多年来，一直以不是北大正式的学生为平生憾事。他和妻子一向重视对女儿的教育培养，抗战期间，他任职的中学迁去城郊乡下，那里没有小学，女儿的课程就由他们夫妇分担：妻子教语文和写字，他教算术和英语。进入中学以后，这些年里他们更没少花力气，就是希望女儿能代替自己去实现当年的梦想。如果不是混乱的时局，他怎么会出此下策？！女儿天赋甚高，聪颖异常，如今考进了国内最好的大学却不能去念，别说女儿，自己都觉得委屈。现在，女儿的话让他震惊之后深陷痛苦：女儿性格开朗，却受不得委屈；心地善良，却很坚韧。女儿一旦拿定主意，是说得出也做得到的。父亲不得不软了下来，当妻子走来劝说时，他叹口气，说："世道不好，我原想一家人待在一起，苟全性命于乱世罢了，她既有此心，那就让她出去闯吧，不过只能去念中央大学。"

母亲还想再说什么，父亲摇摇手，制止了她。

中央大学在南京。父亲的想法很清楚，去南京念书比较安全。因为在父亲看来时局最后的发展，至多是国共两党划江而治。共产党占领北京是迟早的事，最后会统治北方；国民党虽说已大失人心，但有美国人支持，一定会尽全力保住长江以南的半壁江山。女儿到南京求学，如之即回，既满足了女儿外出求学的心愿，又少一些风险。

乐黛云看出了父亲的心思，她还想争辩，这一回轮到母亲向她使眼色了。乐黛云不言语，她想母亲总会有办法帮助她。果然，夜里待父亲睡下之后，母亲才说："你父让你去南京念中大，他能够答应的，只能到这一步了，别再逼他……傻孩子，只要离了家，上哪儿，不都是你自己的事？"

是啊，将在外，君令有所不受。她只要离开这个家，飞出贵州，她就可以飞到她想要飞去的任何地方。

乐黛云扑到母亲怀里，笑了。

二、北大情结

乐黛云终于来到北京，实现了她梦寐以求的理想。

也是阴差阳错，原来投考大学的时候，乐黛云填报的都是英文系，可是北京大学录取时却将她录到中文系。后来她才知道，那是因为时在中文系任教的沈从文先生读到了她那篇应试的作文，非常欣赏，认为该生在文学方面更可造就，于是才有了后来发生的一切。

以乐黛云的兴趣，她当然喜欢文学。她小时候接受过良好的教育，四岁时便被父母送进天主教堂，跟一位意大利修女学钢琴；父母亲都很有艺术方面的才能。父亲能演奏提琴，家景好时，还常常在家里举办舞会；母亲擅长绘画，教她背诵过许多动人的散曲。这一切都养育了她那颗多愁善感的诗心。中学时代，她喜欢读《江湖奇侠传》及张恨水的言情小说，最喜欢听一位朱老师的国文课。听她在课堂上讲哈代的《德伯家的苔丝》，讲《微贱的裘德》《还乡》《三剑客》以及《简·爱》等西方小说。"这些美丽的故事深深吸引了我，几乎每天我都等待以至渴望着上国文课。"她参加了朱老师在班上组织的学生剧团，排演过《雷雨》和老师们自己创作的歌剧。尽管她在这些剧里没有担当过重要的角色，可是她仍然乐此不疲，为主人公不幸的命运而泪流满面。歌剧上演的那天，"露天舞台设在一片土台上，后面是一片幽深的松林，当年轻美丽的伯爵夫人穿着一身白纱裙（蚊帐缝的），头上戴着花冠从松林深处幽幽地走向前台时，大家都不由自主地屏住了呼吸"。她就是这样爱上了文学，爱上了戏剧。而在高中时期，她一面痛恨着美国驻军对中国女性的欺侮，另一面又深为美国文化所吸引。她的业余时间几乎都用来阅读外国小说，她也喜欢写散文，念古诗。国文课上，她总是得到老师最热心的夸奖。这一切给了她最初的文学训练，如同她后来所说："无可挽回地走上了文学之路。"现在她来到了北大，学的又是她十分倾心的专业，乐黛云有一种如鱼得水的喜悦。

那时候，他们北大文法学院一年级的新生都集中在国会街四院。北大果然名不虚传，自蔡元培先生担任校长以来，数十年间所形成的北大自由精神无时无刻不在影响着来到这儿求学的每一位学子。乐黛云这个从大山里跑出来的女孩子，又接受了父母与西方文化的影响，对自由的精魂更仿佛有一种天然认同的能力。全国最高学府浓厚的学术气氛，老师们博学高雅的非凡气度深深地吸引着她。她睁大了好奇的眼睛，注视着这里的一切；凝神静听，担心漏掉她所崇敬的先生们的每一句话语。其中尤其是沈从文的国文兼写作课、废名的现代作品分析，她更是怀了浓厚的兴趣。先生们的教诲不仅丰富了她的学识，也陶冶了她的人格。在治学的严谨与身体力行方面，对她产生了一辈子受用不尽的影响。那些日子，正值学生运动陷入低谷，学校生活相对平静。乐黛云参加了一个学生自发组织的读书会，学习艾思奇的《大众哲学》，从中知道了一些马克思主义的常识。这种读书生活维持到次年一月，平静的气氛就被北京城郊传来的阵阵炮声打破了。

乐黛云与她的同学们变得忙碌起来。入学之前，她离开贵州，风尘仆仆地到达武汉，找到设在那里的北大学生接待站，认识了他们北上的领队程贤策。程贤策是个地下党员，当时正好从武汉大学物理系转学至北京大学历史系就读，受命率领北大新生乘船经上海、天津然后转到北京。在船上，他教他们唱《山那边呀好地方》以及《你是灯塔》之类从延安传来的革命歌曲。当他们到达北京，北大迎新的队伍打着大旗来迎接新生时，他们竟然同高年级的同学们一起，在卡车上放声唱起了这些当时还是违禁的歌。乐黛云看见程贤策眼里浸满了泪水，她真是激动极了。而现在，眼看北京就要解放，梦想就要变成现实，一心来此追求光明的她，怎能不多作一些奉献？

乐黛云参加了学生自治会的工作，自治会主席就是程贤策。乐黛云与同学们在他的领导下，分头去劝说北大名教授如沈从文、废名等先生留下来，拒绝飞往台湾。她参加了北大剧艺社和民舞社，从事革命文艺的排练和演出。她通宵达旦地阅读俄国特别是苏联革命时期的文学作品，参加排演苏联话剧《第四十一》，站岗护校，校对革命宣传品。乐黛云所表现出来的热情和无畏，引起了组织上的注意。就在这些日子里，她被吸收参加了团的组织。1949年元月下旬，她与同志们在繁忙中迎来了北京城的和平解放。

乐黛云年轻的心，如同解放后北京的晴空一般，阳光灿烂；也像年轻的共和国一样，充满了蓬勃的生机。人民真的从此就当家作主了，她以为从此前路上都铺满了鲜花，个人更不用说，每个人都将实现自己的理想。为了解放全中国，她的同班同学许多人参加了解放军，一些人走进了"南下工作团"，随军而去。连她在内，全班只剩下五位同学。乐黛云留下来，当然是舍不得离开北大，舍不得抛开她所热爱的中文专业。而另一方面，她仍然积极地参加校内外政治活动。她的俄语学得很好，政治课发言又总是热情澎湃。她不但当上了政治课小组长，而且开始在北京的《解放报》《人民日报》上发表关于学校生活的报道，较多的是书评。一篇评苏联小说《库页岛的早晨》的文章，题为《生活应该燃起火焰，而不是只冒烟！》，这很能代表乐黛云那时候的思想，对新生活的热爱，让她充满了想干一番事业的激情。那正是一个充满激情的年代，乐黛云的表现正好符合激情岁月的价值标准，新中国又正值用人之际，鲜花与荣誉，注定要奔她而来。

1950年暑假，乐黛云被选派出席在布拉格召开的第二届世界学生代表大会，与来自全国各地的二十余名学生一起，乘坐火车，穿过长长的西伯利亚原野，在莫斯科、列宁格勒等地参观数日，即前往布拉格。会期留下的印象，除了大吃其夹肉面包、喝咖啡之外，就是"拼命高呼'Viva! Stalin!'（斯大林万岁！）"此外很难说还有什么更大的收获。

值得言说的是乐黛云此间又经历了一次选择。不过这次选择却不费力气：回国之前，她突然被秘书长召见，问她是否愿意留在全国学联驻外办事处工作，待遇相当优厚，还有机会到莫斯科大学留学。这在许多人看来，是组织上的信任，也是十分难得的机会，没想到却遭到了乐黛云的拒绝。晚年当她回顾这件事情时说："我对此引诱一口回绝，自己也说不清是什么原因。我虽然积极参加各种革命工作，但内心深处却总是对政治怀着一种恐惧之情。这种内心深处的东西，平常我自己也不察觉，但在关键时刻却常常决定着我的命运。"乐黛云在这一点上其实很像她的父亲。父亲虽然是个新派，骨子里却是个传统文人。修、齐、治、平，中国文人中很少有人能摆脱儒家思想，置国家民族命运于不顾；但是父亲在北大旁听期间，深受胡适、陈西滢等自由派人士的影响，把政治看得很恶浊。他学成还乡之际，正值国共分裂，有人劝他去南京，也有人劝他去武汉。他哪儿都不想去，只想回乡成家，守着自己那一份小日子，终老山林。过九江时，一位革命党人曾劝他参加革命。待他游庐山归来，那位革命党的头颅已经悬挂城头，从此他更加不想参与政治。比起父亲来，乐黛云是要激进得多了，但是丢开她的专业，特别是让她离开北大，步入仕途，却不是她的选择。那种被她称为"内心深处的东西"，很可能就是来自其父的遗传，一种对政治的恐惧（毋宁说是厌恶），还有就是北大人的一种情结，对文学、对学术的深深眷恋。此后不管是春光明媚，还是凛冽霜天，都没能改变她的意志。如同她后来所说："40年和北大朝夕相处，亲历了北大的沧海桑田，对于那些曾经塑造我、育我成人，也塑造培育了千千万万北大儿女的'北大精神'，那宽广的、自由的、生生不息的深层质素，我渗透了吗？领悟了吗？我不敢肯定，我唯一敢肯定的是在那生活转折的各个关口，纵然再活千遍万遍，我的选择还是只有一个——北大。"

三、凛冽霜天

从北大毕业后,乐黛云留在系里担任现代文学史助教,她的指导教师是以《新文学史稿》名世的北大教授王瑶。乐黛云遂了留在北大的心愿,又是系里最年轻的助教,高兴自不必说。那时候她入了党,程贤策来到中文系担任党总支书记。这样好的工作环境与人际关系,应当是造就人才的最佳组合;不久之后乐黛云也有了自己的小家,夫君是在北大哲学系任教的汤一介。还在做学生的时候,他俩一同在校团委工作。日久天长,他们相识相知,因共同的志趣和抱负相爱。婚后第二年,他们有了一个可爱的女儿。工作顺心,家庭和美,乐黛云那时候真是如沐春风,觉得自己是世界上最幸福的女人。如果说她还有什么不满足的话,那就是在事业上,要想真正成为一个与北大相称的名教授,她还有很长的路要走。但是乐黛云对此充满自信,他们这些留下来担任教职的年轻人,是共产党培养起来的第一代新型知识分子,她为此自豪,满心以为党和国家把条件都准备好了,她只要放开手大干一番,定能站稳北大讲坛,摘取学术上的桂冠。乐黛云将母亲从贵州故乡接到北京,帮她照管孩子,操持家务,她像涨满了风帆的船儿,真的要出海远航啦!

谁也没有料到,1957年那阵无情的反右派狂风,打得她晕头转向,樯倾楫摧,刮落了她的风帆。

乐黛云当时已担任中文系教师支部书记,受此风习感染,正与几位同事一道,忙着筹办一份年轻学者自己的学术刊物。这份心思她动了许久了:那时候,国内学术刊物虽也有好几家,却大多只发表名家的论文。青年人的学术成果,很难问世。她决心要办一个年轻人自己的刊物,她甚至连刊名都想好了,就叫《当代英雄》,这不正是英雄辈出的时代吗?她将她的打算与同时留校的几位助教一讲,人人拥护,其中特别是与她同在王瑶先生门下求教的裴家麟极表赞同。于是他们便分头准备起来，约人写稿，筹措经费。只要他们备足了两期稿子，就可以付梓出版。经费方面，他们打算自己凑一点，也向北大的先生们做一次募捐。

明明是一件同政治无关之事，政治硬是找上了她。乐黛云同她的年轻伙伴们被一网打尽。她本人首当其冲，成了北大中文系"反革命集团""头目""极右派"，被开除党籍，开除公职，发配下乡，监督劳动，每月生活费16元。厄运到来时，她的第二个孩子刚满月，系里某位领导发了善心，让她延迟半年下乡。半年期满，她已没有任何选择的权利，来不及同正在乡下办学的丈夫告别，第二天就凄凄惶惶地踏上了下乡"监督劳动"的路。

那种苦难一直持续到1962年。五年的青春岁月，正是一个学人在学术上奠定坚实基础、开始有所建树的黄金岁月，可是乐黛云那双本该持着教鞭的手，只能去提起放猪的牧鞭；她那本该在中国最高学府中肩负学术重担的肩膀，却只配去将那些修水库、垒猪圈的石头一块一块地扛下山来……将近两千个日子，她只能在没完没了的苦工和蔑视的目光里度过，在看不见尽头的焦灼和对家人无尽的牵念里挨过。她每天"累得半死，回住处倒头一睡，千头万绪，化为一梦"。幸而被监管的右派只有她一个女性，她得以住到一户老贫农的家里。而这户农家的老两口，正如同承载我们的大地一样，宽广、厚实、纯朴、善良，给予她无私的呵护与关爱，这才帮助她度过了饥饿的年代。

刚到乡下的艰难时刻，是文学帮助了她。做北大学生时，她读过伏契克的《绞刑架下的报告》，还将这本书推荐给汤一介。这本书里所体现出来的革命者对人类的爱、对理想的忠贞、愿为人类献身的精神，让这两个年轻人大为感动，正是这本书将两颗心紧紧地系到了一起。而现在，当乐黛云身处逆境，几乎难以自拔的时候，伏契克的话又在她耳边响起："我爱生活，并且为它而战斗。我爱你们，人们，当你们以同样的爱回答我的时候，我是幸福的,当你们不了解我的时候,我是难过的。我得罪了谁,就请你们原谅吧!我使谁快乐过,那就请你们不要忘记吧!让我的名字在任何人的心里不要唤起悲哀。这是我给你们的遗言……同志们,给所有我爱的人的遗言。如果眼泪能帮助你们,那么你们就放声哭吧!但不要怜惜我。我为欢乐而生,为欢乐而死,在我的坟墓上安放悲哀的安琪儿是不公正的。"伏契克面对死亡的乐观主义感染了乐黛云,凭借一个异国革命者的精神力量,她战胜了曾经的艰难困苦。

当劳累与饥饿缓解之后,随之而来的是更难耐的寂寞。这时候,又是文学拯救了她。秋末冬初,乐黛云将分派给她放养的小猪赶进山里。她独自站在核桃林外,霜天凛冽,冻云不飞,四下里看不见一个人,只有死一般的沉寂。她感到沉闷,透不过气来。百无聊赖中她抬眼去看天上的云片,想起了与丈夫在同一系里执教的季羡林先生写下的句子:"那些破絮一样的云,如同一贴膏药,糊在我这寂寞的心上。"从前她很喜欢读季先生的散文,而这个比喻就出自他的散文《寂寞》。现在那些灰暗的云,不也仿佛将她那颗无可凭依的心,糊得一丝气儿都不透吗?她想起先生笔下的那棵美丽的树:春天,它曾嵌着一颗颗火星似的红花,辉耀着,像火焰;夏天,它曾织着一丛丛茂密的绿,在雨里凝成浓翠,在毒阳下闪着金光;然而在这严酷的冬天,它却只剩下刺向灰暗天空的、光秃秃的枯枝了……乐黛云回过头来,眼前出现的正是那一片掉光了树叶的核桃树,是那些横斜在空中的光秃秃的枯枝。她想起自己年轻的生命、刚刚开始的人生、所受到的摧残,与这树的经历多么相似,难道自己真的曾死去,"它把小小的温热的生命力蕴蓄在自己的心中,外面披上刚劲的皮,忍受着北风的狂吹;忍受着白雪的凝固;忍受着寂寞的来袭,切盼着春的来临"。哦,"切盼着春的来临",她吟哦着这个句子,心渐渐地暖和过来。雪莱不是说过吗,"既然冬天已经到了,春天还会远吗?"是的,要像这树一般,忍受着,把生命力蕴蓄在心中。她虽然不能主宰自己的命运，但也用不着自暴自弃，怨天尤人。她虽然失去了很多，但家还存在，丈夫、儿女和亲人们还在等待着她归去，她要好好地活着。她虽然已被打入另册，心却是被管束不住的。她心安了，"每天赶着小猪，或引吭高歌，长啸于山林，或低吟浅唱，练英语，背单词于田野"。

乐黛云终于回到了北大。曾经的错判被悄悄地、有限度地改了过来。她恢复了公职，尽管只能做一个资料员，她还是很高兴。一家人团聚了，而做资料工作，对于她，"倒真是因祸得福"。她说："一来我可以躲在资料室里，逃过别人的冷眼；二来我必得一字一句，对照各种版本，求得确解。这是硬功夫，大大增强了我一向欠缺的古汉语功底；三来这些极美的诗给我提供了一个可以任意遨游的美丽的心灵世界。"

就这样，乐黛云在不公平的待遇里为自己找乐，一面也就在人生与学养两个方面不断地吸吮、储备。在看不见前途的微光里，这一切都只能依靠对于生命的热爱、对于学术追求的执着去支撑。走出大山的女子乐黛云，也许还比她的同事们更多了一点大山一般扎实、坚韧的情怀。山里人既能乐天知命，随遇而安，又往往不愿服输，因而敢打硬仗。这帮助她度过了后来更为漫长的日子。乐黛云的一家，女儿下乡去了北大荒，她与丈夫带着九岁的儿子在鲤鱼洲落户。她干着同别人一样沉重的劳作，还要在极端困难的物质条件下照料丈夫和孩子的生活。他们曾经有三口人分吃一个鸡蛋的窘境，乐黛云还是挺过来了。她不仅以顽强的生命力活了下来，更以勤劳、贤惠保住了自己的家。当情况好转之后，她回到北大，凭着她多年陷身苦难却从不放弃的执着，对于知识和专业的积累，她重新登上了讲坛，找回了她一度失落的学术生命。后来落实政策回到系里的裴家麟，曾有一首《咏枫》的诗相赠：

> 凛冽霜天初露魄，
>
> 红妆姹紫浓于血。
>
> 回目相望空相知，

衰朽丛中有绝色。

乐黛云的精神正是显示出凛冽霜天中的霜枫那火一般的绝色。

四、绝色霜枫

经历过痛苦磨难的人，才能真正领略这首诗的意味。"衰朽丛中有绝色。"这句诗最能激起她的共鸣："它意味着过去的艰难和痛苦并非全无代价，正是这些艰难和痛苦孕育了今天的成熟和无与伦比的生命之美！"是的，乐黛云成熟了，她已有能力应对1982年10月所面临的那一次选择。

乐黛云深知，她这一次出来不容易。作为一位现代文学史的教师，她之所以走上比较文学研究之路，实属偶然。70年代中期，北京大学招收了一批留学生。那时候，前车之鉴，谁都怕给外国学生上课。谁都不愿干的事摊到了她的头上，后来有人说那是因为她的英语好。只有她最清楚，实在是因为她没有什么讨价还价的本钱。这批留学生来自欧美、日本和澳大利亚。她说："为了给外国学生讲课，我不能不突破当时教中国现代文学的固定模式，否则就不会有人听我讲。为了让我的学生较深地理解中国现代作家作品，我不得不进一步去研究西方文学与中国现代文学的关系，以及西方作品在中国传播的情形。"她实际上有一只脚已经跨进了比较文学研究的殿堂："这一在学术界多年未曾被研究的问题引起我极大的兴趣，我开始系统研究20世纪以来，西方文学在中国如何被借鉴和吸收，如何被误解和发生变形，从此与比较文学学科结下了不解之缘。"她的课得到了留学生的好评，她也才因此得到了这次出国进修的机会。那时候出境的困难，非今日可比。乐黛云知道，她一旦如期回去，再想出来，怕就不容易了。她必须抓住这次机会，继续她的学业。恰在这时，加州大学伯克利分校给了她一个客座研究员的位置，她不再犹豫，不顾一切地赶到了那儿。

乐黛云在伯克利工作了两年。她非常喜欢那里自由讨论、自在生活的风气。她的学术顾问是著名的跨比较文学系和东亚系的西里尔·白之教授。从他那儿，她得到不少新的启示。对于什么是比较文学、比较文学研究的意义、研究的方法、学科的建设，乃至向比较文化方面的延展等等，都深深地吸引了她。她越来越感觉到，在世界文学影响下发展起来的中国现代文学，只有放在世界发展的背景下，进行跨文化、跨学科的比较研究，才能让更多的人了解并读懂它。而不同文化体系中孕育、发展起来的国别文学，就是要通过比较文学的研究，互识、互证、互补，从而实现对人类不同文化的沟通和理解。在白之教授主持的中国现代文学讨论班上，讨论赵树理小说《小二黑结婚》，一个美国学生说，她最喜欢的是三仙姑，最恨的是那个村干部。乐黛云大为吃惊。作家赵树理在天之灵有知，也绝对想象不出这个美国女孩子对他作品中的人物竟会有如此的解读。因为这将作家渗透在作品中的价值观完全颠覆了！但是乐黛云却不能不承认这个美国女同学言之有理：因为三仙姑是一个无辜的受害者，她有权追求自己喜欢的生活方式，她喜欢搽粉，爱打扮，招惹谁了？然则三仙姑却总是受到社会环境的歧视和欺压。这不公平。而那个村干部，连别人多搽点粉都要过问，完全是多管闲事……乐黛云由此深刻地体悟到对文学作品的解读同文化观念、价值判断有着多么密切的联系。这种不同不仅无害，而且因为提供了多种角度，文学作品的生命才得以在世界范围内延续和展开。而这种触动，同乐黛云这些年来对于中国传统文化的改造，对于外来文化的影响、吸纳，对于中国文化发展方向的思考等等，是一致的。许多社会现象的不同、诸多人间悲剧的产生，在更深层的原因上，其实正是文化使然。她觉得她对个人的不幸经历、对国家民族所经受的那一次再次的灾难，变得更理解了。这种理解显然是乐黛云后来从比较文学研究向比较文化研究延伸的动因。另一方面，理解也会产生宽容。一颗能够宽容的心是博大的，也是美丽的，她在更加宏观的文化背景下思考中国知识分子的命运，完成了在伯克利大学的第一本著作 *Intellectuals in Chinese Fiction*（《中国小说中的知识分子》），接着又在她的美国朋友卡洛琳女士的帮助下，完成了那本20年回忆录的写作。该书出版后，美国《纽约时报》《洛杉矶时报》《基督教科学箴言报》及英、德、加拿大等国的二十多家报纸相继发表书评，极为推崇，并因此荣获美国西部"湾区最佳书籍奖"。这本书除了因为写得真实而动人之外，还有一个重要的原因，就在于萦绕其中的宽容精神，如同谢维斯所说："她的叙述真诚而敏感，在她看来，错误并不都在一面，而是由许多个人无能为力的、错综复杂的历史机缘所造成的。"而宽容之心的存在，也帮助她最后踏上了归程。

这是1984年。此时乐黛云在国外已颇具声名，留下来不成问题，何况汤一介先生当时正应哈佛大学邀请到美国访问，他们的一双儿女也正在美国求学，留居美国在许多人看来都会是他们顺理成章的选择。但是他们却出人意料地回来了。汤一介不想留在那儿。据说到了美国，他除了对那儿的奶油爆米花和图书馆感兴趣，其他一切都不喜欢。他怀念北大，怀念他们那个四壁陈列着图书的小小的家。乐黛云呢，虽说"清污"让她不无担心，可是"曾经沧海难为水"，批就批吧，大不了再去放猪。乐黛云释然了，何况她心里那个北大的情结解不开，她那个要振兴与重建中国比较文学的愿望放不下。

秋天，他们回来了。北大校园里出奇地安静，连她抗命滞留国外的事，也很少有人提起。"时代真的是变了，"她说，"我一时还不习惯已获得的新的自由，仿佛刚从夜梦中惊醒的宿鸟，还不习惯耀眼的阳光，但很快就要展翅高飞了。"

此时，国内正在掀起文化反思的热潮，世界上无所不在的文化冲突随着中国的改革开放也涌进了中国大地。中国文化传统正面临着现代化的猛烈冲击。如何应对就成了越来越多的有识之士所关心的大事。更多的人需要了解我们已经被切断多年的传统文化，特别是在经济全球化、一体化的大趋势下，文化的走向如何？民族文化是消解各自的个性，走向一体化呢，还是保持个性，提倡文化的多元化？如果承认文化的多元，如同后现代主义所主张的那样，保持文化的差异，那么文化的交流、文化的更新是否还有必要？如果人类文化只有在保持个性差异的基础上互流、互动才是唯一的出路，那么中国传统文化能够为世界文化的这一新的发展路向提供些什么资源？它需要扬弃些什么，吸纳些什么，才能免于游离在世界文化发展的潮流之外？……种种迫切需要回答和解决的问题，都提到了中国文化学者的面前。在急切的社会需求之中，还未来得及喘一口气的乐黛云与汤一介夫妇，立即参与了中国文化书院的筹建与成立工作。在梁漱溟、冯友兰、季羡林、张岱年诸先生的支持下，他们举办中外文化比较研究班，首期报名参加函授学习的学员即达一万二千余人，一时蔚为大观。这次比较文化的普及教育无疑为比较文学的发展奠定了基础。不知疲倦地讲学，没日没夜地写作，不断地接见来访者，乐黛云进入了她的学术生命繁荣旺盛的黄金时代。

而国内学术界及文科大学里也正在孕育着比较文学研究的新潮，北京大学成立了以季羡林为会长的比较文学研究会，由季羡林主编的《中国比较文学》在上海创刊；由南开大学、天津师范大学等校发起，召开了全国第一次比较文学讨论会。中美比较文学首次讨论会在北京开过不久。乐黛云的归来推波助澜，辽宁、上海、吉林、江苏、贵州等省相继成立了地方性的比较文学学会，至1985年6月，开设比较文学课程的大专院校已达36所。10月，在乐黛云千方百计的筹措与联系之下，中国比较文学学会在深圳成立，召开了成立大会暨首届学术讨论会，会上乐黛云被选为副会长。大会的成果是第一次汇聚并检阅了中国比较文学研究的大军，会议收到121篇论文，让乐黛云特别高兴的是，无论是会议的参与者，还是论文的提交者中，40岁以下的青年人占了70%以上，这足以表明中国比较文学研究开始了一个新的起点。

她在大会致辞中无比兴奋地宣告："在这里我们已能眺望到那无限辉煌的中国比较文学发展的前景。"

十多年过去了，中国比较文学的发展证实了乐黛云的预言。其发展的盛况有目共睹。乐黛云一面带着博士生，负担着繁重的教学与学会的工作；一面从事比较文学及比较文化的研究，出版和编译的学术专著多达十余种；一面又以最大的热情撰写那些介绍和普及比较文学的研究文化方面的文章，担负起启蒙的任务。这些年里，她不仅推动了国内比较文学的研究与教学，更奔波欧美，在国际性的比较文学学术会议上，让世界听到来自中国的声音。近年来她以中、英文在国内外发表的多篇论文如《文化转型与文化冲突》《文化相对主义与比较文学》《后殖民时代的比较文学》《文化转型与新人文精神》《中国传统文学批评的主要形式》《人类文化面临的危机》及《文学人类学与中国文化的人类学破译》等，产生了重大影响。这一切都为乐黛云赢得了殊荣：她不仅在国内被多所大学聘为兼职教授，获得多个奖项；1990年即获加拿大麦克马斯特荣誉文学博士学位，担任了国际比较文学学会副主席，并在世纪之交被英国传记学会授予20世纪2000名世界杰出学者银质奖章。乐黛云不仅是中国的学者，也是世界的学者。她是贵州人的骄傲。如同一位拓荒者，她在中国比较文学的重建中，功不可没。季羡林先生在谈到乐黛云不留恋太平洋彼岸那为许多人求之不得的"人间的乐园"，也无心捞一顶能够唾手可得的"乌纱"，却只选择了回国，选择了北大，并且一待就是一生时，说："我觉得，在当前的中国，我们所需要的正是这一点精神，这一点骨气。我们中华民族所赖以屹立于世界民族之林的也正是这一点精神，这一点骨气。我们切不可等闲视之。"

这正是绝色霜枫的精神。

绝色霜枫，乐黛云当之无愧。

2003年11月1日

得失穷通任评说,敢开风气敢为先
——乐黛云先生的学术世界

陈跃红

据说历史从来都是喜欢算总账的,并不管你的动机如何、客观条件如何。当然总账历来都有不同的算法,商人算的是财富的积累,政治家算的是政绩和声名,学者自然就只好算学术上的成就了。至于学术成就该如何算,虽然因时因人而见仁见智,但历来学界中人都承认有一套与学术诸方面发展相关联的、牵涉面较广的原则和尺度。不过,近年来有一种挡不住的风气,即把学术成就的衡量标准完全缩减为单一文本化的、有定价的"书",缩减为可以定量化统计的"篇数"或"字数",因为和职称、奖金、项目和位列"跨世纪人才"有关,学者们似乎都只好别无选择地万众一心奔发表、奔出版。抛开那些剪贴拼凑、滥竽充数的学术垃圾不论,电脑和网络化写作与电子化出书确实加快了学术出版物在"量"上的快速积累和商品化的速度,而今三四十岁的学人出多卷本文集、选集之类的事已不是新闻,但是,若将学术简化为单纯的写作和出版活动，以个人之见实在也未必就是学术发展的理想形态。至少，在现代学术运作发展的过程中，除了纯个人化的研究、写作和出版外，学科的开创、推进和更新发展，学术信息的引进、译介和传播，学术机构和团体的组建、运作和扩展，学科的教学和学术梯队人才的培养，乃至专业杂志的谋划，出版的创意、组织、资金寻觅和宣传，国际性的学术交流等方面，都是学术发展的重要构成，缺一不可。而后者的各个方面都需要有相当一批有学术战略意识和学科责任感、学术思想领先、眼光敏锐、富于牺牲精神的学者来担当。尤其在中国这样一个传统惯性深重、学术的专业化、国际化和现代性程度有待提高的国度，离开上述种种外在的学科建设和学术环境前提，仅靠个别人在书斋里封闭的研究和写作行为，学科和个人的发展都难以想象，至少会受到极大的限制。近四十年中国学术史的某些经验教训告诉我们，具有职业化特色的现代学术对信息、交流和学科网络的依赖程度，远远大于历史上的任何时期。封闭、缺少信息、缺少交流、缺少团体支持的坐井观天式的研究，必然造成学科的滞后、学术研究的盲目性以及研究者的故步自封和平庸化。因此在评价那种属于学科的重要创建人、领导者和学术带头人的学术成就的时候，其对于学术的贡献理应从学科整体发展的意义上去加以评估，如果仅仅限制于著述而忽略其在整个学科方面的其他学术工作，不仅将流于某种片面性，而且对其学术上的多方成绩也是一种缩减和低估。所谓学无涯而生有涯，任何人的时间和精力都是有限的，一个学人如果在学科和团体的公众事务上耗去了大量的精力与时间，个人的研究成果方面必然相应的减少，但这并不意味着可以低估其学术和学科方面的贡献。也许，我们更应该对那些舍得牺牲个人的成就和声名，从而为一个国家的新学术群体崛起和学科建设作出贡献的人们表示更高的敬意。因为如果一味认同了那种片面的评估倾向，在一定程度上意味着默认这样的一种学术价值观念，即除了个人的成就外，其他都无关紧要。倘若真是如此，那么学术的民族身份、国家地位、团队自觉、学科认同以及相关的学术方面的自我牺牲和奉献精神又该被置于何种地位？没有后者，个体的学术发展和成就的获得又以什么为依托？其学术的意义归宿又何在？以上是我个人承命就乐黛云先生的学术经历作一简评时首先想到的前提。因为在我看来，如果不涉及后者，乐先生学术生涯的至关重要的一环将被忽略，其学术追求的理想和目标也将由于人为的误解而失去重心。

一

乐黛云先生具有让人钦羡的家学渊源，父执辈中不少曾在20世纪初留学海外并成为知名专家或学者，譬如其伯父乐森浔早年留学德国，长期执教于北京大学，为20世纪中国地质学科的开创人之一。乐先生本人天资聪慧，国学基础扎实，外语成绩优秀，深好外国文学，写作富于真情和文采，理论思维锋利敏锐，对文学有着充满理想色彩的兴趣，对学术有着强烈的文化使命感和"虽九死其犹未悔"的执着。1948年，她在同时被多所大学录取的情况下，义无反顾地选择了北京大学，从此走上学术之路，此后虽有数次从政做官的机会，且很可能成为政界风云人物，当然也可能在某次政治运动中销声匿迹，但她似乎从未就从事学术研究有过动摇和悔意。大学期间她有幸得许多著名学者授课和废名先生的亲自指导；毕业留校之后参加草创阶段的中国现代文学学科的教学研究和学科建设；作为王瑶教授的助手，耳濡目染，常常得到多方面的学术点拨；在与汤一介先生结婚以后，作为这一著名学术世家的新成员，理所当然地又得到一代国学大师汤用彤先生的悉心教诲、耳提面命，可谓长期受益；在与汤一介先生迄今四十多年相濡以沫、同舟共济的生活中，学术的切磋当然是最重要的日常生活内容。所有这些内外因素，从一开始就为50年代年轻乐观的乐黛云铺垫了系统厚实的知识基础，并以其少有的知识准备和环境条件，作为一个朝气勃勃、前途无量的北大青年学者开始了她的学术生涯。

以乐黛云先生的性格和气质，她在50年代初期选择中国现代文学作为自己的学术专业方向应该说是十分自然的抉择。首先，这是一门处在创建阶段的学科，有十分广阔的领域可供驰骋，有无数的问题亟待探索和解决，这对于以探索新知、追求创造为兴趣所在，始终具有强烈的前卫意识的青年乐黛云而言，正是一片具有充分挑战性和诱惑力的学术领域。其次，现代文学30年在20世纪中国的历史变革和发展的进程中所具有的特殊意义，也是吸引她投身其中的重要原因。一部现代文学史不仅仅是与新文学的创建、发展，和鲁迅等一代文学大师的成就相关联，而且是与五四新文化运动、与一代中国人的救亡与启蒙、与中国共产党所领导的新民主主义革命密不可分，对于这一文化和文学运动历史的研究，其间所潜藏的学术魅力可以说是意味无穷。然而在50年代的历史环境条件下，要实事求是地从事严谨的中国现代文学研究，其间也蕴含着极大的风险，对于后者，当时一度年轻气盛、事业顺利的乐先生并非完全没有意识到，只是没有料到结果竟会是如此的严重、残酷和不可思议。将近四十年之后，在一篇悼念王瑶先生的文章中，乐先生曾经回忆起她当年决定拜王瑶为师时与王先生的一次谈话，王瑶先生提醒她说，从事现代文学史研究是非常困难的，"有些事还没有定论，有些貌似定论，却还没有经过历史的检验……况且有时还会有人打上门来，说你对他的评价如何如何不公，他是如何如何伟大等等，你必须随时警惕不要迁就强者，不要只顾息事宁人"[①]。当时王先生甚至开玩笑似的建议她去搞古典文学研究，因为至少作者不会爬出来和你争论。尽管如此，她并没有改变自己的主意，这就是乐黛云的信念和性格，即宁愿冒着风险参与到能开一代风气的事业中去，也不愿意沿着四平八稳的阶梯往上爬。何况当时在她的对面坐

---

① 乐黛云：《透过历史的烟尘》，北京大学出版社，1997年，第14页。

着的王瑶先生就是一位从驾轻就熟的中古文学研究转而治现代文学史的有开创精神的师长。

　　50年代前期的中国,既生机勃勃又风云变幻,但不管怎么说,身处北大的乐黛云尚能以较多的精力投入到中国现代文学的教学研究工作中去,她精读鲁迅、茅盾、巴金、曹禺等大家的著作,尤其关注中国现代文学在其发展的过程中对各种外来文艺思潮的接受和影响,关注中国的左翼文学的发展与苏联文艺理论和政策的关系,关注20世纪初以林纾为代表的文学翻译活动中的文化冲突、观念差异和接受整合等等。可以说,从研究现代文学开始,乐黛云先生的研究视野就敏锐地注意到了中西文化和文学的影响和接受诸问题,并且产生了探索这些未知领域的强烈愿望。然而在当时的历史环境和政治氛围下,基本上不太可能从严肃客观的立场去将这些与外来文化密切相关的学术课题加以充分的展开,但她还是试探性地大胆涉足。例如在一篇讨论五四以前鲁迅思想的文章中,她就以较大的篇幅讨论了进化论观点对鲁迅思想形成的影响,并且相当令人信服地论证了鲁迅对进化论的积极方面有选择地接受改造,同时也分析了鲁迅对社会达尔文主义的拒斥。[①]其论证方法和策略与她在许多年之后关于尼采与中国现代文学关系研究的思路是一脉相承的。也是在这一相当短的时期内,她在研究上进展很快,陆续发表了不少文章。其关于茅盾、曹禺等作家研究的论文已经引起学术界的注意和重视。可以想见,如果环境允许,又能假以时日,以其才学和能力,乐黛云先生在中国现代文学研究方面发展成为一位独树一帜的学者是完全可以预期的。关于这一点,其二十多年之后在学术上复出不久,即在茅盾研究以及中国现代文学与西方文学关系研究诸方面取得显著的成就,就是有说服力的证明。

　　一个立志献身学术并且已经全身心投入进去的青年学人,突然被停止了学术生涯,强令与其热爱的事业告别,其伤痛和遗恨,只要想一想振翅

---

① 乐黛云:《五四以前的鲁迅思想》,《新建设》,1958年第二期。

欲飞的鹰突然被折断了翅膀的感觉就够了。从此以后便是20年漫长的生命流放时光！自1957年那个夏天开始，20年的学术流放岁月！也就是被剥夺从事学术工作资格的20年。关于这一时期的体验和反思，在乐先生那本以英文定就并且以英、德、日三种文字出版的20年回忆录《面向风暴》中有详细的记录，我这里不必赘言。在我个人与乐先生十多年的接触和无数次的交谈中，从未见她有过怨天尤人的悔意和时光不再而自我放弃的心思。在她的思想中念兹在兹的更多是从这当中得到了些什么，此后应该赶紧做些什么。如其所言："20年'抉心自食，欲知本味'；20年深入底层，欲知我的根源和民族，我绝不认为这是浪费，也从不怨尤。"诚然，从对国家民族命运和理念的认识与反省，从个体人格的历练和完善，从同一代人中许多尽管没有被打入另册，但是在此后的政治氛围下也同样难有作为等方面去看，确实不必怨尤。但是，如果从学术创造的角度去看，特别是从国际学术发展和竞争的角度去看，20年就不是可以等闲视之的时光了，何况从个人讲，这正是人生黄金般的最富生命活力和创造力的大好时光，多少聪明才俊在灾难之后漫长的岁月中销尽了意气和才志；从时代的角度讲，这一时期也正是第二次世界大战以后社会相对稳定，从而人文学术得以大发展和大转型的最好时期。而一代应该大有作为的知识分子却无奈地错过了这一历史的机遇，留在了世界的后面。这种扼腕慨叹之情，在乐先生的文字当中也不是没有流露。80年代初，当她到美国进行研究访问和讲学的时候，面对同龄的外国学者等身的著作、深厚的书本知识基础和熟练的外语能力，不禁发出了这样的感叹："我毕竟失去了20年时间！当他们在攻读博士学位，阅读大量书籍，为自己的学术工作打基础的时候，我在养猪、修路、种玉米、打砖瓦……"[1]然而她并无丝毫的气馁，也不缺应有的自信，亡羊补牢，犹未晚矣！塞翁失马，焉知非福？匮乏往往也就是追求发展和新变的动力，而一旦环境有利，对于具有

---

[1] 乐黛云：《比较文学与中国现代文学》，北京大学出版社，1987年，第320页。

开创精神的人们而言，缺失和空白正意味着历史性的机遇。也许他们在个体学识和成就的某些方面已难以和前人中的高手对抗，但这并不意味着没有新的拓展空间。对于20世纪以及未来的中国学术而言，需要重建和开创的工作还有很多，天地仍旧无限广阔。关于这方面的打算，相信在70年代末解冻之初已经进入乐黛云先生的思索范围了，而随着改革开放的启动和对世界学术状况认识的加深，其思考正变得更加明晰，那就是，仅仅封闭式地关在本国文化和传统的禁地中所进行的学术研究实在具有极大的局限性，只有从世界的立场和跨越文化的角度去思考和研究中国的文学和文化问题，才可能真正将认识和理解提升到人类整体和现代学术的层面。为了展开这一层面的研究，学术界急需建立起与之相关的，跨越民族、文化、语言和科际的学科群体。

三

乐先生恢复教学身份以后的最初工作，是给国门重开后进来的第一批留学生讲授现当代文学课程，这也许是因为她在同龄教师中英文较好的缘故。当时的政治环境仍旧处在拨乱反正、思想解放的前夜，所谓的现当代文学课程，被严格限制在"鲁迅作品""样板戏"、《金光大道》之类作品和"高大全""三突出"的极左文论模式范围。但是，向来无意循规蹈矩的她，却给学生讲开了巴金、老舍、曹禺，并根据授课对象的特点，将中国现代文学与西方文学曾经有过的相互借鉴、接受和影响关系纳入自己备课和研究的范围，这种有意的操作，不仅接续上了20年前的研究思路，同时也为开启新的学科路径做了学术上的铺垫和准备。数年后她那篇经典之作《尼采与中国现代文学》，许多材料和观点就是在这一时期教学工作中酝酿成形的。其大胆的见解、缜密的认证和冲决禁区的勇气，不仅开创了勇于承认和深入探讨现代文学外来影响的风气，至今也还在为学界所称道。

改革开放初期的中国，伴随国内思想解放、除旧布新的大趋势，学术界的理论拓展和学科建设活动空前活跃，推动中国走向世界，同时也使世界走向中国，日益成为学术文化领域里一股不可阻挡的思想潮流。在文学研究界，一些德高望重的前辈学者如钱锺书、季羡林、杨周翰、李赋宁等人先后提出了中国重建比较文学学科的倡议，一些思想开放、目光敏锐的中年学人迅速跟进并率先行动，一批"文革"后重入校门的青年学子热烈响应，海外的比较文学学科信息也一缕缕吹进这块封闭已久的土地。一时间在学界掀起一股学习和尝试比较文学研究的热潮。比较文学开阔的学术眼界、新颖的理论和方法特征，与乐先生的个性和长期的学术思路一拍即合，她可以说是毫无片刻犹豫地就投入到了这一新起的事业中去了。1981年北大成立中国第一个比较文学研究会，出版《北京大学比较文学研究会通讯》，她是主要的发起人之一，甚至还动员了她的老师王瑶先生参与其事；同年年北大成立第一个比较文学研究中心，她又是具体负责人；同年"北京大学比较文学研究丛书"酝酿出版，次年开始问世；一些国外知名比较文学学者陆续来北大讲学。所有这些，都为北大迅速成为中国比较文学的学术和组织中心打下了基础。这同时也意味着乐黛云先生的学术研究重心终于实现了根本的转向，即从现代文学走向了比较文学。

尽管我们说乐先生在转向比较文学的时候并无丝毫犹豫，然而一旦真正放弃一门驾轻就熟的专业都是可想而知的。须知当时北京大学中文系的现代文学已经成为国内的重点学科，成为第一批硕士和博士研究点的首选，人才济济，少长咸集，成果迭出。作为这门学科创立时的较早参与者，其能力、知识结构加上勤奋努力，已经在诸如茅盾研究、国外鲁迅研究和现代文学与西方文学关系研究等方面有了突出的进展和相当的影响，并协助王瑶先生指导"文革"后第一批现代文学研究生，接下来成为硕士、博士导师和学科带头人都是指日可待的事情。一旦转向比较文学将意味着放弃这些唾手可得的地位和声名，而这些难道不是一个学人梦寐以求的吗？何况由于历史的原因，这一切本来就已经来得够晚的了。事实上，后来的发展表明，为了比较文学，她成为博士生导师的日期又往后推迟了不下五年，不过她引以为豪的也许也是这一点，因为她是中国第一个真正的比较文学硕士点和博士点的主要创始人，自己也无可争议地成为国内第一位名副其实的比较文学博士生导师。今天，当她面对旗下在学或学成的几十名比较文学硕士和十多名博士弟子的时刻，也许严格地说，当时的比较文学在中国还不能被称为是一门学科，甚至作为一门课程它也缺乏合法地位，只是在少数思想较解放的高校里被作为不定期的选修课或讲座安排。人们关于比较文学的知识，一方面来自1949年以前曾经有所了解和接触的老一代学者的学术记忆；另一方面来自少得可怜的资料和介绍。而要发展中国自己的比较文学，首先离不开向西方的借鉴，当务之急就是要真正走进西方比较文学学科的体制内部去对它的历史、理论、成就和现实运作机制进行深入的学习和了解、认识和体验，以借取"真经"，为中国比较文学的复兴和起飞，她赴美国哈佛大学，由此开始一个时期的西天求法取经之旅。这一年她刚好50岁。

  在美国研究学习三年，乐先生刻苦钻研比较文学学科的各门知识和理论、遍访学界名流、积极参与包括国际比较文学学会和美国比较文学学会的各种学术活动，还远赴欧洲主要国家讲学、访问、开会，与不同流派的比较文学学者探讨该学科的历史经验和成败得失，并且积极呼吁国际比较文学界关注中国和东方的比较文学研究。三年下来，她对在中国如何推动比较文学学科的建设已基本了然于胸。就个人而言，她在美国期间的成就当然是以两本在美国本土出版的英文著作为标志的，一本是前面提到的 *To the Storm*（《面向风暴》），另一本是学术专著 *Intellectual in Chinese Fiction*（《中国小说中的知识分子》）。后者作为类型学的研究，以古今几部有一定代表性的小说为材料，以知识分子这一特定的社会群体为对象，探讨了在不同时代的政治、经济和文化冲击下人的性格和命运，追踪社会动荡和转型时期外来文化冲击在知识分子身上的表现，进而对中外知识分子的概念和定位、对知识分子社会运作机制中应该扮演的角色和价值意义做了深入的追问。两部著作出版后好评如潮，包括《纽约时报》在内的美、英、德、加等国的二十多家报刊发表书评，并被列为加州大学一些校区的教学参考书。她在国外积极的学术活动使她很快为国际比较文学界和汉学界所认识和认可，包括定居和大学教职在内的各种机会也随之而来，以其曾经受过的磨难和国外的条件，她如果接受这些机会，为自己在国外选择一个稳定的生活和学术发展的环境，似乎也是合情合理、顺理成章的事，而这些东西难道不也是迄今为止许多留学人员所梦寐以求的吗？但是乐黛云先生无意于此。如同她曾经放弃、现在放弃和此后还会放弃的一些易得和现成的声名和利益一样，她看重的更是自己的学术理想，那是一些她认准以后就会不顾一切地去努力从事的事情，为此，她可以牺牲许多，包括将一些想写的书不断推后甚至放弃。我甚至怀疑，要不是时间紧迫和年纪过线，她很可能会在美国或什么地方攻读一个比较文学博士学位什么的，而并不考虑其间的成败得失。因此，我以为她的回国不能简单地被称为爱国，她是为着自己的学术理想而去，也当然会为着自己的学术理想而回。而只有在中国，才有实现她的学术理想的可能，所以她就顺理成章地回来了。历史将会证明，她的归来，对于刚刚起步的中国比较文学事业是一件值得记忆的幸事。

四

即使是在国外期间，她也始终关注着国内比较文学研究的进展，不断向国内刊物撰文介绍西方比较文学学科的发展状况，引起广泛的关注。回国以后短短几年时间,她就发表了好几十篇学术论文,出版了《比较文学与中国现代文学》和《比较文学原理》,为北京、广州、湖南、河北的出版社主编四套比较文学和比较文化丛书,包含比较文学基本理论、西方文学对中国的影响、中国文学对国外的影响和比较文学等方面,她还促进将《北京大学比较文学研究会通讯》改版为《中国比较文学通讯》向全国学界推广,并参与《中国比较文学》杂志的组织编辑工作等等。

就个人的学术研究重心而言,她这一时期的成果有以下一些方面:首先是比较文学的基本理论及其中国化的问题,如比较文学的名与实,西方化的比较文学研究范式选择、改造与中国实践,中国比较文学的现状与前景,比较文学在中国和第三世界国家发展的可能性和现实意义,比较文学在中国的普及与提高,新起的西方理论如接受理论对于比较文学研究的刷新等;除去写作,四年间,她连续六轮在北京大学、深圳大学、鲁迅文学院、解放军艺术学院、中国文化书院等院校讲授"比较文学概论"课程,听者如云;她在各地主讲的讲座总是人头攒动、人员爆满,成为校园一景。其次是运用比较文学方法对于中国现代文学的具体研究,如前述尼采与中国现代文学的研究、鲁迅研究和茅盾研究等。在这一方面的研究中,关于中国现代作家与西方文化关系的研究已从材料的自觉和探索走向了理论的自觉,即从世界文学和现代性的视野来看待中国现代文学的意义。与此同时,她还是较早地积极向国内学界介绍国外中国现代文学研究的情况的少数人之一,她在中国现代文学研究会第三次年会上的演讲"中国现代文学研究在国外",成文发表后得到普遍的好评。她还精选几十万字的国外鲁迅研究成果,组织同仁和研究生加以翻译校订后,编订成《国外鲁迅研究论集》和《当代英语世界鲁迅研究》出版,极大地开阔了国内研究的视野。另一方面,她还将借鉴运用西方理论来分析处理中国文学作品视为开辟中国文学研究新路径的一种尝试,写出了一系列以新批评、结构主义、精神分析、接受美学、叙述学和阐释学等理论分析中国小说的文章。其相同主题的课程受到包括首届北大作家班在内的同学的热烈欢迎。从上述方面的工作可以看出，乐先生的研究始终是着眼于比较文学学科和国内文学研究具有全局性和关键性的课题，从国际学术和文化交流的立场思考和分析问题。作为一位视野开阔、思维敏锐、不断求新的学者，她很少在某个单一狭窄的领域和课题上做长久的停留，而往往是同时在几个相关领域提出问题，首先开创新的风气并有所突破，然后将系统、全面、稳妥、深入的展开留给他人，而她自己此刻的目光又盯上了更新的进展。多年来，不知有多少同仁和后辈从她的观点、材料、文章和思想中受益，这只要看看她主编的丛书中许多作者的前言、后记和她为不少的著作所写的序文就可窥见一斑。而她自己倒未必在意自己完成了多少部专著。真的算得上是但开风气不念旧，披荆斩棘我为先了。

但是公平地说，上述研究工作和成果只是乐黛云学术世界的一部分，以我十多年的亲历所见，这至多占据了她百分之四十的时间，而更多的精力和时间却都投入到了她更重视的学术构想，即学科化、专业化、体制代的中国比较文学学科的建设当中去了。这是一桩比起个人化的研究和写作来说更需要具有战略眼光、全局意识和牺牲精神的旷日持久的工作。根据国际通例和学术界公认的标准，一门学科的形成和被确认，除了区别于其他学科的有专门价值的理论体系和实践成果外，还需要具备一些保证其持续运作和发展的基本的外部条件，它至少包括具有自己的行业协会团体、有自己的专业性杂志、在高等院校和专门研究部门中有自己的系科或研究所，设立专任的教授和系统的研究生（硕士、博士）和博士后教育体系等。以此考察学术化的比较文学在中国的发展，其最初的引进和实践从20世纪30年代初期就开始了，部分学者断续的研究一直持续到50年代初期，但直至其被人为地取消前也终究未形成学科化的机制。由于70年代末、80年代初老一代学者和新一代学人上下应合地再次提倡，几年间又出现了复兴的好趋势，当时的情形是，上有季羡林、杨周翰、戈宝权、王瑶、贾植芳、王佐良、李赋宁等一批学者的积极宣传，下有一批中青年学人的呼应推进，谈论比较文学成为文学研究界一时的时髦。一些省份和院校已开设课程并建立了自己的地方性团体，局面相当可喜。接下来要做的事是如何使其深入持久地发展下去，将一时的"热点"变成一门"合法"的专业，将地方性的活动变成全国性的体制性学术行为，以避免许多时新理论曾经遭遇过的那种一哄而起，又一哄而散的命运。而要实现这一目标，最重要的步骤就是使其体制化、专业化和学科化。乐黛云先生当然不是具有这种意识的唯一的人，但却是意识最强烈、行动最自觉、投入时间精力最多和最能坚持不懈的一位。她回国不久，便应聘兼任了新建的深圳大学中文系系主任，并促成在深圳大学成立比较文学研究所。当时的深圳是改革开放的前沿，又贴近港澳台地区，是推广新思想和开展海外学术交流的理想之地。而在北京大学，她又在季羡林、杨周翰等学者的支持下，经教育部批准，使北京大学比较文学研究中心升格为有编制、有机构、有自主权的实体研究所并被任命为所长，而且还迅速推动在该所建立了国内第一个专业的比较文学硕士点。1985年10月，经当时的国家体制改革委员会批准，中国比较文学学会成立大会和首届具有国际色彩的学术研讨会在乐先生担任中文系主任和比较文学研究所所长的深圳大学召开。这是中国比较文学界的第一次全国性大聚会，《中国比较文学》杂志也在此前后出版发行。所有这些都标志着比较文学学科在中国实现其专业化和体制化的开始。而在众多为走向这一步而努力的学者当中，乐黛云先生出演了少数核心角色之一，无愧为体制化的中国比较文学学科的重要创建人之一。

　　深圳大会以后，杨周翰先生任会长，乐先生和一些同仁担任了学会的副会长和秘书长。由于秘书处设在北京大学比较文学研究所，因此，学会的日常工作实际上是在她的领导下进行的。杨周翰先生去世以后，她接手全面工作，已连续三届当选全国学会会长，并连续两届当选国际比较文学学会副会长一职，成为中国比较文学界担任时间最长的主要领导者。自此以后的十多年以来，她从国际交往、国内团体和教学研究体制构建三个方面，马不停蹄、全力以赴地为中国比较文学学科的建设和发展而努力工作，其潜藏的才智和能力终于得到了充分的发挥，并以其超常的精力、不懈的热情、突出的组织能力和学术奉献精神闻名于国际、国内比较文学界。前国际比较文学学会会长佛克玛就多次称赞她为中国比较文学界最热情的、不知疲倦的学术组织者和领导者；西方学界同仁每每相见，都惊异于她何以有如此旺盛的精力在有限的时间内安排如此多的工作，近乎现代社会中时见的"工作狂人"；来往的中国港台学者常常说：只有乐黛云才会不断地有那么多的点子、课题和合作方案，并且同时操作多项工作；至于大陆同仁也多领教过她的精力和活动密度，尤其是本研究所的人员，论年龄都在她的后面，而不可思议的是大家觉得精力也总是在她的后面，碰到较多的系列学术活动的时候，常常反而有被她拖得精疲力竭之感。我在北大比较所学习工作十年来，至今也没能真正跟上乐先生的工作节奏。我深信在乐先生眼中，像我等这样上一至两门课、带几个研究生、做一份自己的研究工作、分担一些学会的秘书处事务和研究所行政琐事之类什么的，应该十分从容。而实际上我辈早已顾此失彼，甚有"累"感，常常只好放下自己个人的学术，以较多的精力去做学会和研究所的事务。因为先生已经带头下了"地狱"，做弟子的似乎也别无选择了。然而，也许正是由于在乐先生带领下，学界同仁共同努力，中国的比较文学学科事业才会不断发展和壮大，其今日所达到的规模，影响和专业化、体制化的境界，是同时起步或复兴的许多文学和文化研究学科所难以比拟的。

五

事实上，自80年代后期到20世纪末，作为中国比较文学学会最主要的领导人和学科的主要学术带头人，乐黛云先生为比较文学在中国的深入发展所作出的贡献是很难简单地用发表了多少文章、出版了几本书来概括和论定的。在这十多年时间内，原先比较文学界中人，有的离世、有的高升、有的出国发展、有的转行、有的隐退，当然也有许多人又新加入这支队伍。而乐先生和一批中坚学人却始终站在这一岗位上，坚持不懈地努力于比较文学事业的发展。她这一时期的工作与其说是惦念于个人的学术建树，不如说是更加将精力投注于学科在国内的学术深化和扩展。

比较文学作为一门跨越民族、文化和国界的学科，它的发展在很大程度上依赖于国际学术交流的深度和广度。由于清楚地意识到这一点，乐先生几乎总是不断奔走于国家之间，迄今出国不下三十余次，足迹遍及四大洲几十个国家，或是出席国际比较文学学会的理事会、国际学术年会、主要国家的比较文学学会年会，或者进行相关学术合作和讲学访问等等，她不断为中国的比较文学的发展和国际地位奔走呼吁，并推动中国学者积极参与国际学术交流，扩大影响。如果说1982年那届国际比较文学学会年会只有三位中国本土学者与会的话，那么1987年以后，每届国际年会上中国学者都能够以群体的学术队伍作为重要的一支力量出现。而这一切都与乐先生的策划和组织分不开。除了走出去，另一种方式是请进来，80年代以来，仅由她出面，就邀请过多达几十人的国外知名学者来华讲学，其中许多都是国际文学研究界和比较文学界的大师级人物，例如美国杜克大学的詹明信教授1985年在北大进行了三个月的讲学，引起很大轰动，其演讲录《后现代主义与文化理论》出版以后，成为中国引进西方后现代文化理论的重要事件，其内容和观点多年来为无数的中国学人所阅读和引用。迄今这种讲演录在北京大学出版社已成为系列丛书并出版九种之多，大为学界所称道。

在国内以全国学会为组织的学术队伍发展上，乐先生也没少花心思。许多地方省区比较文学学会的酝酿、成立和发展，都与她的宣传和支持有关，她甚至一次次不辞辛苦地前往各地讲学指导、办讲习班、组织学术讨论会等；全国学会一度多达十余个的二级专业研究会的组建和活动展开，她也都多方面地支持和参与。她的家比研究所的办公室更像全国比较文学界的联络和交流中心，她家里的大门、电话和传真机，近些年又加上电子邮箱等，就像她个人的思想胸怀一样，永远为学术同仁和莘莘学子敞开，记不清曾经有多少人从这里进出和获得教益。为了使中国比较文学界的学术活动具有国际影响，每一届中国比较文学学会年会她都亲自出面邀请一批国外学者参加，连续五届年会平均每一次都有二十人左右的国外学者出席，使其成为真正的年会暨国际学术研讨会。作为一种惯例，三年一届的中国比较文学学会年会已经在国际学界产生了一定的影响。中国的比较文学发展已成为世界比较文学格局中重要的组成部分。

作为学术上的带头人，乐黛云先生具有强烈的前瞻意识和战略眼光，进入90年代以来，她不仅随时关注着国际比较文学界和文学理论界的发展动向，不断著文介绍国外跨学科研究、诗学研究、文化误读与文化对话理论等方面的进展，并且率先引进和组织译介了诸如新历史主义、女性主义、后殖民主义和文化研究等新兴理论的一系列著作和文章。这些译著的及时出版总是使国内学界受益匪浅，我们研究所也一度因为这种前卫性的率先译介工作而声誉鹊起。至于国内比较文学学科的学术走向，更是她竭尽全力去考虑和投入的重点。例如她始终认为，比较诗学即中外文学理论的比较研究是比较文学的重中之重，多年来她一直尽心竭虑与此，不仅主编出版了打通古今中外文论范畴、概念、术语的大型辞书《世界诗学大辞典》，使东方和中国的文论思想站在同一文本的平等地位与西方对话，而且组织翻译出版了包括另一位前国际比较文学学会主席万尔·迈那等人的著作在内的最新比较诗学著作，她个人在比较诗学领域尤其关注术语概念的对译、理解和误读问题，关注比较诗学范畴的基础概念研究，并极力推动我专注研究其间的方法论问题。她的好几个硕士和博士研究生的研究方向都是比较诗学,已经陆续完成了一系列基本课题研究,在此基础上,包括她自己的范畴论研究在内的一套比较诗学丛书正在积极运作中。她常常告诫学生,这一领域的研究相当复杂和艰难,现在还不是搞什么建构体系和做全盘价值判断的时候,更不要急于求成,需有持久作战的准备,一步步从基本的术语概念做起。她还认为,跨学科和跨文化研究是未来比较文学研究的重点之一,尤其在非西方社会的比较文学研究更是如此,为此她不仅写作论文、介绍新知,还主编了体现中国学者研究成果的《超学科比较文学研究》论文集,而且一有机会就宣传强调。意识到西方中国文学研究的成绩和国内对这一领域的陌生,她组织研究所同仁和学生翻译出版了两大册近八十万字的欧洲和北美中国古典文学研究名家文选,并支持我赴欧洲专题研究这一领域的历史成就和现实问题,开设相关课程,以开阔学界的眼光。她认为异质文化之间的互识、互证、互补研究,文化内层的研究,文学的总体综合研究,文化层面的翻译研究,以及前述比较诗学研究和跨学科研究将是未来世纪里比较文学研究的重点和方向,是新的比较文学学科理论构架的核心元素。而一种转型之后的全新的人文精神将作为其理论的基础。因此,必须以此基础考虑比较文学的未来,才有可能真正突破19世纪以来在西方中心主义思想基础上形成的比较文学理论框架。为此,她不但为同仁主编的新的比较文学教材撰写有关章节,还亲自挂帅,我等三名弟子共同撰写了一本《比较文学原理新编》,集中突出相关问题的对话原则和问题意识,以为此后的教学深化提供研讨的基础。

在经过十多年的努力之后,她所领导的北大比较文学与比较文化研究所,从单纯文学研究走向了文学研究与文化研究并重的路子;形成了比较文学基本理论与比较诗学、中法文化关系研究、北亚文化和中日文化研究、比较文化与电影研究四个研究方向和学术群体;完善了全国第一个从本科必修课程、硕士、博士培养、博士后流动站单位以及包括国内外进修访问人员在内的系统、完整的教学研究体系，1998年在读的有来自国内和日本、韩国的博士生19人，硕士生13人，访问学者多人。从这里毕业的硕士研究生中，十多人考上了国外著名大学的博士研究生，仅在竞争最激烈的美国哈佛大学就多达三人人选。不少人已成为国内学界的新锐力量。该所与欧洲跨文化研究院的学术交流、合作研究与出版，使"文化误读"的概念和相关理论为国内学界所知晓和关注；研究所和学会与国际比较文学学会合作，成功地在北京召开了国际学会的理事会和国际学术研讨会，由于绝大多数国际理事、国内外知名学者和前国家教委主任朱开轩等人的参加，不仅扩大了中国比较文学的学术影响，也使"文化对话"成为学界关注的焦点，并将关于是否需要从比较文学走向比较文化研究的国际学术论争推向了中国学界的前台，至今余波未散；同样，研究所与国际学界合作的"国际比较文学史丛书"东亚诸卷的研究写作项目也在运作过程之中。总之，北大比较文学与比较文化研究所在学术研究和学术组织诸方面的成就，使它多年来一直是国内比较文学研究的中心，并且与华东、华南和西南等地各具特色的重要研究群体相互呼应，形成了90年代国内比较文学研究的基本格局，为未来世纪的深入发展打下了坚实的基础。这些成就的取得和研究的深化，当然是学会和研究单位同仁合作努力的结果，然而也和作为主要领导者的乐黛云先生的中枢作用分不开。不妨举个较少为人注意的例子，作为免费寄送给每一位中国比较文学学会会员和许多学者的学会刊物《中国比较文学通讯》，至今已出版30期，为会员提供的资料和信息价值有目共睹，声誉在外。而几乎每一期乐先生都要亲自过问组稿。而且该刊是没有国家一分拨款的杂志，出版费用多数情况下都是靠乐先生出面"化缘"而来，其间的难处、耗费的精力和时间不言自明，然而受惠的却是整个的比较文学界。有关她这方面的无私学术奉献的例子还可以举出很多很多。

从1978年至1998年，20年又是转眼一瞬间，当年连学阿Q喊一声"20年之后又是一条好汉"的时间都没有的乐黛云先生，在这新的20年中不必自己声明就真正地成了一条著名的学术"好汉"！她十多年前回国时的学术理想正在成为现实，在我本人和她许多次的交谈中，她都反复强调了这一意愿，即中国比较文学学科的复兴、繁荣，这一学科的专业化和体制化以及未来持续发展前景，是比她个人的学术成果更要紧的大事，为此她甘愿作出奉献，她愿意为后来者"鸣锣开道，打扫场地"。事实是，乐黛云先生不仅为中国比较文学学科的建设和发展作出了重大的贡献，她自己在个人的学术研究和编写出版方面的成就也是惊人的，这些只要看看前述那些等身的著、编、译成果就行了。而以我个人的见解，当然也包括众多同仁的看法，在中国当下的学术语境中，乐先生为比较文学学科所做的大量工作，应更有一番非同凡响的创造意义，并且是鲜有学人能够达到的精神境界。用中国比较文学界的元老季羡林先生的话来说就是，乐黛云不但"促进中国文学的研究，而且，更重要的是，她奔波于欧美之间，让世界比较文学界能听到中国的声音"，因而"功不可泯，'功不唐捐'"。[1]乐先生无愧于这一评价！而今乐先生已卸下一部分行政工作，可以更多地专注于学术研究、研究生指导和学科团体的建设工作了。根据记载，乐先生的父辈都是以高寿著名的，以乐先生的身体、精力和心态，再走过一轮20年完全不成问题，而以她的才学和能力，创造更多的学术成就应是很自然的事。我们都满怀信心地期待着。

写于1998年北京大学百年校庆期间
转载自《中外文化与文论》1998年第5辑

---

[1] 见季羡林先生为乐黛云所著《透过历史的烟尘》所作的序，北京大学出版社，1997年。

世界需要沟通与理解的桥梁

张　辉

《跨文化之桥》一书，是乐黛云教授20世纪80年代后期到90年代写作的比较文学与比较文化研究文章的结集。作为中国比较文学学会会长，又曾长期担任国际比较文学学会副主席，可以说，她的这些文章不仅是作者个人研究、教学与认真思考的记录，同时也从一定程度上折射了中国乃至整个世界比较文学发展的历程。

正像书名所提示的那样，这些文章无一例外地力图在不同文化、不同学科以及不同传统之间架起沟通与理解的桥梁。文集共分三编，第一编："面向跨文化、跨学科的新时代"；第二编，"传统，在现代诠释中"；第三编，"重新解读现当代文学与文化"。尽管各编所关心的侧重点有所不同，但是，如何在全球化的大背景下，既保持文化与文学的多元发展、反对文化孤立主义与文化霸权主义，同时又克服文化相对主义可能带来的负面影响，却无疑是贯穿全书的主题。这一方面反映了作者自80年代初期以来积极参与并倡导在中国发展比较文学学科的初衷,另一方面又体现了她在新的国际和国内文化语境中所进行的探索与收获。

对作者而言,"比较文学,作为一门跨文化、跨学科的文学研究,显然处于21世纪跨文化研究的前沿"(前言),也就是说,是跨文化理解与沟通的最有效媒介和渠道之一。这主要有两个原因:其一,由于文学在各种文化中都有自己发展的历史,都涉及人的感情和心灵的深层构成、涉及人性的共通性,因而具有较多共同的沟通层面。正是由于文学的这种特性,使它容易引起不同文化和不同传统之间的理解、共鸣与欣赏,有利于发扬人类文化的多样性,改进人类文化和生态环境,从而从精神和情感的意义上为最终避免灾难性的文化冲突、文明冲突以致武装冲突发挥不可或缺的作用;其二,从比较文学学科发展的历史来看,这个学科已经开始逐步摆脱欧洲中心主义的限制,跳出了仅仅从希腊和希伯来文化体系来考虑问题的旧有框架,因而实际上已经成为在新的历史条件下进行文明间(特别是东、西方间)对话与交流的重要领域。在21世纪多元文化共生的、全球化的现实中,比较文学必将大有可为,甚至将为新的人文精神的建立提供有益的范式和参照系。(《文化转型与新人文精神》)

以上述宏观思考为依托,作者从大量的个案研究出发,着重分析了中国文化与文学进入世界对话格局的必要性与面临的问题。这方面的文章,既有重读杨周翰先生《欧洲中心主义论评》引发的思考(《欧洲中心主义与诗学——重读杨周翰先生的〈欧洲中心主义评论〉》),也有对外国文学中中国形象的反思(《文化对话与世界文学中的中国形象》);既有《不同文化中关于月亮的传说和欣赏》和《中西诗学中的镜子隐喻》那样诗意的文字,也有将胡风与周扬之间的论战与卢卡契和布莱希特之争深入联系起来的理论篇什(《关于现实主义的两场论战——卢卡契对布莱希特与胡风对周扬》);既有对知识分子问题的切身关注(《封建末世知识分子的一个侧面——漫谈沈复和他的〈浮生六记〉》），也有对女性主义问题的多侧面论述（《无名、失语中的女性梦幻——18世纪中国女作家陈端生和她对女性的看法》《牺牲·殉道·叛逆——现实和文学中的中国女性》《中国女性意识的觉醒——30年代和80年代中国小说的一个侧面》）……

尤其值得注意的是，作者在重视东西方文化对话的同时，格外关心如何将中国传统思想资源加入这场对话当中。在这里，中西对话问题由此与传统与现代的对话有机连接了起来，这充分显示了作者作为中国现代文学研究家和比较文学研究家的优势和独特视角。作者所进行的一系列努力显然具有突破性的意义。首先，她大胆提出了"继承传统，重在创新"的观点，并将之与中国思想史上"苟日新，日日新，又日新""周虽旧邦，其命维新"的传统联系了起来；在此基础上，她于90年代在知识界率先提出了重新认识中国保守主义，特别是重估《学衡》派的问题（《世界文化对话中的中国现代保守主义——重估〈学衡〉》《"昌明国粹，融化新知"——汤用彤与〈学衡〉杂志》），为公允认识五四，更好地发扬五四传统，并在国际对话的背景下重新发掘华夏传统之精华做了非常有益的方法论探究。

可以说，《跨文化之桥》一书，既是作者面对新世纪、新问题，从比较文化与比较文学角度进行冷静思考的结晶，也记录了作者在新语境下试图沟通中外、连接古今的期望与努力。

转载自《跨文化对话》第11辑

有一种精神穿透历史的烟尘

张 辉

"弹指一挥间",先生的北大"校龄"今年刚好满50年。即使对于一个百年老校来说,这也不是一段短暂的日子了,何况,对我们的上一代知识人来说,那是怎样的50年啊!用风风雨雨、可歌可泣这样的话,似乎并不足以概括半个世纪来布满烟尘又充满魅力的巨变。早在十多年前,乐黛云先生就在美国出版了英文版《面向风暴》(*To the Storm*)(后来分别被译成德文和日文)一书,陈述了自己不平坦更不平凡的人生经历,在海外赢得了广泛的反响。今天,在这本《透过历史的烟尘》(被列入"北大未名文丛")中,我们所看到的,是由一幕幕难忘的生命瞬间所组成的一个知识人的精神求索历程。

宏大的历史叙事,在这一篇篇散文和随笔中成为一个挥之不去的背景,乃至是需要质疑的问题和定见。个体的追求、彷徨、关切和沉思,通过美丽的文笔沉淀为感人的记忆,凸显了那些最真切的存在。透过历史的烟尘，有一种精神，仿佛总是在先生的文字间穿行。这种精神，先生用自己的母校来命名，名之曰："北大精神"。十年前，在为北大90岁生日而作的那篇《我的选择，我的怀念》中，先生这样发问："1948—1988年，40年北大生涯！生者和死者，光荣和卑劣，骄傲和耻辱，欢乐和喜，痛苦和泪，生命和血……'四十而不惑'，40年和北大朝夕相处，亲历了北大的沧海桑田，对于那曾经塑造我、育我成人，也塑造培养了千千万万北大儿女的'北大精神'，那宽广的、自由的、生生不息的深层质素，我参透了吗？领悟了吗？"这本文集，或许可以被看成是上述提问的一个延伸，是先生力求进一步"参透""领悟"北大精神的真实的思想记录，也是对北大精神所做的属于她自己的解释与创新；是对一种精神传统的承继，同时本身也在以自己的行动、思想与爱，丰富北大精神的内涵；我甚至认为，这些文字是北大的精神血脉在先生这一代人身上得以延续的一个见证。

当然，精神无形。精神的承继总是通过那些特定的人物、场景和故事得以体现的，她回忆起冷隽和热忱相济的王瑶先生（她的老师），回忆他的烟斗、幽默的谈吐、富于穿透力的锋利的眼神以及总带有几分反讽意味的笑声，怀念那一代北大人身上的独特风范，她说，王瑶先生"是大海，能容下一切现代的、传统的，新派的、旧派的，开阔的、严谨的、大刀阔斧的和拘泥执著的"。而另一位长者季羡林先生，则是一个"超乎生死荣辱，'纵浪大化中，不喜亦不惧'的智者"，宽厚、仁爱而又重情，往往怀着一颗天真的童心……而更重要的是在这些"老北大"身上，人们看到的是"自由的精魂与文化之关切"——这是北大的校格也是北大人之所以成为北大人的人格的坐标。在回忆北大历史上那些令人难忘的校长的时候，乐黛云先生这样写道：

> 北大自由精神的奠基者蔡元培校长早就指出："大学不是养成资格，贩卖知识的地方"，也不只是"按时授课的场所"，"大学也

者，研究学问之机关"，"大学生当以研究学术为天责"，学者更"当有研究学问之兴趣，尤当养成学问家的人格"。他抱定学术自由的宗旨，在北大实施了一系列改革。正如梁漱溟先生所回忆：他"从思想学术上为国人开导出一新潮流，冲破了社会旧习俗，推动了大局政治，为中国历史揭开了新的一页"。梁先生特别强调这一大潮流的酿成，"不在学问"，"不在事功"，而在于蔡先生的"器局大"、"识见远"。所以"器局大"、"识见远"，又是因为他能"游心乎超实用的所在"。

先生对北大自由精神的上述"解释"，我想大概不至于被误认为是要提倡所谓的"两耳不闻窗外事，一心只读圣贤书"吧？！北大与中国新文化同步向前的百年，足以消除这种误解。在自由的学术氛围中养成的独立的精神，不仅不是一种对社会现实的回避，而且是更高层次的参与。因为，具有独立精神的知识人，服从的不是"政治家难以避免的半真理的妥协"，而总是敢于"在思想与现实之间保持某种张力"；因为，真正的知识人需要凭借自身的"器局"和"识见"来做出判断和批判，而不是人云亦云、亦步亦趋，被眼前的利益与一己的荣辱像烟尘一样蒙上眼睛。因为，只有这样，才能超越一般的知识传承的目的而真正推动历史的大潮，如"不尽长江滚滚来"。由此，自由的精神与文化之关切才得以合二为一。也许正是由于这种不与半真理妥协的精神，使《新人口论》的作者马寅初校长面对有组织的百人围剿，以年近八十的高龄，发出了他《重申我的请求》的悲壮呼唤："我虽年近八十，明知寡不敌众，自当单枪匹马，出来应战，直至战死为止，决不向专以力压服不以理说服的那种批判者们投降。"因而这也便有了"常为新的，改进的运动的先锋"（鲁迅语）的北大。

自然，北大精神不只有"金戈铁马"这一路。自由的精魂无疑是与宽容的、兼容并包的精神氛围相互依存的。透过历史的烟尘，一代又一代的北大人，总是以自己独特的方式来捍卫心中那高于一切的自由意志。这就是说，不仅要勇于捍卫自己所坚信、所为之奋斗的一切，而且要勇于接受、容纳乃至保护他人的选择与信念，使之不受强权的粗暴侵犯。乐黛云先生这样概括说："北大的自由精神容纳了人们对真理的追求，也容纳了人们几十年对文化问题的讨论，同时也容纳了个人人生信念爱好的不同。'物之不齐，物之情也'。"北大精神的这另一面，这"和而不同"的风范，不只是北大历史的生动写照，也应该是未来北大开辟广阔空间的真正依托吧？！

透过历史的烟尘，有一种精神是一个校园不死的灵魂。

面向世界的对话者
——记乐黛云教授

季 进

在当今中国,比较文学已经日益走向成熟,成为人文科学研究一支不可忽视的力量,而且毫无愧色地成为世界比较文学界一支重要力量。中国比较文学的崛起,不仅是80年代以来国际比较文学界的最重要的事件,同时也使长期以来以西方为重心的国际比较文学研究,真正具备了东西方合作对话的现实可能。这一切,都与一位杰出女性、著名学者的努力拼搏密不可分。她就是北京大学比较文学与比较文化研究所所长乐黛云教授。很难说她是哪一"热点"中的"热点人物",因为中国的许多学界热点都与她及其所领导的北大比较文学与比较文化研究所联系在一起。在某种意义上说,北京大学比较文学与比较文化研究所执中国比较文学界之牛耳,已成为中国比较文学的学术重镇和全国比较文学学者的圣地,在中国比较文学界已经具有了一种强大的感召力和权威性。乐黛云教授是一位真正而持久的"焦点人物"。

乐黛云，北京大学教授，北京大学比较文学与比较文化研究所所长，博士生导师，上海外国语大学顾问教授，东北师范大学、天津师范大学、厦门大学、南京大学兼职教授；现任国际比较文学学会副会长、欧洲跨文化研究院执行理事、中国比较文学学会会长、外国文学学会理事、北京作家协会理事等。这些与成就相伴随的头衔，对于大部分人来说，都是可望而不可即的，而乐黛云教授这样一位中国女性却取得了成功，这无疑是十分难得的。

1931年，乐黛云出生于贵州。17岁那年，她同时被几所大学录取。在母亲的支持下，她只身来到了北京，就读于北京大学中文系。

1952年，21岁的乐黛云毕业留校，成为中文系最年轻的助教。在教务之余，她师从著名的文学史家、中国现代文学研究泰斗王瑶先生，学习中国现代文学史。凭着年轻气盛，她系统地读了大量书籍，立志在当时尚处于初创阶段的现代文学研究领域做出一番成就。然而不久，这一切被突然中止，她跟她的同辈人一样，走出校园，重归土地。等回到学校，已经失去了许多宝贵的时光。70年代中期以后，北京大学招收了一批留学生。乐黛云被分配去教留学生班。谁知就这三年的教学，改变了她后半生的生活，也续上了我国比较文学30年几乎中断的血脉。

为了给外国留学生讲好每一节课，她大胆突破了当时只能讲"鲁迅作品"、《金光大道》、"样板戏"的单调枯燥模式，给留学生们讲起了巴金、老舍、曹禺的作品。为了让学生进一步了解中国现代作家的作品，乐黛云先生不得不进一步探究西方文学与中国现代文学的关系，进而系统研究20世纪以来，西方文学在中国如何被借鉴和吸收、如何被误解和被变形的演变历程。比如，在接触尼采的过程中，乐黛云发现这位以"重估一切价值"震撼五四文坛的哲人，不仅备受鲁迅、郭沫若、茅盾等人的喜爱，都翻译过他的作品，而且在他们自己的作品中也留下了深刻的印记。乐黛云以她的学术敏感，觉得这一论题大有可为。尽管以前没有人做过系统研究，她还是凭着自己的开创精神，查阅大量的资料，终于在1981年完成了《尼采与中国现代文学》。这是她的第一篇论文，却成为中国比较文学研究的经典论文，至今还不断被人推崇和称引。也就是凭着这篇论文，乐黛云从此开始了她的比较文学之旅。

1981年，受哈佛大学燕京学社的邀请，乐黛云漂洋过海来到了美国，先后在哈佛大学访问一年，在加州大学伯克利分校研究两年。在美国期间，她多次应邀访问英、法、德、意等国学校。在欧美的游学，赋予她崭新的视野和开阔的胸襟。她深深感到搞现代文学必须视野开阔，应从世界文学背景入手，突破传统的方法；既要看到西方文学对中国现代文学的影响，更要把中国文学作为世界文学中不可或缺的一部分来予以审视。她日益感受到振兴中国比较文学不仅是文学本身的需要，而且是中国文化走向世界、世界了解中国文化的必然要求。一种振兴中国比较文学的使命感，促使她放弃了国外的一切机会，回到了祖国。

1985年10月，在老一辈学者的关心和支持下，文学界盼望已久的中国比较文学学会成立大会暨首届学术讨论会终于在深圳隆重召开。来自世界各地的学者，达一百二十多人，国内有32所高校参加。国际比较文学学会会长以及美、法等地比较文学学会会长等出席了会议，大会收到的论文达一百五十多篇。1984年，乐黛云先生又到深圳大学兼职并任中文系系主任。在那里，她不顾劳累与奔波，于当年即在深圳大学开设了中国第一个比较文学研究所。不久，北京大学比较文学研究所也宣告成立。中国比较文学进入了一个崭新的阶段。经过十几年的努力，中国比较文学已经获得了长足的发展，成为世界比较文学界的中坚力量。全国已有一百二十多所高校开设了比较文学课程；三十余所高校招收比较文学或比较文化方向的硕士生；第一个比较文学博士点和博士后流动站也在北京大学比较文学与比较文化研究所设立。

与此同时，乐黛云教授及其所领导的比较所，成为中西对话的重要媒介。西方学术界的先锋思想，从结构主义、后现代主义到后殖民、第三世界批评等等，往往都是经过他们而引入中国。外国媒体评价说，在80、90年代的开放的中国，乐黛云教授成为知识界新解放运动的领袖人物之一。通过她所领导的比较文学所，中国知识界得以寻求20世纪中国思想与文学在国际大背景中的位置。

这种地位的获得并不是偶然的，而是建立在他们大量、扎实的研究工作之上。他们一步一个脚印，将中国比较文学稳步推向深入。乐黛云教授所撰写和主编的著作，几乎都产生了很大的反响，成为中国比较文学研究的经典之作。她不仅自己著有《比较文学原理》《比较文学与中国文学》《中国小说中的知识分子》（英文版）、《面向风暴》（英文、德文、日文版）等著作，还主编了《独角兽与龙——在寻找中西文化普遍性中的误读》《世界诗学大辞典》《中西比较文学教程》《西方文艺思潮与二十世纪中国文学》《超学科比较文学研究》《欲望与幻象——东方与西方》"北京大学比较文学研究丛书"（已出十种）、"中国文学在国外丛书"（已出六种）、"中外文化比较丛书"（已出八种）、"海外中国博士文丛"（已出二种）等。此外，还编译了《当代英语世界鲁迅研究》等。

乐黛云教授在西方文艺思潮与中国现代文学关系方面的精湛研究是众所周知的，她在这一领域所取得的成就，早已成为后来者无法绕开的学术标高。随着研究的深入，乐黛云教授的研究领域也在不断地拓展。近年来，她和她所领导的比较所除了继续推进中国比较文学学科建设之外，主要着力于两方面的研究。一是东西方诗学的比较研究；二是由比较文学跃升为跨文化背景下的比较文化研究。

在比较文学中，理论从来就不是比较文学研究的附庸，如何在中西诗学对话中发展出具有普遍意义的理论一直是乐黛云教授思考的问题。她指出，对不同民族文化和文学理论的研究最容易把比较文学学者凝聚在一起并进行有效的对话。当代诗学在比较文学中占有核心的地位。现代意义的诗学是指有关文学本身的、在抽象层面上展开的理义研究。它所研究的是文学文本的模式和程式，以及文学意义（文学性）如何通过这些模式和程式产生。它应提供一整套能说明所有文学作品的共同性和差异性，以及判明其历史地位的原则和方法。它不仅研究文学所反映的一定的文化历史内容，而且更重要的是研究特定的历史文化内容如何在作品中得到反映，即如何被形式化。在这里，更重要的是形式的运作，包括形式、技巧的使用和转化，以及在不同时代、不同文化体系中文化意义产生的不同方式和程式。[①]比较诗学在中国曾经走过弯路，而现在从西方和中国的理论中各取一个片段进行比附的做法以及把双方完全对立的思维方式已被超越。大家感到最为急迫的是如何在中西诗学之间建立话语中介，使双方都能以自己的面目平等对话。

基于此，乐黛云教授穷数年之力，集中了当今大陆学界的一批精英人物，撰写了一部皇皇一百七十余万言的《世界诗学大辞典》，第一次对中国、印度、阿拉伯、日本、欧美五个地区文化体系的诗学术语、概念、范畴和命题进行了整理和汇集，期望既能尊重各文化体系传统的思维方式，又能利用当代社会科学与人文科学的知识，对之进行必要的考察与诠释；既能保存原有诗学的特色，又能在汇通与类比中达到相互生发的目的。《大辞典》问世后的热烈反响，已经证明了它的成功。它有力地说明了，中国传统诗学不会淹没于西方话语中，西方话语也不可能取代中国传统诗学的独特话语。传统诗学需要我们用新的阅读视野加以重新阐释，以实现创造性的转化，而新的视野的形成来自中西诗学互为主体的长期对话。在中西诗学双向互动的阐释循环中，传统诗学得到不断的提升，成为具有普遍意义的鲜活的现代理论。

---

① 乐黛云：《比较文学的国际性和民族性》，《中国比较文学》1996年第4期，第12—13页。

乐黛云教授的研究，进一步昭示了当代诗学进一步发展所面临的问题，就是如何总结世界各民族文化长期积累的经验和理论，从不同角度来解决人类在文学方面所碰到的问题。在各民族诗学交流、接近、论辩和相互渗透的过程中，无疑将熔铸出一批新概念、新范畴和新命题。这些新的概念、范畴和命题，不仅将在东西汇合、古今贯通基础上，使诗学作为一门理论科学，进入真正世界性和现代性的新阶段，而且在相互比照中，也会进一步显示各民族诗学的真面目、真价值和真精神。①

70年代以来，世界比较文学表现出两大趋势：一是从欧洲中心主义向多元化、全球化和非殖民化发展；二是从文学研究向文化研究发展。不少学者认为，从世界的范围看，比较文学走向比较文化是大势所趋，世界人文科学的发展正经历着一次新的科际整合，大的文化语境已经形成，对于文学的文化意义的追求才能使比较文学的跨文化研究的价值得以体现。有人认为，跨文化是以文化研究深化比较文学的一条坦途，跨越文化这"第三堵墙"，创建中国比较文学学科理论和学派，是推动全球比较文学战略性转变的重大问题。

乐黛云教授在她和欧洲跨文化研究院负责人李比雄共同主编的《独角兽与龙——在寻找中西文化普遍性中的误读》（该书是欧洲跨文化研究院与北大比较所联合举办的"独角兽与龙——在寻找中西文化普遍性中的误读"国际研讨会的论文汇编）中，在《文化差异与文化误读》《比较文学的国际性和民族性》《世纪转折时期关于比较文学的几点思考》等论文中，在"文化对话与文化误读""文化的差异与共存"等国际研讨会上，乐黛云教授早已将研究重心转向了比较文化和比较文学的后殖民化问题，对比较文学的文化转向和后殖民时代的比较文学研究，进行了广泛的论述，提出了纲领性的意见，再次显示了她执大陆比较文学界之牛耳的学术敏感与宏阔视野。

---

① 乐黛云：《世界诗学大辞典》，春风文艺出版社，1993年，序。

应该说，比较文学的文化转向与后殖民时代的比较文学研究，两者是二而一、一而二，密不可分的。后殖民时代意味着一种崭新的全球语境，这种语境下的比较文学与比较文化研究也就具有不同于以往的意义。它所面临的最突出也是最重要的问题，就是在后殖民的全球语境下，如何对待自身的传统文化的问题，如何以后殖民时期的本土传统文化发展比较文学。在殖民时代，大部分的西方概念和观念，包括自由、民主、人权等，都是在西方为了自身的利益而强加于他者的意识形态框架之中。而今天的东西方文化的接触，只能是和过去完全不同的，以互补、互识、互用为原则的双向自愿交流。这种交流正是后殖民时代比较文学的新的国际性的基础。

与此相关，还有两个重要问题需要思考，其一是如何理解传统文化，用什么样的传统文化去和世界交流；其二是如何交流，通过什么方式交流。乐黛云教授认为，我们所说的文化并不等于已经铸就的、一成不变的"文化的陈迹"，而是在永不停息的时间之流中，不断以当代意识对过去已成的"文化既成之物"加以新的解释，赋予新的含义。文化是一种不断发展、永远正在形成的"将成之物"。因此，我们用以和世界交流的，应是经过当代意识诠释的、现代化的、能为现代世界所理解并在与世界的交流中不断变化和完善的中国文化。在交流方式和交流话语上，总是存在着文化差异性，存在着选择、误读、过度诠释等变形，历史上任何文化从他种文化的吸收和受益，都是通过这样的形式才得实现。这里的交流话语，既是自己的，又是已在对方的文化场中经过了某种变形的交流话语。

乐黛云教授一再强调，我们应该摆脱东西方二元对立的既定思维模式，从全球化的新角度看问题，无论某一理论出自何方，只要它合理、实用，能解决实际问题，就可以被采纳利用。那种排斥西方影响，执迷于重返本土的"文化部落主义"，不仅在理论上不可取，而且在实践上还可能成为"文化战争"的根源，威胁人类未来的发展。另一方面，在后殖民状况下，多元文化的发展必然会带来民族文化的新的繁荣。这就使非西方民族有可能用现代眼光来重新审视自己的传统文化，加以新的阐释，使之为其他民族所理解，对人类发展作出贡献。①

事实也正是如此，人类只有在平等友好的环境里相处与对话，才能实现真正的文化交流。尤其因为全球信息化社会的来临，各种文化体系的接触日益频繁。西方发达世界进入后工业社会，急于寻找他种文化参照系以反观自身；东方社会的急剧发展，逐渐摆脱过去的过缘地位，急于更新自己的文化，在现代语境中重新发现自己；东西方文化将在21世纪进入一个全新的阶段。但是由于各民族的文化、历史和社会背景不同，对话中难免有误读，甚至发生文化冲突的现象。如何正确看待和处理好文化差异性和文化误读问题，已成为当代国际文化交流中的重要课题，也成为世纪之交比较文学发展所面临的重大挑战和肩负的重任。

前美国比较文学学会会长伯恩海默教授指出："目前文学研究中的进步潮流所导致的多文化的、全球的、跨学科的倾向本质上是带有比较特征的。"② 乐黛云教授也指出："比较文学的真正意义就在于跨文化、跨学科，冲决一切人为的、曾经是神圣不可侵犯的界限，在多元文化的语境中重新认识自己，在各种边缘的重叠交合之中，在不同文化的人们的视野融合的基础上，寻求新的起点，创造新的未来。"③ 我们有理由相信，在乐黛云教授的领导下，在这世纪之交的文化转折时期，中国的比较文学界将会迎来更为光辉的未来。

转载自台湾《国文天地》1997年第4期

---

① 乐黛云：《比较文学的国际性和民族性》，《中国比较文学》1996年第4期，第1—14页。
② 查尔斯·伯恩海默：《伯恩海默报告：世纪之交的比较文学》，查尔斯·伯恩海默编《多元文化时代的比较文学》，王柏华、查明建等译，北京大学出版社，2015年，第51—52页。
③ 乐黛云：《世纪转折时期关于比较文学的思考》，《中国比较文学》1995年第2期，第1—10页。

绝色霜枫
——乐黛云先生与中国比较文学

韶　非

一

　　我不是一个相信命运的人，但人的一生充满了千百种可能性，究竟哪一种会成为现实，的确纯属偶然。

——《流年似水（1945—1984）》

　　1948年，当一位17岁的少女从遥远而偏僻的山城，怀着美好的憧憬，违抗父命，只身北上求学的时候，她也许没有意识到自己踏上了一条艰辛之路，并且将面临一场长达20年的人生劫难。

　　1976年，当已经年近半百的她重返燕园，被分配去教当时谁也不愿意教的留学生时，她也许更没有预料到自己的后半生会从此与比较文学结下不解之缘，推动并见证中国比较文学的复兴和壮大。

已故的唐代文学研究专家，也是乐黛云先生的同门师弟，裴家麟先生曾经专门赋诗一首，既以自况，也以喻友。

咏枫赠友人
凛冽霜天初露魄，
红妆姹紫浓于血。
回眸相望空相知，
衰朽丛中有绝色。

笔者谨以一个后生晚辈的身份，向为中国比较文学呕心沥血、立下汗马功劳的乐黛云先生致以崇高的敬意。

二

1987年和1988年，乐先生连续出版了两部专著《比较文学与中国现代文学》（北京大学出版社）和《比较文学原理》（湖南文艺出版社）。前者大致体现了先生的思想发展历程和国外学习心得，后者是先生结合中国实际关于比较文学的系统论述。

1952年大学毕业时，先生拜在王瑶先生门下，学习中国现代文学，《比较文学与中国现代文学》收了两篇作者50年代写的这方面的论文。其中，1957年写的《五四以前的鲁迅思想》，就隐约可见先生对文学接受和文化过滤的兴趣。三年的留学生教学生涯中，先生为了让学生们深入理解现代作家，包括徐志摩、李金发等，开始系统研究20世纪以来西方文学在中国是如何被借鉴和吸收的，又是如何被误解和发生变形的。她这一论题因留学生的好评而兴趣大增，并获得去哈佛访学一年的机会。当时（1981）比较文学在国外正是蓬勃发展的时候，先生已经毅然决定从中国现代文学转向比较文学，在哈佛和伯克利的校园里如饥似渴地寻找比较文学的食粮。1982年夏天，她应邀参加了在纽约举行的国际比较文学学会第十届年会，提交的论文《中国文学史教学与比较文学原则》（"The Principle of Chinese Literary History and Comparative Literature"）被收入当年的美国比较文学年鉴，1986年译为中文，收在《比较文学与中国现代文学》里。哈佛访学结束以后，先生在加州大学伯克利分校申请到一个访问研究员的席位，不顾回国的催促，直奔美国西部继续学习比较文学。在伯克利的两年是不同寻常的两年，先生在这里不仅遇到很多非常有帮助的师友，而且出版了两部在西方有一定影响的著作，其中一本是接受奖学金完成的研究课题"中国小说中的知识分子"（"Intellectuals in Chinese Fiction"）于1987年出版，被列入加州大学东亚研究丛书之十。

如果说中国现代文学和西方文学的密切联系使先生萌发了最初对比较文学的美学兴趣的话，那么三年的美国取经则使先生真正把双脚踏在了比较文学坚实的土地上。1984年底回国后，中国比较文学正处于复兴的酝酿时期。先生率先出版的这两部比较文学专著是有深远意义的。专著以启蒙和译介为主，这是由时代决定的。改革开放打开了国门，国外的技术、思想蜂拥而来，当时的学者更多充当启蒙先生的角色。"北京大学比较文学研究丛书"中，张隆溪选编的《比较文学译文集》印了35000册，先生这本（1987）印了12400册，这在今天是不可想象的。季羡林先生为丛书写的序坦承了这一点："为了进行一些介绍情况的工作，我们打算先从翻译外国比较文学研究者的论文开始。换句话说，就是先做一些启蒙工作，其中包括对我们自己的启蒙。"关于《比较文学与中国现代文学》，先生自己有一个很公允的评价："《比较文学与中国现代文学》并不一定有什么新的发明，但在当时却是一本有用的书。"

不妨浏览一下该书的目录：

序：季羡林、王瑶

第一单元：中国比较文学的现状与前景；比较文学的名与实；比较文学发展的现实性和可能性；比较文学研究的几个方面；中国文学史教学与比较文学原则；比较文学与中国现代文学；中国现代文学研究在国外；尼采与中国现代文学

第二单元：五四以前的鲁迅思想；论《伤逝》的思想和艺术；鲁迅属于全世界——《国外鲁迅研究论集》前言；茅盾早期思想研究；茅盾的现实主义理论和艺术创新——为悼念茅盾同志逝世而作；《蚀》和《子夜》的比较分析；二十年代青年知识分子心态的探索——论茅盾的《蚀》与《虹》；漫谈茅盾的抒情散文；《雷雨》中的人物性格

第三单元：小说世界的外延研究——传统的小说分析；文学是一种特殊的语言形式——新批评派与小说分析；决定着表达方式的深层结构——结构主义与小说分析；潜意识及其升华——精神分析与小说分析；作品的框架与意象的挖掘——接受美学与小说分析；事序结构和叙事结构——叙述学与小说分析；"推末以至本"和"探本以穷末"——诠释学与小说分析

后记：乐黛云

由于鲁迅、茅盾的特殊身份和地位，再加上茅盾于1981年逝世，因此第二单元关于两者的论文居多。1981年，先生独立编译了《国外鲁迅研究论集》，独立主编了《茅盾论中国现代文学》。同年在《北京大学学报（哲学社会科学版）》发表的论文《尼采与中国现代文学》引起了强烈反响，开拓了西方文学与中国文学关系研究的新空间，被誉为中国影响研究经典之作，收在《比较文学与中国现代文学》里。后来这篇论文被选进好几种论文集，还译成英文，发表在澳大利亚的《东亚研究》上。

第三单元是归国之后写的。80年代中期正是西方思潮流派蜂拥而入的时期，新方法、新观念、新思路层出不穷，令人应接不暇。先生根据自身的学习体会，试图用西方文学批评理论来阐发中国文学，论述简明扼要，并不故弄玄虚，现在看来仍有可资借鉴之处。

事实证明，《比较文学与中国现代文学》直到今天仍有生命力，并不是单纯的应时之作。山东大学高旭东教授于2002年出版了个人多年来的研究成果《比较文学与中国二十世纪文学》（人民文学出版社），重申了把20世纪中国文学纳入中西比较文学的架构之中的必要性以及比较文学的视野和方法之于中国文学研究的意义。现在各大高校现当代文学专业下设的中外文学比较方向，其实已经和比较文学只有名实之差。四川大学的"比较文学要籍导读"课程第一本必读书即《比较文学与中国现代文学》。

先生从有实际联系的影响研究入手，转向完全没有事实联系的不同文化体系中的文学研究，既有美国学派的影响，也有中国研究的特色。通观《比较文学原理》，不难发现其重点在于主题学、文类学和跨学科研究的探讨。这些在今天看来殊乏新意的课题在当时却是炙手可热，也反映了中国比较文学在蹒跚起步阶段的艰辛和必由之路。由于中国文学与西方文学在事实上的联系一般只限于20世纪以后，而中国现代文学理论又是在舶来的西方某些文学理论的基础上建立起来的，狭义上的对话实质上是不可能的，因此一开始影响研究只能在中国现代文学的领域进行，平行研究则找一些共同的话题或范例（多为泛泛之论）来进行"比较"（由于种种原因，对比较文学的误解以及比附论文大量盛行），而中国香港、台湾学者提出的阐发研究以及所谓的中国学派并未在大陆引起大的反响。

《比较文学原理》不可避免地带有下述特点：对舶来的理论和文本只能被动接受和介绍，不暇有自己的创见；对比较文学的学科意义和规范流于粗浅，没有理论上的自觉性。这些可以从《比较文学原理》和1998年先生主编出版的《比较文学原理新编》（北京大学出版社）的对比中看出来。《比较文学原理》大致章节为：1. 文学研究的新层面；2. 比较文学的过去现在和未来；3. 接受与影响；4. 西方文艺思潮与中国现代文学；5. 主题学；6. 文类学；7. 比较诗学；8. 科际整合，并附录五篇国外学者的译文。《比较文学原理新编》大致章节为：1. 文化转型与比较文学的新发展；2. 历史、现状与学科定位；3. 方法论：对话与问题意识；4. 研究领域：范式的形成及其发展；5. 比较诗学：文学理论的跨文化研究。

中国比较文学的发展紧随着中国时代语境的步伐，这样的问题不仅存在于比较文学，而且也存在于别的人文学科。1989年以后，萨义德的东方主义在中国引起深远的影响，90年代初兴起了"国学热"，强调从本土文化本身酝酿出新的观点和方法，试图以纯而又纯的本土理论和西方理论分庭抗礼。1996年初，曹顺庆先生在《文艺争鸣》上发表论文《文论失语症与文化病态》，旗帜鲜明地提出中国文论失语的问题，呼吁重建中国文论以及中国古代文论的现代生成或转换，在全国引起轩然大波。对此，先生进行了冷静的分析，发表了一系列论文，既不赞成狭隘的民族主义，也不赞成东西方二元对立的思维模式和改头换面的各种中心主义。先生认为新世纪的比较文学应该建立在世界各民族和地区文化平等对话的基础上，呼吁致力于多元共存的新人文主义精神，提出一个得到学界广泛认同的"和而不同"原则。所有这些理论在《比较文学原理新编》和《跨文化之桥》（北京大学出版社，2002）都有充分的体现和阐释。在比较文学中国化的道路上，或者中国比较文学建构的过程中，先生探索出了一条真正具有中国特色和实践价值的路子，搭建起一条真正使中国和世界接轨的跨文化之桥。在《跨文化之桥》的前言里，先生开篇第一句话是："比较文学即跨文化与跨学科的文学研究，它本身就是不同文化与不同学科之间的沟通之桥。"在国学网站的学人专页中，先生这样描述自己的学术思想和方向：

近年来，本人特别关注在经济、科技全球化的大趋势下，如何通过文学促进文化的多元发展和不同文化间的沟通和理解，既反对文化霸权主义，也反对文化孤立主义；主张既努力从他种文化吸取营养，又在与他种文化的比照中，认识和克服自己的弱点，并将已有特长贡献于解决人类的共同问题。例如探讨如何使极其丰富的中国传统诗学为现代所用，即在中国传统诗学的基础上，参与现代世界重大文艺理论问题的讨论，使之成为建构未来文艺理论的重要组成部分。

《跨文化之桥》是先生在20世纪80年代后期到90年代写作的比较文学研究论文的合集，不仅是先生个人教学研究的记录，同时也在一定程度上折射了中国乃至世界比较文学的发展历程。全书分三编：1. 面向跨文化、跨学科的新时代；2. 传统，在现代诠释中；3. 重新解读现当代文学与文化。收入的论文大都在各种公开刊物上发表过，虽然不是什么鸿篇巨制，但是都能给人以关于中国比较文学的有益启发。

和80年代仓促译介的情况完全有了质的差别，先生没有停留在概念学派上，没有钻在书斋里纸上谈兵，而是在学科实践过程中逐渐建构起中国比较文学这一学科。毫不夸张地说，比较文学被国务院列为中国文学研究的四大学科之一，中国比较文学跻身于世界比较文学学界，先生的用功和苦心当属第一。

即使在退休以后，先生在古稀之年仍然勤奋不息，关注和促进中国比较文学的进一步发展，在2003年出版了《比较文学简明教程》（教育部人才培养模式改革和开放教育试点教材，北京大学出版社）。和注重专业知识和学科原理的《比较文学原理新编》不同，这本教材深入浅出，生动活泼，对于比较文学的普及来说非常实用。

三

如果单单从个人的专著来评估先生的学术贡献的话，那么我们就要漏掉先生的很大一部分甚至是最重要的学术实绩。我愿意引用先生的弟子陈跃红老师的一段话：

> 在现代学术运作发展的过程中，除了纯个人化的研究、写作和出版外，学科的开创、推进和更新发展，学术信息的引进、译介和传播，学术机构和团体的组建、运作和扩展、学科的教学和学术梯队人才的培养，乃至专业杂志的谋划，出版的创意、组织、资金寻觅和宣传，国际性的学术交流等方面，都是学术发展的重要构成，缺一不可。而后者的各个方面都需要有相当一批有学术战略意识和学科责任感、学术思想领先、眼光敏锐、富于牺牲精神的学者来担当。尤其在中国这样一个传统惯性深重，学术的专业化、国际化和现代性程度都有待提高的国度，离开上述种种外在的学科建设和学术环境前提，仅靠个别人在书斋里封闭的研究和写作行为，学科和个人的发展都难以想象，至少会受到极大的限制。①

早在1981年1月，先生就积极参与组建了中国第一个比较文学学会——北京大学比较文学研究会，季羡林先生任会长，钱锺书先生任顾问。先生任秘书长，其实就是做实际工作，整理和编撰王国维以来的比较文学的资料书目，策划出版"北京大学比较文学研究丛书"（《比较文学与中国现代文学》属于其中一本）和《北京大学比较文学研究会通讯》（1985年中国比较文学学会成立的时候，就改为《中国比较文学通讯》）。先生回国以后，兼

---

① 《得失穷通任评说，敢开风气敢为先——乐黛云先生的学术世界》，《中外文化与文论》1998年第5辑。

任北京大学比较文学研究所秘书长和深圳大学中文系系主任。1985年10月，经国家体制改革委员会批准，中国比较文学学会成立大会暨首届国际学术讨论会在深圳大学召开。同年，北京大学比较文学研究所也正式被国务院批准改为具有独立编制的实体，建立起国内第一个比较文学硕士点，1993年又建立起国内第一个比较文学博士点，1994年更名为北京大学比较文学与比较文化研究所，1996年建立国内第一个比较文学博士后流动站。全国比较文学学会的秘书处设在研究所里，所以，学会的日常工作实际是在先生的领导下进行的。杨周翰先生逝世以后，先生一直担任学会会长。

学会成立后的很长一段时间内，工作是很难开展的。会员众多，成分比较复杂，很多在注册以后就极少与学会联络，甚至出现会费拖欠的情形（每年的会费只有10元）。80年代到90年代，正是国家经济剧烈转型时期，一个精英理念的纯学术团体的运作和维持的艰难程度可想而知。学会经费很多都是先生亲自去想法筹措，往往要拆借北大比较所的经费。在严重缺乏出版经费的情况下，先生坚持出版《中国比较文学通讯》。每届年会，先生都要想办法邀请国外一些知名人士与会，尽量提高中国比较文学学会的质量和声誉。

在国际比较文学学界，先生享有很高的声誉。这还得从先生于1985年在美国出版的回忆录 *To the Storm*（中文译为《面向风暴》，加州大学出版社）说起。先生一开始口述1957年到1977年20年的历史的时候，并没有想到要出版。在回国前夕，先生和她杰出而值得依赖的合作者卡洛琳决定出版这本书。一出版就引起巨大反响，美国的《纽约时报》《基督教科学箴言报》，英国的《伦敦电讯报》，德国的《法兰克福邮报》，加拿大的《汉密尔顿邮报》等多家报刊先后发表书评，给予相当高的评价。20世纪30年代曾在中国工作过十余年的国际友人约翰·谢维斯的序言这样写道：

她的叙述真诚而敏感，在她看来，错误并不都在一面，而是由于许多个人无能为力的错综复杂的历史的机缘所造成。作为一个坚忍不拔、蕴藏着无限勇气和力量的女人，作为一个永不屈服的母亲，在不可思议的痛苦和考验面前，她保全了她的家庭、她的孩子和她自己的未来……她的骇人经验给了我们一个人类不屈灵魂的例证，其意义远远超越于具体的时代和地区。

1986年，德国著名的Scherz出版社再版此书*Als Hundert blumen Bluhen Sollten*，中文翻译为《当百花应该齐放的时候》。1995年，此书又被译为日文由岩波书局出版。这本书被很多国外大学选为中国现代史的补充教材，至今先生还常常收到国外学生寄来的信函。从1990年到1997年，先生一直担任国际比较文学学会的副会长。1994年在加拿大的年会上，先生和孟华教授主持策划正式申办2000年国际比较文学学会第16届年会，引起良好的反响。尽管在1997年的荷兰表决大会上以三十余票之差败于南非（投票者600余人），但是标志着中国比较文学的声音在国际比较文学界已远非80年代的弱势。2004年，先生在世界各地所做的英文讲演录也将出版。

作为国际知名人物，先生参加了很多国际学术交流活动和国际学术会议。1990年获加拿大麦克马斯特大学荣誉文学博士学位后，于1991—1992年在加拿大麦克马斯特大学兼任教授；1992—1993年，任香港大学访问教授；1995—1996年，任澳大利墨尔本大学访问教授；1997—1998年，任荷兰莱顿大学胡适讲座教授；1999—2000年，任香港科技大学访问教授；2001—2002年，任美国斯坦福大学访问教授。她参加的国际学术会议更是不计其数。

先生同时在上海外国语大学、东北师范大学、天津师范大学、厦门大学、南京大学、南京师范大学、中国语言文化大学兼任教授。回国以后，为了普及比较文学理论，先生连续在北京大学、深圳大学、鲁迅文学院、解放军艺术学院、中国文化书院（1984年成立，先生是主要领导成员）等院校讲授"比较文学概论"课程，听者如云，在各地的讲座也总是很受欢迎。先生介入跨文化研究领域以后，从1995年到2000年在北大为研究生开设"马克思主义文论在东方和西方""中西诗学汇通研究""中国传统诗学的现代诠释""比较诗学"等课程，探讨中国传统诗学在文学理论范畴方面对未来世界文学理论可能作出的贡献。先生一共招收了37名研究生，其中很多人业已在学界崭露头角。1994—1997年在读的博士生史成芳（国内第一个比较文学博士）的《诗学中的时间概念》和张辉的《审美现代性批判》分获国家优秀博士论文二等奖和三等奖。很多弟子都申请到国外名校继续深造。

同时，先生组织了许多交流活动，比如1995年北京大学比较文学与比较文化研究所和香港大学比较文学系联合创办了比较文学英文年刊 *New Perspectives*，由先生和港大比较文学系主任泰特罗（Tatlow）教授主编。泰特罗教授在1982—1990年曾任国际布莱希特学会会长，对布莱希特和东亚文化颇有研究，应先生之邀三次到北大访问讲学，讲演内容被翻译为中文，于1996年出版，名为《本文人类学》，列入"北大学术讲演丛书"之第一本。这套丛书，也是先生孜孜于学术理想的最好的例证。先生和北京大学出版社的副总编张文定老师一起策划了这套丛书，包括：《文化类同与文化利用》《本文人类学》《中国叙事学》《文学研究与文化参与》《后现代主义与文化理论》《修辞学与文学阅读》《文学研究的合法化》《话语符号学》《关于"异"的研究》《美学权威主义批判》《中国宗教思想史新页》《道教史探源》《欧美哲学与宗教讲演录》《文学与现代性》《道德奠基：孟子与启蒙哲人的对话》《异中求同：人的自我完善》《中国文化基因库》《和而不同：比较哲学与中西会通》《道家美学与西方文化》《未完成的现代性》。

笔者之所以这么不厌其烦地把这套丛书全部列出来，是因为从此可以看出其意义所在。例如最早的《文化类同与文化利用》，是史景迁教授于

1989年春应先生之邀来华讲演录。史景迁教授1988年由于对中国历史研究的杰出贡献曾获美国学术最高荣誉之一的麦克阿瑟人文科学奖，在北大演讲时受到英国文学、哲学、中国文学、比较文学、历史学等专业人员的欢迎。演讲内容主要是从理论学术著作和虚构文学两方面探讨中国形象在西方的演变，于1990年发行第一版，1997年发行第二版。先生为这本书作的序言《世界文化总体对话中的中国形象》先后发表于《文汇报》《传统与现代》和加拿大的《文化中国》。自此以后，先生一直关注跨文化对话的问题，接连主持或参与了四次有关的国际会议：1991年由中山大学主办的"狮在华夏——文化双向认识的策略问题"国际讨论会，1993年由北京大学主办的"独角兽与龙——在寻找中西文化普遍性中的误读"国际研讨会，1996年由南京大学主办的"文化的差异与共存"国际讨论会，1997年由北京大学主办的"未来十年中国和欧洲最关切的问题"研讨会。这几次会议都是和总部设在巴黎的欧洲跨文化研究院合作的，都出了中外文版论文集，最为丰硕的成果是达成三项具体的跨国际研究项目：《跨文化对话》期刊、"远近丛书"、关键词三大项目。

史景迁教授的例子并不是唯一的，任教于杜克大学的詹明信教授也是一个突出的例子。1985年秋冬，詹明信教授应北京大学比较文学研究所与国际政治系之邀，来华讲演三个月。詹明信是美国当代最有影响、著述最丰富的文学理论家、文化批评家，其著作《语言的牢笼》（The Prison-House of Language）、《政治无意识》（The Political Unconcious）、《后现代主义：晚期资本主义的文化逻辑》（Postmodernism, or, The Cultural Logic of Late Capitalism）蜚声中外。先生于1983年在加州大学与詹明信结识，一直保持良好的关系。讲演录《后现代主义与文化理论》于1986年出版后，一时风行，影响巨大，于1989年在台湾再版，又于1997年在北京大学出版社出版第三版，以至于译者唐小兵写了三篇前言，时间跨度达11年。1989年3—

5月，普林斯顿大学教授浦安迪应先生之邀为北京大学中文系和比较文学研究所开课"中国古典文学与叙事文学理论"，后因为种种原因不得不中断讲学。先生与德国汉学家顾彬更是于1981年就认识了，两次邀请其来华讲学。先生与前国际比较文学学会会长佛克玛教授也是老朋友。自1985年参加中国比较文学学会成立大会以来，佛克玛多次来华开会，并于1993年和夫人蚁布思教授应先生之邀来北大讲学近两月。1995年秋和1996年春先生两次邀请时任国际比较文学联络委员会主任的托托西教授来华讲学。在加州大学圣地亚哥分校长期执教的叶维廉教授1985年和1998年两次到北大讲学。这样的事例太多了。正如当初先生所预见的那样，丛书不仅将海内外专家带来的最新的知识、最新的学科信息保存下来，存诸史册，以备查询，而且向社会推广，及时将本来只有北大独享的学术资源和信息与学界共享，有力地推动了中国学术的发展。

先生以令人难以置信的精力主编了"深圳大学比较文学丛书""北京大学比较文学丛书""中国文学在国外丛书""海外中国博士文丛"。其中，"中国文学在国外丛书"于1990年策划，拟出十本：中国文学在法国、俄国、日本、朝鲜、美国、英国、德国、越南、东南亚、东欧，由已故的比较文学元老艾田伯作序，与南京大学合作，花城出版社出版。当时出了六本，2002年出版由先生的弟子曹卫东写的《中国文学在德国》，2003年出版由先生的另一个弟子宋伟杰写的《中国·文学·美国》。另一本由韦旭昇教授写的《中国文学在朝鲜》于1994年翻译为韩文在韩国出版，于1995年翻译为日文在日本出版。"海外中国博士文丛"是先生在国外访问时遇到很多中国学子时起意的。先生认为海外博士论文经过惨淡经营，不同于一般泛泛之论，也体现出国际通行的论文写作规范，而且博士们兼得中西两种文化浸润，提出许多新问题，开辟了新的学术视野和空间。本来计划在人文学科的文史哲各门类细水长流，不断出下去，遗憾的是由于出版困难等原因只出了四种即搁浅。先生主编的"北京大学比较文学研究丛书"（同样是老搭档张文定老师策划）出了19种。这套丛书的影响很大，是国内各大图书馆的必备书目和很多知识分子的书架书目。

此外，先生还主编或参与主编了《国外鲁迅研究论集》（北京大学出版社，1981）、《中西比较文学教程》（高等教育出版社，1988）、《西方文艺思潮与二十世纪中国文学》（中国社会科学出版社，1990）、《超学科比较文学研究》（中国社会科学出版社，1989）、《欲望与幻象——东方与西方》（江西人民出版社，1991）、《当代英语世界鲁迅研究》（江西人民出版社，1993）、《世界诗学大辞典》（春风文艺出版社，1993）、《多元文化语境中的文学》（湖南文艺出版社，1994）、《北美中国古典文学研究名家十年文选》（江苏人民出版社，1996）、《欧洲中国古典文学研究名家十年文选》（江苏人民出版社，1998）。然而，先生最珍视的还是她和李比雄教授主编的《跨文化对话》（中文版已经出到13辑，上海文化出版社；法文版2辑，法国尼斯大学出版社），以及她和留法博士金丝燕主编的"远近丛书"［法文版（法国DDB出版社）10种、中文版（上海文化出版社）12种、意大利文版（意大利Servitium出版社）7种］。

四

《跨文化对话》的缘起前已论及。先生和她的合作者李比雄教授一致认为：不同文化之间的相互沟通和理解，以及进一步的互补和互证是决定21世纪人类命运的极其重要的因素，具有悠久历史传统和深厚文化资源的中国和欧洲责无旁贷。丛刊的宗旨在于加强中国同西方学术和文化界的相互了解和交流，适应当前世界多元发展趋势的共存要求，为中外学者提供一个共享的论坛。第一辑就以"未来十年中国和欧洲最关切的问题"为中心，环绕文化冲突、生物学发展及其导致的伦理道德问题，以及电脑网络对人类生活的影响等展开笔谈。

杂志和"远近丛书"都由法国人类进步基金会赞助，由南京大学比较文学与比较文化研究所所长钱林森教授任执行主编，1998年出第一辑，从第二辑开始，栏目逐渐稳定下来，有圆桌会议、前沿碰撞、多声道、文化透视、说东道西、新论快览、要籍时评、信息窗等。随着读者的反馈，在第五辑还增加了科学与人文、中国文化发微，特邀国内外知名人士，包括两院院士这样的自然科学家撰文。

杂志抓住了当今时代的特征，选择了跨文化对话的角度，采取了国际合作的方式，真正做到了名副其实的跨文化对话，发行以后受到了社会的关注，赢得了读者的广泛认可。这一切和先生的奔走呼吁和身体力行是分不开的。上海文化出版社郝铭鉴总编谈到为什么要承担杂志中文版的发行时说："一是文化的责任感……二是对作者的信任。'对话'前年便开始酝酿，我们是在去年7月，在巴黎的维拉苏古堡里讨论'远近丛书'时，从乐黛云先生、汤一介先生和钱林森教授处了解到这一'工程'并决定全力介入的。当时有个强烈的印象：乐老师们不仅有学术眼光，和世界级的学者有着广泛的学术联系，而且对发展人类文化充满热忱，敏锐而执著，我们相信和这样的读者合作是会卓有成效的。三是为了完整塑造出版社的形象……"

"远近丛书"也是和欧洲跨文化研究院及法国人类进步基金会合作的，目的是突出不同文化环境中对于生活中同一对象的个人体验的差异，借以进行沟通。第一辑有四本，其中包括先生和法国高等师范教师安娜·索瓦涅阿尔戈（Anne Sauvagnargues）合著的《自然》。目前已出《自然》《生死》《建筑》《梦》《夜》《美丑》《味》《智慧》《宽容》《家》《科学》《情》《童年》《学》《游》等。旅法学者兼作家程抱一先生发表读后感说，这套丛书感觉很奇妙：一种文化由近变远了，另一种文化由远变近了。

在发行杂志和编撰丛书的基础上，先生还于2002年年底创办了北京大学跨文化研究中心。目前主持进行的项目有"中国文化进入世界文化主流"（北京大学社科项目）、"古今中西坐标上的中国现代作家"15种（北京出版集团项目）、"文化互看调查研究"（即"远近丛书"，法国人类进步基金会项目）。近期她组织的学术活动有"跨文化对话的回顾与前瞻"中法合作研讨会，参与法国的"为建立一个协力、尽责、多元的世界而努力"系列国际讨论会等。

在《跨文化对话》发刊词中，先生这样结尾："我们想做的事很多，我们的目标也很远大，万里之行，始于足下，虽不能至，而心向往之。这毕竟是开始。"在《跨文化之桥》的最后一篇文章《我与中国文化书院》中，先生这样结尾："总之，我把'远近丛书'和《跨文化对话》作为多年来从事比较文学研究和跨文化研究的一种可以真正有益于大众的实践。从目前来看，远景似甚乐观，这将是一个反封闭、反霸权的大众事业，也是我将为此奉献余生的事业。"

五

回首往事，先生有着太多的可能，她曾经被国立中央大学录取，她曾经对党的地下出版物充满革命激情，组织和参加游行，她曾经走进彭真市长家豪华的客厅，她曾经被世界学生代表大会驻布拉格办事处所挽留在国外从事工作，她曾经一夜之间沦为"反党反革命分子"，她曾经在鲤鱼洲做过归隐田园的美梦，她曾经迷失在哈佛大学偌大的图书馆里，她曾经面对国外大学提供的令人钦羡的职位和薪水……

然而，先生最终选择了北京大学和中国比较文学，"文革"结束以来为中国比较文学的专业化、体制化、正规化马不停蹄地奔走于全国各地和欧美之间。先生"以其超常的精力、不懈的热情、突出的组织能力和学术奉献精神闻名于国际国内比较文学界。前国际比较文学学会会长佛克玛多次称赞她为中国比较文学界最热情的、不知疲倦的学术组织者和领导者;西方学界同仁每每相见,都惊异于她何以有如此旺盛的精力在有限的时间内安排如此多的工作,近乎现代社会中时见的'工作狂人';来往的中国港台学者常常说:只有乐黛云才会不断地有那么多的点子、课题和合作方案,并且同时操作多项工作;至于大陆同仁也多领教过她的精力和活动密度,尤其是本研究所的人员,论年龄都在她的后面,而不可思议的是大家觉得精力也总是在她的后面,碰到较多的系列学术活动的时候,常常反而有被她拖得精疲力竭之感"①。

季羡林先生和乐先生相识已经半个多世纪了。季老回忆当初相识的情形说:"我知道她,却颇有点不寻常。她为人坦诚率真,近乎天真;做事大刀阔斧,绝不扭扭捏捏,绝不搞小动作。"季老在文章结尾的时候这样评价:"为中国增添一位女比较文学家,比增添一位女外交家意义更大……她却偏偏选择了北大,一领青衿,十年冷板凳,一待就是一生……我们中华民族所赖以屹立于世界民族之林的也正是这一点精神,这一点骨气。"

二十年"抉心自食,欲知本味",经历过种种屈辱和磨难,先生认识了这个多少有些不可理喻的世界,也付出了宝贵的青春和沉重的代价。果真"二十年又是一条好汉"吗?"文革"结束以后,先生一直扪心自问。先生1986年在加拿大为第一本专著《比较文学与中国现代文学》作序时这样描述自己的使命:

> 然而,我寄厚望于年轻一代。他们在攻读硕士、博士学位,他

---

① 《得失穷通任评说,敢开风气敢为先——乐黛云先生的学术世界》,《中外文化与文论》1998年第5辑。

们在博览群书，他们在为自己的学术工作打下深厚的基础，有什么能停止他们的脚步，阻碍他们的发展呢？他们可以成为世界第一流的学者，他们可以成为中外兼通、博采古今的文化巨人。中国文化将通过他们在世界文化宝库中发出灿烂的永恒的光辉，他们将达到一个辉煌的世界，这个世界不太可能属于我和我的同辈人。然而，在这启程之际，也许他们（年轻一代）还需要在雄浑的莽原中找到一条小径，在严峻的断层中看到一座小桥？换言之，在他们登上那宏伟壮丽的历史舞台之前，也许还需要一些人鸣锣开道，打扫场地！我愿作那很快就会被抛在后面的启程时的小桥或小径，我愿作那很快就会被遗忘的鸣锣者和打扫人。正是这样，我以这本小书奉献于我的后来者。

然而，事实已经无可辩驳地证明先生搭建的不只是一座小桥，而是一座跨越几代中国人、跨越中国文化和西方文化的世纪之桥，后来的人们不会遗忘先生坚苦卓绝的努力和奋斗，历史将永远铭记先生为中国比较文学的伟大复兴作出的贡献和功绩！

同圆新鸳鸯蝴蝶梦

邱华栋

学坛辉映两颗星

前些时候,乐黛云教授在北京大学做了一次"我与北大"的演讲,情真意切,把自己和北大的几十年"情感纠葛"统统都交代了,竟使许多学生都眼闪泪花。而在听讲座的后排,有一位额头宽阔、目光睿智的学者也微笑着颔首鼓掌。他就是北大哲学系教授、博士生导师汤一介先生。

无独有偶,在另一次关于"中西文化的二十一世纪走向"的国际研讨会上,汤一介在讲台上慷慨陈词时,在前排坐着的乐黛云微偏着头,眼睛里深露出孩童般天真、钦慕的目光,看着汤一介,饱含赞许、鼓励与爱意。

作为中国当代著名哲学家,汤一介先生已经写了《郭象与魏晋玄学》《中国传统文化中的儒道释》等五部专著,发表论文一百余篇,还任中国文化书院院长,又兼任欧美多所名牌大学的客座教授,培养和正在培养的硕士生、博士生有二十几名，在国际上影响广泛，近年来参加世界学术讨论会数十次之多，在全世界飞来飞去。

乐黛云教授任北大比较文学研究所所长、国际比较文学学会副会长，著有《比较文学原理》《中国小说中的知识分子》等四部，主编30种书籍，任欧美多所名牌大学的客座教授，是她一手开创了比较文学在中国的事业，而她自己，也藉此成为中国当代著名文学理论家。

两个老北大，一文、一哲，几十年是如何一路在学海"闯荡"过来的？

汪洋中的两条船

1949年下半年，祖国刚解放，他们俩一同在北大念书，当时汤一介任校团委宣传部部长，乐黛云任群众文化部部长，一来二去就认识了。他们俩一个读哲学，一个读中文。后来两人互相有了好感，当时大家都反对学生谈恋爱，看见他们俩亲亲热热，就老提意见。有一次开团员代表大会时，他们俩提出来，恋爱并不会影响工作，相反倒能促进学习与工作。"结果我们俩胜利了。所以，北大1949年后学生谈恋爱还是从我们俩开始的呢！"说起这一点，乐黛云很自豪。1952年，他们毕业后，汤一介被分配到北京市委宣传部，乐黛云留在中文系任教，两人就结了婚。

1957年，反右大风一刮起来，乐黛云就被打成了右派，那会儿他们的女儿三岁多一点儿。当时乐黛云觉得中文系的年轻人没有发表作品的阵地，就办了一个同仁刊物，结果被认为是"反革命小集团"，和其他几个支部书记一起成了右派头子。

"结婚40年来，无论我们在生活中各自遇到了什么风浪，我们都互相信赖，没有在严重的时刻背叛谁，一直肩并肩走下来了。"他们俩说起遥远而又辛酸的往事，唏嘘不已。"但我们毕竟走过来了。"

两个"好汉"互相帮

汤一介研究中国哲学，他们俩现在各有各的书房，各坐拥一座书城。"他对我帮助很大。我是念现代文学出身，古代的底子太薄，他就常笑我，说我的文章写得过于浪漫主义。而他对新东西看得不多，外语又没我好，我就常给他提供新信息，我们'合作'得很愉快。"乐黛云半开玩笑说。

他们俩有时候也争论，汤一介研究儒家，乐黛云认为在中国传统文化对妇女的压迫方面，他没有具体体会。但汤一介对她也有一个小小的不满，因为乐黛云做饭特别好，可近五六年来，他再也没有品尝她做的佳肴的口福，因为她也太忙了。"因此，我一肚子怨言，都没法说出口。"汤一介委屈地抱怨说。

汤一介对生活关注得少，乐黛云每次从国外回来，都要给他带一个小礼物，他属兔，所以她就送他小兔子。书架上，各个国家的兔子，有几十只。"可他却从来不会想到这个。"乐黛云说。

"不，这个她可说错了，我从来不送她小东西，送她的可全都是大件。电脑我送了她一台，电子琴也送了她一架。我今年准备送她新电脑和传真机，因为我刚得了一万元稿费。我送她可从来不送小东西。"

"他都送我有用的，可有时候我觉得没用的小东西更好玩，更有情趣，这一点他却想不到。"乐黛云反驳说。

"也许这就是浪漫派和务实派的区别吧！"汤一介说完，大家都笑了。

两条大道通"罗马"

说起走上比较文学研究的道路,乐黛云感触颇深:"只有将文学研究放在世界的背景下,才能把中国文学搞清楚。现在,世界文学的发展是全球意识下的多元发展,欧洲中心论已经破除了,必须要有一个全球意识,否则就会被封闭在整个文化之外,对世界没有贡献。"

而汤一介搞文化哲学研究,也是在这样的视野下展开的,欧美有些学者认为,21世纪将是以东西方文化冲突为背景,特别是向阿拉伯文化与儒家文化发展,如何使各种文化走向对话和协调,是他一直努力思考的问题。他不太赞成知识分子边缘化,"知识分子应该从专业出发,做深入研究,对现实发生作用,是我们的使命。"汤一介胸有成竹。

80年代以来,他们俩的学术研究进入了黄金期,除了写书、读书、编书,他们还搞了很多国际文化、文学研讨会,推进中国当代文学与文化的进展,汤一介说:"我想再写10年,第一个工作是重写《中国哲学史》,从老子一直写到今天,类似于黑格尔的《哲学演讲录》那样的。另一个计划是写一部《西学输入史》,总结一下我们吸收西方文化的经验与教训。"他认为,人类文化目前正在逐渐走向融合,把以外在超越为特征的西方学说与以内在超越为特征的中国学说结合起来,形成一个高层次的文化体系,是他的目标,也是人类文化的走向与前途。

而乐黛云除了写完那本《我的学思历程》,还想写一本《中西诗学对话》,并把她主编的《世界诗学大辞典》的中国词条部分译成英文,她很有信心地说:"我打算再干15年。"

两个退而坐拥书城,进而直航五洲的学者夫妻的生活是紧张而又有序的,在他们心中,换确有一条道路,那就是,在这个全世界文化走向融汇与整合的时代,作为东方的中国学者,如何使中国文化纳入现代文化发展的总潮流，是自己首要的任务。

俗话说，条条大道通罗马，他们也有他们心中的"罗马"，趁着这旺年头儿的大好时光，他们还打算猛跑十年二十年，谁说青春只是青年人的事儿！

《中华英才》总第86期

有生命热度的学术
——"我的阅读史"之乐黛云

洪子诚

上高中和刚进北大的时候,我就知道乐黛云的名字,在文艺刊物上读过她的文章。1956年,我也认真读过她的连载于《文艺学习》上的《现代中国小说发展的一个轮廓》。1956年9月我入学时,她在北大已经有四年的教龄。但在校五年学习期间,我却没有听过她的课。原因很简单,1957年春天,她和文学史教研室的另外八位青年教师,筹办名为《当代英雄》的同仁刊物。不知道记忆是否准确,我在当时中文系办公地点的文史楼二楼墙上,看到创刊号的目录预告。刊物没有办成,几位先生(还有傅璇琮、沈玉成、褚斌杰、金开诚、倪其心、裴家麟、潘兆明等)却都成了右派。乐黛云是领头的,成了"极右分子"。受到的惩罚是:开除公职,每月16元生活费,遣送京郊门头沟山区的斋堂"监督劳改"。她自己说,因为总不"认罪",右派"帽子"迟迟不能摘掉。1961年,她才回到中文系的资料室当资料员。

我和乐先生有较多机会接触的时间，一是1963—1965年间。当时，她"获准"担任写作课的教师，和我在一个教学小组。说是教学小组，人数多的时候竟有二十多人。另外就是1969年底到1971年秋天在江西鲤鱼洲"五七干校"劳动期间。但我们并没有很多交往。这些年来她的著述编纂成果丰硕，受囿于褊狭的观念，我读过的大体是与自己"专业"相关的论著，以及她讲述自己生活的自传、随笔。另外，她主持的"北大学术讲演丛书"和"北京大学比较文学研究丛书"，我也认真读过一些。虽然不能完全理解，但对开阔我的学术眼界、更新学术方法，常有难以忘怀的启示意义。

"罗网困陷"的体验

1981年，乐黛云发表了两篇文章，一篇是《论〈伤逝〉的思想和艺术》，另一篇是《尼采与中国现代文学》，我都读过。《新文学论丛》也有我的《关于对"写真实"的批判》。对比之后，我就意识到在学识、修养上的明显差距；最主要的是我的文字的那种浮躁之气。不过对她的《论〈伤逝〉的思想和艺术》，我当时也不以为就怎样出色，觉得于"当代"的相关研究，好像没有很多的超越。有关涓生、子君的"个性主义"局限，以及对"个人主义"危害的揭发，在右派批判中，在1958年"讨论"巴金、讨论《约翰·克利斯朵夫》的时候，已经听得够多了。因此，我当时没有读出这篇文章另外的含义。待到后来，参照了乐黛云的自传和其他文章，我才意识到某种独特的东西从我的阅读中漏掉了。其实，文章中所谓个性主义的局限，个体在社会生活中的困境，别有一种指向，蕴含着作者生命的苦涩体验和对这些体验的思索。这篇文章虽然发表在1981年，却写于1963年，那时乐黛云从劳动改造的乡下回到学校不久。文章投给《人民日报》，但未能发表。1994年，在生命流逝已有一个甲子的时候，乐黛云回顾来路有这样的感慨："我的生活充满了跌宕起伏，无论好事坏事全都来得出人意料，完全无法控制；大事如此，小事亦然。"所以她说："……米歇尔·傅科曾经断言：个人总是被偶然的罗网困陷而别无逃路，没有任何'存在'可以置身于这个罗网之外。"《论〈伤逝〉的思想和艺术》讲述的，就是这种生存经验。"当我作为极右派在农村'监督劳改'的时候，我常常想起《伤逝》，想起靠'一点小米维系残生'的'鸟贩子手里的禽鸟'，想起'被系着细线，尽情玩弄、虐待'的坏孩子书中的蜻蜓，想起那无所不在，而又看不见、摸不着，冠冕堂皇，无法反抗的'无物之阵'。"对乐黛云来说，个人的这种"偶然的罗网困陷"，其实并不需要读了傅科才能明白，那便是她的生活本身。由是，她常常"不免满心悲凉"。

我不止一次听她说，她常有这样的念头：能在农村有一间茅草屋，房前种豆，房后种瓜，也养鸡养鸭，过着日出而作、日落而息的简单生活。说这些话，有时候是在表示"扎根"农村的决心，有时候则是检讨"消沉"的思想。但我当时将信将疑，甚且是不愿相信，觉得这不大真实。当时在开会的时候，我也会说些什么"长期扎根"的话，心里其实是盼望并且也认为终会离开这个对我来说其实是"无根"的地方，回到原来的生活轨道。以己度人是我常犯的毛病，因此就很容易地忽略不同生活经验在心灵中留下的不同刻痕，忽略她的那种对"政治"厌恶、恐惧，对知识分子群体警惕的心理内容。这也就是没有能读出她的文章中真实含义的原因。这种隔膜，这种丝毫没有觉察，不由得使我想到，人们有时候在言语，在文字，在举手投足中的寄托，可能就难以被"读"出，如果不是自己出来解说，就永久埋藏，或没有留下任何痕迹地失散飘逝。

当然，对个人"罗网困陷"的深切体验，在乐黛云那里，并没有导致放弃个人责任的悲观厌世，也不是推导至无是非的相对主义。从"本质"上说，即使身处逆境，她也是对未来仍有期待的理想主义者。只不过意识到

"罗网"存在,理想也就剥离那种虚无缥缈的成分,而行动也更为坚实。最主要的是,她意识到个人的这种处境,不仅是特有的经历,而且是夸张、放大这种受难。正如一位评论者说的,"在她看来,错误并不都在一面,而是由于许多个人无能为力的、错综复杂的历史机缘所造成"。因而,个人在受限的处境中的行为轨迹,虽是生命中偶然的点和线,但是,将各种"偶然"连成一气,也有可能展现那"似有似无"的"必然"。这就是"别无逃路"的个人的勇气和胆识的根据:

> 如果把某种主体意识通过自身经验,建构而成的文本也看作一种历史,那么,这些点点线线倒说不定可以颠覆某些伟大构架,在一瞬间猛然展现了历史的面目,而让人们于遗忘的断层中得见真实。

"思想之源"的鲁迅

和读了《论〈伤逝〉的思想和艺术》的毫无感觉不同,发表于同年的《尼采与中国现代文学》,我却印象深刻;它在当时的学术界也产生一定反响。反响来自几个方面。首先是有关尼采的研究。在当时,尼采大部分时间是以"法西斯思想的先驱""歌颂帝国主义战争"、宣扬"弱肉强食"的"权力意志"的反动、丑恶面目出现。在这篇文章中,这样的图像发生翻转式的改变,他成为一个质疑旧价值观的偶像破坏者,成为一个"超越平庸"的、精神健康的"超人"形象。这是当时让人感兴趣的一点。其次,有关鲁迅与尼采的关系,它"大胆肯定尼采对鲁迅思想影响具有积极意义",而不是像当时通常论述那样,将尼采影响看成是消极因素的损害。最后,是对于比较文学学科"重建"和在中西文化比较的领域、方法开拓的意义上。

现在看来,文章还表达了乐黛云当时对鲁迅的看法。鲁迅是乐黛云重要的"思想之源",是她心目中"20世纪最了解中国的人"。虽然在写了有关《伤逝》和鲁迅与尼采的文章之后,没有将鲁迅作为主要研究对象,但对鲁迅的基本理解,一直是她观察社会、文化问题的主要思想支柱。在八九十年代,她先后编选了两册海外鲁迅研究论集,它们在研究界曾发生不小的影响,尤其是收入夏济安、林毓生、李欧梵、丸山升、竹内实、普实克等人文章的《国外鲁迅研究论集》。不夸张地说,当时这本论集,对我有一种打开"新的天地"的冲击。也许丸山升、竹内实、普实克等在思路、用语上,我还不是那么陌生,因而对这些文章的重要价值有些忽略。冲击主要来自"英语国家"的那些观点和论述角度。论集中夏济安的两篇文章,题目都有"黑暗"这个词。"黑暗"就是我那时获得的深刻感性印象。鲁迅写到目连戏中的鬼魂,在"当代"通常被理解为是他强烈、决绝反抗精神的体现。但现在有了一些颇为"陌生"的说法。说"鲁迅无疑背负着某些鬼魂";说他对这些鬼魂"甚至隐藏着一种秘密的爱恋";说表现了"死的美和恐怖"的无常与女吊"在鲁迅一生中都保持着魅力";说鲁迅"透过浓厚的白粉胭脂的假面,窥探着生命的奥秘"……夏济安有些遗憾地认为,鲁迅并未完成对这一奥秘的探究,他更多的是表达对社会罪恶的抗议,"然而,使他区别于他的同时代人的,正是他承认这种秘密,而且从不否认它的威力,他甚至可以被生活中存在的这种黑暗的威力所震魇。他同情那些脱离了他们的社会环境而处于孤独时刻的个人"。

这些说法带来的新鲜感,源自那种对比性的感受。在此之前我读到的"标准"的鲁迅论述,基本上是"明亮"的、"白天"的:处理的对象既是"可见"的领域,而方法也是单向的;所有的一切,包括情感心理,都只能在社会矛盾、制度的"物质"层面得到解释。对一个多少已被神化的人物的谈论,可否以"唯心主义"的语言方式,来触及其隐匿且复杂难明的生命世界,他的心灵秘密,他个人的孤独感,这是当时产生的疑问。夏济安他们的这些谈论,影响(确切地说,应该是预告)了80年代中国"存在主义鲁迅"

的逐渐浮现。鲁迅阐释的这种转向，甚至也表现在"新启蒙"倡导者李泽厚身上。1979年，李泽厚出版了著名的《中国近代思想史论》。在《略论鲁迅的思想发展》那篇文章中，也说到尼采的影响，但目的是区分尼采和鲁迅：尼采"那种践踏群众高倨人民之上的超人哲学，与鲁迅本质格格不入"；"尽管个性主义的孤独感对鲁迅一生有强大影响……但鲁迅一生的出发点和着眼点始终是广大人民"。李泽厚又说，在"人道主义"和"个性主义"问题上，对鲁迅来说，前一因素比后一因素"要更为基本，更为持久，也更为重要"，"尽管从表面看来（例如常引尼采等）情况似乎相反"。他将鲁迅作品"不再是抽象的人性探讨，而是切实具体的社会揭露和批判"的这种变化，看作是思想发展的重要标志。

"文革"刚结束时，是李泽厚呼喊、憧憬"农业小生产基础和立于其上的种种观念体系、上层建筑终将消逝，四个现代化必将实现"的时候。这样的时候，不需要，也不应该发掘鲁迅的"孤独感"。但到了80年代后期，似乎已经"超越启蒙"的李泽厚对鲁迅有了新的解释。他说，鲁迅之所以有独特光辉和强大吸引力，除了对旧中国的传统文化鞭辟入里之外，是因为他"一贯具有的孤独和悲哀所展示的现代内涵和人生意义"。对于鲁迅与尼采的关系，也有了新的认识：鲁迅早期接受尼采哲学作为人生观，是他贬视庸俗、抨击传统、勇猛入世、呼唤超人的思想武器；但"也是他的孤独和悲凉的生活依据"，"这种孤独悲凉感由于与他对整个人生荒谬的形上感受中的孤独悲凉纠缠融合在一起，才更使它具有了那强有力的深刻度和生命力"。李泽厚引述鲁迅的《野草·一觉》之后，说他是在意识到"死"时感受到"生"的光彩，是在对"死亡"的意识中，在对人生极大悲观中，加深了存在的"强力意志"。在这个时候，李泽厚明确地将鲁迅与加缪联结在一起，说："可惜加缪晚生，否则加缪将西西福斯（Sisrphus）徒劳无益却必须不停歇的劳动……比作人生，大概是会得到鲁迅的欣赏的吧？"李泽厚对鲁迅论述的变化，从一个侧面，呈现他自己，以及思想界、文学界80年代的思潮演化的轨迹。

乐黛云编辑的鲁迅论集，在中国最早提供具有"存在主义"色彩的鲁迅形象，但我猜想，她自己可能不是很认同这种描述。80年代后期，曾经有名为《拯救与逍遥》的著作为众多人所阅读。作者刘小枫在这本中西文化比较的书中也谈到鲁迅，谈到鲁迅与陀思妥耶夫斯基、卡夫卡的区别。书中对"存在主义"有这样的分类，说鲁迅《野草》的存在主义，"只是施蒂纳、尼采、萨特、加缪式的存在主义，而不是克尔凯戈尔、舍斯托夫、马丁·布伯、马塞尔、乌纳穆诺的存在主义"。刘小枫说，鲁迅采纳了尼采的"唯有个体的生命是最终极的实在的主张"，"至死都在号召人们反抗并扑灭阻挡他们生命发展道路的任何一个人"，这样，鲁迅就和庄子一样，"任何价值形态的东西就被暗中勾销"。他说，虽然鲁迅和陀思妥耶夫斯基都以觉醒的冷眼看清了残酷的历史事实，但重要的不同在于，后者给世人昭示的真理，"是神性的温柔、受难的爱心、对祈告的无限信赖"，"给世人昭示的是对上帝的绝望的信念"；而鲁迅昭示给世人的是"不可相信温柔、爱心、祈告和一切神圣的东西，除了人的生命权利，一切道德、宗教价值都是虚假的"。因而，陀思妥耶夫斯基"超越历史的理性"，而鲁迅则是"屈从于历史理性"，被迫放弃对神圣的东西的信赖，根本否认价值，提倡以恶抗恶，成为"西式逍遥（现代虚无主义）的同路人"。

将鲁迅置于"拯救"对立面的"逍遥"和"价值虚无主义"的范畴内，相信当时不少读者会同我一样，感到惊诧莫名，尽管刘小枫有他的逻辑，对"逍遥""虚无主义"也赋予特定的内涵。因而，在《拯救与逍遥》的后记中看到乐黛云对这样来谈论鲁迅的"愤怒"反应，我就一点都不感到奇怪。如果要说有一个"存在主义鲁迅"的话，乐黛云能够认可的限度，最多是刘小枫分类中的尼采、萨特、加缪式的存在主义，最多是李泽厚这样的鲁迅描述："虽悲观却仍愤激，虽无所希冀却仍奋力前行"；其悲观主义"比陈独秀、胡适的乐观主义更有韧性的生命强力"，是不停向各种封建主义做韧性战斗的伟大启蒙者，但又超越启蒙，有着对人生意义的超越寻求；他的孤独与悲怆，是一种具有具体社会历史内容的孤独与悲怆。她既不会同意将孤独、悲凉感过分强调，更不会容忍将这种有具体社会历史内容的抗争、韧性战斗的孤独，看作缺乏宗教救赎情怀的"逍遥"而放置于受批判的位置上。

在80年代（也可以说直至今天），乐黛云更重视的，既不是陷于孤独悲凉的鲁迅，也不是一个全身心投身政党政治革命的鲁迅。她推崇的，是写作《文化偏至论》《摩罗诗力说》《破恶声论》的早期鲁迅。乐黛云说："他的'掊物质而张灵明，任个人而排众数'的社会主张，他对'外之既不后于世界之思潮，内之仍弗失固有之血脉，取今复古，别立新宗'的学术理想，他的不满足于现实层面而超越于现世的终极精神追求，可以说都是我后来学术生涯的起点。"乐黛云高度评价的，恰恰是鲁迅对"超然无事地逍遥"的否弃；热爱的是那"被风沙打击得粗暴"的"人的魂灵"，是既吸取外来文化的"野蛮精悍"的新鲜血液，也总是将中国文化传统精髓（包括百草园、无常女吊等"小传统"），作为文化更新资源的鲁迅。乐黛云大概不会将希望放置于"另一个世界"，也不认为过度强调鲁迅的孤独悲凉就一定提升了其思想深度和历史价值。她爱的还是那个"启蒙者"鲁迅，那个将"个性主义"作为生命内核，而将"人道主义"作为历史责任的鲁迅。她虽然承认个人命运受到摆布，但对于历史、未来仍抱有坚定信心，确信鲁迅的"世事反复，时事迁流，终乃屹然更兴，蒸蒸以至今日"（《文化偏至论》）的世界观。

"野蛮精悍之血"

80年代中后期,文学界对"现代派热"的实验成果的评价发生过争论。"我们的"现代派是"真的"还是"假的"?什么是"真正的"现代派?中国为什么不能出现"真正的"现代派?"真""伪"的说法能否成立?诸如此类。1988年,我在《文艺报》上读到的季红真的长篇论文,就是从历史、现实处境、文化传统等方面,比较中西"现代派"作品的本质性(哲学的)区别。针对这一论争,这一年年初,黄子平在《北京文学》发表了《关于"伪现代派"及其批评》的文章。那时,黄子平还在北大中文系任教,他把刊有这篇文章的杂志分送一些老师。一次系里开会遇到乐黛云,她问我:"觉得子平的文章怎么样?"我想,这个缠绕不清的问题,经他在中西、古今等关系的层面上讲得这么清楚,也揭示了论争中问题的症结,便很表示赞赏。但乐黛云没有同意我的赞赏,她疑惑地说:"这个时候强调规范,有点早了",又再次重复,"现在不是强调规范的时候……"

我从没有想到这篇文章和"规范"的问题有什么联系(这个词在中国学术界成为时髦的关键词,要到90年代初),也就不能接过乐黛云的话头。但我还是努力去想这里面究竟有什么关系。她可能是认为,对一个纷纭复杂、探索尚有多种已知或未知的可能的事情,就进行条分缕析、层次分明的归纳整理,事实上有一种做出明确价值判断,"规范"方向、道路,试图阻止事情的"无序"状态的意图。我又推想,她的议论,可能也不止针对这篇文章,担心的是"过早"的"规范"会成为主导性潮流,阻滞了刚刚展开的活跃的探索。在她看来,"无序"不是任何时候都具有负面意义,而作为矫正力量的"反思"行为,也不都一概值得肯定。也就是说,在那个时候,面向世界、勇于吸收而出现的新事物,虽然还"不曾扎根",也"尚未定型",具有容易招致批评的那种"表面性和流动性",但对待它们,其实是更应该持珍惜、支持的态度。

这是否是乐黛云当时的想法,我不得而知,后来也没有问过她。不过,90年代初读了她的《文化更新的探索者——陈寅恪》一文,似乎可以间接地证实我的推想。八九十年代之交,学术界出现让人印象深刻的分化。正如乐黛云所说,一些人自觉转向"边缘",他们批判了传统知识分子以天下为己任的"白日梦",提倡学术的绝对"学院化"而远离政治;一些人强调了资料第一的那种学术规范;另一些人则"下海"准备在商场中"作一番遨游"。在这样的情势中,"国学热"兴起,而对陈寅恪的重新评价是"国学热"中的一大热点。其间,乐黛云的思想观点不可避免也发生了调整。如80年代末她在重新阅读世纪初《学衡》等的史料之后,重新思考"保守主义"的历史功过。与"当代"对《学衡》、对文化保守主义派别全盘否定不同,她认为当年的保守主义、自由主义、激进主义等思想流派,都"存在于一个框架","他们之间的张力和搏击正是推动历史前进的契机"。她对自身学术思想的这种调整,其结果是逐渐"和过去支配我的、趋向于激进的泛情主义决裂,也就是和曾经禁锢我的某种意识形态决裂",而"能够更全面、更冷静地看待历史的方方面面"。不过,这种调整、反思,并没有导致她无保留地认同当时悄然发生,随后盛极一时,并为"后殖民主义"论述所支持的"国学热"。在引述了陈寅恪的话("李唐一族之所以崛兴,盖取塞外野蛮精悍之血,注入中原文化颓废之躯,旧染既出,新机重启,扩大恢张,遂能别创空前之世局")之后,乐黛云指出,把陈寅恪看作"中国文化之传承者、固守者、史料集成者"是远远不够的,"不能涵盖先生之学术襟怀、伟大一生","甚且未得先生之真精神";陈的"真精神"、他的治学的出发点,是寻求民族文化摆脱衰颓困境之路,是以"外来的血"改造旧的躯体,"重启新机"。所以,她将陈寅恪定位为"文化更新的探索者"。

在乐黛云那里,"走向世界""勇于吸收",一直都是一个坚定的、重要的命题。她显然同意闻一多40年代在《文学的历史动向》中的观点：一种文化的"本土形式"，在经历花开极盛到衰谢的必然过程中，需要"新的种子从外面来到，给你一个再生的机会"。闻一多说，世界上那些勇于"予"、怯于"受"的文化都没落了，只有中国是"勇于'予'而不太怯于'受'的，所以还是自己文化的主人"。从这样的理解出发，乐黛云强调，在中西文化交汇的过程中，"误读"几乎是必然的。她说：

> ……互相理解本身就是一个过程；况且我们也不能要求西方人像中国人那样理解中国文化，反之亦然。历史上，如伏尔泰、莱布尼兹、庞德、布莱希特等都从中国文化中得到灵感并发展出新的体系，他们对中国文化的理解也不见得就那样准确、全面、深入；为什么当我们的年青人从西方理论得到一点启发而尝试运用时，就要受到那样的求全责备呢？

这也许可以看作乐黛云对真、伪现代派论争所间接发表的意见。在吸取、试验刚刚开始，成果有限的时候，就急迫为看来纷乱的事物设限，强调在原来秩序上的各归其位，在她看来，大概是"怯于'受'"的一种表现。

乐黛云80年代以来的学术贡献，最主要当是在比较文学领域。比起"影响研究"，她似乎更重视那种主题、文类和跨学科方面的"平行研究"。这基于她的信念，人类具有超越时空的思想、情感、心理状态共同性。80年代中期"方法热"的时候，曾经有过对"耗散结构"、对"熵"的急速升温，但在大多数人还不明究竟时就骤然冷却的谈论。时至今日，像乐黛云这样对这一谈论仍持有积极评价的，恐怕已经不多。在她的内心，存有挣扎着反抗社会运作统一化的"反熵"的责任承担。"反熵"的责任所面对的，不仅有突破隔离封闭体系，将文学，进而将人的生命引向开放、动态、发展状态的急迫，也有在"全球化"情境中抵抗另一种性质的统一、复制、同质化的危险。事物的瓦解衰竭，和趋向于最后的同质与死寂，都是她所忧虑的人类前景。

在80年代，乐黛云也许更重视外来观念、学说、方法的引进，以激活中国当代僵化、板结的文化、学术状态。到了90年代，她意识到人类真正实现各民族文化平等对话、多元发展这一她理想的境界，存在诸多阻力，并不是当初预想的那么乐观。她看到这一百年的世界文化史，"几乎就是以欧洲为中心，歧视、压制他种文化……的历史"，但也认识到抛弃西方中心论虽是必要，却也非易事。而且，在乐黛云看来，试图以另一种中心论来取代西方中心论，以某些非西方经典来代替西方经典，都有害于世界文化发展，"只能是过去西方中心论话语模式的不断重复"；这也是她90年代以来，在认同彰显本民族文化重要性的前提下，坚定质疑、批评那种"封闭、孤立、倒退的文化孤立主义"的潮流的原因。她极有见地地指出，根本不存在一种"原汁原味"的、"未受任何外来影响"的、"以本土话语阐述"的"本土文化"。她指出，"文化孤立主义常常混迹于后殖民主义的文化身份研究"，但它们之间有根本不同，前者不过是不顾历史和现实，在封闭环境中虚构自己的"文化原貌"。这只能导致文化的停滞、衰微。

基于她的批判精神，也基于她的乐观的理想主义的性格，乐黛云提出有关人类文化精神、文化生态前景的设计，她称之为"新的人文精神"。所谓"新"，就是它不是固定、一成不变的"原则"，不是少数人建构以强加于他人，不是少数"先觉者"去"启""后觉者""不觉者"之"蒙"，不是白璧德的"新人文主义"。乐黛云的"新的人文精神"，强调把人当作人看待，反对一切使人异化为他物的因素；强调关心他人和社会的幸福，关怀人类发展和未来；接受科学带来的方便舒适，但警惕科学可能对人类造成的毁灭性灾难；赞成对权威、中心消解的解放的思维方式，也试图弥补由此带来的零碎化、平面化和离散的消极因素。而实现新的人文精神的主要途径是

"沟通和理解"：在人与人、科学与人文、学科与学科、文化与文化的沟通、对话、理解中，"互为主观"，建立"最基本的共识"……

乐黛云描述的，可能也是我所憧憬的。不过在我看来，那大概是一种"乌托邦精神"，虽动人，富于魅力，却有点缥缈。但乐黛云却坚信不疑，并一直为向这一境界的推进，不避繁难地做出自己的努力。这正是她的可爱，也是她的可敬之处。

"我就是我"

托多洛夫曾经讲到他在英国与别人的两次会面，一次是与亚瑟·柯斯特勒，另一次是与伊萨亚·柏林（也译为以赛亚·伯林）；与托多洛夫一样，他们都是从东欧移居西方的作家、学者。托多洛夫原先认为，他和柯斯特勒这样的同一代人具有的同样立场，"是由宿命论和麻木不仁造就的"。但从柯斯特勒那里他得到"反证"，柯斯特勒沉稳自信，"他并没有接受宿命论的思想"。在牛津大学，柏林在听了托多洛夫谈亨利·詹姆斯小说叙述的结构分析的讲座之后，对托多洛夫说："不错……可您为什么不去研究19世纪的虚无主义和自由主义呢？"托多洛夫说，从这两件事他听到了批评和鞭策。"这两个人都同我一样，生活在异国他乡，接受着异域的文化，可他们却知道怎样生活在个人的相异性之中"；"柏林先生告诉我说，文学不是唯结构的，它是由观念和历史组成的；我又从柯斯特勒那儿知道，放弃自由的主张是没有什么'客观'理由的"。

托多洛夫讲述这些事情，是为了阐述他提出的"对话批评"，讨论在对自己的精神轨迹进行反思的时候，怎样通过别人的言语来了解自己。如果我们把"对话批评"暂且放在一边的话，那么，也可以看作在怎样"保持着自我的自我"的提示。从一种"别人"的观察角度，托多洛夫将之概括为"他就是他";作为自我陈述,乐黛云的说法是"我就是我"——这是她为自己的自传起的名字。在80年代,以"代际"来区分20世纪知识分子是流行的方法。李泽厚就用"转换预告""开放心灵""创造模式""走进农村""接受模式"和"多元取向",来区分、描画20世纪六代(或六个时期)知识分子的基本特征。按照这一区分,乐黛云当属"接受模式"的那一代(当然,她也生活在"多元取向"的时期里)。"接受"在李泽厚这里,应该是个动词,而不是定语;也就是说,那一代是缺乏创造力的、接受统一"模式"的一代。这种区分、这种代际的特征描述,自然也可以说是合乎实际的。不过,正如托多洛夫指出的,它不能概括一切;总会有一些人虽困难,但也有效地突破这一模式。乐黛云呈现的,正是这样的形象。她知道怎样生活在个人的相异性之中。在"接受模式"的时代,她努力抵抗着"同质"文化的混淆,而在"多元取向"(实质上是另一种"同质化")的时期,则抵抗着涌动的强大潮流的同化力量。

和乐黛云谈话,听她讲课,读她的书和文章,一个突出的印象是,她是个"自然"、自信的人。自然、自信,就是不做作,就是较少"面具意识"(并非贬义使用);就是率直坦诚;就是她自己说的"情绪化、易冲动、不善计谋";就是不左右摇摆,见风转舵;就是在风云变幻、眼花缭乱的时势中,努力坚持自己独立的判断,不苟且,也不阿世媚俗;就是保有开放、批评,但也包容、非排他性的心态。她的讲课和日常的谈话并没有很大的区别。她的文字是真实心声的表达。有时候你甚至觉得她并不怎样讲究"修辞",卖弄"关子",虽然她完全有能力这样做。这些年来,我多次见识她面对重要事变时的沉着勇敢。她的言行,证明了她十多年前这样的一段话是可信的:

……我似乎还有可能返老还童,从头开始。然而,即使一切再来一次,在所有关键时刻,我会作别的选择吗?我会走相反的方向吗?我会变成另一个人吗?我想不会,所谓"江山易改,本性难移"。总而言之,我就是我,我还是我!历史无悔!这历史属于我自己。

转载自《文艺争鸣》2008年第10期

印象乐黛云先生

戴锦华

当人们借比较文学而仰望欧美、追随西方之时，乐黛云先生在这处高地上，瞩目的是中国的文化与诗学传统，她思考它们与学术的落点，是将中国思想带往世界。乐先生深深地内在于、代表着五四文化的精神，又自觉地尝试超越其上，在她逾不惑再起步的学术生涯里，有着寻觅、发现、建构、确立现代中国文化主体的高度自觉。

在中国，大概没有哪个人文学科的建立，曾如比较文学那般起始分明、风生水起；或如比较文学那样，挟携着、铭写着一个时代的梦想与欲求，同时反身书写、形塑着自己的时代。

一个激情盈溢的年代，一段悲情对决的岁月，一份因理想而青春勃发的记忆。那时节，西来且新鲜的"比较文学"，便如同某种时代的微型肖像与文化印鉴。

在我个人的经历与体认中，我对比较文学的认知、国际视野中的比较和差异意识、我与这一学科丰厚而稀薄的联系，都系于一个人——乐黛云先生。事实上，这也是中国比较文学学科史上的事实：在20世纪80年代的文化记忆中，比较文学的旗帜重叠着乐先生的名字，她不仅是中国这一学科的奠基人与确立者，她也自始至今，以她的学养、气度、胸襟、精神气质与人格魅力召唤着、集聚着人们对新学科、新思想、新理论与"走向世界"的热望和实践。

20世纪七八十年代，我的求学岁月，在彼时的北大，乐先生于我，于我的同学们，是一则"传奇"、一个偶像。那时的北大课堂里突然多了一些新鲜却沧桑的面孔，几乎成了那个时代特有的悲情与激情的标识形象。乐老师则不然。当她再次出现在文学课堂上，迸发出的是一份受阻良久、骤然喷发的意气与才情。要很久以后，她传奇般的青年时代，她的落难，她和汤先生间的世纪爱情……才会在学院内外流传。在乐老师的课堂上我曾始料未及地遭遇震撼：听她以尼采哲学的视野读茅盾，"日神精神"与"酒神精神"如此强烈且鲜活地洞穿了茅盾笔下的或激进或颓废的青年形象；"大革命"时代的"动摇、幻灭、追求"，在西来的光束下，陡然呈现了迥异的色调与意蕴。在神采飞扬的讲述间，乐老师看上去是如此的年轻，她间或遗忘了那泼洒在田间、牛棚、锅炉房、那无望中的光阴。不久后，这位令我们这些年少轻狂、桀骜不驯的学生折服的"新"老师暂且离开了我们的视野；那时，没多少人知道，乐老师是最早接受美方学术邀请、负笈大洋彼岸的中国人文学者。及至她与汤先生相偕归来之时，她已然成了校园偶像。

犹记彼时宿舍里熄灯后的倾谈。乐老师是其中的主角。其时，带着激情和饥渴、羡慕（些许嫉妒），同学们谈得最多的，是与乐老师伉俪同回的物品，不是当年的令人羡慕的"归国人员"特权物：日本电器，而是十几箱书——国外最新学术著作！七八十年代之交，在我们的心中，那不啻是一座阿里巴巴的神秘宝藏。再以后，同学中的勇敢者登门求教，为师长热情接纳，便俨然成了乐老师的座上客。倾谈里多了亲历者的细节：乐老师的豪爽，汤老师的儒雅，那一对出色的儿女；乐老师家独有的"壁纸"：四壁上顶天立地的书柜，满满的古籍与新书。新年夜，乐老师开门纳客，宾客如云，其中不乏师者，但多有学生。亲历者特别描绘了屋中的一道风景：十字拉起的挂绳上密密匝匝地悬满了来自世界各地的精美贺卡。师生们一起包饺子、度新年……我不在其中。那时，对我所倾慕和折服的人或事，我只会远远地注视，默默地关注和倾听，不愿近前半步，生怕唐突、亵渎，生怕被拒绝或轻看。

渐渐地，乐老师不再仅仅是北大校园中的一个身影、学生们口中一个口耳相传的故事，而且是20世纪80年代幕启时分最响亮的名字之一，而且这个名字与一个悄然舶来、渐次耀眼的学科之名重叠在一起：比较文学。我似懂非懂、知之不详地体认到：那是全新的学科与方法，那是豁然洞开的视野与路径，那是新的可能与未来；甚至，那就是新的十年、新的时代的号角和召唤。悄然清晰起来的是，比较文学不仅关乎文学，更是在重新校订中国的位置。那是大学、人文学科自觉的更生与重建。我可以想见乐老师当时所置身的风云际会之处，所肩负的重压与冲击。她事实上树立并执掌着"比较文学"这面旗帜，至诚、谦和地站在前辈至尊的后面，积聚起那时节无数激情张扬的一代青年学子。一个学科的建立。一个时代的开启。及至20世纪90年代中期，我已在乐老师麾下，西渡大洋彼岸，才购到乐老师赴美时出版的自传。捧读之时，那题名 *To the Storm*，显映出更长的时段，更丰满的意味——乐老师的一生充满了疾风暴雨，但她始终并非受困或失陷，而是迎向风暴。那时节，比较文学是一方沃土，一隙蓝天；继而是一场悄然的飓风；到它成就为一处异常热烈的论域，最终成就为一个全新的学科，它已在乐老师的预期与自觉之间，改写了中国文学的地形图。作为暴风雨时代的女儿，乐老师始终保持着批判、自我批判的犀利、锐敏与勇气，因此绝不会陷囿于"国学""国故"的窠臼。于我,于我的时代,乐老师一边不断拓宽、延展着理论,尤其是西方新锐理论的天际线;一边在广阔的国际视野中展示、开启着中国文化、中国文学、中国诗学的博大精深的宝藏。

  彼时,我也于懵懂之中热切地向往着"比较文学"。然而毕业了,我终于与比较文学擦肩而过,无可选择地去了电影学院任教。但我学术生涯的起步、立足之初,仍是受惠于乐老师,于她也许是无心之举的点拨。我将结束学生生活时,乐老师第N次访美归来,在办公楼礼堂讲座。人头攒动,一立足之地难求。我早早到场,也只得有幸跨在窗台上听讲。那次,老师讲"西方新思潮",洋洋洒洒间论及"结构主义",寥寥数语清晰勾勒出这个其时闻所未闻的"主义"。那是我与结构主义的首度相遇。惊闻之时,若有所得。依着老师的路标,我在彼时新理论的热络与荒芜中搜寻着结构主义的断编残简、只言片语,自那里启程我电影学术生涯,自那里理解了为师者的意义和快乐。就是这样,乐老师出演着时代的启门者。在彼时狭小却珍稀的一隙间,欧美世界悄然涌入,中国正起步登场。她获知、她指认、她引领、她助推。她呼唤风暴,也细雨润物。

  到我得以面对面结识乐老师之时,比较文学已蔚然成壮观。中国比较文学学科历经艰辛,开始确立。中国文化书院揭幕,我曾是无数学生中的无名的自费学员。在台下听乐先生、汤先生及列位"武林至尊"侃侃而谈,真是人生快事。那时,乐老师麾下骑着自行车、奔走在北京的长街短巷中的各类青年志愿者,如今早已是各大学、各学科的领头羊。中国比较文学学会不仅是其时最壮大的学术团体,而且是20世纪80年代中国新理论、新学科的发祥地与庇护所。今天,已很难想象一个民间学术团体,可以具有那样的体量和影响:不仅拥有数千会众,而且下辖百余个二级学会;中国之"缅因河畔的法兰克福学派"——意指跨学科、理论建构与批判的功能和角色,是其时人们对乐老师的团队、对学会的期许。这一切,固然是那个特定时代的奇迹，但无疑清晰刻写着乐老师的人格魅力与个性特征。如今，我身历半个世纪，不能说阅人无数，也可说交往颇广，但乐老师的胸襟、气量、风度与胆识，仍是我至今所未见的。"和而不同"，是人们之间或挂在嘴边的说法或引用，但作为一种可望难及的境界，却是乐老师为人、治学的根本。乐老师自己做人坦坦荡荡、毫不苟且，但待人、用人却是兼容并蓄、不拘一格、绝无苛求。因此，麾下诸众，千人千面，路数所思各异，却能一呼百应。此间，偌大舞台的台上台下，固然少不了明枪暗箭、明攻暗算，乐老师自也免不了"中招"；也见过她愤懑、无奈，但永远只是一瞬，挥之而去，从不挂心。自彼时至今日，乐老师一以贯之的，便是倾全力知人善任、珍爱人才、提携后进。不仅我辈，及至我辈之弟子，乐老师几乎是有求必应，助之不遗余力。

20世纪80年代中期，我自己正和年轻的朋友们一道在电影学这片昔日中国学术的处女地上撒欢儿。经由身边年轻朋友的自荐，乐老师开始关注我们这个团体及我们狂妄而微末的努力，自那时起，我、我们也成了中国比较文学学会的追随者。记得第一次应乐老师亲自邀请参加中国比较文学学会的年会。我等一干人惯于电影圈的无行，短裤T恤地闯去会场，惊见到人群环绕之间我所未曾得见的乐老师一袭长裙，与谈者亦颇有衣香鬓影、优雅鸿儒之像。我辈顿觉自惭，落荒而逃。幸而又幸的是，我居然在街边买到了裙装，尽管不甚雅致，但勉强配上了盛会的氛围。此间另一则记忆犹新的花絮，是与众友坐等开幕式之时，仰望主席台上黑压压地满坐男性学者。但见乐老师与饶芃子老师相偕登台，从容坐上主位。轮到我斗嘴："女人无须多，坐中间就是了。"一干女学者乐不可支，强忍笑声。犹清晰记得老师的开幕致辞，在中西古今的坐标框架内，再度言说中国、图绘世界。其间的问题意识与张力，其间的文采与情感，至今仍不时萦回。

那时，我还不知道，我们身处的时代将陡然落幕，一个全新的"世纪"行将开启；那时我还无从想象，我将在新"世纪"舍弃我深爱的电影学院，追随在老师的左右，由此揭开我个人生命全新的一页；那时我还尚未认可：老师——乐先生，将是我毕生仰望、难于抵达的高山。

80年代，90年代，幕落幕起之间，是一个世纪的终结。在那份密集、滞重里，身边的人们纷纷出国，一时间风流云散。80年代铺陈开的那个巨大而热络的舞台陡然一片寂寥。此时，乐老师却与汤先生相偕归国。我与友人结伴去拜望。问及老师，老师仍笑得爽朗："人文学者，不想滞留国外。多少人劝，我们还是决定回。"这件事对那时关于去留问题心猿意马的我来说，那种感受与其说是震动，不如说是漾起暖意的感悟：何谓承担，何谓勇者，何谓抉择……

1990年，在种种的不确定之间，少数快乐的时刻之一，是乐老师亲口邀我回母校讲课——站上母校的讲台，大约是每个大学生，尤其是北大学生最热切而隐秘的心愿吧。电影课，在南门旁的电教楼上，于我，更是意外之喜。乐老师大约不知的是，她的邀约，不只为我圆梦，也满足了我内心狂悖的奢望。至今，我仍清晰记得那一天，中午时分暴雨如注，上课前却已是浓云褪尽，碧空如洗。我兴奋却忐忑地走上阶梯教室的讲台时，竟看到乐老师满面笑容地坐在第一排。那时刻涌起的感动、狂喜与恐慌，宛如昨日。如今，我也已过知天命之年，晚辈弟子也多有教授、副教授。我尽管也自视提携后进，称"扶上马送一程"，却从未能如老师这般礼贤下士、亲力亲为。况且彼时的乐老师是何等身份，而我却只是来自电影学院的一个无名小讲师……

为了这个时刻，也为了与乐老师最新招聘的人文科系的第一个旅美归来的博士张京媛的友情，我与乐老师的交往开始绵密。窃以为这已是我与北大的圆满的故事。但不久，京媛告知了老师有邀我调往比较所任教的意向。初闻时的大喜，不可为外人道的、跃跃欲出的虚荣满足，自不待言；

但心底坦言，我却几乎没有真正考量老师的提议。那是由于一则我自视于电影学院根扎已深；二则是对电影早已一往情深；而彼时彼地，电影人自成一"国"，观片谈影，均是"电影国"公民特权，其身份获取难于入籍美利坚；而我自恃已"绿卡变公民"，要舍弃万万不能，纵是母校也不予考虑。在百般无助与辛酸之间，京媛转告了乐老师的再次邀约，并加上她的即兴发挥：赶快决定！你以为你是谁？乐老师攥着大把求职的洋博士、土博士，等你三年了……某夜，泪流面满地自为流沙掩埋的噩梦中惊醒之后，我痛下了决心。尽管做好了鸡头凤尾、从零开始的准备，但仍向乐老师尽言我的顾虑：北大庙高神多，水静流深，盘根错节，而我才疏学浅、粗狂散漫……老师——作答，耐心开解的同时竟给出承诺：只管专心教学科研。

　　1997年，我以37岁的"幼齿"，本科毕业的学历，获取了北京大学的教授资格。为此，乐老师殚精竭虑，尽管我近旁，遍是东洋、西洋博士的竞争。甚至当我在学术委员会以高票，而非全票通过时，乐老师竟怒而拍案。日后忆起这一幕，汤先生笑而叹息：你几时成熟啊？不错，返归母校，我是乐老师的"爱将"，但比较所全体诸君哪个不是？身为国际比较文学学会的副主席，中国比较文学学会的主席，在授课与写作之间，在极度密集的国际学术会议、国际互访之间，乐老师永远精神矍铄、举重若轻地为我们料理着原本应当事人自理的一切。

　　是的，1993年夏天，怀着喜忧参半的心情，一如别去之时，我再次跨入当时北京大学五院背后的半截矮墙，返回母校任教，成为乐老师麾下的一员。

　　的确，在乐老师身边，深切知晓先生的"不成熟"。历经坎坷、叛卖，先生始终保持着一颗赤子之心。她始终打开着她的房门，开敞了她的心，接纳所有仰慕、投奔而来的人，援手于所有落难、困窘的人——所有的同行、同事，所有的年轻人，甚至北大校园内比比皆是、我辈不屑一顾的各种流连者。她拒绝去分辨他们怀抱的动机、他们大大小小的私欲与图谋，只要他们有几分长处，有些许向学、向好之心足矣。我等也敢在老师面前打趣她的，便是她对哪怕最通俗版本的"苦情戏""悲情牌"的免疫力缺失。于是，对上门求教、求告者，乐老师赠书作序、贴补送物，倾己所有，从不推拒。正是这种"不拒绝"，让茶余饭后多了种种的受骗上当的笑谈，乃至农夫和蛇的故事。但直到某日，我才真正认识到，这绝非书生、学人的意气天真，这是我永远只能仰视的胸襟，这是大时代之女特有的高尚，这是成大事，而非蝇营狗苟、追逐小利者的品格。那一日，乐老师把我唤到家中，耳提面命地告知"知人"与"用人"的区别，直指我自恃"知人"而难于容人、不懂"用人"的死穴。她娓娓道来、鞭辟入里，众生相、人世情，纤毫毕现、洞若观火。我在无地自容间顿然了悟了自己的狭隘粗狂，获知了先生的睿智气度。她无不知，但无不容，用人不疑，以此成大事。赤子之心，不谓天真，只谓至诚。为了文化的事业——中国的、世界的，她只是在真正践行着"和而不同"的哲学理念、"兼容并包"的北大精神。我记得那时的自惭。是啊，遭遇天堂到地狱的坠落，历经23年炼狱的羁押，以先生之阅历、之智慧，岂可……但先生确有"弱点"：世事沧桑，但她始终无法对不公不动容、对不义不发声，始终无法无视弱者的诉求。

不时有人问及我的师传，我便回答，野狐禅，谈不到师传。那是实话。但我在人前，在心底，会在最虔诚、最素朴的意义上，称乐先生为老师。不曾有幸入室，习先生学贯中西的渊博，但私心里毕生奉之为精神领袖与导师。面对众人，我会说乐老师是我的"偶像"，但一个老旧的字眼远为真实：那是我生命的"榜样"。

始终，仍然，踏在乐老师的脚印上……仍在追随与追赶之中……

五、学术纪事

1931

生于贵阳。

1935

进入天主教教会小学善道小学。

1939

因抗日战争疏散到贵阳远郊乌当,在家自学。

1942

迁花溪,入贵阳女中。

1945

考入国立第14中学。

1946

转入贵州中学。

1948

考入北京大学中文系,同年在北大加入党的外围组织民主青年同盟。

1949

参加北京大学剧艺社、民舞社;

加入中国共产党。

1950

作为北京市学生代表参加布拉格第二届世界学生代表大会,同年在北京《解放报》发表第一篇书评《生命应该燃烧起火焰而不只是冒烟》。

1951

报名参加抗美援朝志愿军,未获批准,同年因诗歌《只要你号召》获北京市和广东省群众文艺创作一等奖,到江西吉安专区参加土地改革运动。

1952

毕业于北京大学中文系,获学士学位,毕业论文:《丁玲的浪漫主义》，在北京大学中文系担任王瑶教授的助教及系秘书。

1955

担任北大校刊主编。

1956

回中文系为文学专业四年级开设"现代文学史"一年，写《现代中国小说发展的一个轮廓》连载于《文艺学习》。

1957

担任中国共产党中文系教师支部书记，写《五四以前的鲁迅思想》，同年写《〈雷雨〉中的人物性格》，未获发表。

1958

《五四以前的鲁迅思想》发表于《新建设》；

因1957年与中文系年轻同行策划出一文学中级学术刊物暂名"当代英雄"，开过两次会，被划为极右派，开除党籍和公职到门头沟山区监督劳动，养猪种菜。

1961

回北京大学，在资料室注释古诗。

1962

担任政治系写作课教师两年，法律系写作课教师半年余。

1963

写《论〈伤逝〉的思想和艺术》，未获发表。

1964

因表扬学生反映"大跃进"实况的文章被勒令停课。

1965

到京郊小红门村参加"四清"，接受教育。

1966

调回北京大学参加"文化大革命",重新监督劳动。

1969

到江西南昌远郊鲤鱼洲走"五七"道路,从事打砖劳动。

1970

鲤鱼洲成立工农兵学员草棚大学,担任"五同教员"(同吃、同住、同劳动、同学习、同改造思想)。

1972

草棚大学撤回北京,随工农兵学员返回北京大学中文系。三年内随工农兵学员到《北京日报》社、石家庄《河北日报》社、大兴天堂河等地实习、边教边学、半工半读。

1976

被分配担任留学生现代文学课教师,朝鲜学员班一年,欧美学员班两年。

1980

编成《茅盾论中国现代作家作品》,由北京大学出版社出版;

写成《尼采与中国现代文学》,1981年在《北京大学学报(哲学社会科学版)》发表。

1981

在北京大学中文系开设"茅盾研究"专题课,编译《国外鲁迅研究论集》并在北京大学出版社出版;

北京大学比较文学研究会和北京大学比较文学研究中心成立,担任两个机构的秘书长;

为《中国大百科全书(外国文学)》撰写"比较文学"条目,"比较文学"条目首次出现于《中国大百科全书》,该条目明确提出:比较文学作为一门学科"不同于一般文学研究中的比较方法,后者是认识文学现象时所采用的一种途径和办法,前者则有自己独立的研究对象、目的、范围,有自己独立的发展历史和独立的研究方法",条目并简述了比较文学在中国的发展;

作为访问学者赴哈佛大学燕京学社进修一年,专修比较文学课程。

1982

应邀在纽约参加国际比较文学学会第十届年会,在年会上做"中国文学史教学与比较文学原则"("The Principle of Chinese Literary History and Comparative Literature")的发言,载入美国比较文学年鉴(*Yearbook of Comparative and General Literature*),同年接受美国加州大学伯克利分校邀请,在该校东亚系担任客座研究员,随后两年从事"中国小说中的知识分子"项目研究,并撰写回忆录*To the Storm*(《面向风暴》);

"北京大学比较文学研究丛书"第一本在北京大学出版社出版。

1984

回北京大学中文系开设"西方文艺思潮与中国现代文学"专题课并陆续开设"比较文学概论""比较诗学"等课程。

北京大学分配支援深圳大学兼任该校教授及中文系系主任。

1985

《当代西方文艺思潮与中国小说分析》在《小说评论》杂志分六期连载;

在深圳组织有一百三十余人参加的首届比较文学讲习班并出版《比较文学讲演录》;

中国比较文学学会在深圳大学成立,做"中国比较文学的现状与前景"报告,此文后发表于《中国社会科学》,并译成英文在该刊英文版发表;

当选为中国比较文学学会副会长兼秘书长；

组织"深圳大学比较文学丛书"，写总序《比较文学的名与实》，提出中国传统文学理论应成为世界正在寻求的文学理论综合架构的一部分，任何新文学理论如果不能解释中国丰富的文学现象就不完整，中国文学也特别需要以世界文学为背景，以他种文化为参照系重新认识自己，文章还提出应充分重视少数民族文学、华人文学和东方文学的比较研究；

与卡洛琳·韦克曼合著的 *To the Storm*（《面向风暴》）在加州大学出版社出版，同年获美国加州湾区优秀文学奖。

1986

《面向风暴》德文版出版，更名为 *Als Hundert blumen Bluhen Sollten*（《当百花应该齐放的时候》）。

1987

当选为国际比较文学学会第十二届执行局理事；

随杨周翰、王佐良教授赴美参加第二届中美比较文学双边研讨会，提交论文《中国小说叙述模式从传统到现代的转型》；

Intellectuals in Chinese Fiction（《中国小说中的知识分子》）作为加州大学伯克利分校中国研究系列第33种出版；

与杨周翰教授共同主编的第一部《中国比较文学年鉴1986》出版。

1988

参加德国慕尼黑国际比较文学学会第十二届年会，发表论文《关于现实主义的两场论战》，该文发表于《文艺报》，英文版载国际比较文学学会第十二届年会论文集；

第一部专著《比较文学原理》出版，并于1995年获全国高等学校人文社会科学研究优秀成果奖；

担任主编的《中西比较文学教程》出版。

1989

在《中国文化》杂志发表《世界文化对话中的中国现代保守主义》；

与杨周翰教授共同主编的 Literatures, Histories and Literary Histories—The Proceedings of the 2nd Sino-U.S. Comparative Literature Symposium 出版；

与王宁合编的《超学科比较文学研究》出版，提出文学与自然科学、文学与哲学社会科学、文学与艺术之间的跨学科研究应是比较文学的重要内容；

任中国比较文学学会会长至今。

1990

与王宁合编的《西方文艺思潮与二十世纪中国文学》出版。

出席在贵阳召开的中国比较文学学会第三届年会暨国际学术研讨会，发表论文《以特色和独创主动进入世界文化对话》，强调第三世界文化进入世界总体文化对话时，它所面临的是发达世界已经长期构筑完成的一套概念体系，第三世界文化进入世界文化对话时，要达到交往和理解的目的，不能不熟知这套话语，但如果只用这套话语构成的模式来诠释和截取本土文化，大量最具本土特色和独创性的文化就会被摈弃在外，对话也仍然只能是一个调子而不能达到沟通和交往的目的。因此，必须找到一个对话的中介，这个中介可以充分表达双方的特色和独创性，并足以突破双方的体系，为双方提供新的立足点来重新观察自己。该文载于中国比较文学学会第三届年会论文集《面向世界》并由《理论与创作》转载。

在《中国比较文学》第一期发表《文学研究的全面更新与比较文学的发展》，提出："全球意识与文化多元相互作用的主潮必然为文学研究带来全面刷新"，比较文学将"促进并加速地区文学以多种途径织入世界文学发展的脉络，从而使两方面都得到发展"，并将在这一过程中找到自身与其他文学研究的结合点而达到新的水平。

在《北京大学学报（哲学社会科学版）》写了《文化更新的探索者——陈寅恪》（1991）等数篇文章阐明学衡派"昌明国粹，融化新知"的正确主张。

在《文艺报》发表《世界文化总体对话中的中国形象》，提出应研究外国作品所描述的中国形象，以一种"互为主观"的方法更新对自己的认识。这不仅对中国文化的重构而且对世界文化的发展都有重要意义。该文被广东的《传统与现代》和加拿大的《文化中国》所转载。

获加拿大麦克马斯特大学荣誉文学博士学位，在该校讲学一学期。

1991

在《读书杂志》组织中外著名学者笔谈"比较的必要、可能和限度"，写《转型时期的新要求》一文参加讨论，提出当前文学理论的主要趋势是："总结各民族长期积累的经验，从不同角度解决人类在文学方面共同存在的问题"；文学史和文学批评要更多研究"文学性"和文学形式的发展，"研究不同文化体系的读者对同一作品的不同接受、诠释、误读和使之变形"。

出席在东京召开的国际比较文学学会第十三届年会，发表论文《中西诗学中的镜子隐喻》。1992年该文发表于《文艺研究》，英文版载于国际比较文学学会第十三届年会论文集 *Literature and Vision*。

主编的《欲望与幻象——东方与西方》出版。

1992

任香港大学访问教授一学期。

1993

《当代英语世界鲁迅研究》出版；

在突尼斯参加主题为"从不可见到可见"的国际研讨会，发言题为"意义的追寻"，讨论了中国古诗从"不可见"到"可见"的追寻；

"独角兽与龙——在寻找中西文化普遍性中的误读"国际学术讨论会在北京大学召开,发表论文《文化差异与文化误读》;

在湖南参加中国比较文学学会第四届年会暨国际学术讨论会,提交论文《中西诗学对话中的话语问题》,载入1994年出版的《多元文化语境中的文学》,并为该书写了《比较文学新视野》(代序),提出:"比较文学的真义就在于跨学科、跨文化……冲决一切人为的、曾经是神圣不可侵犯的界限,在各种边缘关系的重叠交合之中,在不同文化的人们的视野融合的基础上,寻求新的起点,创造新的未来。"

与叶朗、倪培耕共同主编的《世界诗学大辞典》出版。该辞典收近三千词条,涵盖中国、印度、阿拉伯、欧美、日本五大文化诗学。1998年获教育部颁发的第二届人文社会科学研究成果奖。

1994

出席在加拿大阿尔伯塔大学召开的国际比较文学学会第十四届年会,发表论文《中国诗学语境中的言、象、意》,讨论了中国诗学"书不尽言,言不尽意"的特点,载于1999年出版的《文化:中西对话中的差异与共存》论文集,英文版载于1999年出版的国际比较文学学会第十四届年会论文集 *Comparative Literature Now: Theories and Practice*。

"海外中国博士文丛"第一种出版,共出4种。

1995

《面向风暴》日文版在岩波书局出版;

自传《我就是我——这历史属于我自己》在中国台湾出版;

赴澳大利亚墨尔本大学任访问教授一学期;

《独角兽与龙——在寻找中西文化普遍性中的误读》论文集中文版、英文版同年在北京大学出版社出版;

在澳大利亚墨尔本参加"90年代的中国文化与社会"国际研讨会

做"西方文论在中国"的发言,后选入2001年出版的英文论文集 *Voicing Concerns: Contemporary Chinese Critical Inquiry*;

中国比较文学学会与北京大学比较文学与比较文化研究所联合组织题为"文化对话与文化误读"的国际学术讨论会并接待国际比较文学学会第十四届第三次理事会(来自26个国家),发表论文《文化相对主义与"和而不同"原则》,该论文1999年选入《文化传递与文学形象》论文集,英文版1997年载 *Cultural Dialogue and Misreading*。

1996

出席在巴西召开的国际比较文学学会执行局理事会,发表论文《中国比较文学现状》,1997年载入英文版和葡萄牙文版 *Comparative Literature Worldwide: Issues and Methods*;

在《中国比较文学》发表《比较文学的国际性和民族性》,提出比较文学的非殖民化问题,倡导不同文学间以互补、互识、互用为原则的双向自愿交流,既反对西方中心主义,也反对东方中心主义,该文被1997年出版的香港中文大学《中大人文学报》第一期和《南方文坛》转载;

与陈珏合编的《北美中国古典文学研究名家十年文选》出版。

1997

第一个博士生史成芳毕业,论文《诗学中的时间概念》获优秀博士论文二等奖;

担任荷兰莱顿大学胡适讲座教授一学期;

出席在荷兰莱顿召开的国际比较文学学会第十五届年会并发表论文《文化差异与文化共存——东亚文学史的一个个案研究》;

与孟华、陈跃红、王宇根一起,因"'比较文学概论'文学教学的新突破"获1997年北京市教学成果一等奖;

散文集《透过历史的烟尘》出版。

1998

合编的《比较文学原理新编》出版；

合编的《欧洲中国古典文学研究名家十年文选》出版；

主编《跨文化对话》丛刊，第一辑出版，现中文版已出43辑，法文版2辑，由法国尼斯大学出版社出版；

主编"远近丛书"，前4辑中文版出版，现已出12辑，法文版由法国DDB出版社出版10辑，意大利文版由意大利Servitium出版社出版7辑；

出席在西班牙召开的"文化遗产的传递"国际研讨会，发言题目是"中国文化遗产传递的三种途径"。

1999

在香港科技大学讲学一学期。

参加在四川成都召开的中国比较文学学会第六届年会暨国际研讨会，发表论文：《21世纪与新人文精神》，提出通过沟通和理解寻求有益于共同生活的基本共识，在这一过程中，比较文学具有不可替代的作用。该文入选2000年出版的《迈向比较文学新阶段》论文集，并为该书作序《迈向新世纪：多元文化时代的比较文学》。

2000

出席在南非普罗列塔利亚召开的国际比较文学学会第十六届年会并发表论文；

受聘为香港学术评审局委员，并于2001年和2003年参加树人大学和珠海大学的评审；

散文集《绝色霜枫》出版。

2001

应邀主持2001年新加坡吴德耀纪念文化讲座。发表中文论文《中国今天的大众文化》，英文论文"Plurality of Cultures in the Context of

Globalization and a New Perspective of Comparative Literature";

担任美国斯坦福大学访问教授,授课一学期;

从北京大学中文系离休。

2002

论文集《跨文化之桥》出版;

参加在南京召开的以"新世纪之初:跨文化语境中的比较文学"为题的中国比较文学学会第七届年会暨国际学术研讨会,提交论文《21世纪中国比较文学发展前景》;

受聘为美国*Comparative Literature Studies*季刊编委。

2003

《独角兽与龙——在寻找中西文化普遍性中的误读》法文新版在法国出版;

《比较文学简明教程》(教育部人才培养模式改革和开放教育试点教材)出版;

主办"跨文化对话的回顾与前瞻"中法合作研讨会;

《文化差异与文化共存》一文被译成意大利文,载入意大利出版的《诗学丛书》;

应斯德哥尔摩大学邀请,赴瑞典参加中国哲学讨论会,提交论文《多元文化发展中的几个问题——中国视野》;

应哈佛大学邀请参加毛泽东诞辰110周年纪念讨论会。

2004

主编《20世纪中国学术文存·比较文学研究》;

与汤一介合编《同行在未名湖畔的两只小鸟》;

参加在香港召开的国际比较文学学会第十七届年会,提交论文《全球化时代的比较文学:中国视野》;

参加上海第一届世界中国学论坛，提交论文《西方的文化反思与东方转向》；

英文版《比较文学与中国——乐黛云海外讲演录》出版。

2005

跨文化研究中心与世界文学研究所在北京大学举办"东方对西方的认知与建构"国际学术讨论会，提交主题发言"在反思和沟通的基础上创建另一个全球化"；

中国比较文学学会第八届年会在深圳召开，主题发言"比较文学的第三阶段"；

在香港凤凰卫视"世纪大讲堂"讲"21世纪文学研究与比较文学的第三阶段"；

《比较文学与世界文学：乐黛云教授七十五华诞特辑》出版；

开始"道始于情"的研究，发表《文学与情——东方与西方》；

参加首尔东方文化对世界的意义国际讨论会，发表论文《西方的文化反思与东方转向》；

参加巴黎国际儒学研究会议，发表论文《中国传统文化与文化自觉精神》；

参加悉尼国际中国哲学会，发表论文《中国传统文化对化解文化冲突可能作出的贡献》；

主编"跨文化沟通个案研究丛书"。

2006

主编出版《迎接新的文化转型时期》（Ⅰ—Ⅱ）；

被授予日本关西大学"文化与科学"荣誉博士学位；

为《欧洲梦》中译本写序，并多次发表有关"美国梦、欧洲梦和中国梦"的文章和讲演；

参加神话研究会议,并发表《评苏童的〈碧奴〉》;

参加上海第二届世界中国学论坛,发表《中国要建立影响世界的思想体系》;

参加澳门中国比较文学学会成立大会;

主编"中学西渐丛书";

主持建立"跨文化交流网"(http://transcultures.org/);

出版专著《中国知识分子的形与神》;

编写《二十世纪中国人文学科学术研究史丛书·比较文学研究》(合著)。

2007

被聘为北京外国语大学客座教授,博士生导师,招比较文学博士生两名;

编辑出版《中欧跨文化交流历程——为建设一个同中存异、协同合作的世界而努力》,总结1988—2008年20年间法国人类进步基金会、欧洲跨文化研究院与北京大学、南京大学、中山大学合作推进跨文化对话的历史经验;

主编"远近丛书"新辑,由中法两国学者合作,在北京和巴黎以中文和法文同时出版;

为《比较文学简明教程》越南文译本写序;

《21世纪的新人文精神》和《文学:面对重构人类精神世界的重任》在北京、上海、杭州等地的杂志发表;

编辑出版《探索人的生命世界》,与汤一介先生的《哲学与人生》,双双入选"大家文丛"。

2008

《比较文学与比较文化十讲》出版;

在北京外国语大学续招比较文学研究生两名；

中国比较文学学会第九届年会在北京召开，主题发言"站在跨文化对话的前沿——当代中国比较文学发展中的几个问题"；

主编"中学西渐丛书"第二辑；

为《中国比较文学》写专栏"快乐的对话"四篇；

参加上海第三届世界中国学论坛，发表《跨文化对话的紧迫性及其难点》；

《四院·沙滩·未名湖——60年北大生涯（1948—2008）》出版；

跨文化研究中心与伦敦开放大学、世界文学所联合召开"跨文化性：英语研究与世界文学在中国国际学术研讨会"；

编辑出版"跨文化对话平台丛书"4种；

主编"当代汉学家研究丛书"第一辑（包括李约瑟、费正清、本杰明·史华慈、弗朗索瓦·于连、伊文所安、安乐哲等的著作6种）；

主编"中国经典传播个案丛书"总结辑录中国经典在欧美传播和影响的历史及现状，第一辑分别为：《孔子在欧美》《孟子在欧美》《老子在欧美》《庄子在欧美》《文心雕龙在欧美》《沧浪诗话在欧美》6本；

跨文化研究中心与南京大学、欧洲人类进步基金会联合举办"《跨文化对话》创刊十周年国际学术研讨会"，来自欧洲跨文化研究院、法国文化传媒协会、法国阿尔多瓦大学、巴黎政治学院等高校和文化机构的国际学者，与来自中国文化书院、中国社会科学院、北京大学、南京大学、复旦大学、中山大学以及台湾政治大学、澳门大学等国内数十所高校及科研机构的四十多名专家共庆《跨文化对话》创刊十周年，并研究今后的发展；

与金丝燕合编并出版《编年史：中欧跨文化对话（1988—2005）——建设一个多样而协力的世界》。

2009

在北京外国语大学续招比较文学研究生1名；

为《中国比较文学》写专栏"快乐的对话"四篇；

编写个人论文集《跟踪比较文学学科的复兴之路》；

参加国家汉办主持的"五经翻译座谈会"，发表论文《诗歌的翻译是可能的吗？以〈诗经〉的翻译为例》；

发表"Dialogue Among Civilizations: Comparative Literature in the 21st Century"，*Journal of Cambridge Studies*, Vol. 4, No.2, June 2009；

发表"Some Characteristics of Chinese Culture and Its Possible Contribution to the World"，*Chinese Culture and Globalization: History and Challenges for 21st Century*, edited by Torbjorn Loden, Stockholm University；

《多元之美》，北京大学出版社出版。

2010

2月，《四院·沙滩·未名湖》，北京大学出版社重印；

9月10日，乐黛云教授做了题为"文学：面对重构人类精神世界的重任"的"鲁迅人文讲座"的首场演讲。"鲁迅人文讲座"与"胡适人文讲座"是中文系高水平学术演讲的"双子星座"。百年系庆之际，北京大学中文系设立此高端讲座。

2011

4月16日，乐黛云出席在天津举办的"中国比较文学与世界文学博导高层论坛"时表示，华人流散文学中母语与非母语文学的比较研究已引起世界性关注，正在成为文学欣赏和文学研究的热点；

4月25日，乐黛云赴贵阳参加"全国名家看贵州"采风活动启动仪式暨贵州日报《27°黔地标》文化周刊创刊活动，为贵州文化大讲堂首次开讲"中国文化面向新世界"；

6月，《跟踪比较文学学科的复兴之路》，复旦大学出版社出版；

9月16日，汤一介先生、乐黛云先生向北京大学捐赠图书仪式在图书馆展览厅举行。此次，北京大学哲学社会科学资深教授汤一介先生、乐黛云先生向北京大学捐赠了毕生收藏的珍贵图书典籍和文献资料；

12月13日，汤一介先生、乐黛云先生在北京大学朗润园致福轩教室，为北大国际(BiMBA)学员和校友们带来了一场关于"北大文化的精神"的人文学术讲座，受到北大国际师生的热烈欢迎。

2012

1月，《逝水与流光》，长春出版社出版；

同月，《清溪水慢慢流》，东方出版中心出版；

5月31日晚，由《文史参考》杂志社、北京大学新闻与传播学院联合在北京大学理科教学楼208举办文化讲座，乐黛云教授做了"关于中国文化面向世界的几点思考"的重要讲演，凤凰网文化频道现场录播；

8月，《长天依是旧沙鸥——散文杂感》，东方出版中心出版；

同月，《跨越文化边界——学术随笔》，东方出版中心出版；

同月，《漫游书海——书评书序》，东方出版中心出版；

同月，《得失穷通任评说——他人评论》，东方出版中心出版。

2013

因汤一介先生生病，活动空缺。

2014

6月，《比较文学原理新编（第二版）》（乐黛云等著），北京大学出版社出版；

8月，《燕南园往事》（与汤一介、汤丹、汤双合著），江苏凤凰文艺出版社出版。

2015

3月,《涅槃与再生:在多元重构中复兴》,中央编译出版社出版;

4月25日(以及2015年7月6日,2016年1月29日),乐黛云先生主持并出席第二讲、第三讲、第九讲会心公益读书会,带领嘉宾参与讨论《浮生六记》之美,讲述散文之美,《瓦尔登湖》随想,阅读古今中外文化经典,感悟生命与自然之美,领略时代的风云变迁;

7月,《多元文化中的中国思想——21世纪跨文化流通十六讲》,中华书局出版;

9月9日,乐黛云出席法国大儒汪德迈先生主讲的讲题为"汤一介——二十一世纪儒学研究的复兴者"的北京大学第一届"一介学术讲座",此次活动由北京大学哲学系、儒学研究院、《儒藏》编纂与研究中心主办。

10月14日,接受《儒风大家》编辑部副主编采访,并刊发专题访谈"对话乐黛云先生:融化新知,安身立命";

11月,《乐黛云散文集》,译林出版社出版;

11月1日,乐黛云出席了在北京涵芬楼艺术馆举行的由上海社会科学院、中国文化书院与商务印书馆主办的"中国境界——汤胜天山水画展",乐黛云用"气韵生动"开启,进行了一场生动有趣的对谈,以文学研究与跨文化的视野,畅谈对于中国艺术发展的见解与看法;

11月22日上午,乐黛云出席由译林出版社、国家图书馆主办的《汤一介散文集》《乐黛云散文集》新书发布会,汤一介夫人乐黛云及高校专家学者与现场读者一起畅谈生活和文学的变迁、读书与写作的温情,以及那些蕴藏在字里行间的北京大学往事;

11月24日,汤一介遗稿《我们三代人》由中国大百科全书出版社首次出版,乐黛云先生亲为作序,全书以三个部分分别叙述了作者的祖父、父亲,以及作者自己的身世经历、人物关系、学术著述等内容,用42万赤诚文字生动而深刻地展现出汤氏一门三代知识分子在中国百年社会动荡变迁中的政治命运和对中国传统文化以及学术的传承守望；

12月，《何处是归程》，中央编译出版社出版。

2016

1月，"中国文化书院八秩导师文集"《师道师说：乐黛云卷》，东方出版社出版；

2月27日，第二届"会林文化奖"在北京举行颁奖典礼，乐黛云教授与美国夏威夷大学安乐哲教授应邀出席并共同获得这个奖项，"会林文化奖"以北京师范大学资深教授黄会林先生的名字命名，每年在北京师范大学举办一次，是面向国际的高端学院奖，旨在表彰为中国文化国际传播作出突出贡献的中外人士；

6月，《山野·命运·人生》，海天出版社出版；

8月1日，乐黛云应邀出席新星出版社在北京涵芬楼书店举办的《民国老试卷》出版座谈会，乐黛云回忆了自己的高考，当时她报考了北京大学、国立中央大学、北京师范大学、国立中央政治大学等五个大学，结果全部考中，最后选择了北京大学，因为"我父亲是中学英文教师，所以我很喜欢外国文学，想要考北京大学的外语系"，结果，又因作文《小雨》受到沈从文先生的赏识，因而听从先生的建议，进了北京大学中文系；

8月24日，上海书展最后一天，85岁的学者乐黛云亮相书展，她以"汤氏一门三代知识分子的传承和守望"为题，解读丈夫汤一介的遗作《我们三代人》。汤一介与乐黛云被称为"未名湖畔学界双璧"，《我们三代人》经乐黛云等整理审定后首次出版；

9月，《天际月长明》，海天出版社出版；

同月，《跨文化方法论初探》，中国大百科全书出版社出版；

10月15日，乐黛云先生应邀参加首届中国阳明心学高峰论坛，做了主题报告"王阳明知行合一的核心就是'诚'"。

2017

因休养，活动项空缺；

其间曾接受《人民日报》、搜狐等多家媒体采访；

3月，《跨文化之桥》，北京大学出版社再版；

8月，《面向世界的对话者：乐黛云传》（季进、曾攀著），江苏人民出版社出版。

2018

1月5日，接受《人民日报》记者采访，在自媒体——人民日报中央厨房"人物"频道发表访谈"乐黛云：革故鼎新心在野，转识成智觉有情"；

2月2日，接受《文艺报》记者专访，发表访谈"乐黛云：建立属于我们的文化自信"；

截止到2月，共主编中、法合办《跨文化对话》学术集刊37辑（北京大学跨文化研究中心等组织编辑，上海文化出版社、江苏凤凰出版社、生活·读书·新知三联书店、商务印书馆等出版）。

六、附 录

一念之差差百年
——乐黛云、余华对谈实录

活着最重要

余华（以下简称余）：您一直都在教书吗？

乐黛云（以下简称乐）：是。我1948年到北大，1952年留校，1957年当右派，然后就下乡改造，1961年又回来工作。

记者（以下简称记）：您经历过不少波折？

乐：这中间的故事很难说。余华你觉得呢？你那个《活着》的主角，经历了这么多悲惨的遭遇，还是要活下去。

余：就是生命本身要求他活着，没有任何其他的理由，这是我的理解。

乐：按说生命的尊严与压力，其实是分不开的。如果你没有受到压力的话也就无所谓生命的尊严。你想，假如像阿Q一样，做什么他都不会往心里去，尽管很穷，但他并不感到这个生活的压力有多大，他有很多办法来缓解。真正珍惜生命的尊严的人，才会感到生活的压力。

余：没法分开。而且不同的时期、不同的阶段，压力和尊严也不一样。我们浙江有一个作家跟我说，汪静之已经九十多岁了，每天早上还出去慢慢地跑步。我这个朋友有一天早晨想出去锻炼一下，就遇到汪老了。汪老对他说："你知道什么最重要吗？我告诉你，活着最重要，其他的东西都不重要。"

乐：所以你的《活着》就是受了这个启发？

余：那已经是《活着》以后了。那是1996年、1997年发生的事情。后来我在杂志上看见王安忆的文章，她说得也很好。她根据沈从文的一个孩子写了一篇回忆录，说沈从文评价一部小说的好坏的标准就是：这个小说好！就是写得很家常。

然后王安忆又说起她看到一篇采访汪曾祺的报道，人家问汪曾祺："你在'文革'中怎么没想到死啊？"汪老说："你哭啊？你喊啊？你自杀啊？最后怎么着都不如活着好。"

乐：我的老伴汤一介，"文化大革命"开始的时候就是陪斗，一斗冯友兰他就陪斗，冯友兰年岁已经很大了，他不是留着胡子嘛，大家就把他摁在台上，把他的胡子一根根地拔下来。后来汤一介就问他："就当时你是怎么经历过来的？"冯友兰说："当时我什么都没想，我就想到佛经上的'身是菩提树，心如明镜台……本来无一物，何处惹尘埃。'我就老背那首诗，所以他们怎么对我，我根本没感觉。这本来就是虚幻的……"

余：对，对。

记：但是在他们的心里这一定是真正的伤痛。

乐：那当然是了。所以知识分子是有两种的，有一种是宁为玉碎不为瓦全，可是那个时候如果都像那样的话，知识分子就剩不了多少了。

尊严不能用死捍卫

乐：当时我在北大，知道自杀的有六十多个，有年轻的也有老的。我现在住在北大校园里，每次从未名湖走过，脑中都会出现那些人的影子，他们笑的样子，说话的样子……

余：这是北大的另一面，另一个历史前几天有一个报道，关于邓朴方的，有一句话他说得很好。大家问他："你'文革'的时候为什么跳楼自杀？"他淡然一笑，说："一念之差，就是一念之差！只是一念之差，你可能就活不下来了。所以，并不是说自杀的人的经历要比活着的人要重得多，其实可能还轻一点。"

记：那么你赞成哪一种？

余：我当然是赞成好死不如赖活着。

乐：一念之差，说得很对。但是像翦伯赞，他是著名学者，也是民主人士，他被赶出原来的教师宿舍，老两口住在北大东门外边一个小胡同里，住的只有一间屋子，也没有厨房。他就在屋子的前面烧了一个煤球炉，用来做饭吃。当时有小孩跟在后面摇旗呐喊的，每次火刚一烧着，就一碗水倒下去把火泼灭了，老太太就重新烧。后来上面指示，说这样的人养起来就算了，不要再去找他的麻烦了，让他搬回原来的地方去住，可是搬回去没多久夫妻两个一起吃安眠药自杀了，穿得整整齐齐的，两个人也很安详。

那么，他为什么还要死呢？最困难的时期已经过去了。后来大家跟他的学生聊天的时候谈起这个，说可能有两种原因，一个就是他可能觉得我一个知识分子，应该靠自己的知识……

余：这才是真正的宁为玉碎不为瓦全！

乐：真的，这个生命的尊严到底怎么保卫，我觉得这不是一个简单的问题。比如说我，当初我被下放到农村去，可是我从来没想到过死，主要就是觉得一定会搞清楚的，我不是他们说的那种人，为什么要在成为那种人的时候死掉呢？我就要活着给他们看。这是我当时最重要的支柱，生命的尊严就表现在那个地方了。尊严并不是要用死来捍卫，所以我一定要活下去。

时代不同压力不同

余：我是60年代出生的，我觉得我们这一代正好是个分界线，我们跟前辈们比较容易沟通，我们之后的一代如果跟我们都很难沟通的话，那么跟我们的前辈也就不太好沟通了，因为很多感受不一样。

乐：而且人生的价值也不一样。

余：对，完全不一样。

记：您的学生当中也有像余华这么大的，他们已经成为社会的中流砥柱了，您怎么看他们这一代？

乐：总的来说，他们这一代就是还有一些追求。

记：您不太满意的是哪一代？

（乐黛云刚要回答，余华指着记者说："像你这一代的！"乐黛云大笑，说："像你们年轻的这一代啊，我真是……"）

乐：现在有些本科生啊，我真是没法说他们。做什么事都是功利放在头一位。你就是让他查下资料或者是打一份东西他都要问你："多少钱？"而他们根本就觉得现在这个世界就是这样的。上网占去了很多时间，功课也不是很认真地写，一心一意就是想怎么出人头地。

记：余华那一代在这一点上是什么样？

乐：他们这一代的环境比我们那时候要好一点，起码没有人去强迫他们说他们不愿说的话。

记：但是他们也挨饿呀。

乐：挨饿都是肉体上的，我觉得倒不是很重要，我们那时候大家对于生活上的追求还是比较少的，没有说要住大房子啊什么的，也因为没有这种可能，你就甭想，老老实实在筒子楼里也就住了这么多年。现在这方面对于年轻人来说是很大的压力呀。他们要攒钱买车买房子，所以给他们造成很大的生活上的压力……余华你觉得最大的压力是什么呢？

余：像您说的把相处得不错的人变成"反革命"，这是最难受的。

记：你也经历过？

余：我没有经历过这个。我经历的是什么呢？就是在小学的时候，老师经常发动我们互相揭发，谁说了反动口号？父母有没有说反动话？好在我父母没有在我面前说反动话，否则我脑子一热也把他们卖出去了，这很有可能。所以余杰写文章批余秋雨，那就是不了解历史了。我可以做一个这样的比喻，就是那个时代的年轻人对革命的热情超过了现在对上网的热情！如果说再过20年谁上网谁有罪的话，那……几乎人人都上过网了！

别听成功者的片言

记：松下幸之助说，有些人高呼口号从事解放运动，可实际上却压迫了人。

余：这种成功者的片言只语代表不了什么。所有的人，他获得成功一方面是因为他的才华，另一方面还有无数个巧合，无数个机遇。当初，如果一个岔口岔开，他可能就走了一条失败的路。无论是乐教授做学问也好，像我这样写小说也好，你回忆过去，到了每一个关键的时候会发现它们都是一个巧合。

但是成功者成功后往往开始说一些总结性的话，你是绝对不能听的。而且，我发现成功者有一个嗜好，他们愿意虚构自己的过去，而不愿意面对自己真正的过去。他愿意把过去虚构得顺理成章——只有我这样的人才能成功。

乐：想一想也真的是这样。

余：这也像北大100年校庆一样，它就是要找一个光明面。但是呢，正如乐教授所说，北大在非常时期有六十多个冤魂呢。还有，在整个北大那么多年里面有多少人离开了北大？有多少人进来了北大！这么多年来发生了什么？这些才是真正的……生命是在这种地方！而不是一个人在成功了以后面对着摄像机说话。

现在想起来，我当初要是考上大学的话，也是来北大做乐教授的学生的话，我可能就不写东西了！是不是？人生就是这样。刚开始对你不是一件好事，最后可能变成一件好事；而刚开始是好事的，最后很可能会变成坏事。

乐：这个偶然性，我看，真是佛经里面说的，人生有八苦，里面除了生老病死之外最重要的就是求不得苦。你想要什么，始终是求不得的，即使得到了以后也不会心满意足，又会有更新的目标。正是因为这求不得苦，才感觉到生命的尊严。如果你根本就一无所求，或者有钱我就大吃大喝，就去赌，那就无所谓生命的尊严了。

余：这就像去买体育彩票。你必须先花了钱买，你才有一点点中的希望。你要是不买的话，那就根本没有希望。人生也是一样，你走了这条道路，跟这条道路上的东西才能相遇，如果你不做这个事情，跟它有关的每天都出现但遇不到。

乐：即使遇上也不会发现。我那时下放到农村，虽然很累，但是精神上很平静，因为我的老伴对我特别好，每个星期都一定给我写一封信，这对我非常重要。我依然爱说爱笑，并没有像有的人被压得抬不起头。过年的时候我们右派开联欢会，我还带着他们唱歌，唱的是《祖国，歌颂你的明天》,结果第二天把我抓去斗了一顿,说:"你还歌颂明天!你对今天怎么看?"

那时在农村,你是个右派你就应该低眉下眼地走路,我偏就不信,我还挺着胸走路。当时我很年轻,才25岁,还戴着一个花头巾,也打扮得挺潇洒的样子,人家拿我没办法。这个我觉得也是一种生命的尊严,就是你对自己的信心,以及你要做一个什么样的人,你对外界投降到了什么程度。

余:乐老师刚才说的那些,我一听就特别能理解。你要是七八十年代出生的人,听着会像听一个故事一样。

此中有真意
——乐黛云老师访谈录

一、"老北大的最后一站":青年求学与北大中文系

张菁洲:乐老师您好!我们今天非常荣幸能邀请到您接受我们的采访。作为青年学生,我更是备感荣幸能够首先向您提问。从学生视角来看,我对您童年和青年时期的阅读史非常感兴趣,您童年和青年时期的文学启蒙是什么?是哪些契机让您下决心走上文学道路的?

乐黛云:我想我决定走上文学之路还是比较早的,大约在初中三年级左右。那时候我在贵阳,那边很流行的就是俄国小说——苏联小说那时还很少,《钢铁是怎样炼成的》这样的作品是苏联小说。那时候流行的俄国小说,要么是托尔斯泰,要么是屠格涅夫。我那时很喜欢屠格涅夫,反而不太喜欢托尔斯泰(笑),他的有些思想我不太认同,而且他的小说太长了,我也不是很喜欢(笑)。那时出了一套屠格涅夫丛书,一共六本。我喜欢他

的《父与子》和《前夜》，这些小说都完全是讲革命的，像《前夜》就是讲俄国19世纪革命的，（女主人公和她的父亲）曾被流放到西伯利亚，从那时起，我就比较喜欢屠格涅夫。我觉得我受革命的影响大概就是从屠格涅夫开始的。他的六本书，我一本接一本看完了。

张菁洲：那么，您对屠格涅夫的喜爱也可能和您后来决定北上、来到北大是有关联的？

乐黛云：有的。因为那时候要革命，但也不太知道革命是什么，当时我认为革命意味着一定不要过那种平凡的、特别的家庭主妇的生活（笑），我最不喜欢那样。所以我当时想一定要过一种特殊的、与别的女人不同的生活，而不是那种结婚、生孩子、做饭的生活。那时候我的目标就是屠格涅夫，是他《前夜》中的女主人公。所以，从那时开始，在那个阶段，我就很受俄国文学的影响。

张菁洲：在您来到北大之后，您接受的也是非常特别的教育，您在随笔中写道，您入学时"赶上了旧北大的最后一站"。

乐黛云：最后一个年级。

张菁洲：您听到了停课和院系调整前北大中文系的课程（院系调整之后，很多课程都取消了）。您曾经提到当时中文系有沈从文先生开设的"大一国文（兼写作）"、废名先生的"现代文学作品选"和"李义山诗的妇女观"、唐兰先生的"《说文解字》"、齐良骥先生的"西洋哲学概论"等等课程，其中您最喜爱的课——

乐黛云：还有"大一英文"。（笑）

张菁洲：还有"大一英文"，必修课（笑）——那么这些课程中，您最喜爱的课程有哪些？有哪些老师让您印象深刻？这些课程和您毕业后选择的研究方向（现代文学）之间有什么联系？

乐黛云：肯定是有联系的。那时候我最喜欢的就是废名的课。废名讲的是"现代文学作品选"。而且他选的都是别人不选的那些短篇作品,有时候就是他自己的作品。他讲课的时候是非常入神的,他自己也忘乎所以了,我们听着也忘乎所以了(笑),所以我很喜欢他的课。另外,沈从文的课我也非常喜欢,沈从文讲课很慢。

张菁洲:因为这门课是"国文(兼写作)",所以我很好奇当时的写作部分是怎样的?

乐黛云:我上这门课的时候,它还叫"大一国文""大二国文",后来改了,特别加重了写作。第一年是记叙文写作,第二年是文艺文写作,第三年是议论文写作,所以我们那时的写作功底还是很不错的。因为一连三年都要练习写作,而且每三个星期都要交一篇习作,可以短一些,但都要亲自写过,自己立意、自己提炼、自己行文,这种锻炼我觉得现在太少了。

二、从鲁迅到比较文学:治学之"变"与寄寓之"常"

张菁洲:您毕业后选择现代文学作为自己的研究方向,而中国现代文学作家之中,您最喜爱鲁迅。在50年代、60年代的一次次劫难之中,您在极为艰苦的环境下也始终在阅读鲁迅,并且特别关注鲁迅早期的思想和作品。为何在此阶段,鲁迅的早期思想对您而言格外重要?

乐黛云:鲁迅本人和研究鲁迅的人是完全不同的。鲁迅想要讲的和别人想要强加给他的那些"民主""自由"等观念都不一样。他所讲的都是他自己想要讲的,特别是"张个性"的主张,人要发扬自己的个性,有的时候要随心所欲,按照你自己心中的想法去做,而不是按照别人的说法去做。这一点对我影响最深。他的原话很有意思,可我现在已经记不起来是怎么说的了……

张菁洲:是"掊物质而张灵明,任个人而排众数"这样的说法吗?

乐黛云：差不多是这个意思吧。要发挥自己才能，不要跟别人走、不要学别人的话，一定要有自己的创见，这一点对我影响很深。

张辉：我记得有一次乐老师和我谈起鲁迅，那时乐老师大段大段地背诵《破恶声论》，我当时非常吃惊，这么早期的作品老师竟然如此熟悉，给我留下了很深的印象。

张沛：乐老师对鲁迅1907年前后写的那三篇文章非常关注，强调关注鲁迅的早期思想。

乐黛云：可是现在背不出来了。（笑）

张沛：得意而忘言嘛。（笑）

张菁洲：那么我们接下来就来聊一聊您之后从现代文学到比较文学的这一段治学经历。您在随笔中写道，70年代在留学生班的教学经历促使您进一步研究中国现代作家受到的西方文学、思想影响。您为留学生教授"中国现代文学史"，以现在的眼光去回溯，这本身就是一种自然的比较文学实践——尽管那时作为一个学科的比较文学在国内还不为大多数人所知。为留学生讲授中国文学的这段时间内，您是如何准备课程的？您的学生都来自哪里？在授课过程中有哪些经历令您印象深刻呢？

乐黛云：我那时教过三年留学生，头两年主要是朝鲜留学生，那时候我教他们和教中国同学差不多，只是比中国同学的教学内容要浅一点，他们可能能听得懂。最后一年我教得比较得意的是一个欧洲班，班上的同学们来自12个国家，像比利时、丹麦、北欧其他国家等等，也有英美学生，挺齐全的。那12个国家其实好像将欧美都囊括进去了。所以他们的学风也比较自由，有时候也辩论，而且这时候和他们在一起，他们讲英文我也基本上能听懂，也很锻炼我的英语口语，那一年还是比较有长进的。现在又不行了，现在又都忘了。（笑）那时为他们讲中国现代文学，因为他们有国外背景，所以说需要讲一些英国的或者北欧的文学（那时候我也对北欧的文学文化很感兴趣），为了让他们理解，需要去接触一些他们所在地域的文学，因此当时就是这样自然而然地将两种国家、两种文化搭在一起了。

张菁洲：也就是说，您在备课的时候会有意识地去接触一些国外的材料，以便课程能够更好地被学生们理解。

乐黛云：而且是有意识地翻阅一些有可能对他们有影响的材料，要向他们炫耀一下中国文学是怎样地影响了他们。（笑）

张菁洲：之后您又有了一段相反相成的经历。您后来亦曾在北大和中国文化书院向学院内外的求知者授课，介绍中外文化概要和比较文学知识，这或许又是另一种意义上的跨文化对话的体验，当时国门乍开，您是如何向对国外新知十分好奇、来自学院内外的学生们讲授外国文化和西方文学理论的？他们的回应又是怎样的？

乐黛云：在文化书院的时候，来听课的人一般年龄都比较大，三四十岁的人居多。因为没有接受很好的学校教育，所以他们对各种课都非常重视，很愿意听，不过也很挑剔，如果你讲的有什么地方不太对劲，他们都会提出来的，所以对我也是一种锻炼。不过我现在记不起来他们对我提的具体都是什么问题了，反正也没有把我问倒。（笑）

张沛：您在书中回忆，您在长沙岳麓书院讲弗洛伊德，有学生表示反对，您当时觉得很有趣，对吧？在朱熹讲学过的地方讲弗洛伊德，这是一种文化冲击。

乐黛云：是的，在心理上有一种有趣的感觉。岳麓书院你们去过吧？很高大、很古老的样子，朱熹曾在那里讲学。所以那时我在岳麓书院讲弗洛伊德看上去也有些讽刺，因为朱熹大约是最讨厌"性"这一类东西的（笑），但我自己却大讲特讲。

张辉：这天然地变成了一个比较文学和比较文化的话题。（笑）

乐黛云：是的，天然地就对立起来了。这段经历很好玩。我在那里大约讲了有四五次课的样子吧。

张沛：这说明所谓中西对话，往往是古今对话，同时在两个维度上运行。

乐黛云：是的，而且往往是在不知不觉之中对话就展开了。我当时也没有怎么想要刻意去讲"中西""中西对话"的题目，这个话题自然而然地就出现了。

张辉：就好像不比较、不对话就没有办法讲下去一样。（笑）

乐黛云：真的是这样。（笑）所以从那时我就开始进行比较和对话了，虽然我那时还没有对比较文学有什么自觉的意识，没有设想过要建设一个学科、在中文系创建一个教研室之类的。

张菁洲：那么您大约是什么时候开始有这种自觉意识的呢？

乐黛云：自觉意识……恐怕一直都没有。（笑）我想的是就那样讲就好了，而且只有那样讲，才能讲好。我没有很刻意地要去做比较文学，那是很后来很后来的事情了。

张沛：根据我的理解，乐老师并不是完全在学院内部，为了发展学科而发展学科的，而是要根据本民族和我们的时代面临的具体问题才走上这个学科的发展道路的。

乐黛云：是的，我那时没有想过学科要怎么发展。你太了解我了。（笑）我一直没有刻意地想过要成立一个比较文学学科、要教哪几门课、我要找什么样的学生——我没有这个意识，我就是按照我觉得应该讲的方式去讲，在讲课之后，慢慢地就形成了一个视角。这是一个很自然的过程。我觉得我做人也好，做事也好，很重要的一条线索就是听其自然。这一点可能是受庄子、受道家的影响比较深吧。我先生汤一介是一个地道的儒家人（笑），他经常和我提不知道我这样一个崇尚道家的人怎么会爱上他这样一个忠实的儒者（笑）。

张辉：儒道互补（笑）。

乐黛云：（笑）可能还没到那个程度。

张沛：您和汤先生都有中国人的灵魂。

乐黛云：是的，大概是这样的。所以听其自然，这也是我为人的一个主心骨。很多事情不要太强求。如果你愿意来，就来，我也很乐于接受；如果你不愿意来的话，我也不勉强。"听其自然"是我的格言。

张沛：这确实是道家的精神了。

张辉：难怪您刚才在给中文系同学们的寄语中写"此中有真意"。（笑）

乐黛云：（笑）"此中有真意"——这也是随手写来的，也没有怎么想。

张菁洲：所以，虽然从一个很外部的视角来看，您的治学路数和治学方法似乎是在不断变化的，但从您的内在而言，您的想法是一以贯之的。

乐黛云：对，那就是听其自然。

张菁洲：那么时间来到80、90年代之际，当时您又是顺应了一种怎样的自然，又一次转变了您的关注方向，开始重新阐释和评估"学衡派"、关注新人文主义思潮？

乐黛云：这也是从鲁迅开始的，鲁迅有一篇《估〈学衡〉》，将"学衡派"批判得一塌糊涂。（笑）虽然我也很喜欢鲁迅，但我看过这篇后有些不服气，他可能有些过于贬低学衡派了。所以我就写了一篇《重估〈学衡〉》，这是我对"学衡派"的最早研究和重新估价。那时我自觉有些思想，因为是和鲁迅对着干嘛（笑），所以也很快乐。

张沛：我想五四精神也是复杂多元的。乐老师在那个历史时刻重估《学衡》，《重估〈学衡〉》这篇文章，及其背后的五四传统，其实也丰富了我们先前对这一传统的理解。您看到了五四的另外一面。

张辉：也就是现代传统的复杂性。它并非线性，而是多元，而且和我们整个的比较文学视野也是联结在一起的。您也是在丰富复杂的环境中成长起来的。

乐黛云：你们提高了我的思想。（笑）

张辉：（笑）我们也是从您那里学到的。

乐黛云：我也觉得师生关系不应当太古板（笑），有时候我和学生们开玩笑、聊天，就和自己的兄弟姐妹一样。

张沛：乐老师的宽容，确实令人感佩。不单是对待学生、对待同事，包括重估"学衡"、重新估量五四和我们的现代文化，也是从多元主义、多元对话的角度来切入。您最喜欢谈的一个思想，就是"和实生物，同则不继"。

乐黛云：对。我写了一本书探讨这个问题。我觉得还是写出了一些思想来，因为那时还没有人谈论"同"和"和"的问题。什么是"同"、什么是"和"？为什么"和"能生物、而"同"则不继？实际上就是要提倡一种多样性、一种差异性，不能一切都一样。

张沛："不思量、自难忘"。老师从年近古稀开始，二十多年来一直主办的刊物《跨文化对话》，就是想打破这种统一、打破一元独白。

张菁洲：不过，近几年您不主张的狭义的民族主义情绪也正在影响着中外文化的发展。您觉得这对当今的比较文学研究者，乃至人文学科的研究者提出了怎样的问题？或者您觉得现在的人文学者应当如何回应？

乐黛云：我认为这是提出了更高的要求：必须要有跨文化的观点。需要看到，不同的文化都是有益的、有其好处的，需要看到它们的特点，并且理解它们都是人类的创造，不应当觉得哪一种文化特别不好、特别应当被抛弃，而且应当看到它的好处，并将它的好处发扬出来。这样我们的世界才能成为有差别的整体，各种各样的文化才能和睦共存。我一直主张进行跨文化对话，宗旨也正是如此。尽管也有人质疑，但我仍然相信跨文化对话。你必须懂得另外一种文化，需要尝试去了解它、认识它，真正去估量它，需要发现它的优长，并要能互相理解。

张沛：这也是您先前经常援引的费孝通先生生前的话："各美其美、美人之美、美美与共、天下大同。"所以乐老师是一位多么无可救药的乌托邦主义者！可是我们的时代多么需要这样一种乌托邦啊！

乐黛云：所以我也常常失望（笑），有时候路走不通了也很丧气。但这对鼓舞学生和大家来说很不好。

张辉：如同您所说，有些事要"做了再说""先做起来"！这一点也对我们的人生多有启发。

乐黛云：对，"先做起来"也是我人生的一个观点。如果你要等到一切都齐全了，一定要去考虑比较文学学科要有哪些课、有多少人、是什么规格，什么都想好了再来做这个学科，那是肯定做不起来的。（笑）

三、"乌托邦"与"花园"：师生回忆

张菁洲：那么我们接下来也就从"乌托邦"来到您自己辛勤耕耘的"花园"中来，聊一聊您、比较所和您所带的学生们。既然两位张老师都在场，我也想请两位老师都来回忆一下，你们和乐老师师生相处、求学、晤谈，都有哪些令你们印象深刻的片段？

张辉：有很多很多这样的事。平时我来拜访乐老师，很少提前约……

乐黛云：对，门都不用敲。（笑）

张辉：是的，以前我也很荣幸在乐老师中关园家中住过一段时间。那时我在写博士论文，需要看很多书，不少书北大图书馆也没有。我可能都没

跟您说过，有很多材料（乐老师笑）其实都是在您家里看到的。一个人享受您的整个图书馆，您的藏书又是那么丰富……我现在都还抄在笔记里，我的某本书、书中某一段是在您那里看到的。这段回忆，不论是对我们师生而言，还是对我个人的学术成长而言，都是非常珍贵的。另外，我记得当时您和汤先生在澳大利亚，您打电话让我从抽屉里找您的单词表，厚厚一大沓……

乐黛云：对，单词卡片，一面中文一面英文。

张辉：当时我想，我们不如老师努力啊。这件事也对我特别有触动。其实还有很多细节，我也没有刻意去回忆，各种情景就都涌现了出来。我记得我还帮您代过课，当时您讲"马克思主义在东方和西方"……

乐黛云：就是讲周扬、胡风他们如何吸收和应用马克思主义的、用得怎么样……

张辉：是的，我记得当时国内好像还没有人开过类似的课程。

张沛：这在当时一定是开风气之先的。而且尽管此处不便展开，这门课也寄寓了乐老师非常深的历史关切。我讲一件事情：大约是03、04年时我和乐老师有一次闲谈，说起北大的发展，希望北大变得和以前一样好的时候，我和乐老师说，我认同的北大应当培养一流的专精学者，当时乐老师笑吟吟地看着我，微笑不答，似乎（我还记得）摇了摇头。感到这个提法被老师否定了，我不解。但乐老师似乎禅机很深，没有告诉我她的答案。又过了六七年，我去韩国交换访学，那里的一位曾任总统中国顾问的教授谈及近三十年来的发展，突然话锋一转道："希望在北大。"因为当时也有很多其他大学如复旦、南大的教授，我也只是谦虚道："北大也只是众多大学之一。"那位教授打断我："不，希望在北大。"他没有继续展开，但在那个时刻，我仿佛懂得了乐老师的答案。

张辉：我想补充一点。我当时是从南大考过来的，在考过来之前乐老师要事先做调查研究,她问的不是学生外语好不好、中文好不好、知识储备如何,而是问:"这位学生的心性如何?"

乐黛云:这一点很重要的。所以你们也需要把这一点传下去,你们对学生,很重要的一点也是看这个学生心性如何。注重心性的修炼,比念书还要重要。

张菁洲:您刚刚给中文系同学们的寄语也是"此中有真意"……

乐黛云:是的,真意就在这儿。(笑)

张菁洲:您于1985年在北大创立比较所,您可以回忆一下建所的经历吗?

乐黛云:我在50年代、60年代基本没有过建所的打算。我那时在农村接受改造,根本无法参与到中文系的总体结构的建设中来。我1958年被划为右派,之后生孩子,本来是让我满月时就下乡,当时孩子的爷爷汤用彤先生为了让我能为他的孙子喂奶,求助了江隆基,当时……不过说到哪来了。(笑)

张沛:您是说很多事情都由不得自己,随缘而化。

张辉:您情不自禁地回忆到了更前面、北大比较所成立之前的事,后来比较所的成立也是和这些"前因"联系在一起的。刚才的提问我们可能更多想了解的是,当时比较所成立时您有什么印象深刻的事或想法?

乐黛云:那你们有可能要落空了。(笑)我当时被打成右派,在系里一点儿地位也没有,比较文学当时在系里也没有任何地位,当时的生活也是很艰辛的。正好那时我坐月子,整个那一年我没有参加系里的任何工作。我记得那时中文系对我是非常苛刻的,孩子刚刚满月的第二天,我便被催促下乡了。所以不是你们想象中那样,我有建所、设计课程和人员的想法,那是后来慢慢成形的事了。我当时并没有一个设计。

张沛:但我想您是有一个大意图的。据我和您平时的交流,您多次说过曾经想比照法兰克福"社会研究所"来打造我们的比较所，研究一些大的话题。

乐黛云：是的，我有这个想法，可惜我没有做成，后来既没有时间，也没有条件了。我讲了一年"马克思主义在东方和西方"，不过现在怎么也找不到当时的讲稿了。

张辉：当时听课的人很多啊。

张沛：可以说到了我们这个时代，仍然没有特别完美的条件来讲这门课或做与之相应的研究。但我愿意在这个场合讲出来，尤其是讲给在场的年轻学生们听。这是我们创所所长乐黛云先生当初的"great design"。

乐黛云：是的，可是没有时间来做。那个时候我变成右派了，一下乡就度过了人生中的好多年……等我回来以后又从头做起，又从"大一国文"开始……

张辉：看来老师的问题意识是很早就有了，在随后的历史变化中一点点积累成熟起来。

乐黛云：所以在我们的国家，你们这一代是很幸福的，没有怎么耽误。那时我在农村劳改或下乡劳动，可能耽误了十多年。大好的学习时光没能用在学习上。当然我也有别的收获，例如我也了解了农民，懂得了种地。现在让我一个人从头开始种，我还能种下来。（笑）你们大概都不太行，不知道怎么种吧？（笑）

张沛：我想人文学术，不完全是从书本到书本。您也曾与我多次交流过您在门头沟劳动、喂猪的回忆，这样的工作对一位学者来说，究竟有何补益？可以说，补益为零。另一方面，您是从负十八层一步步走上来，到了80年代，重返教学岗位，又从头来过，开创比较文学学科……您建立了一座三层的房子。有的学者条件很好，无论是在海外还是当今时代的学者，他们可以从三五层继续向上打基础、往前推进，看起来很巍峨。但人文学者是需要有血肉经验、有主体性、有历史记忆的。

乐黛云：需要有基础。

张沛：是的，从地底下一步步走上来，（这个）绝对值是很大的。这是您这一代学者——我们的师辈学者——的独特尊严之所在。

乐黛云：可能你们都没有这样的机会，而且这并不是很好的机会，浪费了大量的时间。我想如果这些时间用来做学问的话，我的学问会比现在好很多。我现在的确是学问不怎么样。（笑）

张沛：您过谦了。我想，北大就是要培养最好的学者。只可惜我们这一代没有超过老师。我希望年轻一代学生能够超过我们。到时候我能对我的学生说："你的老师不如我的老师"；但我到时候可以和乐老师吹牛："我的学生超过了您的学生！"（师生皆笑）希望如此。

张辉：寄希望于他们。

乐黛云：一定会的。不过一定要努力、要用功。我听说中文系的学生不太用功，读书的时间太少，读古书的时间更少，看小说之类的时间还挺多。我那时看当代小说、西方小说的时间很多，真正扎扎实实念古书的时间还是少了，我希望你们能多用一些时间在看古书上，比如你们的老师注释的《文中子》。有时间看一看古代作品很好，对一个人的性情的陶冶是很有好处的，也可以看到过去的人是如何活过来的，他们有什么想法。你们现在的业余时间都用来做什么？（笑）

张辉：我们响应您的号召，做过几次读书会，有很大的启发。我们做过《文心雕龙》的读书会，也开过相关课程，现在我们在读杜诗，同时要对读评析宇文所安的英译。当时您开过宇文所安的中国文论翻译相关的课程，您当时从哈佛把宇文所安的书带来，一同阅读。我们现在也还是在沿着这个方向做，只是说我们换了一些文本，这也是一种血脉传承吧。

乐黛云：读书会是很好的形式，是完全自愿的。

张沛：尤其是在课堂已经变得越来越像一种仪式的情况下，读书会更自然，也更随意。

张辉：我们最近在读杜甫的《壮游》。

乐黛云：你们觉得李白的诗怎么样？我个人更喜欢李白的诗。（笑）

张沛：这倒体现了北大的特点，学生不必和老师完全一致，但精神是相通的。

张辉：像林庚先生所说的那种少年精神。

乐黛云：林庚也是我们中文系很好、很有特色的一位老师。他有时会引吭高歌，很有意思。他和他的爱人特别好，当他爱人走的时候，那种悲痛是我看到的一个男人的悲痛中最深刻的。

张菁洲：在采访的最后，我们还有一个问题想问您。在很多人生节点上，您一次次遭遇艰险，又一次次选择回到北大，每一次选择都处在不同的历史关隘、承担不同的代价，但您仍旧坚持您的选择。在您人生的不同阶段，北大对您而言意味着什么？

乐黛云：北大还有这些年轻教师，这对我来说就是最高兴的。在北大有我的亲人，有我爱的校园，大家看看我们的校园多美啊。前两天这里荷花满塘的时候，就更美了。明年荷花开的时候，欢迎大家再来，我们可以搬上小凳子坐出来。

张辉、张沛：好，我们会经常来，一言为定。（笑）

乐黛云：所以，我觉得北大和我是血脉相连的，不论是其精神命脉，还是过去的那些老师们，比如沈从文、废名等等，可惜院系调整后他们都被赶出北大了，最好的老师没能在院系调整中留下来。北大后来可以说是没有什么人了，没有什么真正做学问的人。不过我还是觉得这是一块宝地，将来总会恢复的，会越办越好。这一点信念我是有的。而且北大的精神是创造，它总是像鲁迅所说的那样，是"为新"的，是要创新、要走新路的，这也与我自己的精神是一致的：总是要创新，不能老是说人家说过的话，做人家做过的事，那又有什么意思？你们比我做得好。

张辉、张沛：惭愧！我们沿着您的足迹继续努力。

编后记

记得三年前乐老师和我谈起退休的事,很激动,说到最后甚至有些泫然。这让我感到有些意外,心想经历过无数风浪波澜的乐老师怎么会为这等事如此大动感情?但很快我就理解了:她实在太爱自己的学生、太爱比较文学事业了。对于前者,相信很多人都会有同感,我本人就多次听到同学或朋友由衷地感叹乐老师的母性。或者有些夸张地讲——至少我是这样觉得——中国比较文学事业也是她的爱子;在母亲眼中,孩子永远是长不大的,永远都需要她的关爱与呵护。

但孩子终归会长大,不论母亲是否乐意,他会按照自己的逻辑前进,变化,发展。对此母亲在情感上难免有些失落,但也没有理由不感到欣慰。一个人的时候,她会反复翻看孩子的照片——这是母子当年"亲在"的证据——告诉自己:我的生命是如此充实;同时她也会向其他人展示这些照片,告诉他们:我曾经这样生活过。这本《叙录》可以说就是这样一本相册,一份生命的见证。

当然，新的照片，自己的，孩子的，还会源源不断地加到相册中来，因此这本《叙录》不单单是用来怀旧的文物，它更是导引未来的蓝本。

作为乐老师的学生，或许我对她的内心世界更多一些同情和体察。本人曾经与二三同门谈论师辈之短长（罪过罪过！），说到乐老师，大家一致感到乐老师像极了古希腊悲剧中的英雄：悲剧英雄或出于本人的"过失"与"性格缺陷"，或出于外力因素而受苦受难；前者属于性格悲剧，后者则属于命运悲剧，无论在何种类型的悲剧中，主人公都是奉献给命运祭坛上的美好牺牲。乐老师的前半生既是命运悲剧也是性格悲剧。作为一个人，乐老师的青春年华是在反右、"文革"的政治运动中度过的；作为一名学者，她的黄金岁月差不多有一半在养猪、插秧、打砖中逝去了。待到70年代末重回讲坛时，她已经年近半百。

"思君令人老，岁月忽已晚！"每个人，特别是在风华正茂的青年时期，都有自己的理想和人生规划，但在最有能力去追求心中企慕的那位"伊人"时被粗暴地禁止这样做；我仍然可以默默忍受命运的吊诡与残忍，矢志不渝地坚守我的理想；我终于看到在水一方的彼岸了，可以自由地追求、实现自己的理想了——然而我老了。

但乐老师并不这样认为，她觉得自己还可以工作30年。神圣的单纯（sancta simplicitas）呵！她真是这么想的，而且也确实这么做了；她把自己的精神贯注、渗透到了中国比较文学事业之中，而后者也在某种程度上浸染、折射了她的个性色彩。

"为政在人"，其中的利弊得失也一言难尽。许多人不止一次直言不讳地告诉我，他们对乐老师的某些做法并不完全认同。我不怀疑他们的真诚。事实上，我也经常为本专业领域内的不规范现象感到失望和不满，并向乐老师提出质疑。她一般都笑吟吟地听着，不以为忤，而眸子深处是历练、洞察太多世情而特有的不动心。乐老师一向提倡"和而不同""多元共存"

的思想，看来她是身体力行了这一哲学。我想，乐老师的心底可能对孤独寂灭有一种恐惧吧（80年代早期她对"耗散结构"和"熵"理论发生浓厚的兴趣，我想是和这种潜意识产生了共鸣）；但凡有生之属，莫不如此，但作为"一元独白"扼杀心灵和理性生命的见证者与受害者，她的感受可能是外人特别是后辈如我者所难以真正明白的。

我曾向乐老师坦言，她在"立功"方面的成就要大于她在"立言"方面的成就。我自以为这是一个相当公允的看法，但她显然并不因此感到特别欣慰。乐老师曾经花了很大力气来引进、阐发西方的最新理论，同时在开掘本土文化资源、积极参与世界文明对话方面，也做了大量的工作。但是由于时代的限制和学科发展的要求，她并没有坚持要建设一个严密、宏大的理论体系。我想，乐老师本人对此或许不无遗憾吧。不过文学研究毕竟不等于哲学思考，就其相对重视感性与特殊境况而言，一个包罗万象、能够解释一切的理论体系反而令人感到可疑。何况后辈有什么资格去苛求师长呢？他们能够走出那个时代并坚持前行到此，这本身就是一个不小的奇迹了。"王杨卢骆当时体，轻薄为文哂未休"，后来者往往放纵自己的"强力意志"而潇洒地指点江山（这其实也是"生存焦虑"的自然流露）；但设身处地，我们能够做得更好吗？我们也会被再后来的人评说、指摘和掊击；我们何必要苛求自己的前辈呢？

对于各种不虞之誉和求全之毁，特别是后者，乐老师其实看得很开。她经常讲的一句话就是："先做起来再说！"这句话可以有多种理解。有些人可能认为这种想法执着于当下而缺乏目的论的指向，但我个人体会其精义在于"尽人事"。然而，对于"天命"或曰本人的历史使命，乐老师何尝没有一种深切的关怀！她在自己的第一本著作《比较文学与中国现代文学》中这样写道：

我寄厚望于年轻一代。他们在攻读硕士、博士学位,他们在博览群书,他们在为自己的学术工作打下深厚的基础,有什么能停止他们的脚步,阻碍他们的发展呢?他们可以成为世界第一流的学者,他们可以成为中外兼通、博采古今的文化巨人。中国文化将通过他们在世界文化宝库中发出灿烂的永恒的光辉,他们将达到一个辉煌的世界,这个世界不太可能属于我和我的同辈人。然而,在这启程之际,也许他们(年轻一代)还需要在雄浑的莽原中找到一条小径,在严峻的断层中看到一座小桥?换言之,在他们登上那宏伟壮丽的历史舞台之前,也许还需要一些人鸣锣开道,打扫场地!我愿作那很快就会被抛在后面的启程时的小桥或小径,我愿作那很快就会被遗忘的鸣锣者和打扫人。正是这样,我以这本小书奉献于我的后来者。

由于众所周知的原因,中国文化产生了断层。何其不幸,乐老师这一代的学者生活在中国文化的断层之中;何其幸运,断层的中国文化拥有像乐老师这样自甘充当"鸣锣者和打扫人"的学者。"太天真了",许多亲人朋友都这样意味深长地评价乐老师,乐老师本人也觉得自己有些"冥顽不灵";但守前待后的事业恐怕是需要一些这种"冥顽"的吧?她对未来、对青年的期许或许有些过于浪漫和诗化了,然而谁会质疑她的真诚呢?这是一个母亲的真实心声!

是为后记。

张 沛
二零零四年元月五日于北大中关园寓所